L.M. DALGLEISH
Cold King

Die Romane von L. M. Dalgleish bei LYX:

1. Cold King
2. Fierce King *(erscheint im Juni 2025)*

Weitere Romane der Autorin sind bei LYX in Vorbereitung.

L. M. DALGLEISH

COLD KING

Roman

Ins Deutsche übertragen
von Wanda Martin

LYX in der Bastei Lübbe AG

Die Bastei Lübbe AG verfolgt eine nachhaltige Buchproduktion. Wir verwenden Papiere aus nachhaltiger Forstwirtschaft und verzichten darauf, Bücher einzeln in Folie zu verpacken. Wir stellen unsere Bücher in Deutschland und Europa (EU) her und arbeiten mit den Druckereien kontinuierlich an einer positiven Ökobilanz.

NACHHALTIG
PRODUZIERT

Textredaktion: Li-Sa Vo Dieu
Umschlaggestaltung: © Guter Punkt, München | www.guter-punkt.de
unter Verwendung von Motiven von © iStock / Getty Images Plus
(© tomertu; © Mikhail Sokolov; © seamartini; © leetoosen;
© MaryliaDesign; © Головина Ксения Александровна)
Satz: Greiner & Reichel, Köln
Gesetzt aus der Adobe Caslon
Druck und Verarbeitung: GGP Media GmbH, Pößneck

Printed in Germany
ISBN 978-3-7363-2381-0

1 3 5 7 6 4 2

Weitere Informationen unter:
lyx-verlag.de
luebbe.de | lesejury.de

Liebe Leser*innen,

Cold King enthält Elemente,
die triggern können.
Deshalb findet ihr auf der letzten Seite
eine Triggerwarnung.

Wir wünschen uns für euch alle
das bestmögliche Leseerlebnis.

Euer LYX-Verlag

1

Cole

Ich lehne an der Brüstung des Hotelbalkons, die Unterarme locker auf das Geländer gestützt. Eine milde Brise kühlt meine schweißfeuchte Haut, die – genau wie die zerwühlten Laken des Kingsize-Betts hinter mir – von der Aktivität zeugt, mit der ich die letzten paar Stunden beschäftigt war. So hoch oben sind die üblichen Geräusche von New York City – Musik, Rufe, gelegentliche Sirenen, Autogehupe – gedämpft. Ganz ähnlich wie die Sterne, die man durch den Dunst der Großstadtbeleuchtung unten kaum sieht.

Von hier aus kann ich *King Plaza* sehen, den dreiundfünfzig Stockwerke hohen Büroturm, in dem sich der globale Hauptsitz der *King Group* befindet. Das Licht, das hinter den Fenstern schimmert, verrät, dass viele unserer Angestellten noch arbeiten, selbst so spät an einem Freitagabend. Auch das im Eckbüro im obersten Stockwerk leuchtet, was zeigt, dass Roman, mein fünf Jahre älterer Bruder – sechsunddreißig gegenüber meinen einunddreißig – auch da ist.

Wenig überraschend.

»Hey«, schnurrt eine weibliche Stimme leise hinter mir. Weiche Brüste drücken gegen meinen nackten Rücken, während sich schlanke Arme um meine Brust legen. »Wie wär's, wenn du wieder ins Bett kommst, damit ich dich von dem ablenken kann, was immer dir durch den Kopf geht.«

Ich mache mir nicht die Mühe, mich umzudrehen. »Ich dachte, du wärst gegangen.«

Die Anspannung in Jessicas Körper verrät mir, dass sie sich nicht darüber freut, was ich gesagt habe. Aber sie lässt nicht locker, fährt mit den Fingern an meinem Bauch hinab zum Bund meiner schwarzen engen Boxershorts, die ich mir vor einer Viertelstunde angezogen habe, nachdem ich aus dem Bett gestiegen bin.

Mein Schwanz zuckt, ich bin jedoch heute Nacht schon zweimal gekommen, weshalb ich meine körperliche Reaktion auf die Berührungen einer nackten Frau leicht ignorieren kann. Und es nervt mich, dass sie noch da ist, denn sie weiß, wie das hier läuft.

Ich lasse den Blick auf *King Plaza* gerichtet. »Ich ruf dich an, wenn ich wieder eine Begleitung brauche.«

Jessica krümmt die Finger, sodass sich ihre Nägel in meine Haut bohren. »Du bist ein Arschloch.«

Ihr Ton ist abgekühlt, doch sie hält die Wut zurück, die sie ganz offensichtlich empfindet. Daran bin ich gewöhnt. Da ich einer der reichsten Männer des Landes bin, neigen die Menschen dazu, ihre wahren Empfindungen vor mir zu verbergen.

Wobei Jessica selbst vermögend ist. Was sie davon abhält, ihre Wut herauszulassen, ist die Tatsache, dass sie sich ein bisschen zu gern von mir durchvögeln lässt, um mich zu verärgern.

Sie lässt ihre Arme sinken und tritt zurück. Daraufhin drehe ich mich um und betrachte sie. Sie schmollt, ist splitternackt und es ist ihr egal, dass sie entblößt auf dem Balkon steht. Wir sind in einer der Suiten unterhalb der Penthouse-Etage, die das Hotelmanagement für die Kings reserviert – der Vorteil für uns als Besitzer –, und befinden uns hoch oben. Gelegentlich schaffen es die Paparazzi aber dennoch, ein Foto von uns hier oben zu schießen. Manchmal allein, manchmal nicht.

Ich bin sicher, dass es Jessica nicht stören würde, wenn ein Foto von ihr in ein, zwei Boulevardzeitungen auftaucht, auch wenn ihr Vater davon alles andere als beeindruckt wäre. Sie ist auf eine Art wunderschön, wie es nur Geld bewirken kann – durch und durch gepflegt, gestylt und zur Perfektion optimiert. Das geht so weit, dass ich mir nicht mal mehr sicher bin, ob ihr Charakter echt ist. Nicht, dass ich mich beschweren will. Sie hat als meine Begleitung zu der Preisverleihung heute Abend ein sehr hübsches Bild abgegeben und sogar ein noch hübscheres, als sie während der letzten Stunden auf meinem Schoß wippte.

Aber jetzt sind wir fertig, und dass sie noch hier ist, passt mir überhaupt nicht in meinen Kram.

Sie muss weg.

Als ich einen Schritt nach vorn mache, denkt sie wohl, ich würde auf den rehäugigen Blick anspringen, den sie mir zuwirft, denn auf ihre vollen Lippen legt sich ein zufriedenes Grinsen. Es verschwindet, als ich nach dem Whiskeytumbler auf dem Tisch hinter ihr greife.

»Ich muss noch arbeiten.«

Für einen Sekundenbruchteil verunziert ein Stirnrunzeln ihr perfektes Gesicht, ehe sie gelassen mit den Schultern zuckt und ein falsches Lächeln aufsetzt. »Klar. Ich gehe wieder nach unten und suche mir jemand anderen, der weiterfeiern möchte.«

Es ist ein Versuch, mich eifersüchtig zu machen, sie sollte es besser wissen. Ich war in meinem ganzen Leben noch nie eifersüchtig wegen einer Frau. Ich kann mir nicht vorstellen, warum irgendwer es sein sollte. Damit meine ich nicht nur Männer, sondern auch Frauen. Vielleicht bedeutet das, dass meiner Psyche etwas Wesentliches fehlt, irgendein fundamentaler Aspekt der menschlichen Natur, den ich nicht ganz kapiere. Oder vielleicht neigen manche Menschen nur eher zu Eifersucht als andere.

»Tu das. Die Nacht ist noch jung.« Als ich an ihr vorbeigehe, sehe ich ihren roten Spitzentanga über einer Lampe hängen und gebe ihn ihr.

Ich bin kein totales Arschloch.

Endlich kapiert Jessica, dass ich mich nicht umstimmen lassen werde. Sie nimmt ihren Slip und zieht ihn an ihren langen Beinen hinauf. Ihre Bewegungen sind ruckartig, doch sie schaltet schnell auf elegant und verführerisch um, als sie merkt, dass ich sie beobachte. Ich will vielleicht nicht, dass sie bleibt, aber nichtsdestotrotz genieße ich die Show.

Schnell ist sie fertig angezogen und kämmt sich mit den Fingern durch ihr langes blondes Haar, während ich sie zur Tür bringe. Ich halte sie ihr auf, und sie rauscht an mir vorbei, ihr Parfum ist nach unseren gemeinsamen Stunden schwächer geworden, jedoch noch immer intensiv genug, dass es mir in der Nase kitzelt. Als sie im Flur vor dem Privataufzug angekommen ist, dreht sie sich um.

»Ruf mich an, wenn du wieder mal eine Begleitung brauchst oder … was auch immer.«

Ich nicke. »Werde ich.«

Sobald sie weg ist, schließe ich die Tür, strecke mich, lasse den Nacken knacken und gehe duschen. Unter dem heißen Wasserstrahl spüle ich mir den Schweiß und Jessicas Parfum ab. Meine Gedanken wandern zu dem morgigen Meeting mit meinem Vater und meinen Brüdern. Wir bauen unser Imperium noch weiter aus. Nach monatelangen Vorbereitungen haben wir vor Kurzem unser neuestes Projekt öffentlich gemacht. Wir sind weltweit für unsere großflächigen Gewerbeimmobilien und Luxushotels bekannt, und jetzt steigen wir in den härter umkämpften Sektor der mittelpreisigen Unterkünfte ein. Als Chief Investment Officer der *King Group* treibe ich das schon einige Jahre voran.

Als ich aus der Dusche komme, klingelt mein Handy. Es ist Roman. Mit einer Hand nehme ich den Anruf an, während ich mir mit der anderen ein Handtuch schnappe. »Womit habe ich denn das Vergnügen verdient?«

Ich rubble mir mit dem Handtuch das nasse Haar, während ich abwarte zu erfahren, um was für einen Notfall es sich handelt. Es muss einen geben. Ich kann mir nicht vorstellen, warum er mich sonst anrufen sollte, denn unser Kontakt beschränkt sich größtenteils aufs Büro.

»Dad wurde verhaftet«, sagt er ohne Umschweife mit einer Stimme so kalt und unbeteiligt, wie er in der letzten Zeit immer ist.

Es dauert einen Augenblick, bis die Bedeutung bei mir durchsackt. Ich höre auf, mich abzutrocknen. »Was für einen Scheiß hat er angestellt?« Sofort kommt mir Fahrerflucht in den Sinn. Dad trinkt gern mal einen bis zehn. Aber er hat einen Chauffeur. Warum sollte er sich selbst ans Steuer setzen?

»Insiderhandel.«

Ein Schauder durchflutet mich. »Was zur Hölle …?« Dad ging schon immer gern auf Risiko, im Geschäfts- wie im Privatleben; das weiß ich nur zu gut. Aber Insiderhandel? Das ist ein ganz neues Maß an Regelbruch.

»Ich habe mit den Anwälten gesprochen. Mutmaßlich hat er Informationen einer seiner Kontakte aus der Regierung genutzt, um mit Aktien zu handeln und den Gewinn bei einer Bank auf den Caymans angelegt. Man hat ihn in Gewahrsam genommen, und er wird bis zur Kautionsverhandlung morgen festgehalten. Die Anwälte meinen allerdings, Kaution zu stellen wird ihm wahrscheinlich verwehrt, weil bei ihm Fluchtrisiko besteht.«

Ergibt Sinn, wenn man bedenkt, dass er eine Flotte von Privatjets besitzt. »Hat er's getan?«

11

»Er plädiert auf nicht schuldig. Aber wenn du meine Meinung wissen willst, dann sagen wir mal, zutrauen würde ich es ihm.«

»*Fuck*.« Ich werfe das Handtuch in den Wäschekorb. »Wir müssen das regeln, bevor es öffentlich wird.«

»Genau.« Roman schnaubt. »Die Börsenaufsicht wird eine Untersuchung einleiten und die *King Group* genau unter die Lupe nehmen, bis sie rausgefunden haben, ob Dad Firmengelder veruntreut hat und ob noch irgendwer daran beteiligt war. Ich rufe gleich hiernach Tate an. Ich will, dass ihr beide sofort ins Büro kommt. Wir müssen eine Notfallvorstandssitzung einberufen. Wir drei sind Hauptanteilseigner, somit können wir die Kontrolle übernehmen und den Schaden begrenzen … aber wir müssen sofort handeln.«

Ich verlasse das Badezimmer, suche meine Klamotten zusammen und stelle das Handy auf Lautsprecher, während ich mich anziehe. Im Kopf gehe ich die Folgen durch. Die *King Group* wird unter Beschuss stehen, und die Presse wird uns auseinandernehmen. Unser Ruf wird einen schweren Schlag abbekommen, und unser Aktienkurs könnte auf Talfahrt gehen, wenn wir dem nicht zuvorkommen.

»Wir lassen die Anwälte sämtliche Dokumente aufsetzen, um den Führungswechsel offiziell zu machen«, fährt Roman fort. »Ich übernehme als CEO, und du musst auf meinen Posten als COO nachrücken. Ich habe vor, Peters seinen Posten zu entziehen und stattdessen Tate zum Chief Marketing Officer zu machen, damit wir von jetzt an das Narrativ lenken.«

»Ergibt Sinn«, sage ich, während ich mein Hemd zuknöpfe. Sobald die Nachricht von Dads Verhaftung öffentlich wird, geht es die kommenden Wochen maßgeblich darum, die Stabilität des Unternehmens zu sichern und das Vertrauen der Investoren zu wahren.

»Die Anwälte sind schon unterwegs, also schwing ASAP deinen Arsch hierher und mach dich auf eine lange Nacht gefasst. Wir müssen dafür sorgen, dass bis morgen früh alles geregelt ist.« Ohne ein weiteres Wort legt er auf.

Ich starre mein Spiegelbild an, während ich das Jackett anziehe, das ich erst vor wenigen Stunden ausgezogen und über einen Stuhl geworfen habe. Um das Unternehmen unbeschadet hier durchzubringen, werden meine Brüder und ich so eng zusammenarbeiten müssen wie lange nicht. In Anbetracht dessen, wie angespannt die Beziehung zwischen uns dreien mit den Jahren geworden ist, hoffe ich nur, dass wir es hinkriegen.

Ich schnappe mir mein Handy und gehe zur Tür. Es ist Zeit, unsere Meinungsverschiedenheiten beizulegen und sich darauf zu konzentrieren, das Unternehmen zu schützen, koste es, was es wolle. Die *King Group* ist das Einzige, was zählt. Und gegenwärtig hält allein unser gemeinsamer Einsatz dafür diese Familie zusammen.

2

Delilah

Meine Gabel landet klirrend auf dem Teller. »Was willst du damit sagen?«

Paul zuckt zusammen, sein dunkeläugiger Blick huscht durch das intime, kleine Restaurant, um sicherzugehen, dass ich keine Aufmerksamkeit erregt habe. Als er merkt, dass niemand hersieht, greift er über dem Tisch meine Hand. »Ich mag dich, Delilah. Sehr sogar. Aber die Lage hat sich geändert, und ich finde einfach nicht, dass unsere Beziehung an einem Punkt ist, von dem aus wir sie fortsetzen sollten.«

»Mit ›die Lage hat sich geändert‹ meinst du, dass ich jetzt in deinem Team bin? Als du Projektmanager wurdest, hattest du mir nämlich erzählt, es würde sich nichts ändern.«

Er lehnt sich auf seinem Stuhl zurück. »Das dachte ich ja auch. Eigentlich dachte ich sogar, es wäre gut, weil wir so noch mehr Zeit miteinander verbringen. Aber es hat sich anders ergeben. Ich sehe, wie hart du arbeitest, Delilah, und ich weiß, wie ehrgeizig du bist. Aber obwohl wir tagtäglich Seite an Seite arbeiten, hat sich unsere Beziehung nicht so entwickelt, wie ich es mir gewünscht habe.«

»Geht es darum, dass wir noch keinen Sex hatten?«, frage ich mit leiser Stimme, die nur ein wenig zittert. »Als ich dir nämlich gesagt habe, dass ich warten möchte, meintest du, das wäre okay für dich.«

Frustration huscht über Pauls Gesicht, doch er glättet seine Miene. »Das *stimmte* auch. Ich verstehe ja, was deiner Mutter passiert ist, aber es sind jetzt drei Monate, und ich kapiere nicht, was du noch von mir erwartest, bevor wir diesen Schritt gehen. Du bist vierundzwanzig. Und kein Teenager wie sie damals, verdammt noch mal.« Seine Stimme ist immer lauter geworden, und es drehen sich Köpfe nach uns um. Er atmet langsam einmal durch, ehe er weiterredet. »Wenn dir was an unserer Beziehung läge, wären wir längst intim miteinander. So denke ich manchmal, du bringst mehr Leidenschaft für deine Karriere auf als für mich.«

»Das ist nicht …« Ich schüttele den Kopf, während sich Schuldgefühle in meiner Brust melden, denn was er da andeutet, kann ich nicht abstreiten. Mom wurde mit achtzehn mit mir schwanger, und das hat mich vorsichtig werden lassen. Auf die andere Bemerkung von ihm gehe ich jedoch ein. »Ich *muss* hart arbeiten, Paul. Ich werde im Büro von allen Seiten skeptisch beäugt. Ich muss doppelt so viel Einsatz zeigen wie alle anderen, weil sich keiner sicher ist, ob er darauf vertrauen will, dass ich die Arbeit auch hinkriege, da ich so jung schon meine Berufszulassung habe.«

»Das verstehe ich.« Sein Tonfall ist jetzt schärfer. »Und ich bewundere deine Hingabe für Architektur, wirklich. Aber ich will mehr. An diesem Punkt unserer Beziehung *brauche* ich mehr. Und ich bin nicht sicher, ob du mir mehr geben kannst. So gern ich dich auch habe, ich finde es besser, wenn wir uns jetzt trennen, wo wir uns gefühlsmäßig noch nicht so weit eingelassen haben, dass kein freundschaftlicher Umgang auf der Arbeit mehr möglich wäre. Besonders angesichts meiner Beförderung und dessen, wie wichtig das aktuelle Projekt ist.«

Tränen brennen hinter meinen Augen. »Schön zu wissen,

dass du dich gefühlsmäßig noch nicht so weit eingelassen hast, als dass dir unsere Trennung etwas ausmachen würde.«

Paul lehnt sich vor, um meine Hand zu nehmen. »So habe ich das nicht gemeint. Hör zu, ich habe mir wirklich gewünscht, dass etwas aus unserer Beziehung wird. Das weißt du. Ich habe sogar abgewartet, bis du deine Zulassung hattest, bevor ich dich nach einem Date gefragt habe, weil ich wusste, dass dein ganzer Fokus darauf lag.« Er drückt meine Finger. »Ich bin genauso enttäuscht wie du, dass es nicht geklappt hat.«

Ein Teil von mir bezweifelt das. Paul ist – *war*, muss es jetzt wohl heißen – meine erste richtige Beziehung. Was sich verrückt anhört, wenn man bedenkt, wie alt ich bin. Aber schon mit vierundzwanzig zugelassene Architektin zu werden, war nicht leicht. Jahrelang habe ich mich nur aufs Studium konzentriert und in jeder freien Minute Praktika absolviert, dann setzte ich es mir zum Ziel, direkt nach meinem Abschluss die Berufszulassungsprüfungen anzugehen. Ich hatte keine Zeit für einen Freund.

Als ich nur zehn Monate nach meinem Studienabschluss meine Berufszulassung erhielt, dachte ich, ich könnte lockerlassen. Ich dachte, ich könnte anfangen, wie andere Frauen in meinem Alter Spaß zu haben, zum Beispiel auszugehen, zu daten und, ja, endlich Sex zu haben. Aber abgesehen davon, dass ich immer noch das Gefühl habe, mich tagtäglich gegenüber meinen älteren, überwiegend männlichen Kollegen beweisen zu müssen, ist mir das Lockerlassen schwerer gefallen als erwartet. Mich so weit zu entspannen, um die selbst antrainierte Komfortzone zu verlassen und mit Paul zu schlafen, war … schwierig.

Die frisch gekauften, petrolblauen Dessous, die ich gerade unter meinem schönsten kleinen Schwarzen trage, schneiden mit einem Mal unangenehm in meinen sorgsam gepflegten

Körper. Heute sollte der Abend werden, an dem ich endlich aufhöre, mir zu viele Gedanken zu machen, aber das werde ich Paul gegenüber jetzt nie und nimmer eingestehen.

Ich begegne dem Blick der Frau am Tisch neben uns. Als sie mich mitleidig ansieht, schaue ich weg. Merkt etwa jeder im Restaurant, was gerade hier an dem kleinen Tisch für zwei vor sich geht? Eine Mischung aus Schmerz und Scham schwappt durch meinen Bauch, und ich blinzele gegen Tränen an, während ich auf die halb aufgegessene Pasta vor mir starre. »Ich fasse es nicht, dass du beschlossen hast, in einem Restaurant mit mir Schluss zu machen. Dachtest du, ich mache dir eine Szene? Wolltest du auf die Art sichergehen, dass ich es bleiben lasse?«

Pauls Blick schnellt durch den Raum, ehe er widerwillig wieder mich ansieht. »Nein, nicht deshalb. Ich hatte das nicht geplant. Aber als du von deinen Ideen für das Projekt sprachst, wirktest du dermaßen leidenschaftlich, dass mir klar wurde, es ist nicht okay für mich, darauf zu warten, dass du solche Leidenschaft auch mit mir teilst.«

Ich schlucke gegen den harten Kloß in meinem Hals an. »Verstehe«, flüstere ich.

»Es tut mir leid, Delilah. Lass uns aufessen und dann bringe ich dich nach Hause. Am Montag können wir zwei wie Erwachsene damit umgehen und zusammen unseren Entwurfsvorschlag fertigstellen.«

Das Gefühl, das in meiner Brust hochbrodelt, besteht hauptsächlich aus Enttäuschung und Wut – auf Paul *und* auf mich. »Mir ist der Appetit vergangen. Bleib du sitzen und iss auf. Ich rufe mir einen Fahrdienst.«

»Ach, komm, Delilah. Sei nicht so. Wir können doch wohl weiter Freunde bleiben und zusammen etwas essen.«

»Irgendwann vielleicht, aber nicht heute Abend. Ich möchte einfach nur nach Hause.«

Er schnauft auf eine Art, die mir das Gefühl gibt, ich benehme mich kindisch. »Na gut. Aber wenigstens nach Hause fahren kann ich dich.«

Mit ihm in ein Auto gepfercht zu sein, ist das Letzte, was ich will. »Nein, danke. Ich möchte jetzt lieber allein sein. Ich hab mein Handy dabei, ich bestelle mir ein Taxi.« Ehe Paul herumdiskutieren kann, rücke ich mit meinem Stuhl zurück und stehe auf.

Mit pochender Ader an der Schläfe steht er ebenfalls auf, doch ich drehe mich um und eile vom Tisch weg, ehe er noch etwas sagen kann. Beim Aufstoßen der Restauranttür frage ich mich, ob ich erst noch hätte zahlen sollen. Doch das ist nur eine flüchtige Sorge. Angesichts dessen, was gerade passiert ist, ist es das Mindeste, was Paul tun kann.

Meine Absätze klappern in einem schnellen Rhythmus, als ich mit dem Smartphone in der Hand die Straße hinuntergehe und dabei entgegenkommenden Passanten ausweiche. Ich will weg vom Restaurant, damit ich nicht Gefahr laufe, dass mich Paul draußen antrifft, während ich auf meine Fahrgelegenheit warte. Als ich glaube, weit genug entfernt zu sein, um ihn nicht zu begegnen, wenn er geht, hebe ich das Handy und will die App öffnen. Neben mir schwingt eine dunkle Holztür auf, ein Paar kommt heraus und zieht meinen Blick auf sich. Sie lachen, und bevor die Tür wieder zufällt, dringen Musik und Stimmgemurmel nach draußen. Ich luge durch die dunkel abgetönten Fenster.

Eine Bar.

Wie ich so in meinem sexy Kleid, in den geschnürten High Heels und meinen schönen Dessous dastehe, soeben abserviert, möchte ich mit einem Mal nicht mehr wie ein Hund mit eingezogenem Schwanz nach Hause schleichen. Ich möchte einen Drink. Wäre meine Mitbewohnerin Alex zu Hause, würde ich eine Flasche Wein besorgen, um in unserer gemütlichen kleinen Wohnung meine Sorgen mit ihr zusammen zu ertränken. Aber sie ist mit ihrem Freund auf einem Konzert, und mir gefällt der Gedanke, allein zu sein, nicht mehr.

In dem Versuch, nicht alles zu zerdenken, drücke ich die Tür auf und betrete den schummrigen Laden. Als Erstes schlägt mir der ausgeprägte Geruch von Bier und Whiskey entgegen, mit einem Hauch von Holzpolitur und Leder darunter. Als sich meine Augen an das wenige Licht gewöhnt haben, nehme ich verschiedene Personen an den Tischen und entlang des langen Holztresens der Bar wahr. Und diese steuere ich geradewegs an.

Nachdem ich einen freien Barhocker neben einem dunkelhaarigen Mann im weißen Hemd ausgemacht habe, schmeiße ich mich darauf, während ich gegen die Tränen ankämpfe.

Es hat mir nicht das Herz gebrochen – Paul und ich haben nicht lange genug gedatet, als dass ich mich hätte in ihn verlieben können –, aber ich *mochte* ihn und dachte, es würde irgendwann mehr daraus werden. Dass einander mögen erst einmal reichen würde.

Aber ich lag falsch.

Der Barkeeper bemerkt mich sofort und kommt auf mich zugeeilt, vielleicht, weil er meinen Gesichtsausdruck gesehen hat. Gerade als ich mir wie gewohnt ein Glas Weißwein bestellen will, halte ich inne. Die Situation verlangt nach etwas Stärkerem. »Einen Whiskey. Auf Eis.«

Eine seiner Augenbrauen zuckt nach oben. Wahrscheinlich, weil ich nicht wie der Typ Frau aussehe, der harten Alkohol trinkt. Bin ich auch nicht. Aber was soll's, verdammt? Vorsicht und zu viel überlegen haben mich hierhergebracht. Statt meine Entscheidungsfähigkeit infrage zu stellen, nickt der Mann bloß, nimmt eine halb volle Flasche mit einer bernsteinfarbenen Flüssigkeit von einem der Regale hinter sich und gießt gut zwei Fingerbreit in einen Tumbler. Er stellt ihn vor mich hin, woraufhin ich zum Dank lächle, ihn nehme und in einem Zug austrinke.

Oh Gott, das brennt. Ich schnappe nach Luft, schüttle mich und huste dann ein bisschen. Der amüsierte Blick des Barkeepers kommt überraschend, aber mir ist egal, dass er mich auslacht.

»Noch einen, bitte.«

Diesmal schießen seine beiden Augenbrauen nach oben. »Ganz sicher?«

»Sicher bin ich sicher«, sage ich und lache daraufhin. Mist, bin ich etwa schon angetrunken? Ich habe beim Essen ein Glas Wein getrunken, bevor Paul beschloss, dass wir besser daran tun … Freunde zu bleiben? Kollegen? Wer weiß.

Der Barkeeper verkneift sich ein Grinsen und schenkt mir ein. »Soll ich es auf Ihre Rechnung setzen?«

Gerade will ich ihm antworten, das sei eine super Idee, da ertönt neben mir eine weiche, tiefe Stimme. »Nicht, wenn sie allein hier ist.«

3

Cole

Aus den Augenwinkeln sehe ich, wie sie sich zur Seite dreht und mich anstarrt, mache mir jedoch nicht die Mühe, ihren Blick zu erwidern. Ich weiß nicht mal so recht, warum ich etwas gesagt habe. Es geht mich nichts an, ob sich eine Frau allein in einer Bar betrinken will. Schließlich trinke ich selbst allein.

Meine Gedanken springen zurück zu meinem heutigen Besuch bei Dad im Gefängnis – dem Grund, warum ich mich hier befinde und Whiskey in der Hand habe. Roman, Tate und ich waren zusammen mit dem Chefanwalt der *King Group* dort, um ihn über den Führungswechsel im Unternehmen zu informieren. Ihn in seinem orangefarbenen Einteiler am Tischende sitzen zu sehen, war ein Schock, jedoch ist jegliches Mitgefühl, das ich für ihn besessen haben mag, letzte Woche verflogen, als ich das Ausmaß dessen erfuhr, was er getan hat. Und warum.

Schlimm genug, dass er mit Insiderinformationen von seinen Kontakten in der Rüstungsindustrie Geld gemacht hat, von seinen Gewinnen hat er auch noch mindestens drei Geliebte ausgehalten. Außerdem hat er seine heißen Tipps an einige seiner Kumpel weitergegeben. Die Dummheit – und Selbstsüchtigkeit – seiner Taten hat uns alle sprachlos gemacht, besonders wenn man bedenkt, dass er uns, als wir herangewachsen sind, eingehämmert hat, dass Loyalität gegenüber dem Familiennamen und dem Unternehmen das Einzige sei, was zählt.

Aber alles, was er uns beigebracht hatte, erleichterte es uns auch, das zu tun, wozu wir gekommen waren. Zu behaupten, er sei unglücklich darüber gewesen, was wir ihm mitzuteilen hatten, wäre eine Untertreibung. Aber angesichts seiner derzeitigen Lage konnte er nichts dagegen ausrichten.

Gleich nach unserer Besprechung mit unserem Anwaltsteam fuhr ich nach Hause. Nur dass mir die Vorstellung, allein in meinem riesigen Penthouse zu sein, zum allerersten Mal nicht passte.

Stattdessen kam ich hierher und habe die vergangene Stunde damit zugebracht, mir ein paar Gläser ihres teuersten Whiskeys einzuverleiben und darüber nachzugrübeln, warum zur Hölle mein Vater tat, was er tat. Ich drehte mich gedanklich im Kreis und wollte gerade gehen, als diese Frau sich auf den Barhocker neben mir setzte.

Jetzt störe ich sie dabei, ihre Sorgen zu ertränken – welche es auch immer sind –, und anstatt sich wie ein jedes Arschloch mit Selbstachtung zurückzuhalten, setze ich noch eins drauf und wende mich an den Barkeeper. »Das nächste Glas, das Sie ihr servieren, sollte eins voll Wasser sein.«

Ich kann die von ihr ausgehende Wut beinahe spüren.

»Wie bitte?«, sagt sie. »Ich kenne Sie nicht und Sie mich nicht, somit bin ich ziemlich sicher, dass Sie keine Mitbestimmung haben, was ich bestelle und wie viel ich davon trinke.«

Nun wende ich den Kopf in ihre Richtung, um sie richtig anzusehen, und verdammt, sie ist umwerfend. Ein enges schwarzes Kleid umhüllt einen zierlichen Körper mit perfekten Rundungen. Ihr Haar, das fast so dunkel ist wie meines, fällt ihr in weichen Wellen um die Schultern. Doch wovon ich den Blick nicht losreißen kann, ist ihr Gesicht. Das auffällige Grün ihrer Iriden und ihre schräg gestellten Augen verleihen ihr etwas beinahe Katzenhaftes. Ihre Nase ist klein und gerade, und ihr Mund lässt mich nur an eines denken: wie diese vollen rosa Lippen um meinen Schwanz geschmiegt aussehen würden.

Wenn sich eine Frau wie sie neben mich setzt, weiß ich für gewöhnlich sofort, wie die Nacht enden wird, doch sie hat einen glasigen Blick, der nicht nur von dem Whiskey herrührt, den sie geext hat.

Mit ihren Katzenaugen blinzelt sie mich an, dreht sich dann weg und blickt auf ihren Drink. Ich muss beinahe lachen, als sie sich sichtlich wappnet, ihn nimmt und herunterstürzt. Sie reagiert genauso wie beim ersten Mal: nach Luft schnappend und erschaudernd. Eine heiße Welle der Lust durchfährt mich, als ich mir vorstelle, sie würde denselben Laut von sich geben, wenn ich mich in ihr versenke.

Sie schaut auf zu dem offensichtlich völlig hingerissenen Barkeeper. »Noch einen, bitte.«

Sein Blick schnellt zu mir, doch ehe ich mit dem Kopf schütteln kann, klopft sie mit den Fingerknöcheln auf den Tresen, um seine Aufmerksamkeit zu bekommen. »He! Nicht er bestellt hier, sondern ich.«

»Noch so einer und Sie kippen um wie ein Schwerlaster«, sage ich, dabei weiß ich immer noch nicht, warum ich mich überhaupt einmische. Es liegt mir fern, jemanden davon abzuhalten, die eigenen Sorgen zu ertränken. Sie hat jedoch etwas an sich, das einen Beschützerinstinkt in mir zu wecken scheint, von dem ich noch gar nichts wusste. Was lächerlich ist. Sie wirkt zwar jung, aber sie ist erwachsen und kann tun, was immer sie will.

Und doch mache ich weiter: »Ich rate mal, dass der Grund für Ihr plötzliches Bedürfnis nach Hochprozentigem ein Mann ist. Vermutlich einer, der Ihnen kürzlich das Herz gebrochen hat. Wenn ich das erkennen kann, tut das auch jeder andere

Mann hier. Und das bedeutet: Noch einen Whiskey und jeder Scheißtyp, der Sie gerade beobachtet, wird versuchen, Sie anzubaggern – in dem Outfit umso mehr.«

Ich lasse den Blick über ihr Kleid und wieder nach oben wandern. Ich weiß, was die anderen Männer hier denken, weil ich genau das Gleiche denke. Zu ihrem Glück ist es nicht so mein Ding, junge, angetrunkene Frauen mit Liebeskummer auszunutzen, daher lasse ich mir meine Belustigung anhören, um meinen Punkt zu unterstreichen. »Aber hey, wenn Sie auf schnellen Rachesex aus sind, dann nur zu, betrinken Sie sich.«

Als sie mich anstarrt, den Schmollmund vor Schreck leicht geöffnet, habe ich fast ein schlechtes Gewissen.

Fast.

»Wow«, sagt sie, und ihre schönen Augen verengen sich. »Erstens dachte ich, ich hätte schon schlechte Laune, aber Sie sind noch das i-Tüpfelchen. Und zweitens ist es egal, wie viel ich trinke und wie viele Kerle mich anzubaggern versuchen, ich war noch nie eine für *schnellen Rachesex*.«

Wahrscheinlich nicht, der wäre allerdings besser für sie, als sich mit Whiskey abzuschießen.

»Sollten Sie aber vielleicht«, erwidere ich, ehe ich es mir verkneifen kann. Wollte ich das denn überhaupt? Diese Unterhaltung hier bietet Ablenkung, und die kann ich nach letzter Woche gebrauchen. Eine attraktive wie sie umso mehr.

Sie dreht sich zu mir. »Wieso? Meinen Sie, dann fühle ich mich morgen besser, wenn ich den Walk of Shame mache?«

»Wieso denn Shame? Beim Sex geht's darum, sich hier und jetzt gut zu fühlen. Die Gedanken abzustellen, indem man sich für ein paar Stunden voll und ganz auf jemandes anderen Körper einlässt. Es muss keine tiefe, bedeutsame Verbindung sein. Sie fühlen sich mies, Sex fühlt sich gut an. Warum nicht welchen haben?«

Ihr Blick entgleitet mir, kehrt jedoch Sekunden später zurück. Ihre Zähne drücken sich in ihre Unterlippe, und ich kann beinahe sehen, wie es in ihrem Hirn rattert.

Ich grinse. »Sie denken drüber nach, stimmt's?«

Selbst im Schummerlicht der Bar ist die Röte auf ihren Wangen zu erkennen. »Ich glaube, das geht Sie nichts an.«

Als sie sich wegdreht, lache ich leise in mich hinein. Ich sollte heimgehen. Morgen früh habe ich eine Videokonferenz mit den Chefs unserer Europa-Standorte. Stattdessen bedeute ich dem Barkeeper, dass ich noch einen Whiskey möchte. Als mir der gebracht wird, trinke ich einen Schluck und wende mich dann ihr zu. »Und, was hat er angestellt?«

Sie legt den Kopf schief und runzelt die Stirn. »Wer?«

Ja, sie hatte definitiv zu viel Whiskey, wenn sie schon vergessen hat, wer ihr den Abend versaut hat.

»Ihr Freund«, erkläre ich.

Sie schaut hinunter auf ihr leeres Glas. »Ex-Freund.«

»Tja, das scheint offensichtlich, aber ich wollte nichts unterstellen.«

Sie wedelt einen Tick zu ausufernd mit der Hand. »Unterstellen Sie nur.«

»Sie haben mir immer noch nicht verraten, was er angestellt hat.« Wieder winke ich dem Barkeeper, und er versteht, was ich möchte. Er gießt Wasser aus einer Karaffe ein, gibt eine Scheibe Limette ins Glas und stellt es ihr hin. Diesmal protestiert sie nicht, sondern nimmt es nur und trinkt einen Schluck.

Aus den Augenwinkeln sieht sie zu mir herüber. »Erzählen Sie mir nicht, dass Sie meine Jammerstory tatsächlich interessiert.«

»Normalerweise nicht. Aber gerade brauche ich Ablenkung, und die sind Sie.«

Als sie sich richtig zu mir dreht, tritt in ihre ausdrucksstarken Augen so etwas wie Mitgefühl. »Sorry. Wir reden die ganze Zeit nur über mich. Sind Sie okay?«

Überraschung durchzuckt mich. Wann hat mich das letzte Mal jemand gefragt, ob ich okay bin? Ich ignoriere die Frage. Auf keinen Fall werde ich irgendeiner Fremden erzählen, was für eine Scheiße die *King Group* gerade wegen meines lieben, alten Dads abkriegt. »Verraten Sie mir, was dieses Arschloch Ihnen angetan hat, dass Sie überlegen, heute Abend mit jemandem schnellen Rachesex zu haben.«

»Das habe ich gar nicht gesagt.«

»Stimmt. Ich bitte um Verzeihung.« Ich halte die Hände hoch, während ich mir ein Lächeln verkneifen muss.

Sie runzelt die Stirn. »Machen Sie sich etwa über mich lustig?«

»Das würde ich nicht wagen.«

Kurz starrt sie mich an, dann entsteigt ein Lachen ihrer Kehle. »Doch, na klar.«

Wenn sie lacht, ist sie sogar noch umwerfender.

Über ihren Kopf hinweg ertappe ich ein paar Geschäftsmänner in Anzügen dabei, wie sie sie vom anderen Ende des Tresens her beobachten. Kaum verhohlene Begierde blitzt wie ein Warnsignal in deren Augen, sodass ich das Lächeln einstelle und ihnen einen gewichtigen bösen Blick schenke, der schon viel einflussreichere Männer als sie eingeschüchtert hat. Sie entwickeln plötzlich reges Interesse an den Bieren vor sich, und ich wende meine Aufmerksamkeit wieder der neben mir sitzenden Frau zu.

»Wollen Sie's wirklich wissen?«, fragt sie, woraufhin ich einen Moment brauche, um zu kapieren, dass sie auf meine Frage nach ihrem Ex antwortet.

Ich brenne nicht unbedingt darauf zu hören, womit dieser Kerl sie enttäuscht hat. »Enttäuschend« fasst die meisten Beziehungen zusammen, wenn man mich fragt. Aber ich will, dass sie weiterredet, und wenn nur, bis diese zwei Arschlöcher zahlen und gehen. Ganz zu schweigen von den anderen Männern hier, die sie beäugen, seit sie sich hingesetzt hat. Also nicke ich.

»Reden Sie es sich doch von der Brust.« Wundersamerweise schaffe ich es, bei dieser Aussage nicht auf ihren Ausschnitt zu gucken.

Sie trinkt noch einen Schluck Wasser. »Na gut. Also, wir sind Arbeitskollegen.«

Als ich eine Augenbraue hochziehe, verzieht sie das Gesicht.

»Ich weiß. Nicht gerade smart. Aber wir haben uns kennengelernt, als ich im letzten Studienjahr ein Praktikum dort gemacht habe. Er flirtete mit mir, und ich war geschmeichelt, weil er gut aussieht. Und älter ist.«

»Da stehen Sie drauf?«, frage ich mit einem Grinsen.

Zwischen ihren Brauen erscheint eine kleine Falte, und sie lässt langsam den Blick über mein Gesicht wandern. »Vielleicht.«

Mit der Antwort habe ich nicht gerechnet. Hitze durchflutet mich, vor Erregung beginnt es drängend in meinen Adern zu pochen. Das zu unterdrücken, kostet mich mehr Mühe als sonst. Ich bin nicht hergekommen, um eine Frau aufzureißen, sondern in einem Laden was zu trinken, wo mich wahrscheinlich niemand erkennt. Nicht, dass ich denke, sie will abgeschleppt werden – jedenfalls nicht ernsthaft. Sie ist bloß eine Frau, die sexy ist, ohne sich extra anzustrengen.

Sie senkt den Blick und fährt mit einem Finger über das mit Kondenswasser beschlagene Glas vor sich. »Wie dem auch sei, als mein Praktikum vorbei war, hat mich Paul auf ein Getränk eingeladen, eins führte zum anderen, und wir haben uns geküsst.«

»Nur geküsst?«, frage ich. »Wie überaus romantisch.«

Diesmal wirft sie mir einen bösen Blick zu. »Ja, nur geküsst. Es war ... schön. Ich mochte ihn, wollte mich aber auf meinen Abschluss konzentrieren, deswegen beließen wir es dabei. Nach dem Studium wurde mir ein Job in der Firma angeboten. Als ich dort anfing, arbeitete Paul für einige Zeit in unserem Büro in London, aber kurz nach seiner Rückkehr fingen wir an zu daten.«

»Wie lange ist das denn her?«, frage ich.

»Drei Monate.«

»Dann ist aus Ihrer schillernden Liebesbeziehung schon nach drei Monaten die Luft raus?«

Sie macht ein süßes Schmollgesicht. Ich sollte mich nicht über sie lustig machen, doch es gefällt mir, wie es in ihren grünen Augen funkelt, wenn sie sauer wird. Sie erinnert mich ein bisschen an eine Katze, der man das Fell gegen den Strich streichelt – klein, aufgeplustert und fauchend, als könnte mich ihre Wut tatsächlich verjagen.

Ich wette, wenn ich sie auf die richtige Weise streichle, schnurrt sie auch wie ein Kätzchen.

»Ich habe nie behauptet, dass sie schillernd war.«

»Also war der Typ langweilig.«

»Das habe ich auch nicht gesagt.« Sie schüttelt den Kopf und lacht dann auf, ihre Verärgerung ist bereits verflogen.

Faszinierend, wie wechselhaft ihre Gefühle sind. Und wie offen sie sie zeigt. Das sagt etwas über die Welt aus, in der ich lebe. Aufrichtige Gefühle erlebt man selten. »Was lief dann schief?«

Auf ihr Wasserglas blickend schweigt sie kurz. »Er meinte, es läuft einfach nicht wie gedacht.«

»Klingt ziemlich abgedroschen«, stelle ich fest.

Diesmal ist ihr Lachen humorlos. »Schätze schon. An mir und meiner Geschichte ist nichts Besonderes.«

Ich lasse den Blick über ihre Kurven wandern. »Das würde ich nicht sagen.«

Ein scharfes Lufteinziehen zeigt, dass sie nicht unempfänglich für mich ist.

Ich stütze einen Ellbogen auf den Tresen. »Und, was machen Sie jetzt?«

Sie reißt den Blick von mir los. »Nichts, schätze ich. Mein Job ist toll, ich arbeite total gern in dieser Firma, kündigen steht also nicht zur Debatte. Ich mag nur nicht, wie ich mich gerade fühle. Ich möchte nicht denken, dass ich etwas falsch gemacht habe. Dass ich mich mehr hätte bemühen sollen. Dass, wenn ich nur ...« Sie verstummt, dann trinkt sie noch einen Schluck Wasser.

Ich lehne mich zurück und betrachte sie. Das Wassertrinken hat ihre vom Alkohol glasigen Augen wieder klar werden lassen. Als mein Blick auf ihren nackten Oberschenkeln in ihrem kurzen Kleid verweilt, treffe ich eine Entscheidung und lasse die gespielte Höflichkeit sein. »Dann solltest du den schnellen Rachesex vergessen.«

»Ach ja?« Nach meiner eingehenden Inspektion klingt sie ganz atemlos, ich kann es nicht erwarten, sie mich in derselben hauchigen Stimme anbetteln zu hören, dass ich sie vögeln soll.

Unfähig den Blick von ihr zu lösen, nicke ich. Alkohol allein konnte mich nicht ablenken. Vielleicht ist sie genau, was ich brauche, um zu vergessen, was gerade alles abgeht, und ihr verhilft es auch zur Ablenkung. »Ich finde, du solltest stundenlangen, total versauten Rachesex haben. Und ich finde, ich sollte derjenige sein, mit dem du ihn hast.«

Hitze steigt ihr in die Wangen, und ich werde schon fast hart, als ich mir vorstelle, die Lippen auf ihre warme Haut zu pressen, während ich mich in ihr bewege.

»Wa-Warum du?«, fragt sie.

Ich beuge den Kopf zu ihr, wobei ein Hauch ihres Dufts zu mir dringt – eine betörende Mischung aus Wildblumen und etwas noch Sinnlicherem. »Weil ich dir garantieren kann, dass es gut wird. Weil ich glaube, dass wir es heute Nacht beide gut gebrauchen könnten, den Kopf abzuschalten. Und weil ich mir seit dem Moment, als du dich hingesetzt hast, permanent ausmale, wie ich dir dieses Kleid ausziehe.«

Als sie sich regelrecht auf ihrem Hocker windet, werde ich vollends hart. Wie feucht sie wohl gerade ist? Verdammt, ich kann's nicht erwarten, es rauszufinden.

Sie klemmt sich das Haar hinter die Ohren und versucht sich zusammenzunehmen. »Wow, bei dir geht's schnell, was?«

»Wenn's sein muss, kann ich auch langsam machen.« Ich verschränke die Arme vor der Brust und lehne mich auf dem Barhocker zurück, während ich ihre Antwort abwarte.

»Tja«, sagt sie, wobei ihr Blick auf meine Unterarme fällt, wo ich die Hemdsärmel hochgekrempelt habe. »Eventuell musst du für mich gerade noch mal einen Gang zurückschalten.«

Das ist kein Ja. Aber auch kein Nein.

Ich könnte einfach weitertrinken. Ich könnte eine der anderen Frauen hier abschleppen, die sich neben mich gestellt haben, während sie auf ihre bestellten Getränke warteten, und mir hoffnungsvolle Blicke zugeworfen haben. Ich könnte sogar Jessica anrufen, auch wenn ich ihr auf gar keinen Fall den Eindruck vermitteln will, dass ich unser beider Arrangement ausweiten möchte. Aber wenn ich ehrlich bin, hat diese Frau hier ein Interesse bei mir geweckt, wie es dieser Tage nur wenige schaffen. Und nach dem beschissenen Tag heute ist die Vorstellung, mich in ihrem Körper zu verlieren, eine Verlockung, der ich nicht widerstehen kann.

»Dann machen wir langsam«, sage ich.

Sie schweigt kurz, dann legt sich ein entschlossener Zug um ihre zarte Kieferpartie. »Ich hab's mir anders überlegt.«

Mich überkommt heftigere Enttäuschung als gedacht, doch ehe ich etwas antworten kann, überrascht sie mich erneut.

»Ich hab's satt, langsam zu machen. Einmal möchte ich nicht alles zerdenken.«

»Willst du damit sagen …«

Sie atmet tief durch. »Ich sage Ja.«

4

Delilah

Ich bekomme zittrige Hände, als ein lustvoller Ausdruck in seine blauen Augen tritt. Doch obwohl es sich anfühlt, als wäre sein großer Körper mit einem Mal zum Äußersten gespannt, rührt er sich nicht. Vielleicht spürt er meine Nervosität.

»Ja? Hast du gar keine Fragen mehr an mich? Willst du nichts über den Mann wissen, mit dem du mitgehen willst? Wer ich bin, was ich mache?«

Ich befeuchte meine Lippen. Stimmt, alles so was sollte ich eigentlich wissen wollen, bevor ich irgendwas mit diesem Kerl anfange. Aber sofern er mir nicht gesteht, dass er ein Serienkiller ist, macht irgendwas von alldem dann einen Unterschied? Gerade habe ich das Nachdenken satt. Ich will einfach bloß Sex mit diesem Mann haben, der seinen Aussagen und seinem Benehmen nach zu urteilen genau zu wissen scheint, was er tut. Dann habe ich diese Hürde hinter mir und kann mit meinem Leben weitermachen.

»Tun wir doch gar nicht erst so, als würden wir uns nach heute Abend jemals wiedersehen. Du kommst mir nicht wie der Typ für mehr als eine Nacht vor.«

Er senkt den Kopf. Als er unter seinen dunklen Wimpern hervor zu mir hochschaut, liegt ein beinahe schelmisches Funkeln in seinen Augen. »Stört dich das?«

»Nein.« Ich atme zittrig aus. »Doch. Ich weiß nicht.« Ich bin wohl doch nicht so unbekümmert, wie ich dachte. »Sorry, ich hab in so was keine Übung.«

Einer seiner Mundwinkel geht nach oben. »Das merke ich.« Ein verführerisches Lächeln breitet sich gemächlich auf seinem Gesicht aus. »Soll ich dich überzeugen?«

Seine raue Stimme lässt mich am ganzen Körper erschauern. Ich lecke mir über die Unterlippe und nicke, denn vielleicht beruhigt es meine Nerven, wenn ich höre, was genau er mit mir vorhat.

»Soll ich dir erzählen, warum du jetzt gleich mit auf mein Hotelzimmer kommen sollst?«

»Ja.« Es ist ein atemloses Wispern.

Ich schnappe nach Luft, als er nach meinem Hocker greift und ihn zu sich heranzieht, bis sich meine Knie zwischen seinen Oberschenkeln befinden. Dann beugt er sich vor, klemmt mir die Haare hinters Ohr und flüstert hinein, sodass sein heißer Atem mir Gänsehaut bereitet. »Weil, wenn wir allein sind, nachdem ich dich schon zweimal zum Höhepunkt gebracht habe, einmal mit den Fingern und einmal mit der Zunge, wenn ich tief in dir bin und dich auf deinen dritten Orgasmus zubefördere, weil ich dir dann ganz genau sagen werde, wie sexy du bist, wie hart ich deinetwegen bin und wie unfassbar heiß du dich anfühlst, wenn ich in dir bin. Du wirst vergessen, dass jemals ein anderer Mann in dir war, und wenn ich es dann schließlich zulasse, wirst du vor Lust schreiend auf meinem Schwanz kommen.«

Als er sich zurücklehnt, damit er mir in die Augen sehen kann, nehme ich an, meine Pupillen sind so stark geweitet, dass zu erkennen ist, wie sehr seine Worte auf mich wirken.

Lächelnd streicht er mit den Fingerknöcheln über meine brennenden Wangen und sagt: »Überzeugend genug?«

Mein Mund ist dermaßen trocken, dass ich kaum sprechen

kann, und mein Herz wirft sich regelrecht gegen meinen Brustkorb. Das ist das Verrückteste und Leichtsinnigste, was ich je in meinem Leben in Erwägung gezogen habe. Ich könnte es darauf schieben, dass ich zu viel getrunken habe, doch daran liegt es nicht. Inzwischen bin ich wieder absolut klar im Kopf. Aber ich habe genug davon, mich verantwortungsbewusst zu benehmen und stets das Richtige zu tun. Ich habe es satt, das hier zu zerdenken. Mom hat mir immer geraten, mich auf mein Studium zu konzentrieren und mir einen guten Job zu suchen, statt mich in eine Beziehung zu stürzen oder einen Mann meiner Zukunft in die Quere kommen zu lassen. Na ja, ich habe ihren Rat mehr als beherzigt. Ich bin eine der jüngsten zugelassenen Architektinnen der USA, was schon Beweis genug ist, aber ich will noch vieles erreichen. Da kann ich es nicht auch noch gebrauchen, entscheiden zu müssen, welchem Mann ich mich das erste Mal körperlich hingebe. Ich könnte es einfach tun, es hinter mich bringen und weiterleben, ohne dass es länger über mir schwebt.

Also ja, heute Nacht werde ich einmal im Leben leichtsinnig sein. Ich werde mich gehen lassen, das Denken einstellen und diesem Mann, diesem Fremden, geben, worauf Paul offenbar nicht zu warten bereit war.

Und mein Gefühl sagt mir, er wird dafür sorgen, dass ich jede einzelne Sekunde genieße.

Ich schaue ihm in die Augen. »Sehr überzeugend.«

Helle Zufriedenheit flackert in seinen eisblauen Augen auf.

»Wie heißt du?«, fragt er und streckt die Hand aus, um mir noch eine verirrte Haarsträhne hinters Ohr zu streichen. Er lässt die Finger an meiner Halsbeuge hinabwandern, sodass in meinem Bauch Schmetterlinge losbrechen.

»Delilah. Und du?«

»Cole«, sagt er und betrachtet mich dabei merkwürdig intensiv, so als könne ich meine Meinung ändern, nachdem ich seinen Namen erfahren habe.

Komischerweise widerstrebt es mir, unseren Small Talk fortzusetzen, nachdem ich eingewilligt habe, Sex mit ihm zu haben. Wie meist in meinem Leben: Wenn ich etwas beschlossen habe, will ich es so schnell wie möglich durchziehen. Zwar bin ich nach wie vor nervös, doch die zunehmend in mir aufkommende Vorfreude kann ich nicht ignorieren. Ich muss einen Teil von mir ausleben, den ich bis jetzt zurückgehalten habe.

Als er also fragt, ob wir gehen sollen, nicke ich, trinke noch einen letzten Schluck Wasser, um meine trockene Kehle zu befeuchten, und rutsche von meinem Hocker.

Während Cole mich mit einer Hand auf meinem Kreuz Richtung Ausgang führt, werde ich den Gedanken nicht los, was seine Hände bald sonst noch alles mit mir anstellen werden. Ich werde das Bild nicht los, wie sich sein vor Schweiß glänzender Körper über mir bewegt.

Abrupt bleibe ich stehen und kann nicht weitergehen, ohne ihm die Wahrheit gestanden zu haben. Womöglich übersteigt sie das, womit er rechnet. Meine Jungfräulichkeit könnte ein Dealbreaker für ihn sein, er hat ein Recht zu wissen, worauf er sich einlässt. »Warte. Ich muss dir erst noch etwas sagen.«

Ein wachsamer Ausdruck strafft seine Züge, und seine Brauen wandern nach oben, während er darauf wartet, dass ich mein Zögern erkläre.

»Ich ... ähm ... Ich habe das tatsächlich noch nie gemacht.«

»Ich find's ziemlich offensichtlich, dass es untypisch für dich ist, mit einem Mann mitzugehen, den du eben erst in einer Bar kennengelernt hast.«

Ich senke die Stimme. »Nein. Ich meine, ich habe ... es ... noch nie gemacht. Überhaupt noch nie.«

Eine Furche erscheint zwischen seinen Brauen.

»Ich bin noch Jungfrau«, zische ich, als er nicht reagiert.

Überraschung flackert in seinen Augen auf. »Was meintest du noch mal, wie alt du bist?«

Seine offenkundige Ungläubigkeit lässt mich das Kinn recken. »So selten ist das ja wohl auch wieder nicht.« Ich halte den Atem an, während ich mich frage, ob er es sich jetzt anders überlegt.

Als er den Blick über mich wandern lässt, schimmert etwas darin, das ich nicht einordnen kann. Ein leises Lächeln umspielt seine Lippen. »Selten genug.« Noch immer halb lächelnd schüttelt er den Kopf, dann nimmt er meine Hand. »Lass uns gehen.«

* * *

Es ist nur ein kurzes Stück zu Fuß bis zu seinem Hotel, einem der Luxuskette *King International*. Ich bin zu nervös, um sämtliche architektonischen Details in dem weiten Foyer zu erfassen, wie ich es sonst tun würde, aber als er mich zum Fahrstuhl führt, eine Zimmerkarte vorhält und auf den Knopf für das oberste Stockwerk drückt, trifft mich der Schlag. »Eine Suite?«

Seine Lippen biegen sich nach oben. »Vorteil meines Jobs.«

»Was machst du denn?«

»Ich bin im … Gastgewerbe tätig.«

Ich lächle ihn an. »Wow, dann hätte ich wohl doch beim Kellnern bleiben sollen.«

Ich warte darauf, dass er mich fragt, was ich beruflich mache, doch er lässt es bleiben. Er betrachtet mich nur mit seinen umwerfenden, von dunklen Wimpern umrahmten blauen Augen, denn schließlich sind wir nur aus einem Grund hier. Einander kennenzulernen, gehört nicht dazu.

Als mir mein Fehler bewusst wird, lache ich über mich selbst. »Ach«, sage ich. »Ich kriege schon noch den Dreh raus, wie so was hier läuft.«

Mit einem schiefen Lächeln auf den Lippen schüttelt er den Kopf, als amüsierte er sich über mich. Wahrscheinlich ist es so. Bestimmt ist er sonst mit viel erfahreneren Frauen als mir zusammen. Der Gedanke verunsichert mich mehr als gedacht. Bevor ich zu lange darüber nachsinnen kann, gelangt der Fahrstuhl mit einem Plingen auf seiner Etage an und die Türen gehen auf.

Cole führt mich einen kurzen Flur entlang, der so aussieht, als wäre er mit Marmor gefliest. Er hält seine Karte an die Tür, drückt sie auf und tritt zur Seite, damit ich zuerst hineingehe.

»Du meine Güte.« Meine Füße rühren sich nicht mehr vom Fleck, als ich den riesigen Raum betrachte. In einem so luxuriösen Hotelzimmer war ich noch nie. Es lässt sich nur als opulent beschreiben, mit den hohen Decken, dem Parkettboden und den teuer aussehenden Möbeln. Es hängt sogar ein Kristallkronleuchter über dem Esstisch. Woran mein Blick aber hängen bleibt, ist die unverstellte Aussicht auf die Skyline von New York City.

»Wow«, flüstere ich. Die bodentiefen Fenster ziehen mich an, und ich bleibe davor stehen, berühre mit den Fingerspitzen leicht das kalte Glas, während ich auf die sich unter mir ausbreitende Stadt schaue.

Unwohlsein regt sich in meinem Bauch. Zwar mag Coles Arbeitgeber für die Hotelsuite aufkommen, aber er ist ganz offensichtlich selbst reich. Und ich weiß, wie reiche Männer sind: Wenn sie etwas wollen, ob Besitztümer oder einen Menschen, sind sie gnadenlos dahinter her, ohne Rücksicht auf die Auswirkungen ihrer Selbstsucht.

Mache ich einen Fehler?

Ich schüttele den Kopf. Ich zerdenke es schon wieder. Nach heute Nacht werde ich Cole nie wiedersehen, und ich habe alle Vorkehrungen getroffen, um mich vor ungewollten Konsequenzen zu schützen. Sobald ich anfing, Paul zu daten, habe ich mir ein Verhütungsstäbchen einsetzen lassen. In der Annahme, dass ich es heute Abend mit ihm tun würde, habe ich sogar ein Kondom eingepackt. Falls ein Mann wie Cole aus irgendeinem Grund keins zur Hand haben sollte, bin ich also vorbereitet.

»Möchtest du was trinken?«, fragt Cole hinter mir.

Ich löse mich von der Aussicht und schaue ihn an, der vor einer ausladenden Hausbar steht. So verlockend es ist, mir mit einem großen Glas Wein Mut anzutrinken, möchte ich alles ganz genau mitbekommen, was zwischen uns passiert.

»Ich hatte heute Abend wohl schon genug Alkohol. Ich nehme bloß ein Wasser, danke.«

Er öffnet eine Flasche, schenkt mir ein Glas ein, gibt eine Scheibe Zitrone hinein und kommt zu mir. Als ich das Glas entgegennehme und sich unsere Finger streifen, huscht mein Blick zu ihm, während mein Herzschlag in die Höhe schießt.

Ich trinke einen Schluck, dann noch einen. Cole hat sich nicht die Mühe gemacht, sich selbst etwas einzuschenken. Stattdessen beobachtet er mich, und sein Blick verdunkelt sich, als ich mir einen verirrten Wassertropfen von den Lippen lecke.

Ohne abzuwarten, bis ich ausgetrunken habe, nimmt er mir das Glas ab. »Du bist doch nicht hier, um deinen Flüssigkeitshaushalt auszugleichen und den Ausblick zu bewundern, oder?

Mir schlägt das Herz bis zum Hals. »Ich – äh, nein, bin ich nicht.«

Wieder landet sein Blick auf meinem Mund, und er hebt die Hand, um mit dem Daumen über meine Unterlippe zu fahren. Wird er mich jetzt küssen?

»Dreh dich um«, sagt er mit tiefer, fester Stimme.

Ich blinzele, stoße einen zittrigen Atemstoß aus und tue, was er sagt. Ich zucke nur ganz leicht zusammen, als er an den Reißverschluss meines Kleids fasst und ihn aufzieht. Er lässt sich Zeit, als genieße er die Vorfreude, dann streift er die Träger über meine Schultern. Der Stoff gleitet an meinem Körper hinab und landet als Häufchen am Boden.

Du meine Güte, das hier geschieht wirklich.

»Geh ins Schlafzimmer. Schön langsam«, verlangt er, und als ich über die Schulter zu ihm schaue, schenkt er mir ein heißes Grinsen. »Komm schon, Kätzchen. Wenn du das hier willst, dann machen wir's auf meine Art. Und ich will dich ansehen.«

Kätzchen? Echt jetzt? Ich hinterfrage es jedoch nicht weiter. Ich habe Wichtigeres im Kopf. »So hatte ich mir das eigentlich nicht vorgestellt.«

Er lässt die Fingerknöchel an meiner Wirbelsäule hinabgleiten, und seine Berührung hinterlässt bei mir eine Gänsehaut. Sein Blick ist eindringlich. »Du hast dir mich nicht ohne Grund ausgesucht«, sagt er, »und der ist nicht, dass du dachtest, ich wäre sanft und zärtlich. Bestimmt hast du schon jede Menge richtig nette Männer kennengelernt, die dich zu gern mit Süßholzgeraspel aus den Klamotten und in ihr Bett gequatscht hätten, aber die wolltest du alle nicht, stimmt's? Du willst mich. Und zwar, weil ein Teil von dir genau weiß, wie das hier ablaufen wird. Du hast genug vom Denken, jetzt willst du loslassen und fühlen. Aber es kann sein, dass ich mich irre. Vielleicht willst du tatsächlich Süßholzgeraspel hören und hinterher kuscheln. Wenn das der Fall ist, tu dir keinen Zwang an und geh wieder zur Tür hinaus. Ich lasse dich sogar von einem Fahrer nach Hause bringen.«

Vielleicht sollte ich gehen. Vielleicht sollte ich sein Angebot annehmen und diesen Abend als einen Moment des Leichtsinns verbuchen. Aber wie ich hier so in meinen Dessous vor einem im Grunde völlig fremden Mann stehe, will ich nicht gehen. Ich muss Vertrauen in mich und meine Urteilsfähigkeit haben. Lernen, meinem Instinkt zu vertrauen, statt zu viel zu analysieren. Und jetzt gerade sagt mir mein Instinkt, dass ich brauche, was dieser Mann mir zu bieten hat. Er soll die Kontrolle übernehmen, damit ich loslassen kann.

Ich stoße den Atem aus, lockere meine angespannten Muskeln, dann steige ich aus meinem abgestreiften Kleid und gehe Richtung Schlafzimmer.

5

Cole

Verdammt. Delilah ist eine totale Augenweide. Sie mag zierlich sein, aber ihre zarten Schultern und die schmale Taille gehen über in kurvige Hüften und einen prallen Po, den ich liebend gern über die Sofalehne gebeugt sehen würde.

So sehr mich die Vorstellung reizt, ich bin kein derartiges Arschloch, dass ich ihr die Jungfräulichkeit auf die Art nehmen würde. Heißt aber nicht, dass ich es mir nicht trotzdem ausmale.

Sie wiegt ihren Körper verführerisch, und ich folge ihr, wobei ich im Gehen meine Krawatte lockere. Ich reibe die Seide zwischen meinen Fingern, während ich mir vorstelle, wie ich sie ihr um die Handgelenke binde und über den Kopf strecke. Aber nein. Nicht bei ihrem ersten Mal. Fuck. Es gibt so vieles, was ich mit ihr anstellen will, dabei werde ich nie Gelegenheit dazu haben. Nicht wenn die nächsten paar gemeinsamen Stunden alles sind, was wir haben.

Sie gelangt beim Bett an und sieht über die Schulter hinweg erneut zu mir. Sie dreht sich nicht um, wartet nur auf meine nächste Anweisung – und scheiße, wenn mich das mal nicht anmacht.

Ein letzter Schritt, dann stehe ich hinter ihr, so dicht, dass mein schmerzhaft harter Schwanz ihren Po berührt. Sie zieht scharf die Luft ein, als ich den Verschluss ihres BHs aufschnippen lasse, die Träger über ihre Schultern schiebe und den spitzenbesetzten Stoff zu Boden fallen lasse. Mit einer Hand beuge ich ihren Kopf zur Seite, damit ich die Lippen über ihren Hals gleiten lassen kann und mit der Zunge über die Stelle fahren, unter der ihr Puls heftig pocht. Sie wankt gegen mich, woraufhin ich lächeln muss.

»Dreh dich um.« Meine Stimme ist ein raues Flüstern, und als sie sich mir zuwendet, wandert mein Blick sofort zu ihren vollen Brüsten und den blassrosa Brustwarzen, die langsam hart werden. Ich kann's verdammt noch mal nicht erwarten, sie zu kosten.

Meine Geduld ist vorbei, ich lege einen Arm um ihre Taille, umfasse eine dieser herrlichen Brüste und neige den Kopf, um sie in den Mund zu nehmen.

Instinktiv landen ihre Hände an meinem Kopf, sie fasst mir ins Haar und stöhnt auf, als ich die Zunge um ihre Brustwarze kreisen lassen. Ich wende meine Aufmerksamkeit ihrer anderen Brust zu, kratze mit den Zähnen darüber und beiße sanft in die empfindliche Haut.

»Cole«, keucht sie. »Ich … Ich brauch …«

Ich richte mich auf. »Ich weiß, was du brauchst, und das geb ich dir auch bald, aber zuerst will ich, dass du aufs Bett steigst, ganz bis nach oben krabbelst und dich dann ans Kopfteil gelehnt hinsetzt.«

Erneut zögert sie, aber ich trete einen Schritt zurück und verschränke abwartend die Arme, gebe weitaus mehr Selbstbeherrschung vor, als ich besitze.

Als sie sich darauf einlässt und zum Kopfende krabbelt, bekomme ich wieder ihren üppigen Hintern präsentiert – der von nicht mehr als dem winzigen Streifen Stoff zwischen ihren Beinen bedeckt wird –, und ich muss eine Hand auf meine Erektion pressen, damit der schmerzhafte Druck etwas nachlässt.

Sobald sie gegen das Kopfteil aus schwarzem Leder gelehnt dasitzt und mich mit einer Mischung aus Nervosität und Verlangen ansieht, lasse ich die Hand sinken. »Jetzt will ich, dass du deinen kleinen Slip zur Seite ziehst und dich selbst berührst.«

Ihre Wangen röten sich und sie schüttelt leicht den Kopf. »Ich glaub, damit fühle ich mich nicht wohl.«

Ich knöpfe langsam mein Hemd auf. »Wenn es dein erstes Mal ist, soll es so gut wie möglich für dich werden. Zu sehen, wie du dich selbst gern anfasst, verrät mir, wie ich dafür sorgen kann.« Das stimmt, wenn auch nicht ganz. Ich weiß nicht recht, ob sie so gut darauf reagieren würde, wenn ich sage, dass es mich total anmacht, zuzugucken, wie sie sich berührt. »Oder willst du mir erzählen, du bist so unschuldig, dass du es dir noch nicht mal selbst gemacht hast?«

Sie verfolgt jede meiner Bewegungen, als ich mein Hemd ausziehe. Wie sich ihr Blick beim Betrachten meiner Brust verdunkelt, verrät mir, dass sie die viele Zeit zu schätzen weiß, die ich im Fitnessstudio verbracht habe.

Aber als sie registriert, was ich eben gesagt habe, schnellt ihr Blick wieder hoch zu meinem Gesicht. »Doch, natürlich.«

Ich erlaube mir, über den in ihren Augen aufflammenden Ärger zu grinsen, und kann es mir nicht verkneifen, sie noch mehr zu provozieren. »Vielleicht sollte ich wissen, wie unschuldig du tatsächlich bist. Wie weit bist du schon gegangen? Hast du schon mal irgendwas eingeführt? Oder hat das ein Mann übernommen? Hat's dir jemand mit dem Mund besorgt? Womit habe ich es hier zu tun?«

Die Verärgerung flammt noch heißer auf. »Ja, ja und ja. Und damit du's weißt: Ich hab zu Hause eine Schublade voller Toys, du brauchst dir also keine Sorgen über Blut auf dem Laken zu machen. Genau genommen weiß ich gar nicht, ob deine Ausstattung mit meinem Lieblingsteil mithalten kann. Es ist *groß*.«

Ich lache auf. Ich kann nicht anders. Diese Miezekatze zeigt Krallen. »Wenn ich nicht wüsste, dass meine *Ausstattung* dich ganz bald dazu bringen wird, dass du meinen Namen stöhnst, wäre ich vielleicht nervös. Aber sofern du nicht gerade einen von diesen Riesenteilen hast, werd ich alles übertreffen. Und da du ja so erfahren in Selbstliebe bist«, ich grinse, als sie rote Wangen bekommt, weil ihr klar wird, was sie da eingestanden hat, »sollte es dir doch nichts ausmachen, mir zu zeigen, wie du es machst.«

Ich lege eine Hand in meinen Schritt und beobachte, wie sie angesichts der Erektion in meiner Hose große Augen macht. »Wenn du dich dann wohler fühlst, zeige ich dir gleichzeitig, wie sehr du mich damit anmachst.«

Sie beißt sich kurz auf die Unterlippe. »Okay«, flüstert sie dann.

»Braves Mädchen«, raune ich.

Wie ihr Blick zu meinem Gesicht zuckt und sie kurz die Zunge hervorschnellen lässt, um ihre Lippen zu befeuchten, ist fesselnd. Es gefällt ihr, wenn ich das sage.

Den Blick fest auf sie gerichtet, öffne ich den Reißverschluss meiner Jeans, hole meinen pulsierenden Schwanz hervor und umschließe ihn. Delilahs Augen weiten sich, während sie beobachtet, wie sich meine Finger langsam auf und ab bewegen. »Du bist dran«, sage ich.

Unter einem hörbaren Schlucken lässt sie die Hände hinabwandern. Mit einer Hand zieht sie den Spitzenslip beiseite und enthüllt das Schönste, was ich je gesehen habe. Mit den Fingern der anderen berührt sie zaghaft ihre Klitoris, bevor sie sie kreisend massiert.

Verdammt.

Ich verstärke meinen Griff. »Richtig so, Kätzchen. Ich würde ja vorschlagen, dass du weitermachst, bis du bereit für mich bist, aber so feucht, wie du schon bist, scheinst du kurz davor zu sein.«

Ihre Lider flattern, sie schnappt nach Luft, macht aber schön brav weiter.

Ich verlangsame meine Handbewegung, denn zuzuschauen, wie sie sich befriedigt, bringt mich zu schnell zu kurz davor. Vor lauter Drang, zwischen ihren Schenkeln zu liegen und in ihre für mich bestimmt einmalige Enge vorzudringen, durchfährt mich ein heißer Schauer der Lust. »Eigentlich wollte ich dich ausprobieren lassen, wie viele Finger reinpassen, aber ich bin mal gierig und übernehm das selbst.«

Die Matratze gibt unter meinem Gewicht nach, als ich daraufsteige und mich zwischen ihre gespreizten Beine bringe. Ich kann nicht aufhören, ihre schon feuchte rosa Haut anzustarren, und der Drang, hineinzutauchen, ist so groß, dass ich die Augen schließen und einmal tief durchatmen muss. Solche Vorfreude auf den Sex mit einer Frau habe ich nicht empfunden seit … keine Ahnung.

Für Delilah darf ich derjenige sein, der ihr zeigt, was genau ihr Körper mit dem eines Manns anstellen kann. Ich darf der Erste sein, durch dessen Schwanz sie kommt. An mir wird jeder andere später gemessen. Und wie sich herausstellt, ist das ein echt aufregendes Gefühl.

»Hände weg. Du gehörst jetzt mir«, sage ich, doch bevor sie das tun kann, halte ich ihr Handgelenk fest und nehme ihre Finger zwischen die Lippen. Ich stöhne auf. Auf meinem Schwanz bildet sich Feuchtigkeit, die an den Innenseiten ihrer Schenkel hängen bleibt, als ich mich über sie schiebe, gleichzeitig schmecke ich ihre Erregung und weiß, dass sie bereit für mich ist.

»Oh, wow, das ist echt …« Ihre Finger zucken gegen meine Zunge, ihr Blick liegt auf meinem Mund – verdammt, ich werd diese Frau so was von *durchnehmen.*

Aber zuerst muss sie kommen. Sie soll so feucht wie nur möglich sein und sich schon verzweifelt nach meinem Schwanz sehnen.

Ich fasse sie bei den Hüften und ziehe zu mir, bis sie flach auf dem Rücken liegt, dann beuge ich mich herunter und lecke über ihre Klitoris, während ich einen Finger in sie tauche. Oh Mann, wie eng sie ist. Sie wird genau spüren, wie ich mich in sie schiebe.

Abwechselnd lecke ich mit der Zunge über ihre empfindliche Klitoris, umkreise sie und sauge, während ich den Finger vor und zurück gleiten lasse, bis ein weiterer hineinpasst. Als ich beide in sie bringe, geben ihre straffen Muskeln etwas nach, doch kurz darauf zieht sich ihr Inneres wieder um mich zusammen. Ihr hauchiges Stöhnen wird schneller. Sie ist fast so weit. Ich sauge fest an ihrer Klitoris, beiße dann sanft zu, da explodiert sie unter einem lauten Aufschrei. Der Orgasmus durchfährt sie, und sie verengt sich heftig um meine Finger. Verdammt, ich kann's gar nicht erwarten, das zu erleben, wenn ich in ihr bin.

»Cole, du meine Güte. Das war … Ich kann gar nicht …«

Ein Blick auf ihr gerötetes Gesicht, ihre geöffneten Lippen, ihre geweiteten grünen Augen und ich kann nicht mehr. Ich sagte ihr, ich würde sie zweimal zum Höhepunkt bringen, bevor wir vögeln, aber einmal muss reichen, denn ich will jetzt sofort in diesem kleinen, engen Körper sein.

Ich greife zum Nachttisch und nehme ein Kondom aus der Schublade, reiße es mit den Zähnen auf und rolle es über meine Erektion. Als ich eine Hand neben ihrem Kopf aufstütze, treffen sich unsere Blicke. Ihr erregter Ausdruck ist mit das Erotischste, was ich je gesehen habe. Während sie zu mir hochschaut, sind ihre Pupillen so stark geweitet, dass nur noch ein schmaler smaragdgrüner Ring darum liegt, und ihr Mund ist leicht geöffnet, zu kurzen, raschen Atemstößen.

Zwischen ihren Brauen erscheint eine winzige Falte. »Du bist, ähm, größer, als ich erwartet hatte.«

Obwohl meine Selbstbeherrschung nur noch am seidenen Faden hängt, stoße ich ein Prusten aus. »Größer als dein Lieblingstoy?«

Auch sie lacht, und unerwarteterweise legt sich der Laut wie Balsam über meine gereizten Sinne. »Einen Ticken vielleicht.«

Mann, wann musste ich das letzte Mal beim Sex lachen? Überhaupt schon jemals? Es ist ein flüchtiger Gedanke, aber er bleibt mir im Hinterkopf. Zumindest bis ich mich an sie drücke, und dann denke ich an nichts mehr, außer sie auszufüllen.

Ich fixiere ihre Hände mit meinen, während ich in sie eindringe, denn die Ablenkung, dass sie mich berührt, kann ich jetzt nicht gebrauchen. Nicht wenn mich ihre festen Muskeln umfassen.

Sie ist eng. Echt eng. Und sie keucht, als ich mich hineinschiebe, mit leichten Stößen vorbringe, wobei ich zwischendurch innehalte, damit sie durchatmen und sich an mich gewöhnen kann. Sie gibt leises Keuchen und Wimmern von sich, zarte Laute, die über meine Haut streichen wie die Finger, von denen ich mich noch nicht habe berühren lassen.

Eine Schweißperle rinnt über meine Stirn, während die Anstrengung, sich zurückzuhalten, sich zunehmend in meinen Schultern und Oberarmen bemerkbar macht. Mit einem letzten Stoß bin ich ganz in ihr. Ich spüre ihre Hitze heiß um mich und alles in mir zieht sich lustvoll zusammen.

»Alles okay bei dir?«, frage ich mit zusammengebissenen Zähnen.

Sie antwortet nicht direkt, mit ihren schönen grünen Augen blickt sie benommen blinzelnd in meine. Keine Ahnung, welche Antwort sie darin sucht, aber falls sie darauf wartet, dass ich etwas Romantisches sage, wird sie enttäuscht werden.

»Kätzchen, wenn du mir nicht sagst, dass ich aufhören soll, werde ich dich vögeln und nicht mehr aufhören, bis du kommst. Ja?«

Sie leckt sich die Lippen. »Ja.« Zum Test bewegt sie die Hüften, woraufhin wir beide aufstöhnen. Dann richten sich ihre faszinierenden Augen wieder auf meine. »Ich will, dass du mich vögelst. Ich will kommen, während du in mir bist. Aber …« Sie windet ihre Hände unter meinen, sodass ich sie loslasse. Sofort legt sie sie auf meine Brust, fährt mit den Fingern meine Brustmuskeln nach, wandert zu meinen Schultern und an meinen Bizepsen hinab. »Ich muss dich berühren.«

Ich schließe die Augen. Der Drang, sie zu vögeln, hat nicht nachgelassen, aber ich mag ihre Berührungen – wo ihre Fingerspitzen meine Haut streifen, löst das lauter kleine Funken aus. Als sie mich an sich zieht, denke ich nicht nach. Ich presse den Mund auf ihren, lasse die Zunge hineingleiten und fange ihr Keuchen ein, als ich mich aus ihr zurückziehe. In dem Moment, als ich wieder vorstoße, erliege ich der in mir lodernden und knisternden Begierde, übertönt nur vom Pochen des Bluts in meinen Adern.

Ich weiche zurück, fasse unter ihre Hüften und winkle sie so an, dass ich tiefer hineingleiten kann. Sie schreit auf, doch nicht aus Schmerz, deshalb mache ich weiter. Mit jedem Stoß bringe ich sie näher an die Klippe. Ihr Stöhnen wird lauter, ihr Körper umschließt mich noch enger. Ich hebe die Hand an ihren Mund und schiebe den Daumen zwischen ihre Lippen. »Saug dran.«

Das tut sie, lässt die Zunge kreisen und leckt an der Kuppe – oh fuck, wenn diese Frau mal kein Naturtalent ist. Der, bei wem auch immer sie nach heute Nacht landet, kann sich verdammt glücklich schätzen.

Bei dem Gedanken verkrampft sich mein Kiefer – eine lächerliche, primitive Reaktion auf den Gedanken, dass ein anderer Mann sie haben darf. Ich nehme den Daumen aus ihrem Mund, um damit ihre Klitoris zu massieren.

»Cole!«, ruft sie aus und biegt dabei den Rücken durch. Ich bewege weiter Hüften und Daumen, während ich mich runterbeuge und die Zunge um ihre Brustwarze kreisen lasse, bevor ich sie in den Mund nehme. Lust windet sich am Ansatz meiner Wirbelsäule hinauf wie eine Schlange kurz vorm Angreifen, dabei will ich, dass Delilah vor mir so weit ist. Ich will spüren, wie sie sich so um mich herum zusammenzieht, dass ich kommen muss.

Ich sauge fest an ihrer Brustwarze, kneife in ihre Klitoris und verändere den Winkel meiner Stöße, um den Punkt zu treffen, bei dem sie kommt. Sekunden später passiert es, sie krallt die Hände in das Laken und wirft den Kopf zurück, während sich ihre inneren Muskeln um mich zusammenkrampfen.

»*Fuck.* Genau so, Delilah«, stöhne ich. »Komm schön mit mir in dir.«

Sie schreit lustvoll auf, als ich zwischen den Kontraktionen hinausgleite und dann wieder zustoße. Der Höhepunkt krallt nach mir. *Shit.* Länger halte ich nicht mehr durch. »Ich komme gleich. *So richtig. Verdammt. Heftig.*«

Jeder Muskel in meinem Körper spannt sich an, als mich heiße Lust durchströmt. Ich packe ihre Hüften, stoße tief vor und fülle das Kondom. Auf einmal habe ich den völlig irrationalen Drang, mich zurückzuziehen, es abzustreifen und wieder in ihr zu versinken, damit ich nachher sehen kann, wie es aus ihr herausfließt.

Was, verdammt noch mal, stimmt denn nicht mit mir?

Stattdessen gebe ich einem anderen Drang nach und bedecke ihren Mund unter einem weiteren Kuss, bei dem sich unsere Zungen umeinanderwinden und ihr Stöhnen an meinen Lippen vibriert. Erst als ich völlig leer bin, löse ich mich von ihr, gleite hinaus und lege mich neben ihr auf den Rücken.

Ich starre die Decke an und versuche, zu Atem zu kommen. Zum Glück werde ich sie nach heute Nacht nie wiedersehen, denn nach so gutem Sex kann man allzu schnell süchtig werden.

6

Delilah

Einen Monat später

Mit zitternden Fingern streiche ich meinen marineblauen Bleistiftrock glatt, während ich mit der anderen Hand meinen Notizblock und die Unterlagen umklammere. Das Team ist vor der großen Holzdoppeltür des Konferenzraums versammelt und wartet darauf, hineingerufen zu werden. Heute ist unser großer Tag, und der Druck macht uns allen zu schaffen. Paul hat uns noch einmal versichert, dass unser Entwurf perfekt ausgearbeitet ist, und ich weiß, dass er mir meinen Part zutraut, trotzdem gewinnen meine Nerven die Oberhand.

Während wir darauf warten, dass wir mit unserer Präsentation an der Reihe sind, kommt Philippa, unsere Projektkoordinatorin, rüber und schiebt sich zwischen Paul und mich.

»Ich habe gerade erfahren, dass der COO da ist«, flüstert sie mehr an Paul gewandt als an mich. »Er nimmt an allen Präsentationen teil.«

Stirnrunzelnd reibt Paul sich das Kinn. Über Philippas blonden Kopf hinweg treffen sich unsere Blicke. »Ich weiß, ich habe gesagt, dass du den Teil zur Nachhaltigkeit vorstellen kannst, Delilah, aber wenn der COO im Raum ist, mache ich das vielleicht besser selbst. Das verstehst du doch, oder?«

»Ich krieg das hin«, protestiere ich. »Darauf hab ich mich drei Wochen lang vorbereitet.«

»Ich weiß, aber unter den gegebenen Umständen erwarten die Partner sicher, dass ich die komplette Präsentation halte.«

Enttäuschung erfasst mich, aber ich nicke. Er ist schließlich der Projektmanager, und es kann gut sein, dass der COO der *King Group* ein Mann ist, der mehr mit Pauls routiniert souveränem Auftreten und seiner Erfahrenheit anfangen kann als mit meinem jugendlichen Eifer – auch wenn nachhaltiges Design mein Fachgebiet ist.

Ich ignoriere den leicht süffisanten Zug von Philippas Lächeln. Keine Ahnung, was ich der kühlen schönen Engländerin getan habe, aber sie schien mich schon vom ersten Augenblick an nicht zu mögen, als sie vor zwei Monaten von unserem Büro im UK hierher gewechselt ist. Wenigstens wird sie nicht ständig bei uns sein, wenn wir den Auftrag bekommen, sondern damit zu tun haben, alles mit anderen Teams und Projekten der Firma zu koordinieren.

Aber jetzt ist nicht der Moment, mir ihretwegen Gedanken zu machen. Ich habe Wichtigeres zu tun. Zum Beispiel mithelfen, *Elite Architecture* dieses Projekt zu sichern.

Die Tür geht auf, und ein Mann streckt den Kopf heraus. »Sie sind bereit für Sie.«

Mein Puls schießt in die Höhe, und ich streiche noch einmal meinen Rock glatt. Das jahrelange Studium und Praktika in diversen Architekturbüros haben mich kaum auf meine erste große Entwurfspräsentation vorbereitet – und hier geht es um eine der größten Ausschreibungen überhaupt. Um eine neue Hotelkette mit Startbaustellen in zehn großen US-Städten.

Ich folge Paul in den hellen geräumigen Raum mit großen Fenstern, die den fantastischen Blick aus dem 53. Stock von *King Plaza* freigeben. Mein Bauch zieht sich vor Nervosität zusammen, während ich nacheinander die ernst dreinblickenden Männer und Frauen rund um den riesigen Tisch anschaue.

Als mein Blick am gegenüberliegenden Ende ankommt, verkrampfen sich alle meine Muskeln, und der Atem stockt in meinen Lungen. Ruckartig bleibe ich stehen. Ein Paar eisblauer Augen starrt mich an. Ein Blick, der sich erst vor einem Monat in mein Hirn gebrannt hat.

Das kann er doch nicht sein. Nein.

Einer meiner Kollegen drängt sich an mir vorbei, woraufhin ich mich wieder in Bewegung setze, indem ich mich zwinge, die Füße weiter auf den Tisch zuzubewegen. Panisch schaue ich zu dem Mann und suche nach Unterschieden in seinen Zügen. Etwas, *irgendwas,* das mir sagt, dass dies nicht der Mensch ist, mit dem ich eine unvergessliche Nacht verbracht habe.

Doch wie er mir gegenüber die Augen verengt, verrät mir, dass ich nichts finden werde.

Bei seinem eindringlichen Blick überkommen mich Erinnerungen: was er zu mir gesagt hat, als er mich mit Mund und Fingern zum Höhepunkt brachte; wie er mir mit leiser, tiefer Stimme dreckige Worte ins Ohr geflüstert hat, während er in mich stieß; danach sein Mund in meinem Schoß, als er mir noch einen Orgasmus bescherte; die gemächlichen Zungenschläge, mit denen er das Pochen linderte, das sein Körper ausgelöst hatte.

Nach dem dritten Orgasmus, als ich fix und alle dalag, wurde mir klar, dass ich keine Ahnung hatte, wie so ein One-Night-Stand normalerweise endet. Mit brennenden Wangen bedankte ich mich bei ihm, während ich versuchte, die Umgangsformen für solche Fälle zu ergründen. Schließlich eilte ich aus seiner Suite und hinunter ins Hotelfoyer, um mir eine Fahrgelegenheit zu bestellen, obwohl er angeboten hatte, mir einen Wagen zu rufen.

Jetzt begegne ich dem Mann an dem allerletzten Ort wieder, an dem ich je mit ihm gerechnet hätte. Meine Kehle wird trocken, ich reiße den Blick von ihm los und konzentriere mich darauf, mir einen freien Platz zu suchen, während sich erneut brennende Hitze auf meinen Wangen ausbreitet.

Ich fasse es nicht, was hier passiert. Wie kann es sein, dass ich, ohne es zu wissen, mit dem operativen Geschäftsführer der *King Group* geschlafen habe? Vielleicht ziehe ich auch voreilige Schlüsse. Als wir erfuhren, dass wir einen Entwurfsvorschlag für dieses Projekt entwickeln würden, habe ich schließlich sowohl den CEO als auch den COO des Unternehmens nachgeschlagen, und Coles Foto habe ich nicht gesehen. Wobei ... wenn ich jetzt so darüber nachdenke, erkenne ich eine gewisse Ähnlichkeit zwischen ihm und dem Mann, an dessen Foto ich mich erinnere.

Verstohlen schaue ich noch einmal zu ihm hinüber, während ich den Tisch entlanggehe, einen Stuhl hervorziehe und mich hinsetze. Der ältere, deutlich korpulentere Mann neben ihm beansprucht ihn im Gespräch, also nutze ich die Gelegenheit, ihn, solange er abgelenkt ist, genauer zu betrachten.

Und jetzt habe ich noch aus einem ganz anderen Grund eine trockene Kehle.

Wenn ich geglaubt habe, der Cole in meiner Erinnerung wäre umwerfend, dann lässt sein Anblick in einem tadellos sitzenden Anzug am Kopfende dieses riesigen Tischs einen geradezu feucht werden. Alle Blicke sind auf ihn gerichtet, entweder offenkundig oder heimlich, während er durch und durch Autorität und Beherrschung ist. Er strahlt das Selbstvertrauen aus, das man von einem Mann erwartet, dem Tausende Beschäftigte unterstehen und zahllose Millionen-Dollar-Bauprojekte auf der ganzen Welt. Nach allem, was ich über die *King Group* weiß, muss Cole Milliardär sein.

Ich bin im Gastgewerbe tätig. Das meinte er an dem Abend. Ich schnaube. Zwar hat er damit nicht direkt gelogen, angesichts seiner tatsächlichen Position im Unternehmen die Wahrheit aber definitiv gedehnt.

Coles Augen zucken zu mir, ein strahlendes Blau, das sich in mich einbrennt und einen Adrenalinstoß durch meine Adern jagt. Ich reiße den Blick los. Nur als ich mich auf Paul konzentriere, der einige Plätze weiter sitzt, krampft sich mir der Magen zusammen. Schlagartig wird mir der ganze Horror der Situation bewusst. Ich sitze fest in einem Raum mit Cole … und meinem Freund. Dem Freund, der mein Ex war, als ich Cole erzählte – *meine Güte, ich muss aufpassen, ihn Mr King zu nennen* –, wie ich abserviert worden bin. Bloß dass Paul keine Woche später bei mir vor der Tür stand, sagte, er wisse nicht, was er sich dabei gedacht habe, und um einen Neuanfang bat.

Erst war ich unsicher, ob ich ihm eine zweite Chance geben wollte, doch seine aufrichtige Reue linderte meinen Schmerz über seine Zurückweisung. Natürlich war da dann noch der Punkt, dass ich ihm von meiner nicht mehr vorhandenen Jungfräulichkeit erzählen musste. Er hat eine Weile geschmollt, doch ich sagte ihm, er habe nur die Wahl, es zu akzeptieren oder es bleiben zu lassen, und ich nehme an, er hat sich damit abgefunden, denn er lud mich zum Essen ein, und ein paar Tage später blieb er über Nacht.

Da ich bis jetzt aber gar nicht wusste, wer Cole war, ahnt Paul nie im Leben was. Und so muss es bleiben.

Ich drehe mich von den beiden weg, greife nach dem Wasserglas, das an jedem Platz bereitsteht, und trinke begierig einen großen Schluck. Obwohl ich nicht mehr zu Cole schaue, besitzt seine dominante Präsenz beinahe ein Eigengewicht. Wie die schwere Luft, die einem Gewitter vorausgeht, verursacht sie mir Hautkribbeln, sodass ich Gänsehaut auf den Armen und im Nacken bekomme.

Um irgendetwas mit meinen Händen anzustellen, rücke ich meinen Notizblock und die Unterlagen vor mir zurecht, lege den Stift auf den Stapel, nehme ihn dann wieder weg und platziere ihn daneben. Einen Augenblick später lege ich ihn erneut obenauf. Erst als mir nichts mehr zum Herumhantieren bleibt – und ich überzeugt bin, dass sich seine Aufmerksamkeit woandershin verlagert haben wird –, wage ich es, zum Tischende zu sehen.

Er starrt mich immer noch an, sogar während der Mann neben ihm sich vorbeugt und ernst mit ihm spricht. Dieser unnachgiebige, blaue Blick bleibt auf mich gerichtet.

Schluckend schaue ich weg. Wieso wirkt er so wütend?

Ich hatte ganz sicher nicht damit gerechnet, ihm noch einmal zu begegnen. Ich hatte ihn so gut wie vergessen.

Nein, das ist gelogen.

Fantasien von jener Nacht gehen mir ständig durch den Kopf, und es wird nur noch schlimmer, wenn sich Paul von mir herunterrollt und einschläft. Dann liege ich wach da und überlege, warum mein Körper auf ihn nicht so reagiert wie auf Cole.

Aber so sind sie halt, die Fantasien. Erinnerungen an einen Augenblick, als ich das Zerdenken sein ließ und mich einfach dem Erleben hingegeben habe.

Und was für ein Erlebnis das war.

Ich schüttele den Kopf, um mich zu besinnen. Daran darf ich nicht denken. Nicht jetzt und definitiv nicht hier, während der betreffende Mann keine paar Meter entfernt von mir sitzt.

Und anscheinend gar nicht froh darüber ist.

Was auch immer sein Problem ist, hoffentlich wirkt es sich

nicht auf unseren Konzeptentwurf aus. Ich kann mir nicht vorstellen, dass sich jemand wie Cole von einer unbedeutenden Bettbekanntschaft – die ich höchstwahrscheinlich für ihn war, wenn auch umgekehrt nicht – in seiner Entscheidungsfindung beeinflussen lässt.

Die Gespräche am Tisch verebben, als Cole – Mr King – aufsteht. »Vielen Dank für Ihr Kommen.«

Der tiefe, erschreckend vertraute Klang seiner Stimme lässt mich erschauern. Als würden sich sämtliche Nervenenden in mir daran erinnern, wie mir diese dunkle, weiche Stimme ins Ohr flüsterte, während ihr Besitzer mich in Sphären der Lust katapultierte, die ich nie zuvor erlebt hatte – und auch seitdem nicht wieder.

Ich balle die Faust um meinen Stift. *Lass das.*

»Dieses Bauvorhaben ist für die *King Group* von höchster Bedeutung«, fährt Cole fort, »und wir werden erhebliche Ressourcen dafür bereitstellen. Das Team des Architekturbüros, mit dem wir uns zusammentun, wird für die Dauer des Projekts hier ins Gebäude einziehen.«

Ich zucke leicht zusammen. Vielleicht wäre es gar nicht so gut, wenn unser Entwurfsvorschlag genommen wird. Die Vorstellung, ihm ständig über den Weg zu laufen, ist alles andere als verlockend.

Aber so darf ich nicht denken.

Das hier ist eine Riesenchance für die Firma und auch mich persönlich. Ganz wenige Architekten und Architektinnen in meinem Alter haben Gelegenheit, an einem so prestigeträchtigen, vielbeachteten Bauprojekt zu arbeiten. Wenn ich das in meinem Lebenslauf stehen hätte, würde das meiner Karriere einen erheblichen Schub geben. Ich werde mir von dem, was mir jetzt als ein kolossaler Fehler meinerseits erscheint, nicht diese Chance verderben lassen.

Cole beendet seine einleitende Rede und nickt Paul zu, der seine Krawatte glatt streicht und aufsteht.

Ich konzentriere mich ganz auf ihn, während er unsere Präsentation durchgeht. Als er die Qualifikationen unserer Firma und die Kernelemente des Entwurfs aufzählt, will mein Blick ständig zur Seite gleiten. Meine eine Gesichtshälfte wird heiß, so als könnte ich Coles Blick auf mir spüren.

So ein Quatsch. Er guckt mich nicht an. Bestimmt ist er gefesselt von Pauls ausgefeiltem Vortrag.

Doch nach wenigen Minuten lässt meine Konzentration nach, und einmal mehr wandert mein Blick zu ihm. Ein Kribbeln geht durch mich hindurch, als sich erneut unsere Blicke treffen. Diesmal hat er einen Arm vor der Brust und den Ellbogen des anderen daraufgestützt, während er sich gemächlich mit dem Daumen über die Unterlippe reibt. Seine Brauen sind über den verengten Augen zusammengezogen, sodass ich befürchte, er könnte zu sehr damit beschäftigt sein, mich böse anzugucken, um die Details unseres Entwurfs aufzunehmen.

In dem Wissen, wie sehr wir diesen Auftrag brauchen und dass ich auch nicht weiter den potenziellen Chef meines Chefs anstarren kann, wende ich die Aufmerksamkeit wieder Paul zu, der gerade seinen Vortrag abschließt, indem er sagt, dass unser Team gern Fragen beantwortet.

Die eintretende Stille wetteifert mit dem zu lauten Ticken der Wanduhr über Coles Kopf. Mein Herz trommelt in meiner Brust. Haben wir es total vergeigt?

Cole greift nach seinem Kugelschreiber und tippt mit dem Stiftende vor sich auf den Tisch. »Sie haben ziemlich viele nachhaltige Elemente integriert, die im Briefing keine Vorgabe waren. Wessen Idee war es, darauf einen Schwerpunkt bei diesem Projekt zu legen?«, fragt er.

Immerhin hat er aufgepasst.

Paul zögert, und ich verstehe, warum. Aus Coles Tonfall lässt sich nicht schließen, ob er das gut oder schlecht findet. Nach einem Räuspern deutet Paul in meine Richtung. »Nachhaltigkeit ist Delilahs Fachgebiet. Sie ist –«

»Ach, tatsächlich?«, sagt Cole. Ich rutsche unbehaglich auf meinem Stuhl herum, als er auf seinen Notizblock hinunterschaut, bevor er mich mit einem undurchdringlichen Blick bedenkt. »Könnten Sie Ihre Überlegungen zu einigen dieser Entscheidungen erläutern, Delilah? Solche spezifischen Anpassungen der einzelnen Gebäude werden die Projektkosten signifikant steigern.«

Auf derartige Fragen bin ich vorbereitet, und ich weiß, wovon ich rede. Ich sammle mich kurz, dann erwidere ich seinen stählernen Blick. »Nachhaltige Hotelarchitektur bringt zwar Kapitalaufwand mit sich, aber wie Ihnen sicher bewusst ist, erzielt eine effiziente Gebäudeinfrastruktur auch die höchsten Renditen. Neben Elementen im Innenausbau wie Wasserspartoiletten und -armaturen sowie smarten Duschen gehören zu den baulichen Komponenten, die wir für dieses Projekt vorschlagen, Solarmodule, Wasseraufbereitungsanlagen und Klimaanlagensysteme, bei denen Luftaustausch, Beheizung und Kühlung an diverse Begebenheiten angepasst werden können.« Ich gehe die Notizen durch, die ich vor mir habe. »Meine Beispielberechnung für die Installation einer umfassenden Wasseraufbereitungsanlage in Ihrem Chicagoer Hotel ergibt, dass sich diese in weniger als einem Jahr amortisieren könnte. Und wenn wir eine Solaranlage in die Hotelarchitektur integrieren, würde das nicht nur zur LEED-Platin-Zertifizierung beitragen, sondern damit könnten bis zu fünfzig Prozent des gesamten Stromverbrauchs gedeckt werden, bei einer voraussichtlichen Amortisierung innerhalb von sechs bis acht Jahren.«

»Interessant.« Er lehnt sich auf seinem Stuhl zurück, den Blick fest auf mich gerichtet. »Fahren Sie fort. *Überzeugen* Sie mich.«

Seine Betonung entgeht mir nicht, und ich verschlucke mich beinahe, als mir einfällt, wie ich ihn an jenem Abend in der Bar aufgefordert habe, mich zu überzeugen. Bevor ich mich blamieren kann, trinke ich schnell einen Schluck Wasser. »Selbstverständlich, Co... Mr King. Diese beiden kostenintensiven Anschaffungen wirken sich fundamental auf den Hotelbetrieb aus und reduzieren den ökologischen Fußabdruck, ohne zu Lasten des Komforts zu gehen. Das bringt Sie in puncto nachhaltiges Design auf das Niveau der Zukunft und verbessert Ihr Umwelt-Rating.« Unter dem Druck von Coles forschendem Blick rinnt mir eine Schweißperle zwischen den Brüsten hinab. »Hotels, die in Nachhaltigkeit investieren, haben insgesamt höhere Belegungsraten, Gästezufriedenheit und Einnahmen pro Zimmer als konventionelle Vergleichsobjekte. Obwohl die anfängliche Investitionssumme hoch erscheinen mag, bin ich zuversichtlich, dass die dadurch ermöglichten Einsparungen die Mehrausgaben binnen weniger Jahre aufwiegen.«

Einige am Tisch nicken, Cole jedoch nicht. Ich kann seine Miene überhaupt nicht deuten.

»Okay«, sagt er schließlich und wendet sich wieder Paul zu. »Ich denke, wir haben alles Wesentliche von Ihrem Team erfahren. Sobald wir eine Entscheidung getroffen haben, wird sich jemand bei Ihnen melden. Vielen Dank, dass Sie sich heute die Zeit genommen haben.« Er schiebt seinen Stuhl zurück und steht auf. Sein Team tut es ihm nach.

Offenkundig entlassen, erheben auch wir uns. Ich sammle meinen Stift, Notizblock und die Unterlagen ein und wende mich zum Gehen um, ohne es zu wagen, noch einmal in seine Richtung zu schauen.

Als wir zur Tür gehen, streift Pauls Hand meinen unteren Rücken und er beugt sich herüber, um mir ins Ohr zu flüstern: »Der Mistkerl lässt sich rein gar nichts anmerken. Ich hab keine Ahnung, wie's gelaufen ist.«

Ich nicke. Erst als ich durch die Tür bin, riskiere ich einen Schulterblick nach hinten. Cole beobachtet uns, der harte Zug um seinen Kiefer und sein kalter Blick lassen mir das Herz in die Hose rutschen.

Ich habe das schreckliche Gefühl, dass die unbeschreibliche Nacht, die ich vor einem Monat mit ihm verbracht habe, mir jetzt zum Verhängnis wird.

7

Cole

»Und, wie war die Präsentation?«, fragt mich Roman über seinen großen Mahagonischreibtisch hinweg.

Als ich nach dem Termin mit *Elite Architecture* zurück in mein Büro kam, erhielt ich eine Nachricht von meinem Bruder, in dem er mich um ein Update bat. Ich beschloss, ihn persönlich auf den neuesten Stand zu bringen.

Romans Frage bringt mich gedanklich zurück zu dem Moment, als Delilah in den Konferenzraum kam. In dem Augenblick, als ich sie erkannte, versetzte mich das wieder in die Nacht in meinem Hotelzimmer – wie sie sich unter mir wand, ihr Stöhnen, ihre beinahe überraschten Laute der Lust, sobald ich anfing, mich in ihr zu bewegen. Sofort stand mein Schwanz stramm und bettelte um eine Wiederholung.

Ich dränge die Erinnerung zurück, lehne mich in dem tiefen Ledersessel zurück und lege ein Bein aufs andere Knie. »Gut. Es gibt ein paar gute Entwürfe.«

»Wann wirst du dich entscheiden?«

Ich reibe mir das Kinn. Zwar gibt es mehrere Entwürfe, die unseren Anforderungen entsprechen, doch nur einer sticht heraus. Dass Delilah damit zu tun hat, lässt mich allerdings in meiner Wahl zögern.

Ihren erschrockenen Gesichtsausdruck, als sie mich sah, habe ich ihr nicht abgekauft. Wie hoch ist in einer Stadt von der Größe New Yorks die Wahrscheinlichkeit, dass sich mein One-Night-Stand mit ihrem Team schließlich um unser Projekt bewirbt?

Als wir uns trafen, dürften sie bereits an ihrem Konzept gearbeitet haben. Was bedeutet, dass sie wahrscheinlich ganz genau wusste, wer ich war. Falls sie denkt, ihr Team kriegt eine Vorzugsbehandlung, weil ich sie gevögelt habe, irrt sie sich. Vielmehr zweifle ich jetzt komplett an ihr. Ich war überrascht, als sie mir sagte, sie sei mit vierundzwanzig noch Jungfrau, aber das war glaubhafter, als dass sie in ihrem Alter schon zugelassene Architektin ist. Da stimmt was nicht. Das Ganze muss eine Lüge gewesen sein, um mich ins Bett zu kriegen. Schließlich würde das Projekt nicht nur ihrer Firma ein Vermögen einbringen. Für eine junge Architektin ist das die Chance, Karriere zu machen.

»Cole!«, blafft mich Roman an, woraufhin meine Aufmerksamkeit zu ihm zurückschnellt. Ach, richtig, er wollte wissen, wann ich mich entscheide.

»Bald«, antworte ich. »Ich mach nur noch letzte Kalkulationen. Bis morgen Abend treffe ich eine Entscheidung.«

Er nickt knapp und konzentriert sich dann wieder auf seinen Computerbildschirm.

Ich verdrehe die Augen, verlasse sein Büro und gehe in meines, bleibe auf dem Weg dorthin aber noch am Schreibtisch meines Assistenten stehen. »Samson, ich brauche von Ihnen eine Aufstellung über die LEED-Zertifikate der Hotels in der Umgebung unserer Baustellen. Das schreibt sich L-E-E-D. Steht für *Leadership in Energy and Environmental Design*. Einzelheiten dazu finden Sie auf der Website vom *U. S. Green Building Council*.«

Samson nickt. »Selbstverständlich, Sir. Bis wann brauchen Sie die?«

»Bis heute Abend.«

»Das kriege ich hin. Nur zum Verständnis: Geht es Ihnen um sämtliche Hotels in der Nähe unserer zukünftigen Standorte oder nur um die, die vergleichbar sind mit den von uns geplanten?«

»Konzentrieren wir uns vorerst auf die vergleichbaren. Könnten Sie auch Informationen über weitere Nachhaltigkeitsmaßnahmen der Betriebe mit einbeziehen? Inklusive etwaiger relevanter Zertifikate oder Auszeichnungen, die sie erhalten haben.«

Wieder nickt er und kritzelt etwas auf den Schreibblock neben seiner Tastatur. »Klar. Ich fange direkt damit an.«

Ich danke ihm und betrete mein Büro. Sobald ich an meinem Schreibtisch sitze, gebe ich meiner Neugier nach und suche nach *Elite Architecture*. Die *King Group* hat noch nie mit diesem Architekturbüro zusammengearbeitet, aber es besitzt einen hervorragenden Ruf und hat Niederlassungen in mehreren Ländern. Mich interessiert allerdings eher, wie jemand in Delilahs Alter schon zu einem solchen Posten kommt. Sie hat erwähnt, dass sie Praktikantin dort war, aber wie kann es sein, dass sie schon im Team für ein Projekt dieser Größenordnung ist?

Ich finde eine Mitarbeiterübersicht und stoße ganz unten auf ihr Foto sowie ihren Lebenslauf. Der ist kurz, sie ist offensichtlich noch neu. Im Gegensatz zu den anderen hat sie keine größeren Projekte neben ihrem Namen stehen. Wenn sie dieses für sich gewinnt, wäre es ein Riesending für sie.

Ich schüttele den Kopf. Nie im Leben hatte sie es nicht gezielt auf mich abgesehen.

Dann ist da noch *Paul*. Ihr Ex, wie ich annehme, schließlich sagte sie, dass sie mit ihm zusammenarbeite. Er wirkt wie ein selbstgefälliges Arschloch. Ich habe mitbekommen, wie er beim Verlassen des Konferenzraums ihren Rücken berührt und sich zu ihr herabgebeugt hat, um ihr etwas ins Ohr zu flüstern. Wenn man bedenkt, dass sie nicht mehr zusammen sind, erscheint mir das ein bisschen zu vertraut.

Oder war das auch gelogen?

Ich runzele die Stirn und schüttele dann den Kopf. Ist doch alles egal. Ich warte zwar erst noch Samsons Aufstellung ab, aber ein Teil von mir weiß bereits, dass ich ihnen den Auftrag geben werde. Gefühle haben nichts mit dieser Entscheidung zu tun. Geschäft ist Geschäft, und sie scheinen die beste Wahl zu sein, allerdings werde ich unmissverständlich klarmachen, dass ich keinerlei Manipulationsversuche dulden werde.

Und falls sie den Irrglauben hegt, dass ich sie noch mal in mein Bett lasse, wird sie schnell merken, wie falsch sie damit liegt.

8

Delilah

Mein klingelndes Handy weckt mich aus einem unruhigen Schlaf. Ich taste auf meinem Nachttisch herum, bis ich es finde. »Hallo?«, murmele ich und blinzele dabei gegen die Lichtstrahlen an, die sich an den Rändern der Schlafzimmervorhänge vorbeistehlen.

»Wir haben ihn!« Pauls laute Stimme lässt mich zusammenzucken.

Ich setze mich auf und reibe mir die Augen. »Haben was?«

»Den Auftrag der *King Group*«, sagt er, und mit einem Mal bin ich hellwach.

»Echt?« Ich bin gleichzeitig schockiert, glücklich und gestresst. Glücklich, dass sich die ganze harte Arbeit auszahlt, und begeistert darüber, zu wissen, dass etwas, das ich mitentwerfe, an prominenten Plätzen in Großstädten der ganzen USA stehen wird.

Doch bei dem Gedanken, dass ich über längere Zeit im gleichen Gebäude wie Cole sein werde, krampft sich mein Magen zusammen.

So, wie er mich während unserer Präsentation angesehen hat, ist klar, dass er alles andere als froh war, mich zu sehen. Und ich schätze, ich verstehe auch, warum. Cole kommt mir nicht wie jemand vor, der Arbeit und Vergnügen vermischt, besonders nicht, wenn das Vergnügen von vornherein nur als

One-Night-Stand gedacht war. Zum Glück werden mehrere Stockwerke zwischen uns sein, und er bespricht sich wahrscheinlich meistens mit Paul.

Apropos ...

Ich lausche wieder Pauls Stimme, hoffentlich habe ich nichts Wichtiges verpasst.

»Die haben die Räume ab Montag für uns bezugsbereit, dann können wir also loslegen. Ich kriege ein eigenes Büro, aber du und das restliche Team bekommt Arbeitsplätze im Großraumbüro.«

»Okay.«

»Cole möchte am Montag außerdem Einzelgespräche mit uns führen. Ich schlage vor, aktuell halten wir uns so weit wie möglich zurück. Beantworte seine Fragen, sag ihm, dass du dich auf die Zusammenarbeit freust, und mehr nicht.«

Wieder macht mein Magen einen Salto. Oh Gott, wieso müssen es denn Einzelgespräche sein? Es wäre viel leichter, wenn ich das ganze Team um mich hätte. Wobei, wenn man mal ignoriert, was Paul eben meinte, könnte das die Gelegenheit sein, reinen Tisch mit Cole zu machen. Ihn wissen zu lassen, dass ich unser vorausgegangenes ... Treffen nirgends ausplaudern werde.

»Und, Delilah«, fährt Paul fort. »Ich brauche dich wohl nicht daran zu erinnern, wie wichtig dieses Projekt ist. Du bist unser jüngstes Teammitglied, daher musst du stets professionell auftreten. Außerdem finde ich, wir sollten unsere Beziehung für uns behalten. Es gibt keinen Grund, so was Privates mit irgendwem zu besprechen, der nicht unserer Firma angehört.«

Ich verdrehe die Augen. Ich weiß, dass Paul auf eine Beförderung zum Partner aus ist, und wenn ein Projekt wie dieses reibungslos läuft, steigen seine Chancen. Aber wann bin ich denn je unprofessionell oder neige bei der Arbeit zu spontanen

Liebesbekundungen? Oder labere andere über mein Privatleben voll?

Es lohnt nicht, jetzt was dazu zu sagen. Nicht, wenn ich lieber auflegen und die Neuigkeit verdauen möchte, statt Streit anzufangen. Ich gebe bloß einen zustimmenden Laut von mir, und er redet noch ein paar Minuten weiter.

Als wir schließlich auflegen, nachdem wir uns für morgen Abend zum Essen verabredet haben, lasse ich mich nach hinten sinken. Die Gestresstheit von vorhin ist weg, jetzt durchströmt mich Begeisterung.

Als mich die Geräusche unserer Kaffeemaschine erreichen, wird mir klar, dass Alex schon auf sein muss. Sofort schlage ich die Decke zurück und klettere aus dem Bett. Nachdem ich auf der Toilette war, gehe ich in unsere kleine, aber feine Küche, die vom Duft nach frisch gebrühtem Kaffee erfüllt ist.

»Ist noch welcher für mich übrig?«, frage ich und lächle meine total zerzaust aussehende Mitbewohnerin an, deren langes kastanienbraunes Haar sich halb aus dem Zopf gelöst hat.

Sie reicht mir den Becher, den sie sich gerade eingegossen hat, und greift nach einem anderen. »Uff, wieso ist Aufstehen so schwer?«

Ich setze mich auf einen der Stühle in unserer kleinen Frühstücksecke und ziehe die Beine an die Brust. »Nur, weil du die ganze Nacht deinem Rockstarfreund »getextest« hast.«

»Verlobtem«, korrigiert sie mich augenzwinkernd und schenkt sich ein.

Ich lache. »Bald hab ich's drin, versprochen.« Alex' Freund Jaxson ist ein angehender Rockstar, dessen Band *Lightning Strikes* vor Kurzem von *Hazard Records* unter Vertrag genommen wurde. Vor einer Woche, bevor seine Band für zwei Monate nach L. A. geflogen ist, haben sich die beiden verlobt, und ich vergesse ständig, ihn ihren Verlobten zu nennen.

Ich trinke einen Schluck Kaffee, während sie sich mir gegenüber hinsetzt. »Und, hast du schon eine Wohnung für euch gefunden?«, frage ich.

Alex hat angefangen, ein Apartment für sich und Jaxson zu suchen, weil sie nicht scharf drauf ist, mit in die Junggesellenbude zu ziehen, die er sich mit seinen Bandkollegen teilt. Bei dem Gedanken, dass sie hier auszieht, bekomme ich ein etwas leeres Gefühl in der Brust.

Obwohl wir ziemlich gegensätzlich sind, sind Alex und ich eng befreundet. Wenn ich keine Überstunden mache, lese ich entweder ein gutes Buch oder schaue kitschige Serien, wohingegen sie es liebt, Leute zu treffen und in Clubs abzufeiern. Trotz unserer Unterschiede hat uns das gemeinsame Interesse an Design während unserer Praktikumszeit bei *Elite Architecture* zusammengebracht. Als uns nach dem Studium feste Stellen angeboten wurden, beschlossen wir, eine WG zu gründen. Das ist fast anderthalb Jahre her. Ich werde es zwar vermissen, mit ihr zusammenzuwohnen, aber ich freue mich, sie glücklich zu sehen.

»Ehrlich gesagt suche ich nicht gerade intensiv«, sagt sie. »Bei der Band ist gerade einiges los. Jetzt ist die Rede davon, dauerhaft an der Westküste zu bleiben. Wenn sie umziehen müssen, hat es keinen Sinn, hier was zu suchen.«

Meine Augenbrauen schießen nach oben. »Was machst du, wenn es so kommt?«

Sie beißt sich auf die Unterlippe. »*Elite* hat ja ein Büro in L.A. Das wäre vielleicht eine Option. Oder Jaxson und ich führen eine Fernbeziehung, bis wir wissen, was Sache ist.«

»Hmmm«, mache ich unbestimmt. Alex' und Jaxsons Beziehung scheint echt gefestigt, aber eine Fernbeziehung ist nicht leicht, erst recht für ein frisch verlobtes Paar. Hoffentlich geht alles gut.

»Paul hat eben angerufen«, wechsle ich das Thema.

»Ach ja?« Als sie mich über den Rand ihrer Kaffeetasse beäugt, zucke ich innerlich zusammen. Sie ist nicht gerade ein Fan von Paul. Er wiederum auch nicht von ihr. Ich versuche, die beiden möglichst voneinander fernzuhalten. Trotzdem, nachdem sie eine Woche lang über Paul hergezogen hatte, als wir getrennt waren, hielt sie sich mit Kommentaren zurück, als wir wieder zusammenkamen. Aber ich will eh nicht über Paul reden, sondern über seine Neuigkeiten.

»Ja, und stell dir vor, wir haben den King-Group-Auftrag!«

»Das ist ja super, Dee!« Sie stellt ihre Tasse ab und steht halb auf, um mich über den Tisch hinweg zu umarmen. »Nicht, dass ich überrascht wäre. Du hast hart dafür gearbeitet. Wow, das wird sich mega in deinem Lebenslauf machen.«

»Ich weiß.« Bei dem Gedanken packt mich die Aufregung aufs Neue. Ich habe Überstunden geschoben und mehrere Wochenenden durchgearbeitet, um zu helfen, das Konzept zu perfektionieren. Jetzt wird sich die viele harte Arbeit … in noch mehr harter Arbeit bezahlt machen. Aber ich liebe diese Arbeit, darum bin ich total glücklich.

»Wann geht es los?«, fragt Alex.

»Montag. Wir ziehen für die Dauer des Projekts im *King Plaza* ein. Und Cole … Mr King, meine ich, möchte Einzelgespräche mit uns allen.«

Sie nickt. »Verstehe. Damit ihr euch alle willkommen und als gleichberechtigte Teammitglieder fühlt.«

»Ja, ähm, es ist nur …« Ich habe Alex zwar erzählt, wie ich meine Jungfräulichkeit verloren habe, aber nie, dass Cole King der Mann war, mit dem ich geschlafen habe. Vielleicht, weil ich das selbst noch in den Kopf zu kriegen versuche. Doch jetzt könnte ich einen guten Rat gebrauchen. »Ich bin Mr King schon begegnet. Vor ungefähr einem Monat.«

Alex legt den Kopf schief. »Okay. Und wenn schon. Warum ist das so wichtig?«

Ich atme tief durch. »Das war, als Paul und ich uns getrennt haben. Genauer gesagt an dem Abend, als wir uns trennten.«

Ihre Augenbrauen wandern gen Himmel, und ihr klappt die Kinnlade herunter. »Willst du etwa sagen, dass du deine Jungfräulichkeit an Cole King verloren hast? Einen der Kings von der *King Group*? Milliardär und im Grunde dein neuer Chef?«

Ich verziehe peinlich berührt das Gesicht. »Ja. Aber zu dem Zeitpunkt wusste ich das nicht.«

»Ach du heilige Scheiße«, flüstert sie. »Ich fass es nicht.« Dann lacht sie los, dass ihr Tränen in die großen braunen Augen steigen. »Du meine Güte, Dee. Da beschließt du endlich mal, aus dir rauszugehen, und gibst gleich richtig Gas und stürzt mit einem der reichsten, begehrtesten Junggesellen des ganzen Landes ab.«

»Hör auf zu lachen. Das wird voll komisch. Besonders während des Vier-Augen-Gesprächs.«

Sie wackelt mit den Brauen. »Wird vielleicht heiß, wenn ihr euch tief in die Augen schaut …«

Fast verschlucke ich mich an dem Mundvoll Kaffee, den ich gerade genommen habe. »Paul und ich sind wieder zusammen. Außerdem arbeite ich für ihn, das wäre also total daneben.« Mir fällt Coles eisige Miene bei unserer letzten Begegnung wieder ein. »Abgesehen davon bin ich ziemlich sicher, dass er kein Interesse an einer Wiederholung hat.«

»Den paar pikanten Details nach, die du über diese Nacht verraten hast, klang es nach einer ziemlich intensiven Erfahrung. Wieso sollte er das nicht wiederholen wollen? Er ist schließlich ein Mann, oder?«

»Du hättest mal sehen sollen, wie finster er mich angeguckt hat. Er war *nicht* froh, mich zu sehen.«

»Hm.« Sie schürzt nachdenklich die Lippen. »Macht er sich vielleicht Sorgen, du könntest rumerzählen, dass du's mit dem Chef getrieben hast?«

»Bei dem Gespräch sollte ich ihm wohl versichern, dass ich niemandem was erzählen werde.«

»Hast du mal überlegt, so zu tun, als würdest du ihn nicht wiedererkennen?« Sie stößt ein Lachen aus. »Das würde ihn bestimmt um den Verstand bringen.«

Meine Mundwinkel zucken, doch ich schüttele den Kopf. »Ich bin ziemlich sicher, er weiß, dass ich ihn erkannt habe.«

Alex klackert mit den Fingernägeln auf den Tisch. »Genieß den Rat mit Vorsicht, denn ich war noch nie in einer solchen Lage, aber solange er das Thema nicht anspricht, würde ich nichts sagen. Schließlich willst du die Sache nicht größer machen, als sie war. Und indem du nichts sagst und dich absolut professionell verhältst, signalisierst du, dass du nichts weiter willst, als den Jobauftrag erledigen, den er euch gibt.«

Ich rümpfe die Nase. »Meinst du?«

Alex zuckt mit den Schultern. »Du solltest das machen, was sich richtig anfühlt. Wenn ich du wäre, würde ich Paul schließlich ruck, zuck den Laufpass geben und Cole King das beste Einzelmeeting seines Lebens bescheren.«

Obwohl ich den Kopf schüttele, lache ich. »Was das angeht, hab ich keinerlei Interesse mehr an ihm. Die Nacht war toll, aber Paul und ich versuchen es jetzt wirklich miteinander.«

»Aha«, macht Alex. »Hast du es Paul erzählt?«

»Nein. Werde ich auch nicht. Es war schon schlimm genug, ihm beizubringen, dass ich Sex mit jemandem hatte, als wir getrennt waren. Ich will mir seine Reaktion gar nicht vorstellen, wenn er wüsste, wer der Mann war. Er würde es hassen, und ich will ihre Zusammenarbeit nicht gefährden.«

»Ja. Ist wahrscheinlich besser so. In Besprechungen einem

Mann gegenüberzusitzen, der der eigenen Freundin das Hirn rausgevögelt hat, bevor er selbst Gelegenheit dazu hatte, fände er bestimmt gar nicht toll. Ich hätte zwar nichts dagegen, wenn er sich Ärger einhandelt, weil er seinen neuen Chef übertrumpfen will, aber es wäre schlimm, wenn das Konsequenzen für dich hätte.«

»Du sagst Paul also nichts?«

Sie schüttelt den Kopf, während sie so tut, als würde sie ihren Mund abschließen und den Schlüssel wegwerfen.

Weil ich nicht groß genug bin, um mich wie sie über den Tisch zu lehnen, stehe ich auf, gehe um den Tisch herum und umarme sie. »Danke, Alex.«

»Dafür sind Freundinnen doch da, stimmt's?«, sagt sie. »Um skandalöse Geheimnisse vorm Freund der anderen zu bewahren.«

»So ungefähr«, erwidere ich lachend. »Komm mit. Jetzt, da du Bescheid weißt, kannst du mir helfen, ein passendes Outfit für mein Einzelgespräch auszusuchen.«

»Mit passend meinst du sexy, oder?«

Ich verdrehe die Augen, bevor ich in mein Zimmer gehe und Alex mir folgt.

Aber es stimmt. Es könnte nicht schaden, immerhin ein wenig sexy auszusehen, wenn ich dem Mann gegenübertrete, der mir die beste Nacht meines Lebens geschenkt hat.

Bis jetzt jedenfalls.

* * *

Es ist Montag, und ich sitze auf dem schönen, unbequemen Ledersofa vor Coles Büro und bemühe mich, nicht herumzuzappeln. Mein Herz wummert gegen meinen Brustkorb, und vor Nervosität habe ich einen Schweißfilm auf der Haut. Coles

Assistent, ein jüngerer Typ, der sich als Samson vorgestellt hat, beäugt mich von seinem Schreibtisch her, sodass ich mich frage, ob er mir anmerkt, wie nervös ich bin.

Er greift nach dem Telefonhörer, schaut zu mir, sagt etwas und legt wieder auf. »Sie können reingehen, Ms West.«

Ich lächle ihm dankend zu, stehe dann auf und streiche meinen grauen Bleistiftrock glatt. Unter Alex' Beratung habe ich ihn zu einer cremefarbenen, ärmellosen Bluse mit einer zierlichen Knopfleiste kombiniert. Schwarze Riemchenpumps runden den Look ab. Wie Alex es ausgedrückt hat: ein elegantes Outfit, das trotzdem super meine Kurven betont.

Seriös mit einer Spur Sexyness. Perfekt, um mir das Selbstvertrauen zu verleihen, das ich in dieser unangenehmen Situation brauche.

Als Samson mich leicht besorgt ansieht, merke ich, dass ich wie angewurzelt vor der Milchglaswand stehen geblieben bin, die Coles Bürotür einfasst. Ich schüttele meine kurzzeitige Gelähmtheit ab, lege die letzten paar Schritte zurück und klopfe an.

»Herein.«

Bei seinem schroffen Tonfall mache ich mich kerzengerade. Was auch immer er für ein Problem hat, ich habe nichts getan, wofür ich mich schämen müsste. Ich lasse mich nicht noch mehr von ihm einschüchtern als ohnehin schon.

Die anthrazitschwarze Tür schwingt unter meinem Griff leichtgängig auf, und ich betrete das riesige Büro, wobei ich den Blick durch den Raum schweifen lasse, um hinauszuzögern, den Mann hinter dem großen Mahagonischreibtisch anzusehen.

Da es sich um ein Eckbüro handelt, nehmen die weiten Fensterflächen fast zwei komplette Seiten ein, sodass ich einen fantastischen Ausblick auf die Skyline der Stadt habe. Auf der anderen Seite des Raums stehen sich zwei identische Sofas gegenüber, dazwischen steht ein niedriger Tisch und an der Seite ein Barwagen und eine Kaffeestation. Einige Schwarz-Weiß-Kunstdrucke hängen an der gegenüberliegenden Wand, und es gibt eine zweite Tür, die vermutlich zu einer eigenen Toilette führt.

Nachdem mir nichts anderes mehr übrig bleibt, sehe ich Cole an.

Meine Güte. Er sieht immer noch unheimlich gut aus. Obwohl er gerade viel eher wie der harte Geschäftsmann wirkt, der er ist, als wie der Mann, den ich an dem Abend zum ersten Mal begegnete. Sein Jackett sitzt an den breiten Schultern wie angegossen, und als er aufsteht, wandert mein Blick über die perfekt geschneiderten Stoffe, die seine Statur betonen.

Ich reiße mich los, wende die Aufmerksamkeit wieder seinem Gesicht zu und verziehe die Lippen zu einem angespannten Lächeln.

Er erwidert es nicht, sondern umrundet nur seinen Schreibtisch und lehnt sich mit verschränkten Armen dagegen, wobei er mich mit kaltem Blick mustert.

Nachdem ich einmal tief durchgeatmet habe, gehe ich zu ihm und strecke die Hand aus. »Schön, Sie ... ähm, wiederzutreffen, äh, Mr King.« Ich bekomme heiße Wangen, als sich Erinnerungen an jene Nacht in mein Hirn drängen.

Als er einen Augenblick zögert, rutscht mir das Herz in die Hose. Er lässt mich doch sicher nicht hängen.

Nein. Er tritt vor und schließt seine große, warme Hand um meine.

Meine Handfläche kribbelt.

»Ist es das?«, fragt er.

Meine Augenbrauen schießen nach oben, und sobald er meine Hand loslässt, ziehe ich sie weg. »Ähm ...«

Meine Güte, ist das peinlich. Ich bin Akademikerin, verdammt noch mal. Die Situation ist verflucht unangenehm, aber ich sollte zumindest in der Lage sein, einen vollständigen Satz zustande zu bringen. »Natürlich. Ich freue mich sehr auf die Zusammenarbeit mit der *King Group*.« So, das klang doch souverän und optimistisch.

Er betrachtet mich aus zusammengekniffenen Augen. »Wie lange haben Sie an dem Konzeptentwurf gearbeitet?«

Ich verlagere das Gewicht, schaue zu den tiefen Ledersesseln vor seinem Schreibtisch und frage mich, ob ich die ganze Zeit hier stehen bleiben soll, während er mich ausfragt. Cole bemerkt meinen Blick, bietet mir jedoch nicht an, mich zu setzen.

Ich verkneife mir ein Seufzen. »Wir haben circa zwei Monate daran gearbeitet.«

Nickend reibt er sich mit einer Hand über die Kinnpartie. Plötzlich erinnere ich mich daran, was für ein wohliges Gefühl es war, als der kratzige Bartschatten auf ebendieser Wange die empfindliche Haut an den Innenseiten meiner Oberschenkel streifte. Meine Brustwarzen werden steif. Hoffentlich sieht er das nicht.

»Dann wussten Sie also, wer ich war, als Sie sich in der Bar neben mich gesetzt haben?«

Was? Ich schüttele den Kopf. »Nein, wusste ich nicht.«

Eine dunkle Augenbraue wandert nach oben. »Wollen Sie behaupten, Sie haben sich neben einen der lukrativsten potenziellen Neukunden Ihrer Firma gesetzt, sexy aufgestylt und mit einer Liebeskummergeschichte parat, ohne dass es Absicht war?« Sein Tonfall verrät nichts – er klingt, als wäre ihm meine Antwort egal –, doch der harte Zug um seine Kieferpartie straft seine Gelassenheit Lügen.

»Worauf wollen Sie hinaus?«

»Ich frage Sie, ob Sie das geplant hatten. Wie groß ist die Wahrscheinlichkeit, dass Sie zufällig an dem Abend neben mir in der Bar aufgetaucht und mit mir im Bett gelandet sind, um dann letzte Woche hier hereinspaziert zu kommen?«

Für wen hält der Kerl sich denn? Ich straffe die Schultern.

»Keine Ahnung, wie groß. Eher ziemlich gering, nehme ich an. Aber ich habe das nicht geplant. Es ist bloß ein Zufall.«

»Ich glaube nicht an Zufälle.«

Wut packt mich. Was muss man für ein kaltes, einsames Leben führen, um in einem simplen Zufall einen Manipulationsversuch zu vermuten? »Wollen Sie etwa andeuten, ich hätte meinen Körper eingesetzt, um meiner Firma diesen Auftrag zu sichern? Falls ja, hört es sich nämlich stark danach an, als wollten Sie mir unterstellen, dass ich mich prostituiert habe.«

Als er näher kommt, stockt mir der Atem. Ich hasse es, dass mein Körper auf seine Nähe reagiert, obwohl ich stinksauer auf ihn bin. Er ist der einzige Mann, der mir derart intensive Lust bereitet hat, aber dass er meine Integrität beleidigt, ist meinem Körper anscheinend egal. Der will nur wieder erleben, seinen Kopf zwischen den Beinen zu fühlen und ganz von ihm ausgefüllt zu sein.

Ich reiße den Blick hoch, als ich merke, dass er zu seinen Lippen abgedriftet ist.

Meine Brustwarzen werden noch härter, jetzt zeichnen sie sich garantiert ab. Ich verschränke die Arme vor der Brust, so als würde mich dieses Gespräch langweilen.

Bloß verraten mir seine zu einem Grinsen verzogenen Mundwinkel, dass es mir nicht gelingt.

Er kommt so nah, dass ich den Kopf in den Nacken legen muss, um ihm weiter in die Augen zu sehen.

»Ich bezeichne Sie nicht als Prostituierte«, sagt er, »aber mir sind schon viele Männer und Frauen untergekommen, die alles tun würden, um etwas von mir zu kriegen. Ich will wissen, ob Sie auch dazu gehören. Dieser Auftrag bringt nicht nur eine Menge Geld ein, sondern auch erhebliches Prestige.«

Diesmal biegen sich *meine* Lippen nach oben. »Keine Ahnung, mit was für Leuten Sie Ihre Zeit verbringen, Mr King, aber das scheint mir *Ihr* Problem zu sein. Ich sage die Wahrheit. Ich wusste an dem Abend nicht, wer Sie sind. Ansonsten hätte ich ganz sicher niemals … getan, was ich getan habe.«

Sein Blick verdunkelt sich, und ich muss gegen meine trockene Kehle anschlucken, ehe ich fortfahren kann. »Als wir von dem Projekt erfuhren, habe ich mich über das Unternehmen informiert, und die einzigen Fotos, auf die ich stieß, waren eins Ihres Vaters und, wie ich annehme, eins Ihres Bruders. Sofern Ihr Gesicht also nicht überall in den sozialen Medien rumschwirrt – die ich nebenbei bemerkt, nicht nutze –, wüsste ich nicht, wie ich Sie erkennen sollte. Ich habe mich die letzten Monate abgerackert für unseren Konzeptentwurf, und zu unterstellen, wir könnten diesen Auftrag nicht allein durch Leistung gewinnen, ist ein Schlag ins Gesicht. Ganz zu schweigen davon, dass Sie im Grunde behaupten, ich als Frau würde statt meines Hirns und meines Könnens eher meinen Körper einsetzen, um einen Job zu ergattern.«

Ich recke das Kinn und bemühe mich, meine Wut zu zügeln. So ein Arsch Cole auch ist, ich will nicht dafür verantwortlich sein, dass unsere Firma den Auftrag verliert. »Aber wenn Sie trotzdem ein Problem mit mir haben, schlage ich vor, Sie bitten darum, dass ich aus dem Team ausgewechselt werde. Andernfalls lassen Sie uns einfach wie Profis damit umgehen und bis zum Ende des Projekts Abstand voneinander halten.«

Coles Blick zuckt zwischen meinen Augen hin und her, und ich habe nicht die leiseste Ahnung, was er gerade denkt. Obwohl ich es ihm zur Wahl gestellt habe, hoffe ich nicht, dass er meine Ablösung verlangt. Das wäre nicht nur beruflich eine Katastrophe für mich, den Grund dafür Paul zu erklären, würde gelinde gesagt auch schwierig. Er nickt jedoch nur ruckartig und tritt einen Schritt zurück. Dann kehrt an seinen Schreibtisch zurück und setzt sich.

»Sie können im Team bleiben. Es liegt mir fern, Ihren Charakter oder Ihr Können runterzumachen. Da wir während Ihrer Zeit bei uns kaum miteinander zu tun haben werden, kann ich Ihnen versichern, dass es nicht schwer wird, Abstand voneinander zu halten. Aber lassen Sie mich eins klarstellen, damit es auch keine Missverständnisse gibt: Jene Nacht wird sich nicht wiederholen.«

Ich schnappe nach Luft. Der hat vielleicht Nerven. Mir ist klar, dass ich mich einfach umdrehen und gehen sollte, doch ich kann das nicht so stehen lassen. »Selbstverständlich nicht. Schließlich kann ich meine Jungfräulichkeit nur einmal verlieren. Und wozu sollte ich Sie brauchen, jetzt wo Paul und ich wieder zusammen sind?«

Etwas Dunkles blitzt in seinen Augen auf, doch er hebt nur die Brauen. »Er hat Sie überredet, ihn zurückzunehmen, nicht wahr? Oder war es umgekehrt und mit dem neu gewonnen sexuellen Selbstvertrauen kam die Überredung von Ihnen?«

In meinem Hinterkopf fängt es an zu pochen, während ich ihn wütend ansehe. »Nicht, dass es Sie was anginge, aber Paul hat sich entschuldigt und gefragt, ob wir es noch mal miteinander versuchen können.«

Cole sagt nichts, sondern betrachtet mich schweigend. Muss ich abwarten, bis er mich wegschickt, oder kann ich einfach zur Tür gehen? Ehe ich mich entschließen kann, ist er wieder aufgestanden und kommt auf mich zu.

Er tritt dicht vor mich und senkt den Kopf, bis sein Gesicht knapp über meinem ist. »Nur damit ich das auch richtig verstehe: Jetzt wo du wieder mit Paul zusammen bist, hast du kein Verlangen mehr nach mir?«

»N-Nein.« Ich verfluche mich dafür, dass meine Stimme zittrig herauskommt, noch umso mehr, da sich seine Lippen zu einem Lächeln nach oben biegen, das überhaupt keines ist. Als er noch näher tritt, weckt sein holziger, maskuliner Duft Erinnerungen an jene Nacht.

Braves Mädchen.

Ich komme gleich. So richtig. Verdammt. Heftig.

Ein Schauer durchläuft mich, und als er den Blick senkt und dann wieder hochschaut, funkeln seine Augen triumphierend. Auch ich sehe nach unten und merke erst dann, dass meine Brustwarzen sich deutlich durch die Bluse abzeichnen.

Und dass sie bei jedem Heben und Senken meiner Brust sein Hemd streifen.

»Dein Körper scheint anderer Meinung zu sein«, sagt er.

»Das ist eine rein biologische Reaktion. Es hat nichts zu bedeuten.«

»Ja, red dir das nur ein, Kätzchen. Dann glaubst du es vielleicht irgendwann selbst.«

Ich fasse es nicht, dass er meint, er könnte es sich erlauben, mich noch mal Kätzchen zu nennen. In einem Moment des Irrsinns strecke ich die Hand aus und fasse ihm in den Schritt und umgreife seine Erektion. Die extrem hart ist.

Wie er erstarrt und die Augen aufreißt, verrät mir, dass ich ihn überrascht habe.

»Siehst du? Du hast kein Interesse an mir, aber trotzdem bist du hart. Das ist eine biologische Reaktion.«

Als er wieder weiterspricht, ist seine Stimme tief und rau. »Wenn du nicht aufhörst, meinen Schwanz zu streicheln, wirst du gleich merken, wozu diese Reaktion führt – und ich sag dir, das schließt mit ein, dass du meinen Namen stöhnst.«

Die Vernunft kehrt zurück und bewirkt, dass ich meine Hand wegziehe. Sengende Hitze erfasst mich, als ich über und über rot anlaufe. Ich fasse es nicht, dass ich ihn gerade mitten in seinem Büro begrapscht habe. Das ist dermaßen übergriffig, dass es schon nicht mehr witzig ist.

Gefasst, als hätte ich nicht bis vor wenigen Sekunden die Finger an seiner Hose gehabt, weicht er zurück und kehrt zurück zu seinem Schreibtisch. »Sie können gehen.«

Ich blinzele vor Schreck über die plötzliche Aufforderung, dabei bin ich mehr als bereit, hier abzuhauen.

»Na los, Ms West. Meine Zeit ist wertvoll.«

Ich presse die Zähne zusammen, mache jedoch auf dem Absatz kehrt und lange nach dem Türgriff. Mit einem Kribbeln im Nacken verlasse ich das Büro und kann seinen Blick beinahe auf mir spüren, während die schwere Tür hinter mir zufällt. Ich schenke Samson ein knappes Lächeln, als ich an ihm vorbei zum Fahrstuhl eile. Ich möchte so viel Abstand wie möglich zwischen Cole und mich bringen.

Das Gespräch ist ganz und gar nicht so verlaufen, wie ich wollte. Da das Ganze so eskaliert ist, habe ich vergessen zu erwähnen, dass Paul nichts von ihm weiß und ich es gern dabei belassen würde. Nicht, dass ich es für wahrscheinlich halte, dass Cole mit jemandem über mich spricht. Ich bin bestimmt nur eine weitere Kerbe in seinem Bettpfosten. Eine, die er vermutlich schon ganz vergessen hatte, bevor ich in den Konferenzraum kam.

Am Fahrstuhl angelangt, drücke ich den Knopf. Während ich warte, starre ich mit verschränkten Armen geistesabwesend auf das große Schwarz-Weiß-Foto von *King Plaza* in der Bauphase.

Der Gedanke an Cole und was er mir unterstellt hat, macht mir die Brust eng, ein dumpfer Schmerz breitet sich in mir aus.

Schwer zu glauben, dass der Mann, der mir so eine unglaubliche Erfahrung beschert hat, sich als ein solches Arschloch erweisen konnte. Die Erinnerung an unsere gemeinsame Nacht, die ich mir seitdem im Herzen bewahrt habe, ist jetzt getrübt.

Die Türen des Fahrstuhls gleiten auf und ich gehe hinein, während ich angestrengt versuche, den Schmerz zu unterdrücken. Ich habe Arbeit vor mir, durch die ich Karriere machen könnte. Mich von einem Mann wie Cole von meinem Traum abbringen zu lassen, wäre eine Beleidigung für mich und Mom.

Ich drücke auf den Knopf für die 49. Etage, wo die Büroräume sind, die mein Team vorübergehend bezieht, und sehe zu, wie die Zahlen auf der Anzeige runterticken.

Mit etwas Glück war dies das letzte Mal, wo ich Cole King unter vier Augen begegnet bin.

9

Cole

»Hörst du überhaupt zu?« Romans Stimme lenkt meine Aufmerksamkeit wieder auf das Gespräch. Meine Brüder und ich sitzen in seinem Büro um den Tisch und analysieren die Quartalszahlen der *King Group* sowie die Prognosen für die nächsten sechs Monate.

»Natürlich«, antworte ich. Was stimmt, auch wenn die Erinnerung an meinen Termin mit Delilah heute Vormittag den Großteil meiner Aufmerksamkeit beansprucht.

Sie hat mich überrascht. Ich bin so gut wie überzeugt, dass unsere erste Begegnung und was dabei zwischen uns lief, Zufall war. Ihr erschrockener, entsetzter Gesichtsausdruck, als ich etwas anderes andeutete, wirkte so glaubhaft, dass ein Teil von mir – ein winziger – wegen der Unterstellung ein schlechtes Gewissen hat. Es gibt jedoch Menschen, die genau so was tun würden. Abseits des Schlafzimmers gab es über die Jahre jede Menge Leute, die Treffen mit meinen Brüdern und mir eingefädelt haben, um uns etwas rauszuleiern.

In unseren Positionen ist Vertrauen eine Seltenheit. Ich bin nicht sicher, ob es jemanden in meinem Leben gibt, dem oder der ich bedingungslos vertraue. Ich weiß, dass mich meine Brüder nicht linken werden, denn damit würden sie zugleich die Familie und das Unternehmen verraten. Aber nicht etwa, weil wir einander am Herzen liegen, sondern weil wir unseren

Reichtum und Einfluss nur wahren, wenn wir zusammenhalten. Nur so lassen sich die Schakale kontrollieren.

Aber ob ich ihnen auch darüber hinaus vertraue, ist eine andere Frage. Es mag Delilah beleidigt haben, dass ich ihr unterstellte, sie hätte unser Treffen arrangiert, doch es wäre nachlässig von mir gewesen, nicht nachzuhaken.

Das Problem ist nur: Als ich die Antwort von ihr bekommen hatte und sie dastand und mich anstarrte, mit roten Wangen und vor Wut funkelnden Augen, verflog meine eigene. Dafür stellte sich etwas anderes, genauso Hitziges ein.

In meinem Kopf blitzte ein Moment auf, als ihre zarte Haut vor Erregung statt vor Wut gerötet war. Bei der Erinnerung, wie ich in ihr versank und sie aufkeuchte, als sie zum ersten Mal ganz ausgefüllt war, regte sich mein Schwanz in der Hose. Daran zurückzudenken, wie sie für mich kam, sandte eine heiße Welle der Lust durch meine Adern. Ob sie wohl wieder so schön käme, wenn ich sie noch mal vögeln würde?

Rasch beendete ich das, indem ich zu meinem Schreibtisch zurückging und sie wegschickte, bevor meine Gedanken noch allzu offensichtlich würden.

Doch die Erinnerung und der im Raum schwebende Duft ihres Parfums beherrschten meinen Verstand. Sobald sie mein Büro verlassen hatte, sprang ich auf und habe mich in der privaten Toilette zurückgezogen, um es mir zu den Bildern in meinem Kopf selbst zu machen. Das ist mir noch nie passiert. Klar, manchmal ließ ich tagsüber ein bisschen Stress ab, aber nie wegen einer bestimmten Frau.

Hinterher starrte ich mein Spiegelbild an und befahl mir, das abzuhaken. Ich schwor mir, mir Delilah aus dem Kopf zu schlagen. Sie arbeitet für mich und basta.

Dennoch sitze ich hier und denke schon wieder an sie. Mitten in einer Besprechung.

Was verdammt noch mal komplett untypisch für mich ist.

Ich presse die Zähne zusammen. Romans graue Augen bohren sich in mich, doch ich erwidere seinen Blick gelassen. *Ich bin bei der Sache.*

Tate, mein anderer Bruder, lehnt sich auf seinem Stuhl zurück und fährt sich mit einer Hand durch das blonde Haar. »Ich habe gestern mit Dads Anwalt gesprochen«, sagt er, löst damit die Spannung und führt das Gesprächsthema weg von den Zahlen, die wir die letzte Stunde besprochen haben. »Er ist immer noch gegen einen Deal.«

Ich tippe ungeduldig mit meinem Stift auf den Tisch. »Er ist verflucht noch mal arroganter, als gut für ihn ist. Er glaubt doch tatsächlich, wenn es zum Prozess kommt, könnte er gewinnen.«

»Kann er nicht«, sagt Roman tonlos. »Die Anwälte müssen ihm weiter gut zureden. Wir können es nicht gebrauchen, dass der Ruf der *King Group* noch mehr leidet. Und ein langwieriger Prozess nützt niemandem.«

Ich nicke zustimmend. »Konzentrieren wir uns darauf, was wir selbst in der Hand haben. Das Hotelprojekt hat für uns jetzt höchste Priorität. Wenn das klappt, hilft das immens, das Vertrauen ins Unternehmen wieder zu stärken.«

»Der Vorstand und unsere Investoren erwarten, dass wir in zwölf Monaten bei den ersten drei Hotels den Spatenstich machen«, meint Roman. »Schaffen es die Architekten, bis dahin die finalen Entwürfe abzuliefern und sämtliche Baugenehmigungen einzuholen, damit wir diese Deadline einhalten?«

»Ich habe heute Vormittag Gespräche mit ihnen geführt«, sage ich. »Sie wirken motiviert. Ihr Ausgangskonzept ist solide. Es könnte knapp werden, aber ich sorge dafür, dass wir die Vorgabe einhalten.«

Tate trinkt einen Schluck Wasser und räuspert sich, bevor er spricht. »In der Zwischenzeit müssen wir zusehen, das Vertrauen der Investoren zu stärken. Es sind Gerüchte im Umlauf, wonach Berrington seine Möglichkeiten abwägt.«

Ich runzele die Stirn. Kenneth Berrington ist einer unserer größten Kapitalgeber und ein alter Freund unseres Vaters. Seine Meinung hat in der Geschäftswelt Gewicht. Sollten wir ihn verlieren, könnte sich das auf andere Investoren auswirken, die derzeit beobachten, wie sich das Unternehmen schlägt.

Außerdem ist Berrington Jessicas Vater. Nachdem sie und ich uns über die Jahre ständig bei gesellschaftlichen Anlässen und Branchenveranstaltungen begegnet waren, trafen wir eine Vereinbarung, die uns beiden nützt: Wenn wir nicht den Nerv haben, uns eine andere Begleitung zu organisieren, gehen wir zusammen hin und stärken so obendrein die Beziehung zwischen unser beider Familienunternehmen – und meistens beenden wir den Abend mit Sex. Sie ist eine der wenigen Frauen, mit denen ich mehr als einmal Sex hatte. Nicht weil zwischen uns eine emotionale Bindung besteht, sondern weil es bequem ist. Der Sex ist gut, außerdem wissen wir beide genau, wer die andere Person ist und was wir voneinander wollen, beziehungsweise nicht wollen.

Wobei sie neuerdings klettiger geworden ist. Wenn sie so weitermacht wie letztes Mal, als wir zusammen waren, muss ich unsere Vereinbarung vielleicht überdenken. Dass Jessica es verkompliziert, weil sie unser Arrangement vertiefen will, kann ich überhaupt nicht gebrauchen.

Roman trommelt mit den Fingerspitzen und verengt die Augen. »Er hat langjährig bei uns investiert, aber das mit Dads Verhaftung hat allseits das Vertrauen erschüttert. Berrington möchte Zusicherungen, dass wir unsere Renditen aufrechterhalten können. Wir mögen nicht den gleichen Draht zu ihm haben wie Dad, aber wir brauchen ihn. Wenn er sein Kapital zurückzieht, werden andere auch abspringen.«

Tate tippt auf seinem Laptop herum, während wir sprechen. »Ich glaub leider nicht, dass es für uns als Versicherung ausreicht, wenn Cole regelmäßig seine einzige Tochter vögelt.« Mit seinen goldbraunen Augen, so ganz anders als Romans und meine, blickt er vom Bildschirm hoch und grinst mich an. »Vielleicht solltest du mal drüber nachdenken, ihr 'nen Ring anzustecken.«

Die Vorstellung jagt mir einen kalten Schauer über den Rücken. Heiraten ist das Allerletzte, was ich will. Irgendwann muss ich mir eine Frau suchen und Kinder bekommen – das wird schließlich erwartet –, aber damit könnte ich gut und gerne noch zehn Jahre warten.

»Niemand steckt hier irgendwem einen Ring an«, erwidere ich.

»Nicht mal einen Cockring?«, gibt Tate grinsend zurück. »Da verpasst du was.«

Ich ignoriere ihn. »Berrington reicht es völlig, wenn Jessica und ich ab und zu eine Show abliefern. Es gefällt ihm, dass alle denken, er hätte bei uns einen Fuß in der Tür. Aber mehr ist es auch nicht – nur Show.«

Tate will gerade noch etwas erwidern, da schaltet sich Roman ein. »Aktuell geht es für uns darum, das Hotelprojekt so schnell wie möglich auf den Weg zu bringen und unsere Zielvorgaben einzuhalten. Das wird die Investoren überzeugen, dass Dads Ausscheiden als CEO keine Auswirkungen auf unser operatives Geschäft hat. Cole, ich möchte, dass du eng mit *Elite Architectures* zusammenarbeitest, um sicherzustellen, dass sie auf Kurs bleiben. Ich vertraue auf dich, dass du das für uns durchbringst.«

Ich nicke knapp, während ich den leisen Stolz wegschiebe, den seine Worte in mir wecken. Das ist nur ein Überbleibsel aus Zeiten, als mir die Wertschätzung meines großen Bruders tatsächlich noch wichtig war.

»Tate. Wir müssen sicherstellen, dass unsere Kommunikation tadellos ist«, sagt Roman.

Tate beugt sich vor und stützt die Ellbogen auf den Tisch. »Ich habe wöchentliche Meetings mit der Marketingabteilung. Nächste Woche wird eine PR-Kampagne gelauncht, die unsere Selbstverpflichtung zu Transparenz und ethischem Geschäftsgebaren herausstellt. Auf Social Media legen sie den Schwerpunkt auf unser karitatives Engagement und unsere Umweltschutzinitiativen.« Sein Blick landet auf mir. »Es wäre gut, sich so oft wie möglich zu zeigen. Besuch eine Gala oder besser gleich drei – je wohltätiger der Zweck, desto besser. Sorg dafür, dass man dich sieht, wie du Geld verteilst. Das signalisiert unseren Aktionären und Investoren, dass wir ganz normal weitermachen, und die Öffentlichkeit bekommt mit, dass wir aktiv etwas zurückgeben.«

Ich gucke kurz zu Roman und sehe dann wieder Tate an. Er lacht bereits leise. Wahrscheinlich, weil mir meine Gedanken vom Gesicht abzulesen sind. »Willst du sagen, dass ich allein das alles übernehmen soll?«

Roman verschränkt die Arme und sieht mich eindrücklich an. »Du bist die beste Wahl. Du hast es besser drauf als ich, die Investoren einzuwickeln, bist aber wiederum auch nicht so charmant, dass du hinterher womöglich zwischen den Schenkeln einer ihrer Ehefrauen landest.«

Tate schnaubt. »Das ist doch bloß zweimal vorgekommen. Und die eine lebte in einer offenen Ehe und die andere hatte schon die Scheidungspapiere aufsetzen lassen.«

Ich kann mir ein Zucken der Mundwinkel nicht verkneifen, doch Romans finstere Miene verrät, dass er das überhaupt nicht witzig findet. Wie es aussieht, muss ich da wohl durch und künftig öfter die Einladungen annehmen, die andauernd eintrudeln.

Noch während ich mich damit abfinde, wandern meine Gedanken bereits wieder zurück zum Hotelprojekt. Ich muss mich stärker einschalten als sonst. Tates Beispiel folgen und wöchentliche Meetings mit den Architekten abhalten. Sicherstellen, dass alles auf Kurs bleibt.

Das bringt natürlich auch wöchentliche Meetings mit Delilah mit sich. Ich weigere mich, mir einzugestehen, dass ein Teil von mir sich womöglich darauf freut. Mag sein, dass sie mich irgendwie anmacht, aber es steht zu viel auf dem Spiel, um sich von einer Frau ablenken zu lassen.

Bei dem Gedanken richte ich meine Aufmerksamkeit wieder auf die Besprechung und konzentriere mich auf das, was wichtig ist: sicherstellen, dass die *King Group* obenauf bleibt. Nur darauf kommt es an, und ich bin mehr als bereit, alles zu tun, damit das gelingt.

10

Delilah

Ich klopfe mit dem Stift auf meinen Notizblock, während ich meinen Entwurf für das Dach des Chicagoer Hotels betrachte. Nachdem ich einige Berechnungen angestellt habe, wende ich mich meinem zweiten Computerbildschirm zu und scrolle durch die Website des *U. S. Green Building Council*, um dessen Zertifizierungsanforderungen zu überprüfen. Ich mache mir ein paar Notizen, lege dann den Stift weg und strecke mich.

Es ist Freitag, und ich habe die erste Woche bei der *King Group* überstanden. Abgesehen von der Konfrontation am Montag mit Cole lief es bestens.

Lächelnd schaue ich mich um. Sie haben uns ein eindrucksvolles Großraumbüro zugeteilt, mit lauter eleganten, modernen Arbeitsplätzen, ergonomischen Stühlen und mehreren Zeichentischen. Durch die großen Fensterfronten an beiden Seiten fällt natürliches Licht herein, was dem Raum eine luftige und offene Atmosphäre verleiht. Auf der gegenüberliegenden Seite befindet sich eine kleine Küchenzeile, ausgestattet mit Kühlschrank, Mikrowelle und Kaffeemaschine.

Mein Schreibtisch steht in der Ecke, mit Blick in den Raum, wobei die beiden Bildschirme die Sicht größtenteils versperren. Das ist super, denn so wird man nicht abgelenkt. Allerdings verhindert das auch, dass ich sehe, wer sich meinem Platz nähert. Erst als die vertraute Wolke von Pauls Aftershave – das er immer etwas zu großzügig aufträgt – zu mir weht, bemerke ich seine Anwesenheit.

Als er über die Bildschirme zu mir lugt, lächle ich ihn an. »Hey, was gibt's?«

»Cole bittet um ein Statusmeeting in zehn Minuten.«

Mein Magen zieht sich zusammen. »Mit uns allen?«

Er nickt. »Ich habe angeboten, ihm selbst einen Überblick zu geben, aber er will das ganze Team dabeihaben.«

Dass ich seit Montag keine Spur von Cole gesehen habe, wiegte mich in falscher Sicherheit, aber zumindest wird er mir in einem Raum voller Leute nicht wieder mit beleidigenden Anschuldigungen kommen.

Hoffe ich jedenfalls.

Ich stehe auf, schnappe mir Block und Stift und folge den anderen in den Fahrstuhl, der uns in die Führungsetage bringt. Als ich ein Stück zur Seite rücke, um einem Nachzügler Platz zu machen, fällt mein Blick auf Philippa, die heute in ihrer Funktion als Projektkoordinatorin hier ist. Sie steht dicht neben Paul, und während ich sie beobachte, beugt er sich zu ihr, um ihr etwas ins Ohr zu flüstern.

Angesichts ihres vertrauten Umgangs miteinander keimt Unbehagen in mir auf. Und nicht zum ersten Mal frage ich mich, ob während Pauls Zeit in London was zwischen den beiden gelaufen ist. Das würde ihre kaum verhohlene Feindseligkeit mir gegenüber erklären. Kurz nachdem sie in unserem Büro angefangen hatte, habe ich Paul mal danach gefragt. Er stritt es ab.

Der Gedanke wird nebensächlich, als wir den Konferenzraum betreten und ich es mir nicht verkneifen kann, zum Kopfende des Tischs zu schauen. Der Platz dort ist unbesetzt, und die Anspannung in meinen Schultern lässt nach. Ich steuere den am weitesten entfernten Platz an. Ich muss die Lage ja nicht noch unangenehmer machen als ohnehin schon.

Solange wir warten, klappe ich meinen Notizblock auf und zeichne ein paar Ideen auf, die mir durch den Kopf gehen, seit ich das Update auf der USGBC-Website gesehen habe. Ich schaue nicht hoch, als die Tür des Konferenzraums wieder aufgeht, auch wenn sein Eintreten meinem Körper allerdings nur allzu bewusst ist. Ich wünschte, es wäre anders. Dass mein Puls automatisch beschleunigt, sobald ich seine Anwesenheit spüre – und das nicht nur aus Nervosität –, löst Schuldgefühle in mir aus. Besonders da Paul nur wenige Plätze weiter sitzt.

Als Cole zu reden beginnt, zwinge ich mich dazu, mich ihm zuzuwenden und ihn anzusehen. Unprofessionelles Verhalten möchte ich mir auf keinen Fall vorwerfen lassen. Zum Glück ist sein Blick nicht auf mich gerichtet. Jetzt, da er herausgefunden hat, dass ich mir diesen Job nicht zu erschleichen versucht habe – genauso wenig wie den Weg in sein Bett –, wird er mir nicht mehr Aufmerksamkeit schenken als den Hunderten anderen Angestellten in diesem Gebäude.

»Angesichts unserer knappen Deadline«, sagt Cole, »habe ich vor, ein regelmäßiges Meeting anzusetzen, um sicherzustellen, dass die Zeitplanung eingehalten wird. Während dieses Termins erwarte ich von Ihnen allen Updates über den Arbeitsfortschritt.« Er wendet sich an Paul. »Von Ihnen erwarte ich außerdem einen schriftlichen Statusbericht zum Stand des Projekts insgesamt, und zwar immer freitagmorgens per Mail.«

Ich ziehe die Augenbrauen zusammen. Bilde ich mir das nur ein oder ist sein Tonfall barscher geworden, als er Paul ansprach? Falls es Paul auffällt, lässt er sich nichts anmerken. Er nickt nur zustimmend.

Während der nächsten Stunde geben nacheinander alle im Raum ihr Update. Trotzdem bin ich nicht richtig darauf vorbereitet, als sein stählerner Blick auf mir landet. »Ms West«, sagt er, und diesmal bin ich sicher, dass ich mir den kühlen Unterton in seiner Stimme nicht einbilde.

»Ich arbeite am Konzept für den Chicagoer Standort. Ich bin im Zeitplan, habe einige Vorentwürfe und Planzeichnungen fertig, aber …«

Als ich zögere, sehe ich aus den Augenwinkeln, wie Paul den Kopf zu mir dreht. Soll ich etwas sagen? Ich habe das noch nicht mit ihm besprochen. Eigentlich hatte ich vor, die Information durch ihn die Stufenleiter hinaufzugeben, aber wenn ich ohnehin nicht um die Interaktion mit Cole herumkomme, kann ich es genauso gut jetzt erwähnen.

»Aber was?« Cole klingt ungeduldig, sodass ich beinahe kneife.

Doch dann mache ich mich auf meinem Platz gerade. Hier geht es um mein Fachgebiet. Ich werde nicht anfangen, an mir zu zweifeln, bloß weil er ein privilegiertes, reiches Arschloch ist. Ich schaue ihm geradewegs in die Augen. »Ich habe auf der USGBC-Website die Anforderungen für die LEED-Zertifizierung geprüft und einige Berechnungen angestellt.«

Er sagt nichts, sondern nimmt nur seinen Stift und dreht ihn zwischen den Fingern, während er sich zurücklehnt und mich mit seinem Blick fixiert.

Ich räuspere mich. »Meine ursprüngliche Idee war, eine Solaranlage auf dem Dach zu installieren, aber ich denke, auch eine Dachbegrünung hätte erhebliche Vorteile. Sie würde den städtischen Wärmeinseleffekt reduzieren, natürliche Dämmung bieten, den Energiebedarf fürs Heizen und Kühlen senken und außerdem Regenwasser ableiten und die Luftqualität verbessern. Zusammen mit der Solaranlage und den übrigen nachhaltigen Elementen, die wir bereits einplanen, würde die Dachbegrünung eine höhere LEED-Zertifizierung bringen.«

»Delilah …«, fängt Paul an, doch Cole unterbricht ihn.

»Nehmen die Solarmodule denn nicht den ganzen Platz auf dem Dach ein?«

»Schon, aber es gäbe Möglichkeiten, beides umzusetzen. Tatsächlich könnten wir es so konzipieren, dass sich beide Systeme ergänzen. Zum Beispiel könnten wir beidseitige Solarmodule installieren, die auf der Vorder- und Rückseite Strom erzeugen, um auszunutzen, dass die Dachbegrünung Sonnenlicht reflektiert. Umgekehrt bieten die Module den Pflanzen Schatten. Eine Dachbegrünung senkt die Hitzeabsorption des Gebäudes, und das kann die Effizienz der Solaranlage steigern.«

»Und was wird das zusätzlich kosten?«, fragt Cole mit undurchdringlicher Miene.

Ich zucke innerlich zusammen, versuche aber, ein ebenso unbewegtes Gesicht zu wahren wie er. »Ich habe die Kalkulation noch nicht fertig, aber durch die notwendigen Anpassungen würden die Vorabkosten signifikant steigen. Durch die höhere LEED-Zertifizierung hätten Sie allerdings Anspruch auf weitere Bezuschussung, potenziell auch staatliche Fördergelder.«

Als Cole mich fixiert, steigt mir unter seinem durchdringenden Blick Hitze in die Wangen.

Ich befeuchte meine Lippen. »Mein ursprünglicher Vorentwurf ist fertig. Er enthält jedoch nur die Solaranlage. Er liegt aktuell schon bei Paul. Aber wenn es Sie interessiert, die Dachbegrünung zu integrieren, kann ich ihm auch die Entwürfe schicken, dann können Sie beide sie besprechen.«

Cole beugt sich auf seinem Platz vor und legt den Stift vor sich ab. »Ich würde die Entwürfe lieber mit Ihnen durchgehen.«

Mein Blick huscht zu Paul, und ich registriere sein Stirnrunzeln. Das gibt nachher eventuell noch Diskussionen, doch jetzt ist es zu spät, sich deswegen Gedanken zu machen.

»Ich bin sicher, Paul kann –«

»Verstecken Sie sich nicht hinter Ihrem …« Er macht eine winzige Pause, in der ich mich frage, ob er *Freund* sagen wird. Gott sei Dank nicht. »Projektmanager. Wenn Sie vorschlagen, dass das Unternehmen zusätzliche Kosten auf sich nimmt, erwarte ich, dass Sie diese rechtfertigen können. Melden Sie sich bei Samson und vereinbaren Sie für nächste Woche einen Termin mit mir.«

Ich schlucke. Na toll, noch eine Besprechung mit Cole. »Natürlich, Mr King.«

Etwas huscht über sein Gesicht, doch ehe ich den Ausdruck einordnen kann, schaut er hinunter auf sein Tablet. »Ich denke, somit wären wir durch, dann sehen wir uns alle nächsten Freitag. Ms West, ich erwarte, Sie schon davor zu sprechen.«

Ich nicke, rücke dann meinen Stuhl zurück und stehe mit den anderen auf. Paul lauert hinter mir, als wir den Raum verlassen, und ich versuche, der anstehenden Konfrontation mit ihm zu entgehen, indem ich schnurstracks auf den Fahrstuhl zusteuere. Ehe ich dort anlange, hält er mich am Arm fest.

»Delilah, wenn wir wieder unten sind, möchte ich dich in meinem Büro sprechen.«

Meine Schultern sacken nach unten, und als ich mich umdrehe, trifft mich ein eisig blauer Blick. Cole schaut nach unten und seine Augen verengen sich, als er Pauls Griff um meinen Unterarm erfasst. Statt etwas zu sagen, dreht sich Cole um und geht großen Schrittes zu seinem Büro.

Ich folge Paul zum Fahrstuhl. Alle anderen sind schon auf dem Weg nach unten, also warten wir zusammen darauf, dass er wieder hochfährt.

»Was sollte das?«, zischt er. »Du hättest mit deinem Vorschlag zu mir kommen sollen, bevor du ihn Cole unterbreitest.«

»Es ging im Meeting doch um ein Update, oder nicht? Wenn ihm die Idee nicht zusagt, kann er sie ablehnen.«

»Dafür bist du nicht zuständig. Ich bin der Projektmanager. Cole wird es nicht freuen, wenn eine Nachwuchsarchitektin Vorschläge macht, die sein Unternehmen einen Haufen Geld kosten. Außerdem freut es mich nicht, wenn du mich einfach so übergehst.«

Der Fahrstuhl kommt an, und Paul dirigiert mich hinein.

Sobald die Türen zu sind, mache ich mich von ihm los. »Tja, Cole möchte den Vorschlag besprechen, dann kann er ihn ja nicht dermaßen schlecht finden.«

»Fang bloß nicht an, ihn Cole zu nennen. Für dich ist er immer noch Mr King.«

Ich starre ihn und frage mich, warum er sich so aufspielt. Aber er hat schon recht. Solche Vertrautheiten sollte ich lassen. Hitze steigt mir in die Wangen, als mich Paul betrachtet. »Lass uns nicht deswegen streiten. Von jetzt an wende ich mich immer erst an dich.«

Er wirkt besänftigt. »Ich komme mit zu dem Meeting, dann können wir das gemeinsam besprechen.«

Ich nicke, während mein Ärger über Pauls Verhalten von meiner Erleichterung darüber wettgemacht wird, dass ich Cole – *Mr King* – nicht allein gegenübertreten muss.

Noch ein Vier-Augen-Gespräch mit ihm ist das Letzte, was ich brauche.

11

Cole

Samson meldet sich über die Sprechanlage. Ich blicke von der E-Mail auf, die ich gerade lese, und antworte: »Ja?«

»Ms West und Mr Donovan sind zu ihrem Termin hier.«

Warum zum Teufel ist Paul mit dabei?

»Ich komme raus«, blaffe ich, rücke den Bürosessel zurück, gehe mit großen Schritten zur Tür, reiße sie auf und trete hinaus.

Delilah und Paul warten draußen darauf, hereingebeten zu werden. Sie hat zusammengerollte Papierbögen in den Händen, und als ihre grünen Augen meinen begegnen, verfärben sich ihre Wangen zartrosa.

Es sollte mir nicht gefallen, dass ich sie nervös mache, tut es aber. Und zwar ein bisschen zu gut.

Meine Aufmerksamkeit wandert zu Paul, der dicht neben ihr steht. Ich frage mich, ob der Mann irgendwas ahnt. Ob er irgendwie spürt, wie jedes Mal die Erinnerungen zwischen Delilah und mir wogen, wenn wir im selben Raum sind. Der Gedanke bringt mich beinahe zum Lächeln.

Was ich nicht tue.

»Paul, tut mir leid, dass Sie umsonst hergekommen sind, aber ich hatte nur um eine Besprechung mit *Ms West* gebeten.«

Pauls Blick zuckt zwischen Delilah und mir hin und her. Oh ja, er merkt etwas. Aber ich bezweifle, dass er weiß, was. Hat sie ihm erzählt, dass sie mit jemandem geschlafen hat, als sie getrennt waren, oder hat sie ihm die errötende Jungfrau vorgespielt, als er sie das erste Mal vögelte?

Es war mir nie wichtig, für eine Frau der Erste zu sein, aber dass Paul denkt, sie hätte sich ihm als Erstem hingegeben, stört mich irgendwie. Aus irgendeinem Urtrieb, aus dem jeder Mann wissen soll, dass ich sie vor allen anderen hatte.

So desinteressiert ich auch daran bin, unsere Begegnung zu wiederholen, die Vorstellung, dass Paul sie anfasst, treibt meinen Missmut hoch, dass ich den Rücken versteife.

»Aber ich finde, als Projektmanager sollte ich – «

Ich fixiere ihn mit einem Blick. »Wenn ich gewollt hätte, dass Sie dabei sind, hätte ich Sie dazugebeten.«

Ein Muskel in Pauls Kiefer zuckt, doch er ist so klug, nicht herumzudiskutieren. Er nickt nur und wendet sich Delilah zu. »Komm danach in mein Büro.«

Delilah wirft ihm einen Blick zu, den ich nicht einordnen kann. Genervtheit? Angst? Dass ich es nicht weiß, frustriert mich. Normalerweise kann ich Menschen lesen.

Mit einem letzten Stirnrunzeln in unsere Richtung geht Paul.

Ich trete beiseite und bedeute Delilah, in mein Büro zu kommen. Als im Vorbeigehen ihr zarter Wildblumenduft zu mir weht, gehen alle meine Sinne in den Alarmzustand über. Ich schäme mich nicht mal dafür, dass mein Blick auf ihren herzförmigen Po fällt, der sich vor mir in einem dieser engen Röcke hin- und herbewegt, die sie gern trägt.

Sie bleibt vor meinem Schreibtisch stehen, während ich ihn umrunde, Platz nehme, mich zurücklehne und mir das Kinn reibe. Dabei beobachte ich sie. Unsicher schaut sie zu den beiden Ledersesseln neben sich und fragt sich offensichtlich, ob sie sich diesmal hinsetzen darf.

Mit hochgezogenen Augenbrauen warte ich ab, was sie macht. Ohne mich anzusehen, streicht sie ihren Rock glatt und setzt sich mit übereinandergeschlagenen Beinen hin.

Ich lasse den Blick auf dem nackten Streifen Haut ihrer Schenkel ruhen, und als ich ihr dann in die Augen schaue, hat sie erneut rote Wangen.

»Ähm«, sagt sie. »Soll ich dann mal meine Überlegungen zur Dachbegrünung durchgehen?«

Ich nicke. »Ich möchte was zur Durchführbarkeit hören.«

»Okay.« Sie steht auf und rollt eine Bauzeichnung vor mir auf dem Schreibtisch aus. Als sie sich vorbeugt, rutscht mein Blick zum Ausschnitt ihrer Bluse, der gerade so weit offen steht, dass ein Hauch ihres cremeweißen Dekolletés zu erahnen ist.

Ich zwinge mich, mich wieder auf ihren Vorentwurf zu konzentrieren, auf dem sie gerade Details aufzeigt. Mit leuchtenden Augen spricht sie von der Dachbegrünung und deutet mit eleganten Handbewegungen auf den Plan. Ich schaue sie genauso intensiv an, wie ich ihr zuhöre.

»Haben Sie eine Übersicht, wie hoch die zusätzlichen Kosten sein könnten?«, frage ich.

»Ich schätze, es kommen noch an die 200000 Dollar zu den 1,5 Millionen für die Solaranlage obendrauf. Aber berücksichtigt man die zusätzlichen Kosteneinsparungen aufgrund der höheren Energieeffizienz, des geminderten Oberflächenabflusses und dass die Begrünung voraussichtlich auch die Effizienz der Solarmodule steigern wird, dann amortisieren sich beide Bauelemente zusammen innerhalb derselben Zeitspanne wie die Solarmodule allein.«

»Und die beträgt?«

»Circa acht Jahre.«

Beeindruckt von ihrer Sorgfalt, nicke ich langsam.

»Außerdem«, fügt sie hinzu, »bringt die höhere LEED-Zertifizierung einen Wettbewerbsvorsprung gegenüber der Konkurrenz.«

Meine Mundwinkel gehen nach oben. Der Kostenvorteil kommt uns natürlich entgegen. Mir gefiel die Idee schon, als sie sie letzten Freitag im Teammeeting einbrachte, doch ich wollte sichergehen, dass sie nicht die Ausgaben steigert, ohne die Rentabilität zu berücksichtigen. Sie hat eindeutig Sachverstand.

»Könnten wir das bei allen Hotels machen?« Ich habe zwar schon eine Ahnung, wie ihre Antwort lauten wird, bin aber neugierig, was sie zu sagen hat.

Oder will ich sie bloß noch länger hierbehalten?

Delilah richtet sich auf. »Bei einigen schon, aber wir müssten eine Kostenanalyse auf Basis der klimatischen Verhältnisse der verschiedenen Städte vornehmen. In trockeneren Bundesstaaten ist eine Dachbegrünung vielleicht nicht die beste Lösung. Auch wenn immer noch die Möglichkeit besteht, trockenresistente Pflanzen einzusetzen.«

Ich betrachte ihren Entwurf noch einen Moment lang und blättere dann einige darunter liegende auf. Es gibt einen Lageplan, der das geplante Hotel in Beziehung zu der Topografie der Umgebung und umstehender Gebäude zeigt, sowie einen, der nach ihrem ursprünglichen Konzept mit nur der Solaranlage auf dem Dach aussieht.

Es ist vor allen Dingen eine Aufschiebetaktik. Ich weiß bereits, was ich ihr sagen werde.

»Okay.« Ich blättere wieder zurück zu der ersten Bauzeichnung und schaue Delilah an. »Reichen Sie die Mehrkosten bei der Buchhaltung ein, sie sollen sich bei Paul melden, wenn sie genehmigt sind.«

Sie sieht mich blinzelnd an. »Einfach so?«

Ich zucke mit den Schultern. »Es ist finanziell sinnvoll.«

»Gut. Na dann. Äh, danke.« Sie zieht die Pläne zu sich, um sie einzurollen, muss jedoch von vorn anfangen, weil sie sie schief aufgerollt hat. Sie ist baff. Liegt es daran, dass sie nicht damit gerechnet hatte, so schnell ein Ja von mir zu kriegen? Oder daran, dass sie allein mit mir hier im Büro ist?

Hoffentlich Zweiteres.

»Also, danke fürs Zuhören. Das weiß ich zu schätzen«, sagt sie.

Ich stehe auf und umrunde meinen Schreibtisch, sie legt den Kopf in den Nacken, als ich vor ihr stehen bleibe. Die Hände in die Hosentaschen schiebend frage ich: »Wie läuft's denn mit Paul?«

Sie macht große Augen. »Mit Paul? Ähm, gut.«

»Die gemeinsame Arbeit am Projekt ist kein Problem?«

Sie zögert, vermutlich weil sie sich fragt, worauf ich hinauswill. »Wir haben zuvor schon zusammengearbeitet.«

Ich mache einen Schritt nach vorn. »Und behandelt er dich immer so?«

»Was soll das heißen?«

»Wie ein Kind statt wie eine hochkompetente Architektin.«

Delilah blinzelt, ihre Lippen teilen sich. Im nächsten Augenblick macht sie ein verschlossenes Gesicht. »Ich weiß nicht, was du meinst. Hier geht es um ein anspruchsvolles Projekt. Es ist Pauls Aufgabe, dafür zu sorgen, dass alles glatt läuft.«

Es überrascht mich nicht, dass sie mit mir nicht über ihren Partner diskutieren will.

»Paul und Philippa scheinen ein gutes Arbeitsverhältnis zu haben.« Keine Ahnung, warum ich das gesagt habe. Vielleicht, weil ich da eine gewisse unterschwellige Spannung zwischen Paul und seiner hübschen blonden Kollegin wahrnehme. Oder vielleicht, weil ein Arsch wie ich einen anderen erkennt, wenn er ihm begegnet. Und ich habe keinen Zweifel daran, dass Paul ein Arschloch ist. Schließlich hat er schon einmal mit ihr Schluss gemacht – wofür ich ihm wahrscheinlich dankbar sein sollte –, und kam dann wieder angekrochen.

Delilah starrt auf die Pläne in ihren Händen. Als sie wieder hochsieht, blitzt Wut in ihren tiefgrünen Augen. Bei dem Anblick geht ein heißer Schauer durch mich hindurch.

»Ich weiß nicht, was das für eine Andeutung sein soll«, sagt sie, »aber weder meine private Beziehung zu Paul noch seine *kollegiale* zu Philippa geht dich irgendetwas an.«

»Ich will überhaupt nichts andeuten. Ich stelle nur fest.«

»Na, wie würde es dir denn gefallen, wenn ich Feststellungen über den Umgang deiner Partnerin mit einem anderen Mann machen würde?«

Ein Lächeln legt sich auf meine Lippen. »Das Problem stellt sich mir nicht.«

Etwas schimmert in ihren Augen auf. Ist es Erleichterung? Ich kann es nicht recht sagen, denn als sie den Kopf neigt, ist es weg. »Lass mich raten. Du gehörst zu den Männern, deren Beziehungen aus mehreren One-Night-Stands bestehen, weil sie Angst vor emotionaler Nähe haben.«

Als ich die Augenbrauen hochziehe, presst sie die Lippen zusammen, weil ihr wahrscheinlich wieder einfällt, wer ich bin und wo sie sich befindet.

Sie schüttelt leicht den Kopf. »Entschuldigen Sie, das war völlig ...«

»Zutreffend. Abgesehen von dem mit der *Angst*. Ersetz die durch *kein Interesse*, und du hast es.«

»Soso«, murmelt sie. »Na, dann kann ich mich ja glücklich schätzen, eine von vielen zu sein.« Sie dreht sich um, als wolle sie gehen.

»Einprägsamer als die meisten«, sage ich, woraufhin sie

ruckartig stehen bleibt und mir einen Blick über die Schulter zuwirft. Keine Ahnung, warum ich sie trieze. Und warum ich Gefallen dran finde, ihre Wangen rosarot anlaufen zu sehen vor Scham oder Wut – beides ist gleich hübsch. Sie ist nicht mehr für mich als eine Mitarbeiterin und eine sehr schöne Erinnerung. Ganz davon abgesehen, dass sie jemandes Freundin ist. Warum also kann ich es nicht lassen – kann ich *sie* nicht in Ruhe lassen?

Sie rümpft die Nase. »Soll ich mich etwa geschmeichelt fühlen, dass ich in der Kette von Frauen, mit denen du geschlafen hast, zu den wenigen zähle, die du dir gemerkt hast?«

»So manche wäre geschmeichelt.«

Sie stützt eine Hand auf die Hüfte und legt den Kopf schief, sodass ihr das dunkle Haar über die Schulter fällt. »Das bezweifle ich. Aber wenn du dir das einredest, damit du nachts schlafen kannst, dann nur zu. Während dir diese ganzen Frauen nachstellen und um eine Nacht in deinem Bett betteln, bin ich bei meinem sehr gut aussehenden, intelligenten Freund und teile sehr erfüllende emotionale Nähe mit ihm.«

Ich verschränke lässig die Arme vor der Brust. »Vor nicht allzu langer Zeit warst du diejenige, die um eine Nacht in meinem Bett gebettelt hat. Du wolltest zu gern einen One-Night-Stand, damit ich dir gebe, was du brauchtest.« Sie derart rauszulocken, ist irre. Wenn ich nicht aufpasse, endet es noch in einer Klage wegen sexueller Belästigung. Trotzdem, ich kann irgendwie nicht aufhören.

Da hilft es auch nicht, dass sie ein Lächeln aufsetzt und sagt: »Ich hätte warten sollen. Wenn ich gewusst hätte, mit wem ich die Nacht verbringe, wäre mir aufgegangen, was für einen Riesenfehler ich mache. Inzwischen habe ich jedenfalls einen Mann, der meine Bedürfnisse erfüllt und sich für mich als Mensch interessiert.«

Ihre Augen sprühen Funken, und mit einem Mal finde ich mich viel zu dicht vor ihr wieder, sodass ich ihren Wildblumenduft rieche und mich ihre Wut einhüllt.

Obwohl ich derjenige war, der von Paul angefangen hat, passt mir nicht, dass sie an ihn denkt, während ich vor ihr stehe. Auch wenn sie sagt, sie hätte warten sollen, hat sie jede Sekunde unserer Stunden zusammen genossen. Die Kratzspuren auf meinem Rücken waren der Beweis. Von diesem Missmut angestachelt mache ich weiter. »Weiß Paul Bescheid? Hast du ihm von der Nacht erzählt oder hast du deinen kleinen Seitensprung für dich behalten?«

Sie reckt das Kinn. »Ich war ehrlich darüber, was passiert ist.«

»Und wie ehrlich genau? Weiß er, dass ich es war? Hast du ihm das verraten?«

Ihr zarter Kiefer mahlt, doch ihr Blick huscht zur Seite – der Beweis, dass sie es nicht getan hat. »Wozu?«, sagt sie. »Dadurch würde nur eure Zusammenarbeit unangenehm.«

»Na, wenn du dir das einreden musst, damit du nachts schlafen kannst«, drücke ich ihr den eigenen Spruch zurück.

Ihre Nasenflügel beben, und die leuchtend grünen Augen funkeln. »Du meinst doch nicht im Ernst, es wär eine gute Idee, es ihn wissen zu lassen?«

»Findest du nicht, er verdient es zu wissen, dass der Mann, der ihm gegenübersitzt, seine Freundin entjungfert hat?« Ihre Lippen öffnen sich unter einem Keuchen, aber ich fahre fort. »Dass du vor vier Wochen meinen Namen geschrien hast, als du mit mir in dir kamst? Sag doch mal, Delilah, erinnerst du dich an meinen Mund zwischen deinen Beinen, wenn du mich ansiehst? Fasst du dich an und denkst dabei daran, wie du das in der einen Nacht für mich gemacht hast?«

Ihr Atem geht schnell und stoßweise. »Nein.«

»Nein wozu? Nein, du findest nicht, dass er es verdient, davon zu wissen? Nein, du erinnerst dich nicht? Oder nein, du spielst nicht an dir selbst rum und denkst an mich? Wie ehrlich bist du, Kätzchen?«

Sie verengt die Augen. »Für einen, der seitdem wahrscheinlich eine Menge anderer Frauen gevögelt hat, erinnerst du dich aber an echt viel aus dieser Nacht. Wie oft hast du dich denn selbst angefasst und dabei an mich gedacht?«

Sie meint es nicht verführerisch, sondern ist sauer. Und mir Mistkerl, der ich bin, gefällt auch das.

»Unzählige Male«, gestehe ich und genieße, wie sie scharf die Luft einzieht. »Wenn du und dein Freund mir nächstes Mal am Tisch gegenübersitzt, kannst du wissen, dass ich dran denke, wie es war, in dir zu sein. Und ich weiß, du wirst dran denken, wo ich mit Fingern und Zunge war und wie heftig du meinetwegen gestöhnt hast. Du magst mit Paul zusammen sein, aber ich bin sicher, du wirst an mich denken, wenn du dich das nächste Mal berührst.«

Hektische rote Flecken erscheinen auf ihren Wangen. Mein Blick rutscht zu ihren Brustwarzen, die sich unter dem dünnen Blusenstoff abzeichnen. Ich würde alles darum geben, jetzt den Kopf zu senken und eine in den Mund zu nehmen.

Doch das geht nicht.

Das würde ich nicht mal machen, wenn sie keinen Partner hätte.

»Vibrator«, sagt sie zittrig.

Ich ziehe die Augenbrauen hoch. Als sie weiterspricht, ist ihre Stimme fest, und sie sieht mir direkt in die Augen.

»Ich werde einen Vibrator nehmen. Und wenn ich komme, dann denke ich, woran ich verdammt noch mal denken *will*. Wenn Sie mich jetzt entschuldigen würden«, sagt sie und schiebt mich von sich weg.

Ich gebe nach und trete einen Schritt zurück, damit sie an mir vorbeikommt. Ohne mich noch eines Blickes zu würdigen, geht sie und gönnt mir nicht einmal die Genugtuung, dass sie versucht, die Tür hinter sich zuzuknallen.

Wenige Sekunden später ziehe ich in der Toilette meinen Hosenschlitz auf. Ein Hochgefühl durchströmt mich, und ich bin dermaßen hart, dass es schon wehtut. Es gefällt mir viel zu gut, wenn sie mir die Stirn bietet. Wenn ich es in ihren Augen funkeln sehe, möchte ich sie am liebsten über den nächsten Schreibtisch legen und sie daran erinnern, wie sehr es ihr gefallen hat, mich in sich zu haben.

Lächelnd blecke ich die Zähne, während ich mich streichle. Denn sie *ist* ehrlich, und sie hat ganz bewusst vermieden zu sagen, an was – oder *wen* – sie denken wird. Das verrät mir schon alles.

Ich habe nichts als das Bild im Kopf, wie Delilah an sich herumspielt und dabei an mich denkt, als ich wenige feste Auf und Abs später meinen Höhepunkt herausstöhne.

* * *

»Wie läuft's mit dem Projekt?«, fragt Tate.

»Es geht voran. Wir sind fast so weit, dass wir mehrere Vorentwürfe verabschieden können.«

Es ist später Abend und Tate, Roman und ich sind wahrscheinlich die Letzten im Gebäude. Roman ist noch in seinem Büro, aber Tate und ich sind uns auf dem Weg zum Fahrstuhl begegnet und fahren daher jetzt gemeinsam runter zu unseren Wagen.

»Wie läuft das Marketing?«, erkundige ich mich.

Er zuckt mit den Schultern und blickt missmutig drein.

»Wir geben unser Bestes, neue Medienberichte zu Dads Verhaftung durch positive Aktionen des Unternehmens zu verdrängen. Aber es ist ein harter Kampf.«

Ich runzele die Stirn. »Wieso?«

»Die Presse interessiert sich mehr für unser Privatleben als fürs Unternehmen. In dem Interview gestern hat die Journalistin mehr Zeit damit verbracht, mich über meinen Ruf auszufragen als zu unseren aktuellen Projekten und unseren Anstrengungen um ökologischeres Bauen.«

»Wie hast du reagiert?«

»Hatte einen Quickie mit ihr auf der Toilette.«

Ich schüttele den Kopf. »Wenig hilfreich, Tate.« Was haben wir uns bloß verdammt noch mal dabei gedacht, ihn zum Marketingchef zu machen? Damit haben wir ihm nur Kontakt zu noch mehr Frauen verschafft, die unbedingt rausfinden wollen, ob der jüngste King-Bruder im Bett so ein böser Bube ist, wie es heißt.

Wir verlassen den Fahrstuhl und gehen zum Ausgang. Draußen stehen unsere Wagen bereit, und ich verabschiede mich nickend von Tate, bevor ich einsteige. Ich sitze auf dem Rücksitz und schaue aus dem Fenster, während mein Fahrer Jonathan noch auf eine Lücke zum Einfädeln in den Verkehr wartet. Mein Blick fällt auf ein an der Ecke stehendes Paar, das ich kenne – Paul und Philippa.

Mit zusammengekniffenen Augen beobachte ich sie. Sie scheinen zu streiten. Philippa gestikuliert heftig, während sich Paul mit der Hand übers Gesicht fährt und ihr zu antworten versucht. Dann verzieht er das Gesicht, als sei er gefrustet, schiebt ihr eine Haarsträhne hinters Ohr und nimmt sie in die Arme.

Sieh einer an. Wie's aussieht, ist auf meine Wahrnehmung doch Verlass. Der Typ ist ein Arschloch.

Mehr bekomme ich nicht mit, denn Jonathan fährt los, wodurch das Paar aus dem Blick gerät. Aber ich brauche gar nicht mehr zu sehen. Es mag zwar keinen Kuss gegeben haben, aber für Kollegen war ihr Umgang miteinander viel zu vertraut.

Als meine Gedanken zu Delilah springen, reibe ich mir mit dem Daumen über die Unterlippe. Trotz alldem, was ich in meinem Büro gesagt habe, geht mich ihre Beziehung mit Paul nichts an. Ich hab keinen Grund, mich einzumischen. Dennoch wallt Wut über die Tatsache in mir auf, dass Paul sie verarscht. Garantiert fing er an, Philippa zu vögeln, nachdem er sich von Delilah getrennt hatte – wenn nicht schon vorher. Wahrscheinlich hat er es schnell bereut, denn verglichen mit Delilah wirkt Philippa kalt wie ein Fisch. Also entweder will Philippa ihn nicht loslassen und er ist zu schwach, sich durchzusetzen, oder er ist so dumm zu glauben, er schafft es, beide Frauen unter einen Hut zu kriegen, ohne erwischt zu werden.

Ich lehne mich in den Ledersitz zurück. So sehr Delilah es verdient, davon zu erfahren, und so krasse Genugtuung es mir auch verschaffen würde, wenn Paul aus dem Weg wäre – und ich überlege jetzt nicht, warum das so ist –, wenn ich es ihr sage, bringt das niemandem was. Sie muss eben die Augen aufmachen und selbst erkennen, was für ein Mann er ist.

Ich versuche, an etwas anderes zu denken. Schließlich habe ich ganz andere Sorgen als die Beziehung einer Frau, mit der ich einmal Sex hatte – auch wenn sie inzwischen für mich arbeitet.

Und doch sehe ich beim Blick aus dem Fenster das Lodern in Delilahs schönen grünen Augen und nicht die Lichter der vorbeifahrenden Autos.

12

Delilah

»Warum noch mal machen wir das?«, frage ich Alex, als unser Uber vor dem Club hält. Eine lange Warteschlange zieht sich die Straße hinunter. Kaum überraschend, wenn man bedenkt, was für ein Hype um diesen Laden herrscht. Heute Abend ist die große Eröffnung, aber er wird schon als der nächste große Hotspot der Reichen, Schönen und Berühmten zum Sehen-und-gesehen-werden gehandelt.

»Weil du seit Wochen hart arbeitest, erst am Entwurfskonzept und jetzt an dem Projekt, du brauchst mal eine Pause. Und ich genauso.«

Ich tätschele ihr mitfühlend das Knie. Es ist hart für sie, dass Jaxson in L. A. ist. Die vorübergehende Trennung macht ihr zu schaffen. Zur Ablenkung hat sie sogar angefangen, einige Abende die Woche einen Raumgestaltungskurs in einem Stadtteilzentrum zu geben. Ich schätze, es wird uns beiden guttun, mal eine Nacht um die Häuser zu ziehen.

Nachdem wir den Fahrer bezahlt haben, steigen wir aus. Ich ziehe mein grünes Glitzer-Minikleid zurecht – das, von dem Alex meint, es passe zu meiner Augenfarbe. Mit nackten Beinen und in nudefarbenen Riemchen-Stilettos fühle ich mich heute Abend sexy. Alex trägt eine hautenge schwarze Lederhose zu einem roten Neckholdertop, und sie sieht fantastisch aus.

Lächelnd betrachte ich die grellen Lichter und die ganzen aufgestylten Leute. Für eine wie mich, die während ihrer Highschool- und Collegezeit nicht gerade ein Partygirl war, sind solche Clubabende noch was aufregend Neues.

Die Warteschlange ist zwar lang, doch wir brauchen uns nicht anzustellen. Durch seine Kontakte in der Musikszene hat Jaxson irgendwie unsere Namen auf die Gästeliste gekriegt. Nachdem Alex mit dem Türsteher geredet hat, hakt er das rote Seil auf, und wir werden direkt hineingelassen.

Ich mache große Augen, als wir den zweistöckigen Club betreten. In der Mitte der großen Fläche befindet sich eine runde Bar. Tische und Sitznischen mit dicken Samtpolstern ziehen sich entlang der Seitenwände, und am Ende der vollen Tanzfläche gibt es eine höher gelegene Bühne für Liveauftritte. Von der oberen Etage mit der rundum verlaufenden Galerie kann man die tanzende Menge unten beobachten.

Mein Blick fällt auf die Hünen in schwarzen Anzügen, die am Fuß der Treppe auf der anderen Seite des Raums stehen. Ich nehme an, da drüben geht es zum VIP-Bereich.

»Erst mal was zu trinken?«, fragt Alex, und ich nicke. Ich freue mich darauf, mir ein paar Cocktails zu genehmigen und ein bisschen abzutanzen. Wegen meiner Begegnungen mit Cole waren die letzten paar Wochen gleichzeitig aufregend und spannungsgeladen. Ich will mal loslassen und relaxen.

Sobald wir die Drinks in der Hand haben, gehen wir in die hinterste Ecke des Ladens, wo wir eine Sitznische ergattern, da eine Gruppe von Leuten aufsteht und geht. Mir entweicht ein Seufzen, als ich auf das weiche rote Samtpolster sinke.

»Es kommt mir vor, als wären wir zwei schon Ewigkeiten nicht mehr dazu gekommen, uns mal auf den neusten Stand zu bringen«, sage ich. Obwohl Alex und ich zusammenwohnen, haben wir zwei uns die letzten paar Wochen immer verpasst.

Da Alex abends ihren Kurs im Stadtteilzentrum gibt, während ich abwechselnd Überstunden im Büro schiebe und versuche, mehr Quality Time mit Paul zu verbringen, ist es eine Weile her, dass wir Zeit hatten, was zusammen zu machen.

Alex trinkt einen großen Schluck aus ihrem Glas und grinst. »Du sagst es. Ich kam nicht mal dazu, dich zu fragen, wie es mit Du-weißt-schon-wem läuft.«

Ich ziehe die Augenbrauen hoch. »Paul?«

Alex schnaubt. »Nein, deinem sexy, entjungferungsfreudigen Chef.«

Obwohl ganz sicher niemand in unserer Nähe hören kann, was sie sagt, zucke ich zusammen. »Bitte nenn ihn nicht so. Wie wär's mit arrogantes Arschloch von Chef? Das passt.«

Alex lacht. »Ach, alles davon passt doch, oder? Ich habe Fotos von ihm gesehen. Er ist definitiv sexy, auch wenn er ein arrogantes Arschloch ist. Deswegen vielleicht sogar noch umso mehr.«

Ich verdrehe die Augen. »Glaub mir, es ist rein gar nichts sexy daran, beschuldigt zu werden, man hätte versucht, sich einen Job zu erschlafen – wofür er sich übrigens nie entschuldigt hat. Oder die Erinnerung an die Nacht, in der man seine Jungfräulichkeit verloren hat, schlechtgemacht zu bekommen. Ganz zu schweigen davon, dass er mich in seinem Büro einfach so gefragt hat, ob ich beim Masturbieren an ihn denke.«

»Was?« Alex beugt sich gierig vor. »Davon hast du mir gar nichts erzählt.«

Ich berichte ihr, was Anfang der Woche mit Cole vorgefallen ist. Als ich fertig bin, lehnt sie sich stirnrunzelnd wieder zurück. »Wie unprofessionell.«

»Was du nicht sagst.«

»Er scheint mir eigentlich nicht der Typ zu sein, der so was macht. Was mich zu der Vermutung bringt, dass du ihm unter die Haut gehst.«

Ich nippe an meinem Cocktail. »Wohl kaum. Ich bin ziemlich sicher, dass er mich genauso wenig mag wie ich ihn.«

»Hm. Du weißt ja, was man über Liebe und Hass sagt. Beides liegt nah beieinander, Süße.«

»Ich glaub, er ist eher nicht der Typ Mann für Liebe.«

Sie grinst. »Dann eben Lust.«

»Er ist ein Milliardär, der viele tolle Frauen haben kann, und du meinst, er ist insgeheim scharf auf mich?«

»Hat er nicht zugegeben, dass er an dich denkt, wenn er es sich selbst macht?«

»Pft«, mache ich. »Da hat er bestimmt nur Psychospielchen mit mir gespielt. Er wollte mich aus der Reserve locken.«

Sie trommelt mit den Fingern gegen ihren Schmollmund. »Was, wenn er einer dieser Kerle ist, die meinen, weil er dich entjungfert hat, hätte er Besitzansprüche auf dich?«

Ich lache auf. »Das bezweifle ich stark. Er war sichtlich wenig begeistert, als ich in seinem Konferenzraum auftauchte. Nicht unbedingt das Verhalten von jemandem, der meint, ich würde ihm gehören.«

»Okay, dann hat es vielleicht sein Konkurrenzdenken angefeuert, dich mit Paul zu sehen.«

»Das ist von allen unwahrscheinlichen Szenarien noch das wahrscheinlichste, aber wenn du mich fragst, ist er einfach bloß ein sadistischer Arsch, dem es gefällt, wenn andere sich winden.«

Sie wackelt mit den Augenbrauen. »Bei dir würde er bestimmt gern dafür sorgen, dass du dich windest.«

Kopfschüttelnd verkneife ich mir ein Lächeln. »Okay, genug von diesem Arschloch-Chef. Wie läuft's denn mit Jaxson?«

Ihre Mundwinkel gehen nach unten, als sie ein nachdenkliches Gesicht macht. »So weit weg von ihm zu sein, ist schwerer als gedacht.« Sie schaut auf ihre linke Hand, wo sie an ihrem Verlobungsring herumfummelt. »Es kommt mir vor, als wäre er ständig mit den Jungs Party machen, wenn ich anrufe. Ich meine, ich weiß, dass das zum Bandleben dazugehört, aber diejenige zu sein, die zurückbleibt, ist nicht gerade leicht.«

Ich stelle mein Glas ab, rutsche dicht neben sie und drücke sie. »Tut mir leid, dass du es so schwer hast, aber ich wette, er vermisst dich total. Hey, wie wär's, wenn wir ihm ein Selfie schicken, damit er sieht, dass nicht nur er feiern geht und Highlife hat?«

Alex grinst. »Gute Idee.« Sie hält ihr Handy hoch und wir lächeln für das Foto. Als sie dann ihre Nachricht tippt, nutze ich die Gelegenheit, um mal ein bisschen die Leute anzugucken.

Die Tanzfläche ist supervoll, und vom Beat der Musik juckt es mir in den Füßen, rüberzugehen und abzutanzen. Als ich hoch zur Galerie schaue, stelle ich fest, dass ziemlich viele von dort oben die Menge beobachten. Dann fällt mein Blick rüber zum Eingang des VIP-Bereichs.

Eine mir bekannt vorkommende Gestalt zieht meine Aufmerksamkeit auf sich, sodass ich die Augen zusammenkneife, um sie besser zu erkennen. Nein, das kann nicht sein. Bestimmt würde sich Cole nie dazu herablassen, in einen Club zu gehen. Als der Mann sich jedoch umdreht, um mit demjenigen hinter sich zu reden, bleibt jedoch kein Zweifel mehr, dass er es ist. Er ist mit zwei anderen Männern da, und eine Schar schöner Frauen drängt sich um sie.

In der Hoffnung, dass er nicht rübersieht, rutsche ich auf meinem Platz nach unten. Wobei, selbst wenn, dann geht sein eisiger Blick bestimmt ohne jedes Stocken über mich hinweg.

»Was machst du denn da?«, fragt Alex amüsiert.

»Er ist hier«, flüstere ich laut über die Musik hinweg.

»Wer?« Sie blickt sich suchend in der Nähe um.

»*Er*. Drüben beim VIP-Eingang.«

Sie schaut in die Richtung, und in dem Moment, als sie ihn

entdeckt, breitet sich ein Grinsen auf ihrem Gesicht aus. »Oh, perfekt.«

»Perfekt, wieso? Ich bin hier, um mal zu entspannen und die Arbeit und ihn zu vergessen. Rätst du mir das nicht immer?«

»Nein, du bist hier, um Spaß zu haben. Und was ist spaßiger, als seinem Ex – «

»Er ist nicht mein Ex.«

»Seinem Ex-*One-Night-Stand* über den Weg zu laufen, wenn man hammermäßig gestylt ist und die Männer garantiert drum buhlen werden, mit einem zu tanzen?«

»Keiner wird drum buhlen, mit mir zu tanzen. Außerdem bezweifle ich, dass mich Cole in dieser Menschenmenge überhaupt bemerken wird. Erst recht nicht, wenn er, wie's aussieht, von lauter Supermodels umringt ist.«

»*Du* hast *ihn* doch bemerkt, oder? Außerdem unterschätzt du, wie hot du bist, Dee. Aber egal, du hast recht. Cole King kann seine Supermodels haben. Heute Abend sollst du mal abschalten und ein bisschen leben. Also komm. Wir sehen beide megasexy aus. Trink aus, dann gehen wir abtanzen.«

Ich möchte echt gern tanzen. Cole wird da oben mit den Frauen und seinen Freunden völlig mit sich selbst beschäftigt sein und überhaupt nicht mitkriegen, dass ich hier bin. Also warum ihn nicht vergessen und Spaß haben?

Ich leere mein Glas, rutsche aus der Sitznische und halte Alex meine Hand hin. Zwischen den Tischen und Menschen hindurch schlängeln wir uns zur Tanzfläche.

Wie sich zeigt, hatte Alex recht. Kurz darauf tanzen einige Typen um uns herum. Und mit was anderem hatte sie auch recht. Bei der Vorstellung, wie ein Paar eisblauer Augen von oben herunterschaut, lächle ich und wiege noch doller die Hüften.

So tun als ob, hat schließlich noch nie geschadet.

13

Cole

»Wann waren wir drei das letzte Mal zusammen weg?«, fragt Tate mit erhobener Stimme, damit man ihn über den hämmernden Beat hinweg hört.

Ich schwenke den Whiskey in meinem Glas. »Ist 'ne ganze Weile her.«

Während Tate oft zu unseren Cluberöffnungen geht, mache ich das nur ab und zu und Roman ganz selten. Bestimmt findet er es unter seiner Würde, sich mit gewöhnlichen Leuten abzugeben – oder gar mit seinen Brüdern.

Aber es ist jetzt wichtiger denn je, als geeinte Front aufzutreten, deshalb lassen wir uns alle bei der Eröffnung eines unserer neuesten Objekte blicken. Ich habe keine Ahnung, ob Roman Spaß hat oder nicht. Er sitzt zurückgelehnt in seinem Sessel, trinkt teuren Whiskey und lässt kühl den Blick über die Menge schweifen, während ihm eine heiße Blondine irgendwas ins Ohr quatscht, was ihm garantiert am Arsch vorbeigeht.

Selbst im Dämmerlicht des VIP-Bereichs kann ich seine Augenringe sehen. Zum ersten Mal habe ich Mitleid mit ihm. Es ist sicher nicht leicht, am Steuer von einem so großen Schiff wie unserem zu stehen, während man zu verhindern versucht, dass die ganzen Ratten es verlassen.

Crystal, die Frau, die seit unserer Ankunft an mir klebt, legt mir eine Hand auf den Oberschenkel und drückt ihn. »Möchtest du tanzen?«

»Nein, danke«, sage ich, ohne sie richtig anzusehen.

Ihre Hand wandert weiter nach oben. »Wie wär's, wenn du mir nachher dein Penthouse zeigst?«

Diesmal schaue ich sie an. Ich lasse den Blick von ihrem seidigen blonden Haar zu ihren vollen Brüsten und der schmalen Taille wandern. Sie sieht umwerfend aus. Es gäbe Schlimmeres, als sie heute Nacht mit ins Bett zu nehmen. Aber wenn, dann nicht in mein Apartment, sondern ins Hotel.

Ich lächle sie träge an, sage jedoch weder Ja noch Nein.

»Wie geht's Jessica?«, fragt Roman aus heiterem Himmel.

Ich runzele die Stirn. »Jessica? Gut sicherlich. Ist ein paar Wochen her, dass ich sie gesehen habe. Wieso?«

»Hab mich nur gefragt, ob sie irgendwas über ihren Vater gesagt hat.«

»Über den unterhalten wir uns normalerweise nicht, wenn wir uns treffen. Gibt es etwas, das ich wissen sollte?«

Roman schüttelt den Kopf, steht dann ohne ein weiteres Wort auf und geht an die Bar.

Tate und ich wechseln einen Blick. Roman war schon immer der verschlossenere von uns Brüdern. Schon als Kind. Heute ist er praktisch undurchschaubar.

Eine dunkelhaarige Frau schmiegt sich an Tate. »Lust zu tanzen?«

Er lässt die Hand an ihrem Oberschenkel hinaufgleiten, bis seine Finger unterm Saum ihres kurzen Kleids verschwinden. Sie schnappt nach Luft und kichert dann. Seine Hand kommt wieder zum Vorschein. Er steht auf, zieht sie hoch und führt sie zu der kleinen Tanzfläche im VIP-Bereich.

Als ich allein dasitze und nun das einzige Ziel des Interesses der verbleibenden Frauen bin, werde ich genervt. Ich leere mein Glas, stehe ebenfalls auf und sage meiner blonden Begleiterin, dass ich mal zur Toilette gehe. Als sie anbietet mitzukommen, schüttele ich den Kopf. Ich habe heute Abend keine Lust auf Sex auf der Toilette. Auch wenn die Toiletten hier erstklassig sind.

Beim Gedanken an Sex auf der Toilette kommt mir Delilah in den Sinn. Ich denke daran, wie ich ihr zum ersten Mal begegnet bin. Schon als wir nur ein paar Worte miteinander wechselten, stellte ich mir vor, einen Quickie mit ihr auf der Toilette der Bar zu haben. Ein seltsam unwiderstehlicher Drang war das. Ihr pralles Dekolleté in dem kurzen schwarzen Kleid und wie sie erschauerte, als sie den Whiskey hinunterstürzte, bewirkten, dass die Vorstellung, in ihr zu versinken, meine Gedanken beherrschte.

Angesichts dessen, dass sie noch Jungfrau war, bin ich froh, dass ich es nicht vorgeschlagen habe.

Da die Frauenschar in den vergangenen Minuten noch größer geworden ist, kehre ich nicht an unseren Tisch zurück, als ich von der Toilette komme. Stattdessen schlendere ich zur Galerie, von der aus man die Tanzfläche überblicken kann.

Während ich gegen das Geländer gelehnt die sich windende Menge unten beobachte, überlege ich, ob es Tate stören würde, wenn ich mit der Blondine abhaue. Gerade als ich mich umdrehen und zu unserer Gruppe zurückkehren will, um mich zu verabschieden, erregt eine Frau in einem schimmernden grünen Kleid meine Aufmerksamkeit. Das dunkle Haar fliegt ihr um die Schultern, während sie zum Rhythmus der Musik die Hüften bewegt. Aus irgendeinem Grund bin ich wie gebannt.

Männer scharen sich hoffnungsvoll um sie und ihre Freundin, und ich beobachte die Frau aus zusammengekniffenen Augen. Ob sie wohl hier hochkommen würden, wenn ich jemanden zu ihnen runterschicke, um sie einzuladen?

Erst als sie den Kopf zurückwirft und beim Tanzen die Arme in die Luft streckt, erkenne ich sie.

Ich richte mich auf.

Verdammt, wie wahrscheinlich ist das bitte?

Meine Hände ballen sich ums Geländer, als sich einer der Männer auf sie zubewegt. Ich suche ihre Umgebung nach Paul ab, sehe ihn jedoch nirgends. Entweder tanzt er nicht, oder er ist nicht mit hier. Oder aber sie hat das mit Philippa herausgefunden und ihm den Laufpass gegeben.

Der Mann tänzelt an sie heran, seine kreisenden Hüften berühren fast ihren Po, sodass ich in einem Anfall von Ärger die Zähne zusammenbeiße. Ich frage mich, wie sie reagiert, wenn er sie berührt. Wenn sie mit Paul Schluss gemacht hat, ist es ihr vielleicht recht, dass er sie anfasst.

Ich fixiere den Mann, als der sich, inzwischen mutiger geworden, hinter sie schiebt und den Arm um ihre Taille legt. Delilah macht sich los und wirbelt herum. Sie schüttelt den Kopf und bewegt sich von ihm weg, aber der Kerl scheint die Botschaft nicht zu kapieren, sondern folgt ihr, während sie ihm auszuweichen versucht. Delilahs Freundin wirkt, als würde sie gleich dazwischengehen, aber ich habe mich schon in Bewegung gesetzt. Ich bin die Treppe runter und pirsche mich zu ihnen vor.

Während ich mich durch die Menge schiebe, sehe ich, dass Delilah und ihre Freundin dem Kerl gegenüberstehen, der jetzt ein grimmiges Gesicht macht. Schätze mal, dieses Arschloch kann keine Abfuhr ab.

Mit einem großen Schritt stehe ich vor ihm und beuge mich vor, um ihm ins Ohr zu knurren: »Ich schlage vor, du lässt die Ladys jetzt in Ruhe, sonst geleitet dich die Security hier raus.«

Er tritt zurück. »Wer bist du denn, verdammte Scheiße?«

Mutig ist er, das muss ich ihm schon lassen.

Ich baue mich vor ihm auf. »Der Besitzer. Wenn du also kein

Hausverbot kriegen willst, schlage ich vor, du gehst. Und zwar sofort.«

Mit einem höhnischen Grinsen in Delilahs Richtung – bei dem ich überlege, ihn so oder so rauszuwerfen – verschwindet er in der Menge.

Ich drehe mich zu ihr um und betrachte ihre weit aufgerissenen Augen und geröteten Wangen.

Als sie nichts sagt, übernimmt das ihre Freundin. »Sie sind ihr neuer Chef, nehme ich an?«

Ich schenke ihr einen kurzen Blick, bei dem ich ihre leicht nach oben gebogenen Mundwinkel registriere. »Vorübergehend.«

Endlich sagt Delilah etwas. »Es war nicht nötig, dazwischenzugehen. Ich hatte das im Griff.« Stur reckt sie das Kinn.

»Sicher, aber das hier ist mein Club, und wir tolerieren keine Belästigungen.«

»Und ich schätze, um Fälle von Belästigung kümmert sich stets der Besitzer höchstpersönlich?« Sie ist leicht angetrunken, sonst würde sie wohl nicht so mit mir sprechen. Oder vielleicht doch. Ich weiß nur, dass mich ihr Verhalten aufregt.

Und mich hart macht.

»Wir müssen reden«, sage ich zwischen zusammengepressten Zähnen hindurch.

Sie wirft die Haare zurück. »Ich tanze.«

»Das war keine Bitte.«

»Wie war das eben noch mal mit Belästigungen?«

»Das ist doch keine Belästigung. Ich bin Ihr Chef.«

»Nicht nach Feierabend.«

Ihre trotzige Art macht mich umso mehr an. »Wenn Sie jetzt zu Hause wären und ich Sie wegen des Projekts anrufen würde, würden Sie nicht rangehen? Das wär's Ihnen nicht wert?«

Sie wirft mir einen bösen Blick zu. »Na schön.«

Sie dreht sich um und will zum Rand der Tanzfläche gehen, doch ich fasse sie beim Arm und führe sie in die entgegengesetzte Richtung, weiter hinein in die wogende Menge.

Als wir in einer dunklen Ecke angelangt sind, drehe ich sie zu mir, trete näher, und sie lehnt sich gegen die Wand.

»Wusstest du, dass ich heute Abend hier sein würde?«, frage ich.

Ihr klappt die Kinnlade herunter. »Soll das ein Witz sein? Glaubst du etwa immer noch, ich stalke dich? Ich wusste nicht, dass das hier euer Club ist. Ich wusste nicht mal, dass euch Clubs gehören.«

Wie sich das zuckende Stroboskoplicht in ihren Augen spiegelt, lenkt mich von ihrer Antwort ab, und wir starren einander für einen Moment an, der ewig anzudauern scheint. Dann befeuchtet sie ihre Lippen. »Worüber wolltest du mit mir reden, Cole?«

»Weißt du, deine Einstellung lässt viel zu wünschen übrig«, sage ich.

»Genauso wie deine.«

Ich rücke näher, beuge den Kopf zu ihr und genieße, wie ihr Blick auflodert und es an ihrem Hals pulsiert.

»Inwiefern?«

»Ständig unterstellst du mir, ich wolle dich manipulieren. Und dann entschuldigst du dich nicht mal.«

»Du möchtest eine Entschuldigung?«

Sie schiebt das Kinn vor. »Würde helfen.«

»Wieso?«

Blinzelnd sieht sie mich an. »Weil ... du dich irrst. Und weil ...« Sie senkt den Blick, dann schaut sie mir in die Augen. »Weil du mich verletzt hast.« Ihre Stimme ist emotionsgeladen.

Ich streichle ihr mit dem Daumen über die Wange und presse ihn dann auf die zarte Hautpartie hinter ihrem Ohr, als ich die Hand um ihre Halsbeuge schmiege. »Womit habe ich dich verletzt?«

Ihr Blickt huscht zwischen meinen Augen hin und her. »Ist das wichtig?«

»Ja.« Seltsamerweise ist es das wirklich.

Sie stößt einen abgehackten Atemzug aus. »Dir mag unsere gemeinsame Nacht nichts bedeutet haben, aber … mir schon. Ich war froh, dass ich mein erstes Mal mit dir hatte. Ich dachte, ich hätte Glück gehabt, mit jemandem zusammen gewesen zu sein, der dafür gesorgt hat, dass es richtig gut für mich war. Und dann … haben wir uns wiedergetroffen, und du hast alles kaputt gemacht, indem du mir vorwarfst, ich wollte dich ausnutzen. Deinetwegen bereue ich etwas, was ich mir im Herzen bewahrt hatte.«

Was sie sagt, sollte mich nicht beschäftigen. Es ist bestimmt nicht das erste Mal, dass ich die Gefühle einer Frau verletzt habe. Nur dass sie es mich nicht wissen lassen. Wenn doch, kann ich nicht garantieren, dass es mir was ausmachen würde. Wer in meinen Kreisen zugibt, verletzt zu sein, gesteht damit ein, schwach zu sein. Deshalb würde niemand auf Posten wie unseren es tun.

Warum also löst Delilahs verletzter Blick diese Enge in meiner Brust aus? Warum will ich, wenn ich höre, dass sie unsere gemeinsamen Stunden bereut, sie entkleiden und ihr neue Erinnerungen verschaffen, die sie sich bewahren kann?

In meinem Schritt pulsiert es, und ich möchte sie gegen die Wand drücken, die Hand unter ihr kurzes Kleid wandern lassen und die Finger in sie schieben. Sie dazu bringen, dass sie keucht und sich windet und für mich kommt, gleich hier im Club, vor aller Augen.

Damit sie sich wieder gut fühlt.

Der Drang ist so groß, dass ich die freie Hand zur Faust balle, um mich davon abzuhalten, sie zu berühren. Statt wegzugehen, wie es jetzt angesagt wäre, nehme ich eine Strähne ihres seidigen Haars und wickele sie um meinen Finger.

»Wo ist Paul heute Abend?«, frage ich.

Sie versteift sich, als hätte ich sie daran erinnert, dass sie einem Mann, der nicht ihr Partner ist, nicht so nah sein sollte. »Er war zu müde, um mitzukommen, und wollte früh ins Bett.«

Mir schießt die Erinnerung an Paul, der Philippa umarmt, durch den Kopf. Ich würde meinen Bugatti drauf verwetten, dass er es mit der Blondine treibt, statt früh schlafen gegangen zu sein. Warum man allerdings mit dieser Eiskönigin zusammen sein will, statt mit der Frau hier vor mir, geht mir nicht in den Kopf.

Pauls Dummheit hin oder her, ich habe mich bereits entschieden, mich nicht in ihre Beziehung einzumischen, egal wie sehr ich sie noch mal kosten möchte. Das Projekt zu gefährden, indem ich meinem Verlangen nachgebe, wäre dämlich – und das konnte mir noch keiner vorwerfen.

Warum zur Hölle beuge ich mich also vor, fasse ihr Kinn zwischen Daumen und Zeigefinger und neige ihr Gesicht zu mir?

»Ich bezweifle stark, dass Paul einen ruhigen Abend zu Hause verbringt.«

Delilah löst sich aus meinem Griff und funkelt mich böse an. »Keine Ahnung, was für ein Spielchen du spielst, aber du hast doch gar keine Ahnung. Wie wär's, wenn du zu deinen Supermodels zurückgehst und mich in Ruhe lässt?«

Ärger durchströmt mich, und ich trete einen Schritt zurück. »Wenn du so naiv sein willst, nur zu. Mir ist das egal. Wie du schon meintest, ich habe Besseres zu tun, als mich zu sorgen, ob Angestellte von mir von ihren Lebenspartnern ausgenutzt werden. Crystal hat mir schon gesagt, dass sie liebend gern die ganze Nacht auf mir sitzen würde. Ich glaube, ich nehme ihr Angebot an. Schönen Abend noch, Delilah. Ich hoffe, du hast Spaß im Club.«

Ich drehe mich um und gehe, genervt davon, dass ich mich von ihr habe provozieren lassen. Wenn sie Paul vertrauen will, ist das ihre Sache.

Ich kehre in den VIP-Bereich zurück und lasse mich auf meinen Platz fallen. Roman ist verschwunden, wahrscheinlich wieder ins Büro. Tate hat seine Tanzpartnerin gegen die Wand geschoben. Es ähnelt ein bisschen zu sehr dem, wie ich eben mit Delilah dastand.

Als eine Kellnerin noch ein Glas Whiskey bringt, nehme ich es, trinke die Hälfte in einem Zug und genieße das warme Brennen in meiner Kehle. Crystal taucht neben mir auf, steigt auf meinen Schoß und reibt sich an meinem noch immer halb harten Schwanz.

»Hm«, summt sie. »Fühlt sich an, als wärst du so weit, mich mit zu dir zu nehmen.«

Ich lasse den Blick über ihren prallen Busen in dem tief ausgeschnittenen Kleid wandern und stelle mir vor, den Stoff runterzuschieben, um an einer ihrer Brustwarzen zu saugen, während sie mich vögelt. Ich habe vorhin schon überlegt, sie mit ins Hotel zu nehmen. Die Fantasie in meinem Kopf müsste es eigentlich besiegeln.

Zu meinem Verdruss verwandelt sich das Bild – aus blondem Haar wird braunes, aus blauen Augen grüne. Und jetzt ist Delilah auf mir. Delilah wirft den Kopf in den Nacken und keucht meinen Namen, während sie sich um mich zusammenzieht und mich dadurch zum Orgasmus bringt.

Meine halbe Erektion, die sich bei Crystals Beckenbewegungen und der Vorstellung, sie zu vögeln, nicht geregt hat, zuckt unter ihrem Po.

Crystal lässt die Hüften kreisen, weil sie glaubt, es wäre eine Reaktion auf sie, aber wenn mein Interesse, mit ihr zu schlafen, überhaupt jemals wirklich existiert hat, ist es jetzt gestorben. Das Verlangen, meine Nacht mit Delilah zu wiederholen, beherrscht meine Gedanken. Aber sie ist tabu. Ganz zu schweigen davon, dass sie mich hasst.

Vielleicht brauche ich eine gute schnelle Nummer, um mein Hirn zu resetten, mich daran zu erinnern, dass Sex eben Sex ist, und sich immer fantastisch anfühlt, egal mit wem.

Wieder fällt mein Blick auf Crystals Kurven, und ich umfasse eine ihrer Brüste, massiere sie und bringe sie zum Stöhnen. Der Laut ist pornostarwürdig, dabei habe ich kaum was gemacht. Das irritiert mich, besonders da mich mein Gedächtnis damit verhöhnt, dass mir Erinnerungen an Delilahs atemloses Keuchen und ihr begieriges Wimmern, als ich sie das erste Mal nahm, durch den Kopf gehen.

Als ich die Hand sinken lasse und nach meinem Glas greife, fällt mein Blick auf Tate, der gerade mit der Frau zu den VIP-Toiletten geht.

Ich kippe den Rest meines Whiskeys in mich hinein und ignoriere Crystals verwirrtes Stirnrunzeln, als ich sie von mir herunterschiebe. »Heute Abend nicht.«

Für einen Sekundenbruchteil macht sie ein mürrisches Gesicht, bevor sich ein falsches Lächeln darauflegt. »Dann ein andermal.«

Als sie von dannen stolziert, lasse ich den Kopf gegen die Lehne sinken. Shit, wie's aussieht, gehe ich heute allein nach Hause.

14

Delilah

Ich suche Alex in der Menge. Als ich sie an der Bar entdecke, eile ich zu ihr. »Hey, hast du was dagegen, wenn wir gehen?«

Sie zieht die Augenbrauen zusammen. »Ist alles okay?« Sie scannt mit dem Blick die Umgebung ab. »Hat er was gemacht ...«

Alles verschwimmt leicht, als ich den Kopf schüttele. Vielleicht habe ich heute Abend mehr getrunken als gedacht. Aber das spielt keine Rolle, denn nach dem, was eben mit Cole lief, bin ich ganz durcheinander.

Was *lief* da überhaupt eben mit Cole?

Keine Ahnung, jedenfalls ist jegliche Beschwipstheit weg, und zu wissen, dass er oben im VIP-Bereich ist und gleich irgendein Model durchnimmt, weckt in mir den Wunsch, so weit weg von hier wie möglich zu sein. Nicht, dass ich gern diejenige wäre, die er vögelt. Schließlich habe ich einen Freund. Ich will bloß kein Bild von den beiden miteinander im Kopf haben.

»Ich hab keine Lust mehr«, sage ich. »Macht es dir was aus, wenn wir gehen?«

»Natürlich nicht. Gehen wir.«

Auf dem Weg zum Ausgang weigere ich mich, nach oben zu schauen. Nachdem wir uns durch die Masse der in den Club strömenden Menschen gekämpft haben, bestellt Alex ein Taxi.

Wenige Minuten später, in denen ich ihr in groben Zügen berichtet habe, was mit Cole abging, befinden wir uns auf dem Nachhauseweg.

Ich müsste erleichtert sein, doch Coles Worte gehen mir immer wieder durch den Kopf. Warum sagt er so was über Paul? Was hat er vor? Bei der Vorstellung, dass er etwas wissen könnte, was ich nicht weiß, bekomme ich ein flaues Gefühl im Bauch, sodass mir schlecht wird.

Sosehr es mir widerstrebt, seinen Worten Glauben zu schenken, mein Misstrauen gewinnt die Oberhand.

Ich drehe mich zu Alex. »Hast du was dagegen, wenn wir bei Paul vorbeifahren? Nur ganz kurz?«

Sie betrachtet mich eingehend mit ihren dunklen Augen und nickt dann. »Geht klar.«

Ich nenne dem Fahrer die neue Adresse und lasse mich dann wieder in meinen Sitz sinken. Bestimmt erzählt Cole nur Scheiße. Paul klang ehrlich müde, als er aus seinem Büro anrief und mir sagte, dass er heute Abend nicht mitkomme. Er würde mich doch nicht hintergehen. Nicht, nachdem wir gerade erst wieder zusammengekommen sind.

Als wir vor Pauls Wohnung halten, bin ich ein Nervenbündel. Nachdem ich Alex versprochen habe, gleich wieder zurück zu sein, steige ich aus, und statt zu klingeln, benutze ich den Schlüssel, den Paul mir gegeben hat.

Mein Puls wummert in meinen Ohren, während ich die wenigen Stufen hinaufhaste. Keine Ahnung, wie ich es erklären soll, dass ich unangekündigt bei ihm hereinplatze. Wenn man bedenkt, wie spät es ist, schläft er wahrscheinlich schon. Ich beruhige mich mit diesem Gedanken, während ich leise den Schlüssel im Schloss drehe und die Tür aufdrücke.

Im Wohnzimmer brennt Licht, aber dort ist niemand. Auf Zehenspitzen durchquere ich den Raum, und als ich zwei

Weingläser auf dem Tisch stehen sehe, bleibt mir kurz das Herz stehen.

Ich bekomme ein hohles Gefühl in der Magengrube. Ich ahne, was ich gleich sehen werde, doch bin ich unfähig, stehen zu bleiben. Vorsichtig gehe ich zum Schlafzimmer. Bei den Geräuschen, die durch die angelehnte Tür dringen, zieht sich mir die Brust zusammen. Ich möchte weinen. Ich möchte weglaufen. Ich möchte ihn anschreien. Aber erst muss ich wissen, wer bei ihm ist.

Während ich tief durchatme, um die Tränen zurückzuhalten, drücke ich die Tür ein Stück auf.

Sie sind von mir weggedreht auf dem Bett, die nackte Philippa auf allen vieren und Paul hinter ihr, seine Hüften bewegen sich rhythmisch gegen ihren Hintern. Sie keucht und stöhnt, als hätte sie nie einen Besseren als ihn in sich gehabt. Alles, was mir durch den Kopf geht, ist, dass sie offensichtlich noch nie Cole hatte.

Der Gedanke genügt, um die Tränen zurückzudrängen, die mir in den Augen stehen. Ich drücke den Rücken durch und widerstehe der Versuchung, Paul die Schlüssel an den Kopf zu werfen. Ich werde keine Zeit und Energie mehr an ihn verschwenden, und schon gar nicht Philippa die Genugtuung geben, ihm eine Szene zu machen, während sie dasitzt und alles höhnisch grinsend mit ansieht. Wenn man mich fragt, verdienen die beiden einander.

Ich gehe zurück ins Wohnzimmer. Beim Herumschauen fällt mein Blick auf den Couchtisch mit der weißen Marmorplatte. Den, auf dem die zwei Weingläser stehen. Außerdem klemmt eine kleine Clutch in der Sofaritze. Ich greife danach, wühle darin herum und finde, wonach ich gesucht habe: einen Lippenstift.

Ich nehme die Kappe ab und krakele in großen roten Buchstaben *Fick dich* auf den Tisch, was mir mehr Genugtuung verschafft als gedacht. Dann löse ich seinen Wohnungsschlüssel von meinem Schlüsselbund, lege ihn zwischen die beiden Weingläser, schnappe mir meine schöne Lederjacke, die ich letztes Mal dagelassen habe, als ich hier übernachtet habe, und gehe.

Ich bin nicht leise, als ich die Tür hinter mir schließe. Falls er es hört, bin ich längst weg, bevor er kapiert, was los ist. Erst als ich unten im Foyer anlange, fangen meine Hände an zu zittern.

Ich renne zurück zum Auto, steige neben Alex ein und versuche, meinen rasenden Puls in den Griff zu bekommen.

»Was ist los?«, fragt sie und nimmt mich unwillkürlich in den Arm, während der Fahrer den Gang einlegt und losfährt.

»Paul war mit Philippa oben. S-Sie haben gevögelt.« Schmerz beginnt die Schutzschicht aus Wut zu durchbrechen.

»Dieses verschissene Arschloch.« Alex kocht vor Wut, und ihre Stimme trieft vor Gift. »Lass mich da hochgehen und ihm die Eier abreißen.«

Ich stoße ein zittriges Lachen aus. »Er ist es nicht wert, dieses Stück Scheiße. Ich fasse es nur nicht, dass ich nichts gemerkt habe. Ich habe ihm sogar eine zweite Chance gegeben. Ich komme mir so dumm vor.«

Sie streicht mir ein paar Haarsträhnen aus dem Gesicht. »Du hast ihm eben vertraut.«

Ich nicke, woraufhin sie mir über den Rücken streichelt. »Was hast du gesagt? Und was hat er gesagt?«

»Sie haben mich nicht bemerkt. Sie haben's Doggy Style gemacht, mit dem Rücken zu mir.« Bei dem Gedanken an die Nächte, als ich in diesem Bett geschlafen habe, steigt mir Galle die Kehle hoch. Wie oft haben sie dort gevögelt?

»Also weiß er nicht, dass du es weißt?«

»Ich habe eine ziemlich klare Botschaft hinterlassen.«

Als ich ihr erzähle, was ich gemacht habe, schüttelt sie lachend den Kopf. »Du hast mehr Selbstbeherrschung als ich. Ich hätte ihm was an den Kopf gedonnert.«

»Glaub mir, ich war kurz davor.« Eine neue Empfindung gesellt sich zu Wut und Schmerz – Scham. Cole hat es gewusst. Oder zumindest stark vermutet. Was heißt, dass er etwas gemerkt hat, was mir entgangen ist. Wer weiß es noch, was zwischen Paul und Philippa lief? Etwa alle im Team? Bin ich Gespött des ganzen Büros?

Der Fahrer setzt uns ab, und ich marschiere auf die Tür zu. Als ich mit zitternden Fingern versuche, den Schlüssel ins Schloss zu stecken, nimmt Alex ihn mir sanft ab und schließt uns auf.

Ich werfe meine Tasche auf den Tisch. »Ich geh duschen.«

»Es tut mir leid, Dee. Wirklich.« Alex schließt mich in eine lange Umarmung.

Ich stoße stockend den Atem aus. »Du konntest ihn nie leiden.«

»Weil ich fand, dass er nicht gut genug für dich ist«, sagt sie und streicht mir dabei die Haare aus dem Gesicht.

Ich nicke, während ich unwillig feststelle, dass mir jedes Mal Tränen in den Augen brennen, wenn ich daran zurückdenke, was ich gesehen habe. Und mir passt auch nicht, dass meine Gedanken ständig zu Cole und der Tatsache wandern, dass er Bescheid wusste. Dass er es mir praktisch buchstabiert hat und ich meinte, er habe doch keine Ahnung.

Ich stelle die Dusche so heiß, wie ich es nur aushalte, und lasse das Wasser über mich laufen. Paul hat nicht angerufen, was entweder heißt, dass er meine Botschaft noch nicht gesehen hat oder zu feige ist, mit mir zu reden.

Plötzlich überkommt mich Übelkeit. Wie zur Hölle soll ich ihm und Philippa mit dem Bild von heute im Kopf am Montag gegenübertreten? Wie soll ich in unser wöchentliches Meeting gehen und Cole in die Augen sehen?

Und wieso denke ich ständig an Cole?

Ich stelle die Dusche ab und schlüpfe in meinen Pyjama. Als ich gerade aus dem Bad komme, klingelt es an der Tür. Sämtliche Luft entweicht meinen Lungen, und ich bleibe wie erstarrt stehen.

»Dee, er ist es«, ruft Alex. »Was soll ich machen? Wenn du willst, geh ich runter und mach ihm die Hölle heiß.«

So verlockend es wäre, sich auf die Couch zu mummeln und es ihr zu überlassen, ihn zusammenzuscheißen – was ihr dem Funkeln in ihren Augen nach viel zu großes Vergnügen bereiten würde –, das muss ich schon selbst machen.

Ich marschiere ins Wohnzimmer und hebe den Hörer der Gegensprechanlage ab. Ich sage nichts. Er wird gehört haben, wie ich abgenommen habe, und wissen, dass jemand dran ist.

»Delilah? Bist du das?«

»Ja.« Mehr sage ich nicht.

»Delilah, Babe, bitte lass mich rein, damit wir reden können.«

Meine Hand krampft sich um den Hörer. »Nein, danke. Mir wär's lieber, wenn du keinen Fuß mehr in diese Wohnung setzt.«

»Na, kannst du dann runterkommen? Ich muss echt mit dir reden.«

»Ich komme nicht runter. Wenn du was zu sagen hast, dann sag es jetzt.«

Er seufzt schwer. »Es tut mir so leid, Babe. Ich weiß nicht, was du gesehen hast, aber du musst wissen, dass du mir total viel bedeutest. Ich würde dir nie absichtlich wehtun. Das heute war bloß ein Ausrutscher. Mehr nicht. Wenn du mir vergibst, verspreche ich, dass es nie wieder vorkommt. Nur … Komm doch bitte runter, damit ich dich sehen kann.«

Ein harter Klumpen Wut sitzt in meiner Brust. »Das kann

doch nicht dein Ernst sein. Ein Ausrutscher? Ich hab gesehen, wie du sie gevögelt hast, Paul. Und nicht zufällig irgendeine Frau, sondern eine Kollegin, mit der ich zusammenarbeiten muss. Wie konntest du nur?«

»Babe, bitte …«

»Nenn mich nicht Babe. Dazu hast du kein Recht mehr. Außerdem mochte ich das noch nie.«

»Delilah …«

»Weißt du was? Ich hab genug gehört. Du hast mich auf die übelste Art überhaupt beleidigt, und ich habe dir nichts mehr zu sagen. Ich wäre dir dankbar, wenn du unseren Umgang bei der Arbeit nur auf das beschränkst, was zur Fertigstellung des Projekts nötig ist. Und sag Philippa, sie soll mir verdammt noch mal fernbleiben.«

Sobald ich den Hörer eingehängt habe, nimmt mich Alex in die Arme und hält mich, als die zurückgehaltenen Tränen schließlich doch hervorbrechen – mehr aus Wut und Scham, denn vor Liebeskummer. »Alles wird gut. Jetzt tut es weh, ich weiß, aber du wirst darüber hinwegkommen und jemand viel Besseren finden. Versprochen.«

Obwohl mir weiter Tränen übers Gesicht laufen, nicke ich.

Jetzt und hier erlaube ich mir, zu weinen und den ganzen Schmerz, die Wut und Enttäuschung herauszulassen. Und am Montag gehe ich hoch erhobenen Hauptes zur Arbeit.

* * *

Ich blicke zur Zeitanzeige auf meinen Bildschirm, atme dann einmal tief durch, greife zum Telefonhörer und rufe Coles Assistenten an.

»Büro von Cole King«, meldet sich Samson.

»Hallo, hier ist Delilah West vom Architektenteam. Ich

wollte fragen, ob ich heute einen kurzen Termin bei Mr King bekommen könnte?«

»Einen Moment.« Das leise Klackern einer Tastatur dringt durch die Leitung. »Er hat heute Mittag um eins eine Viertelstunde Zeit. Passt das?«

»Ja, wunderbar. Danke.«

Ich lege auf und balle die Fäuste. Ich möchte das nicht machen. Echt nicht. Aber ich werde es durchziehen.

Heute Morgen habe ich getan, was ich mir geschworen hatte. Ich bin hoch erhobenen Hauptes ins Büro spaziert, obwohl sich mein Magen verknotet hat. Paul wartete an meinem Schreibtisch, und bei seinem Anblick überkam mich eine Wut, die mir den Atem verschlug.

»Delilah …« fing er an und fasste nach mir.

Ich wich zurück. »Lass das.«

Er ließ die Hand sinken, redete aber weiter. Wiederholte das Gleiche, was er schon Freitagnacht zu mir gesagt hatte.

Und ich gab ihm die gleiche Antwort.

Als er schließlich begriff, dass ich es mir nicht anders überlegen würde, seufzte er schwer und ging.

Zitternd sank ich auf meinen Stuhl und versuchte mich abzulenken, indem ich mich in die Arbeit stürzte, aber meine Gedanken sprangen immer wieder zu Freitagabend im Club zurück. Mir fiel ständig wieder ein, wie Cole sich zu mir beugte und mir das mit Paul sagte, und was ich darauf erwiderte. Da griff ich zum Hörer, um den Termin bei ihm auszumachen.

Und deswegen sitze ich jetzt mit rasendem Puls vor seinem Büro.

»Sie können reingehen«, sagt Samson.

Tief durchatmend stehe ich auf, streiche meinen Rock glatt und klopfe dann an.

»Herein.«

Ich betrete das Büro und schließe die schwere Holztür hinter mir. Cole sitzt zurückgelehnt an seinem Schreibtisch. Ich schlucke schwer, während ich seine breiten Schultern in dem perfekt sitzenden Jackett betrachte. Sein eisblauer Blick bohrt sich in mich, sodass mir ein leiser Schauer den Rücken hinunterläuft.

»Mit Ihnen hatte ich heute nicht gerechnet, Ms West. Was verschafft mir das Vergnügen?«

Ich trete ein paar Schritte näher und verschränke vor dem Körper die Hände. »Ich möchte mich entschuldigen und …«, zittrig ziehe ich die Luft ein, »mich bedanken.«

Seine dunklen Augenbrauen schießen in die Höhe, und er beugt sich vor, um die Ellbogen auf den Tisch zu stützen. »Wofür?«

»Sie hatten recht mit Paul.«

Er starrt mich einen Augenblick an, steht dann auf und umrundet seinen Schreibtisch. »Recht inwiefern?«

Ich atme tief durch, um mich zu sammeln. »Nachdem ich Freitagabend den Club verlassen habe, bin ich bei ihm vorbeigefahren. Er war nicht allein.« Das muss reichen.

Irgendeine Regung huscht über sein Gesicht. »Ich kann nicht behaupten, dass ich überrascht wäre. Aber es tut mir leid.«

Ich ziehe die Unterlippe zwischen die Zähne und nicke. Bei seiner undurchdringlichen Miene lässt sich schwer einschätzen, ob er das aufrichtig meint.

Er kommt auf mich zugeschritten und bleibt vor mir stehen, als er so nah ist, dass er mein Kinn berühren kann. Zwischen seinen Brauen ist eine kleine Falte. »Geht es Ihnen gut?«

Mein Mund klappt auf, doch nichts kommt heraus. Ich weiß nicht, was ich darauf antworten soll. Ich bin verletzt und wütend und fühle mich gedemütigt, aber darüber möchte ich nicht mit Cole reden. »J… Ja.«

Er betrachtet mich prüfend, geht dann abrupt wieder zu seinem Schreibtisch und drückt die Gegensprechanlage.

»Ja, bitte?«, meldet sich Samson.

»Bitte rufen Sie Paul vom *Elite*-Team an und bitten Sie ihn, sofort in mein Büro zu kommen.«

»Wird gemacht, Mr King.«

Mit großen Augen beobachte ich ihn. Warum lässt er Paul hochkommen?

»Und Samson«, fährt er fort, »Sie brauchen nicht Bescheid zu geben, wenn er da ist. Ich melde mich, wenn er reinkommen kann.«

»Alles klar.«

»Warum wollen Sie mit Paul reden?«, frage ich, sobald er die Verbindung unterbrochen hat.

Cole sieht mich fest an. »Er bringt Unruhe ins Team.«

Ich schüttele den Kopf. »Das ist eine Privatangelegenheit. Ich bin nicht hergekommen, damit Sie das für mich regeln.«

»Ich regele auch gar nichts.«

Ich ziehe die Stirn kraus.

»Ich habe es Ihnen gesagt: Ich kann es nicht leiden, wenn Leute mit meinen Projekten falsches Spiel treiben, und das macht Paul, wenn er falsches Spiel mit Ihnen treibt.«

Meine Schultern sacken leicht nach unten. Natürlich geht es ihm um das Projekt, nicht um mich. Keine Ahnung, warum ich mir etwas anderes eingebildet habe.

Wieder kommt er näher. »Sie wissen, dass Sie jemand Besseres verdient haben als ihn«, sagt er.

Ich straffe die Schultern und recke das Kinn. »Ja, weiß ich.«

»Sie wären auf die Dauer nie glücklich mit ihm geworden.«

»Ich weiß.« Das kommt etwas leiser und zittriger heraus, weil ich mit pochendem Herzen zu ihm hochschaue.

Als er noch einen Schritt näher kommt, muss ich den Kopf

in den Nacken legen, um ihm weiter in die Augen zu sehen. Sein Blick streift über mein Gesicht, und der holzige, maskuline Duft seines Aftershaves befördert mich geradewegs zurück in unsere gemeinsame Nacht. Dass diese Erinnerung jetzt hochkommt, ist gefährlich.

Als ich mir über die Lippen lecke, blickt er auf meinem Mund. Ich erinnere mich, wie sich seine Lippen auf meinen angefühlt haben. Ich erinnere mich an seine Hände auf meiner Haut, seine Finger in mir, und mit einem Mal bebt mein Körper vor Verlangen.

Cole nimmt mein Kinn zwischen Daumen und Zeigefinger. »Er hätte Sie niemals zufriedenstellen können.«

Ich erwidere nichts, sondern blicke wie erstarrt zu ihm hoch. Die von seinem Körper abstrahlende Hitze wärmt mich.

Er streicht mit dem Daumen über meine Unterlippe. »Hat er es dir so besorgt wie ich, Delilah?« Von seiner rauen Stimme stellen sich meine Brustwarzen auf.

Ich antworte nicht.

»Hast du seinen Namen geschrien, ihn angefleht, dich noch mal zu nehmen? Hast du dich unter ihm gewunden und gestöhnt?«

Die Bilder sind allzu lebhaft, machen zu viel mit mir. Ich darf ihn nicht an mich ranlassen. Ich darf ihm nicht verfallen. Das geht sonst nicht gut für mich aus.

Doch obwohl ich weiß, dass ich es lassen sollte, zögere ich, denn er riecht so gut, und ich weiß noch, wie unglaublich gut er mich hat fühlen lassen.

Als er spürt, wie ich wanke, legt sich ein Lächeln auf seinen verführerischen Mund.

Dann macht er noch einen Schritt.

15

Cole

Ich schiebe sie rücklings gegen die Tür und stütze die Hände neben ihrem Kopf ab.

Ihre Augen funkeln, als sie den Kopf in den Nacken legt. »Was willst du, Cole?«

»Das weißt du.«

Sie atmet zittrig aus. »Und warum?«

»Wie, warum?«

»Warum willst du es mit mir? Du kannst viele Frauen haben. Wieso dafür unsere berufliche Zusammenarbeit gefährden?«

Ich senke den Kopf und streife mit der Nase ihre Wange, bis ich an ihrem Ohr bin. »Weil ich noch eine Kostprobe möchte. Ich will wissen, ob du wieder so schön für mich kommst.«

Als sie den Atem anhält, drehe ich den Kopf, sodass meine Lippen ihre zarte Wange berühren. »Überleg mal. Paul müsste inzwischen hier oben sein, direkt vor der Tür. Er sitzt geduldig da draußen und wartet, während ich es dir hier drinnen besorge. Wenn das keine Rache ist, dann weiß ich auch nicht.«

»Ich werde mit dir keinen Sex in deinem Büro haben.« Ihre Aussage besitzt weitaus weniger Nachdruck, als sie wahrscheinlich meint.

Ich lasse den Mund hinabwandern, bis er dicht über ihrem schwebt. »Ich schlage nicht vor, dass wir hier Sex haben.«

»Was dann –«

»Wir vögeln nicht, aber ich sorg dafür, dass du dich gut fühlst. Du musst mir nur vertrauen und schön leise sein. Sei brav wie in der Nacht, als wir uns getroffen haben. Kannst du das?«

Ich bin fast sicher, dass sie mich abweist, halte jedoch abwartend den Atem an.

Es vergehen einige Sekunden, ehe sie sagt: »Einverstanden.«

Fuck, ja.

Ich bin leichtsinnig, das weiß ich. Aber es ist mir egal. Gerade denke ich an nichts außer Delilah und daran, sie zum Höhepunkt zu bringen. Ich denke nicht an meinen Vater und das, was er getan hat. Nicht an die Investoren, die anzweifeln, was meine Brüder und ich leisten können.

Ich habe nur sie im Kopf.

Mit einer Hand greife ich hinunter und wandere an ihrem Bein hinauf, wobei ich den Saum ihres Rocks fasse und bis zu ihrem Po hochschiebe. Ich nehme den Kopf zurück und beobachte ihr Gesicht, als ich mit den Fingern über ihren Slip streiche. Ihre Lippen öffnen sich, und sie bekommt einen glasigen Blick. Mein Daumen findet eine feuchte Stelle, und als ich den Druck erhöhe, zucken ihre Hüften vor und ein gehauchtes Stöhnen dringt über ihre Lippen. Ein Hochgefühl erfasst mich. Sie ist feucht. Sie steht mit feuchtem Slip vor mir.

Der Drang, meinen Schwanz rauszuholen und in ihr zu sein, ist so groß, dass mein Puls wummert. Aber das geht nicht. Mehr erlaube ich mir nicht. Nur eine kurze, kleine Kostprobe von ihr.

Ich schiebe die Hand unter den seidigen Stoff und reibe die Fingerknöchel über ihre zarte, glatte Haut.

»Cole«, haucht sie, woraufhin ich unter einem Lächeln die Zähne blecke, was wahrscheinlich ziemlich wild aussieht.

Ich schiebe mich weiter vor, gleite in ihre feuchte Hitze und bekomme einen trockenen Mund, als ich mir vorstelle, wie er gleich meine Finger ablösen wird. Mein Blick fällt auf die pulsierende Stelle seitlich an Delilahs Hals. Ich möchte die Lippen daraufpressen, mit den Zähnen über ihre Kehle fahren, an der zarten Haut saugen, bis ein Abdruck zurückbleibt, damit Paul genau weiß, was hier los war, wenn sie zu ihm hinausgeht.

Aber ich lasse es bleiben, denn das ist Quatsch. Paul und sein Scheiß sind mir scheißegal, außer dass mir das die Chance gibt, das hier zu wiederholen. Ich hab verdammt noch mal keine Ahnung, woher das Bedürfnis kommt, ihr mein Zeichen zu verpassen.

Ich schüttele den Gedanken ab, presse den Daumen auf ihre Klitoris und lasse den Finger tiefer hineingleiten, bevor ich ihn zurückziehe und es wiederhole.

Sie stöhnt auf und ich beinahe auch. Ich hatte vergessen, wie eng ihr Körper mich beim Eindringen umschließt.

Delilah fängt an, die Hüften im Rhythmus meiner Hand zu bewegen. Mit leicht geöffnetem Mund und aus halb geschlossenen Lidern beobachtet sie, wie ich sie beobachte. »Mehr, Cole.«

Wenn sie glaubt, ich hätte vor, sie so zum Orgasmus zu bringen, täuscht sie sich. Als ich die Hand aus ihrem Slip ziehe, stößt sie einen leisen Laut aus und blickt mit großen Augen forschend in meine. Ein zweifelnder Ausdruck huscht über ihr Gesicht, so als dächte sie, ich wäre fertig. Als dächte sie, ich würde ihr versprechen, dafür zu sorgen, dass sie sich gut fühlt, und sie dann hängen lassen.

Sie muss noch einiges über mich lernen.

Ich knie mich vor sie hin und ziehe ihre Unterwäsche mit herunter, indem ich meine Finger im Bund verhake.

Ihr Keuchen verrät mir, dass sie nicht damit gerechnet hat.

»Ausziehen«, sage ich und tippe dabei gegen ihren Knöchel, woraufhin sie nacheinander die Füße aus dem Slip hebt. Ich stopfe ihn in meine Jackentasche. »Halt deinen Rock hoch.«

Ihre Augen sind geweitet, ihre Wangen gerötet. Aber sie rafft ihren Rock, wackelt mit den Hüften, um den eng sitzenden Stoff über ihren Po zu bekommen, und hält ihn dann um die Taille fest.

Sie glänzt schon vor Lust, und vor lauter Verlangen pocht es heftig in meinen Adern. Mein Schwanz drückt gegen meine Hose.

Aber der muss warten.

Als ich ihre Schenkel auseinanderschiebe, macht mir der feuchte Anblick den Mund wässrig. Dann beuge ich mich vor und fahre mit der Zunge über ihre erhitzte Haut, hinauf zu ihrer Klitoris. Ihr Geschmack lässt mich die Augen für einen Moment schließen – sie ist wie ein edler Wein. Wie kann es sein, dass ich mich schon einen Monat mit ihr im selben Gebäude aufhalte und das noch nicht gemacht habe?

Dann fällt mir der Grund wieder ein.

Paul.

Er durfte sie verwöhnen, sie zum Wimmern und Beben bringen. Bei dem Gedanken verspanne ich die Schultern. Das ist vorbei. Der Arsch hat es vermasselt, und jetzt bin ich derjenige zwischen ihren Beinen.

Abwechselnd sauge ich an ihrer Klitoris und lecke mit der Zunge darüber, um dann wieder mit einem Finger in sie zu gleiten. Ihr Atem geht inzwischen schnell, aber bis jetzt ist sie leise. Das ändert sich, als ich noch einen Finger in sie schiebe. Sie lässt den Kopf nach hinten gegen die Tür fallen, die dadurch zwar nicht wackelt, denn es handelt sich um ein solides Türblatt, doch es gibt einen dumpfen Rums.

Ich fahre mit den Zähnen über ihre Klitoris und schaue dann hoch. »Leise, Ms West, oder soll das ganze Büro erfahren, was wir hier drin treiben?«

»Cole!«, keucht sie und packt meine Haare mit beiden Händen, als ich wieder anfange, sie zu lecken und zu massieren. Ich merke, dass sie kurz davor ist, als sie mir mit der Hüfte entgegenkommt. »Oh ja, Cole, ich komme.«

Ehe es so weit ist, wechsle ich – lasse den Daumen in schnellem Rhythmus auf ihrer Klitoris kreisen, während ich mit der Zunge vorstoße.

Delilah zieht bei der Empfindung scharf die Luft ein, und die geballte Stimulation ist zu viel. Ihre Hände in meinem Haar verkrampfen sich, ihr Becken zuckt nach vorn, bringt sich mir wiegend entgegen, und dann kommt sie. Sie stößt leise Keuchlaute aus, während sich ihre inneren Muskeln um mich zusammenziehen, und ich stöhne gegen ihre feuchtglatte Haut, während ich ihre Erregung schmecke.

Als sie nach hinten sinkt, fahre ich ein letztes Mal mit der Zunge über sie und stehe dann auf. Ich hebe die Finger an den Mund und lecke jeden einzelnen ab, der in ihr war. Dann wische ich mir über Lippen und Kinn. Aber nicht, um ihre Feuchtigkeit von mir abzuwischen, sondern um sie noch mehr auf mir zu verteilen. Als ich mich vorbeuge, sodass mein Mund dicht über ihrem schwebt, weiten sich ihre Augen, weil sie wahrscheinlich denkt, ich werde sie küssen. Aber nein. Darum geht's hier nicht.

Zumindest rede ich mir das ein.

Stattdessen fahre ich mit der Zunge über ihre Lippen und stöhne auf, als ihre hervorschießt, um meiner nachzufolgen.

»Jetzt hast du unseren Geschmack auf deinen Lippen, wenn du an Paul vorbeigehst.« Ich richte mich auf und weiche zurück.

Sie ist ein herrlicher Anblick. Ihre Wangen sind gerötet, ihr Blick leicht glasig, der Rock hängt ihr noch um die Taille. Ich möchte sie über meinen Schreibtisch legen und es mit ihr tun. Doch ich schließe die Augen und atme tief durch, um den Impuls zu vertreiben.

»Kriege ich meinen Slip wieder?«, fragt sie.

»Nein.«

Sie starrt mich an, doch statt zu diskutieren, zieht sie den Rock herunter und streicht die Falten glatt. Dann fummelt sie an ihren Haaren herum, wobei sie meinen Blick meidet.

Aber damit lasse ich sie nicht davonkommen. »Scheint, als wird uns die Rache zur Gewohnheit.«

»Es wird kein weiteres Mal geben«, sagt sie. »Ich will nichts mehr mit Paul zu tun haben. Jedenfalls nicht privat.«

Ich nicke erfreut darüber, dass Paul keine Chancen mehr hat. Weniger erfreut, dass sie sagt, es war das letzte Mal, dass ich sie berühren dürfe. Jetzt, nachdem ich noch eine Kostprobe bekommen habe, weiß ich nicht recht, ob ich mich zufriedengeben kann, ehe wir noch mal gevögelt haben. Um sie ganz aus dem Kopf zu kriegen. Aber darüber kann ich mir Gedanken machen, wenn es so weit ist.

Sie richtet sich auf, und anstatt stehen zu bleiben und sie wissen zu lassen, dass ich mit ihrem Entschluss nicht ganz einverstanden bin, gehe ich zurück zu meinem Schreibtisch.

Stirnrunzelnd sieht sie mich an. »Willst du dich nicht … äh sauber machen?« Ihr Blick huscht zu meinem Mund, dann zu meiner Hand.

Ich grinse. »Wenn Paul reinkommt, soll er die Hand schütteln, die dich berührt hat.«

Ihr klappt die Kinnlade herunter, und ihre Wangen verfärben sich noch mehr, doch in ihrem Blick flackert etwas auf, sodass ich mich frage, ob das Kätzchen nicht doch eine rachsüchtigere Seite hat. Statt zu protestieren, beißt sie auf die Unterlippe und nickt.

Schneller als erwartet dreht sie sich um, öffnet die Tür und schlüpft hindurch. So gern ich auch sehen würde, wie sie ohne Unterwäsche an Paul vorbeigeht, das Gesicht noch immer vor

Lust gerötet – ich bin nicht der Typ, der so etwas tut. Vielmehr warte ich einige Minuten, drücke dann die Gegensprechanlage und bitte Samson, Paul hereinzuschicken.

Als er durch die Tür kommt, empfange ich ihn mit ausgestreckter Hand.

Ich verkneife mir ein Grinsen, als er sie schüttelt. »Setzen Sie sich, Paul.«

Ich deute auf einen der Sessel vor meinem Schreibtisch, und nachdem er sich gesetzt hat, nehme ich dahinter Platz. Ehe ich anbringe, was ich zu sagen habe, lecke ich mir über die Lippen und schließe kurz genüsslich die Augen. Mir egal, ob mich das zu einem Arschloch macht. Schließlich nehmen wir uns da nichts, Paul war von Anfang an eins, das hab ich gleich gemerkt.

Mein Schweigen macht ihn wohl nervös, denn er rutscht in seinem Stuhl herum und fummelt an seiner Krawatte. Dann räuspert er sich. »Mir ist nicht ganz klar, warum Sie mich hergebeten haben, Cole – « Meine erhobenen Augenbrauen lassen ihn stocken. »Äh, Mr King, meine ich. Wenn Sie ein Projektupdate möchten, dann bin ich nicht vorbereitet.«

»Ich brauche kein Update. Delilah hat mir schon gegeben, was ich wollte.«

Wenn er nur wüsste.

Bei der Erwähnung seiner Ex huscht ein wütender Ausdruck über sein Gesicht. Beinahe lecke ich mir erneut über die Lippen, beherrsche mich aber.

»Ich habe Sie hergerufen, weil mir etwas zugetragen wurde, was meiner Ansicht nach geklärt werden muss.«

Paul wirkt leicht verwirrt. »Wenn Sie Bedenken wegen eines Teammitglieds haben …«

»Nein, Ihretwegen.«

Überrascht verzieht er das Gesicht, reißt sich aber schnell zusammen. »Meinetwegen?«

»Ja, ich wurde darauf aufmerksam gemacht, dass Sie private Beziehungen mit zwei Ihrer Teamkolleginnen führen. Gleichzeitig.«

Er presst die Lippen zusammen und ändert erneut seine Sitzhaltung. »Ich weiß ja nicht, was Delilah Ihnen erzählt hat …«

»Von Delilah kam das nicht.«

Er runzelt die Stirn, als könnte er sich nicht vorstellen, wie ich es sonst herausgefunden haben sollte.

»Ähm, okay. Wo immer Sie diese Information herhaben, sie stimmt nicht.«

Ich verenge die Augen und lehne mich auf meinem Bürosessel zurück. Hoffentlich ist Paul klar, dass er sich gerade auf dünnem Eis bewegt. »Es stimmt nicht?«

Der in seinem Blick aufflackernden Panik nach zu schließen, weiß er es. »Ja, na ja, nicht mehr. Ich weiß nicht, ob Sie das wissen, aber ich habe Schluss ge… also, meine Beziehung mit Ms West ist vorbei.« Wut simmert in mir. Er wollte sagen, er hätte mit Delilah Schluss gemacht, sich dann aber wohl umentschieden, als ihm einfiel, dass sie eben bei mir war.

»Mag sein, aber während Ihrer Zeit mit Ms West haben Sie sich auch mit Ms Grant getroffen, richtig?«

»Ich glaube, das geht Sie nichts an«, sagt er.

»Ah, da irren Sie sich. Mein Unternehmen investiert eine erhebliche Summe Geld in dieses Projekt. Wir haben Ihre Firma aufgrund Ihrer Entwürfe ausgewählt und weil wir der Auffassung waren, dass Sie und Ihr Team Professionalität an den Tag legen. Wenn der Projektmanager Affären mit gleich zwei seiner Teamkolleginnen hat, könnte das schnell zu emotionalen Turbulenzen führen und somit die reibungslose Teamarbeit beeinträchtigen. Das geht mich absolut etwas an.«

Paul wird blass. »Äh, ja, ich verstehe Ihren Punkt. Also, die

Situation hat sich schon von allein geklärt, und ich kann versprechen, dass so etwas nicht wieder vorkommt.«

»Das will ich hoffen. Denn falls mir zu Ohren kommen sollte, dass Sie sich während Ihrer Beauftragung durch die *King Group* unprofessionell verhalten, wäre ich gezwungen, Ihren Posten im Projektteam zu überdenken.«

Ein Teil von mir möchte das so oder so tun. Ihm eine Lektion erteilen, weil er Delilah hintergangen hat. Aber der rationale Teil von mir weiß, dass es lächerlich wäre, sich bei seinen Geschäftsentscheidungen von Gefühlen leiten zu lassen. Abgesehen von seinem Fehlverhalten bei Delilah und Philippa ist er ein fähiger Projektmanager. Doch ich kann etwas machen, was keine so großen Auswirkungen auf das Projekt haben wird.

Ich beuge mich vor. »Ich erwarte, dass Sie umgehend für die Projektkoordination eine andere Person finden, die Ms Grant ablöst.«

»A-aber diese Funktion hat *Elite* ihr zugeteilt«, stammelt Paul. Ich kann nicht …«

»Doch, können Sie. Denn wenn Sie nicht dafür sorgen, übernehme ich das. Und ich denke, Sie möchten nicht, dass einer der Partner bei *Elite* einen Anruf von mir kriegt. Mir ist egal, wie Sie den Wechsel begründen, aber wenn diese Aufgabe mir zufällt, erkläre ich denen, was genau das Problem ist. Und das wäre bestimmt nicht gut für Sie und Ms Grant.«

Paul schluckt fast hörbar. »Ich verstehe. Ich sorge umgehend dafür. Und Sie haben mein Versprechen, dass ich das Projekt nicht gefährden werde.«

Während ich ihn mit einem Blick messe, kann ich nicht widerstehen, so zu tun, als würde ich mir nachdenklich mit den Fingern über die Unterlippe fahren. Dabei genieße ich es in Wahrheit nur zu wissen, dass er keine Ahnung hat, wo dieser Finger vor Kurzem war.

Genug. Er soll aus meinem Büro verschwinden. Nicht nur, weil ich nichts mehr mit ihm zu bereden habe, sondern weil ich mich um das Pulsieren in meinem Schritt kümmern muss.

Ich nicke, als hätte ich mich entschieden. »Halten Sie Ihr Versprechen.«

Er lässt erleichtert die bis hoch zu den Ohren gewanderten Schultern sinken und merkt erst, nachdem ich ihn eine Weile schweigend ansehe, dass er gehen kann. Eilig steht er auf. »Vielen Dank, Mr King.«

Sobald er zur Tür hinaus ist, bin ich auf dem Weg zu meiner Toilette. Schon wieder. Das wird langsam lachhaft. Ich muss sie irgendwie aus dem Kopf kriegen, damit ich mich aufs Geschäft konzentrieren kann. Dieses Unternehmen ist das Einzige, was meine Brüder und mich zusammenschweißt, und so verführerisch sie auch sein mag, ich darf mich nicht durch eine Architektin ablenken lassen.

Ohne mir die Mühe zu machen, hinter mir abzuschließen, öffne ich den Hosenschlitz und halte binnen Sekunden meinen Schwanz in der Hand.

Ich muss nur herausfinden, wie ich das verflucht noch mal schaffe.

16

Delilah

Es gibt mehr als einen Grund, weshalb ich Paul nicht ansehen kann, als ich an ihm vorbeigehe. Immer und immer wieder spielt sich in meinem Kopf ab, was ich angestellt habe. Was ich Cole mit mir anstellen lassen habe. In seinem Büro. In dem Gebäude, in dem ich arbeite. Während Paul draußen saß.

Was zur Hölle war nur los mit mir?

Das passt gar nicht zu mir. Ich bin eine Frau, die sich hinsetzt und arbeitet und schafft, was sie sich vornimmt. Und nicht eine, die es sich im Büro von einem Vorgesetzten machen lässt. Was hat Cole nur an sich, dass ich mich so anders verhalte?

Mit weichen Knien kehre ich zurück an meinen Schreibtisch. Wenn ich vorhin schon meinte, ich könnte mich nicht konzentrieren, ist das kein Vergleich zu meiner jetzigen Konfusion.

Immer wenn jemand vorbeigeht, zucke ich zusammen, weil ich denke, es wäre Paul, der irgendwie rausgefunden hat, was ich gemacht habe. Nicht, dass ihn das noch irgendetwas anginge. Weil es so untypisch für mich ist, habe ich das Gefühl, jeden Moment wird jemand auf mich zeigen und mir schamloses Verhalten vorwerfen. Aber Paul kommt nicht. Und Cole auch nicht. Wieso auch? Er spielt Spielchen mit mir. Mit Paul. Keine Ahnung, warum. Vielleicht ist ihm langweilig?

Ich weiß nur, dass mir mein Job wichtig ist und ich mich im Moment auf dünnem Eis bewege.

Indem ich mich zwinge, mich auf meinen CAD-Entwurf zu konzentrieren, halte ich bis zum Feierabend durch. Ab und zu bekomme ich Paul flüchtig zu sehen, aber zum Glück kommt er nicht zu mir. Philippa sehe ich gar nicht, was nicht weiter ungewöhnlich ist, schließlich ist sie nur gelegentlich hier. Trotzdem erleichtert es mich. Um Punkt fünf melde ich mich ab, schnappe mir meine Handtasche und gehe.

Zu Hause angekommen, gehe ich unter die Dusche und warte, bis das heiße Wasser meine verspannten Muskeln lockert. So sehr ich es versuche, ich kann nicht aufhören, daran zu denken, was in Coles Büro passierte. Meine Brustwarzen werden steif, meine Haut wird empfindlich und ich stöhne frustriert. Wieso kriege ich ihn nicht aus dem Kopf? Gut, der Sex mit ihm war viel besser als alles, was danach mit Paul lief. Und heute Nachmittag in seinem Büro ... Das hat alles überboten, was je ein Mann mit mir angestellt hat.

Trotzdem bleibt er ein kaltherziges, arrogantes Ekel, auch wenn er es versteht, meinen Körper in höchste Sphären zu katapultieren.

Nach dem Abtrocknen ziehe ich mich an und gehe in die Küche, um mir etwas zu essen zu machen. Als ich gegessen und abgewaschen habe und mit meinem Laptop auf der Couch sitze, dreht sich ein Schlüssel im Schloss und Alex kommt herein.

»Wie war die Arbeit?« Sie kommt herüber, beugt sich zu mir und umarmt mich. »Hast du Paul gesehen?«

»Er hat an meinem Schreibtisch auf mich gewartet.«

Ihr Gesicht verfinstert sich. »Der Arsch. Deine Bedürfnisse haben ihn noch nie interessiert.«

Ich lächle sie dankbar an. »Ich hab ihm gesagt, er soll mich in Ruhe lassen, und daran hat er sich gehalten.«

»Dann hast du ihn danach nicht mehr gesehen?«

Ich beiße mir auf die Unterlippe. »Doch, schon … Ich habe ihn heute Nachmittag vor Coles Büro gesehen.«

Ihre Augenbrauen schießen in die Höhe. »Was hattet ihr denn beide dort zu suchen?«

Hitze lodert in meinen Wangen auf.

»Was hast du angestellt, Dee?«

»Ich habe mich nur dafür entschuldigt, was ich Freitagabend zu ihm meinte, und ihm dafür gedankt, dass er mir das mit Paul gesagt hat.«

»Okay, und was dann? Da war doch eindeutig noch mehr. Sonst wäre dein Gesicht nicht rot wie eine Tomate.«

Ich berge das Gesicht in den Händen. »Er hat es mir oral besorgt. Während Paul draußen auf ihn wartete.«

Als ich die Hände sinken lasse, sehe ich, dass Alex der Mund offen steht. »Im Ernst?«

Ich nicke, unschlüssig, ob ich lachen oder weinen soll.

Auf ihrem Gesicht breitet sich ein fettes Grinsen aus, und sie lacht schallend. »Ich sag's nur ungern, aber seine Art gefällt mir. Paul hat es nicht anders verdient, dieser egoistische Mistkerl.« Dann bemerkt sie meine Miene. »Was denn? Willst du mir etwa sagen, dass er dir leidtut?«

»Nein. Ich habe fast ein schlechtes Gewissen, gerade weil es mir nicht leidtut.«

»Gut. Ich hoffe, du bist an ihm vorbeistolziert, als du herauskamst.«

Meine Lippen biegen sich zu einem Lächeln, das mir jedoch schnell vergeht. »Ich glaube, was Unprofessionelleres habe ich noch nie getan. Keine Ahnung, wie ich Cole wieder gegenübertreten soll.«

Alex setzt sich neben mich. »Von wem ging es aus?«
»Von ihm.«

Alex nickt. »Meinst du, Cole verschwendet irgendeinen Gedanken daran, ob er sich professionell verhalten hat? Meinst du, er hockt gerade zu Hause und fragt sich, wie er dir morgen gegenübertreten soll?«

»Wahrscheinlich nicht.«

»Wohl eher: Nie im Leben. Der Mann macht es sich wahrscheinlich selbst und überlegt, was ihr bei der nächsten Gelegenheit zusammen in seinem Büro anstellt.«

»Es wird kein nächstes Mal geben. Er hat mir nur zur Rache verholfen.«

Alex legt den Kopf schief und grinst. »Ach, meine arme, naive Freundin. Glaubst du echt, Cole hätte es dir aus reiner Herzensgüte besorgt? Weil er so eine Art guter Sexsamariter ist?«

Ich lache schnaubend.

»Nein, Schatz. Der Mann konnte es wahrscheinlich kaum erwarten, dich noch mal zu vernaschen, seit du wieder in seinem Leben aufgetaucht bist.«

»Du meinst, nachdem er aufgehört hat zu denken, ich hätte nur mit ihm geschlafen, damit unser Angebot den Vorzug bekommt?«

»Ja, gut, danach. Aber er begehrt dich offensichtlich. Und wenn ich du wäre, würde ich das ausnutzen. Wenn ihr nächstes Mal allein seid, dann sagst du ihm, dass du das komplette Menü willst und nicht nur das Appetithäppchen.«

»Das glaub ich ehrlich gesagt nicht. Er kommt an die schönsten Frauen dieser Stadt ran. Warum sollte er eine heimliche Affäre mit mir anfangen?«

»Du hast zu viele Selbstzweifel, Dee. Jeder Mann, der findet, du wärst es nicht wert, ist ein Trottel, mit dem du eh nichts zu tun haben willst.« Ihr Tonfall wird sanfter. »Lass dir von den Arschlöchern dieser Welt keine Komplexe einreden, ja?«

Ich schenke ihr ein dankbares Lächeln, denn ich weiß, damit meint sie nicht nur Paul. Ein paar Monate, nachdem wir zusammengezogen waren, habe ich ihr von meinem Vater erzählt – einer Kleinstadtberühmtheit, dessen Familie diverse Firmen im Ort gehörten. Mom verliebte sich in ihn und dachte, er würde genauso für sie empfinden, bis ein geplatztes Kondom das Gegenteil offenbarte. Er verließ sie, sagte ihr, er habe Spaß mit ihr gehabt, wolle aber kein Kind, schon gar nicht mit einer, mit der er nur »rumgebumst« hat. Ganz so hat Mom es zwar nicht erzählt, aber es war nicht schwer, zwischen den Zeilen herauszulesen.

Er entschied sich gegen sie *und* mich, heiratete dann eine Frau aus ebenso wohlhabenden Verhältnissen und kriegte zwei Söhne mit ihr – meine Halbbrüder, die wahrscheinlich nicht mal wissen, dass ich existiere.

Nicht dass mir mein Vater wichtig wäre. Warum sollte ich Kontakt zu einem Mann haben wollen, der eine Achtzehnjährige mit seinem Baby sitzen ließ? Das redete ich mir als Jugendliche zumindest ein. Aber wenn ich merkte, wie müde Mom war und wie hart sie arbeiten musste, um für mich zu sorgen, fragte ich mich hin und wieder, warum er uns nicht gewollt hat.

Alex' Stimme holt mich in die Gegenwart zurück. »Mal abwarten, was passiert, aber ich wette, Cole ruft dich gleich morgen früh in sein Büro, weil er eine Wiederholung will.«

Ich schüttele den Kopf, doch Alex grinst nur und geht weg. Ich blicke auf den Entwurf auf meinem Bildschirm, doch gerade ist mein Verstand nicht bei der Sache. Könnte Alex recht haben mit Cole? Und wenn ja, was genau mache ich dann?

Als ich tags darauf am Schreibtisch sitze, schießt mein Puls bei jeder eingehenden E-Mail und jedem Klingeln des Telefons in die Höhe. Ich rechne damit, in Coles Büro bestellt zu werden, und weiß nicht genau, ob ich mir eher bang davor ist oder ich es herbeisehne. Ich kriege einige Mails von Paul, darunter eine, in der er mich informiert, dass die *King Group* unser Konzept für den *H+ Architectural Design Award* eingereicht hat, woraufhin mich trotz meines aktuellen Gefühlswirrwarrs kurz Stolz überkommt. Paul kommuniziert absolut sachlich und projektbezogen, scheint also endlich akzeptiert zu haben, dass es mich nicht interessiert, was er zu sagen hat.

Als es Feierabend wird, ohne dass ich etwas von Cole gehört oder gesehen habe, herrscht in mir das reinste Gefühlschaos. Offenbar hat sich Alex geirrt. Ich sollte froh darüber sein, warum also liegt Enttäuschung schwer wie Blei auf meiner Brust?

Als Alex an dem Abend von ihrem Kurs heimkommt, fragt sie mich, was im Büro los war. Meine Antwort, dass nichts los war, enttäuscht sie sichtlich. Dann meint sie, er wolle wahrscheinlich nicht zu erpicht wirken, und ist sich sicher, dass er morgen bei mir vorbeischauen werde.

Doch da täuscht sie sich erneut.

Ich sehe und höre ihn die ganze Woche nicht. Als schließlich unser Freitagsmeeting ansteht, weiß ich gar nicht, ob ich in der Lage sein werde, ihm überhaupt in die Augen zu sehen. Ich schäme mich, bin sauer und – albernerweise – verletzt. Ich habe auf Alex' Worte gesetzt, und jetzt frage ich mich, ob das daran liegt, dass ein Teil von mir *will*, dass mich Cole will.

Beim Betreten des Konferenzraums blicke ich nicht zu dem Mann am Kopfende des Tischs, fest entschlossen, mir nicht anmerken zu lassen, wie sehr mich die Funkstille beschäftigt. Während ich mich so weit weg von Paul setze wie möglich, fällt mir ein weiteres Mal auf, dass Philippa fehlt – zu meiner Erleichterung war sie die ganze Woche nicht hier. Ich klappe meinen Schreibblock auf und tue so, als würde ich mir Notizen machen, bis er das Meeting eröffnet.

Als es schließlich losgeht, geht mein Blick ruckartig nach vorn, denn von dort kommt nicht Coles Stimme. Der Mann, der sich an uns wendet, ist Coles Bruder Tate.

»Guten Tag, zusammen. Cole kann heute nicht hier sein und bat mich daher, das Meeting zu übernehmen. Wir gehen genauso vor wie immer und beginnen mit Statusberichten zu Ihren Einzelprojekten. Den Anfang macht, äh …«, er blickt auf seine Notizen, »… Robert.«

Während Robert redet, bin ich abgelenkt. Wo ist Cole? Er geht mir doch sicher nicht aus dem Weg, oder? Ich kann mir nicht vorstellen, dass ein Mann wie Cole jemals einer Frau aus dem Weg gehen würde, zumal er wahrscheinlich keinen Gedanken mehr daran verschwendet hat, was Montag in seinem Büro passiert ist.

Leise stoße ich den Atem aus. Ich denke viel zu viel darüber nach, was nur zeigt, dass ich es nie dazu hätte kommen lassen sollen. Es bringt mich durcheinander und ich verliere meine Prioritäten aus dem Blick.

Als Tate bei mir angelangt ist, reiße ich mich zusammen und gebe einen klaren, knappen Bericht ab. Tate nickt, während sein Blick unangenehm lange auf mir ruht. Ich winde mich innerlich unter seiner eingehenden Musterung. Kann es sein, dass er Bescheid weiß?

Schließlich fährt er fort, und ich gebe einen leisen Stoßseufzer von mir.

Ich muss mir Cole aus dem Kopf schlagen. Was passiert ist, war eine Verirrung, zwischen uns wird nichts mehr laufen. Alex lag falsch, und darüber bin ich froh, denn jetzt kann ich weitermachen und die Sache vergessen.

Nach dem Meeting kehre ich an meinen Schreibtisch zurück und finalisiere die Planzeichnung, an der ich arbeite. Ich bleibe ein wenig länger, um ihr noch den Feinschliff zu geben, damit ich am Montag mit der nächsten weitermachen kann.

Als ich fertig werde, ist es schon dunkel draußen, und ich beeile mich, das fast leere Gebäude zu verlassen, erpicht darauf, nach Hause zu kommen und für das Wochenende abzuschalten. Als ich im Foyer aus dem Fahrstuhl komme, bleibe ich stolpernd stehen. Draußen vor der breiten Glasfront stehen Cole und seine Brüder, alle drei tragen Smoking und brechen gerade anscheinend zu irgendeiner formellen Veranstaltung auf.

Ich bekomme einen Kloß im Hals, und meine Entschlossenheit, zu vergessen, was passiert ist, fällt in sich zusammen. Cole hat keine Anstrengung unternommen, mich diese Woche zu treffen oder zu sprechen, und heute war er nicht bei unserem Meeting, aber er hat Zeit, mit seinen Brüdern zu irgendeiner Feier oder so zu gehen.

Ich bin so naiv. Obwohl ich es Alex – und mir selbst – gegenüber abgestritten habe, hatte ich mir eingeredet, dass Coles Verhalten etwas zu bedeuten hätte, dabei hat es das offensichtlich nicht. Eine Frau mit dem Mund zu verwöhnen, ist für ihn wohl alltäglich.

Ich entferne mich von den Glastüren und warte, dass sie gehen – es wäre mir zu peinlich, rauszugehen und ihm zu begegnen, besonders in Gegenwart seiner Brüder. Eine schwarze Limousine kommt angefahren, und die drei steigen ein, Cole als Letzter. Als er sich umdreht, schaut er ins Gebäude, und unsere Blicke treffen sich.

Ich zucke zusammen vor Scham, dass er mich dabei ertappt hat, wie ich hier gelauert und ihn offenkundig beobachtet habe. Kurz bohrt sich sein Blick in mich, bevor der Fahrer die Tür schließt und unser Augenkontakt abbricht.

Ich schlucke schwer, als der große schwarze Wagen losfährt, meine Wangen brennen und Tränen kribbeln in meinen Augen. Die letzte Woche war mit die schlimmste meines Lebens. Erst Paul und Philippa, dann Cole. Ich möchte einfach nur nach Hause, mir ein Glas Wein – oder auch mehrere – genehmigen und vergessen, dass die letzten sieben Tage je passiert sind.

17

Delilah

Als ich am Montag ins Büro komme, bin ich erholt und voller Tatendrang. Am Freitagabend habe ich mit Alex Wein getrunken und am Samstag sind wir noch tanzen gegangen. Jetzt bin ich fest entschlossen, alles, was mit Paul und Cole zu tun hat, hinter mir zu lassen.

Aber als am Vormittag mein Handy klingelt und ich sehe, dass Coles Assistent anruft, schießt mein Puls in die Höhe, während sich mir zugleich der Magen verkrampft.

»Hallo«, melde ich mich.

»Guten Tag, Delilah. Hätten Sie Zeit für eine Besprechung mit Mr King?«

Ich bekomme einen trockenen Mund und muss mich räuspern, ehe ich antworte. »Ja, sicher.«

»Dann kommen Sie bitte nach oben.«

Nachdem ich aufgelegt habe, stehe ich auf und wische meine schwitzigen Handflächen am Rock ab. Als der Fahrstuhl mich in der obersten Etage herauslässt, lächle ich Samson in der Hoffnung an, dass mir meine Nervosität nicht anzusehen ist.

»Er erwartet Sie bereits. Sie können direkt hineingehen.« Er weist mit dem Kinn in Richtung des Büros.

Als ich anklopfe und höre, wie er mich mit seiner tiefen Stimme hereinbittet, steigen Schmetterlinge in meinem Bauch auf. Ich gehe hinein, schließe die Tür hinter mir und trete dann schnell von ihr weg. Ich brauche nicht daran erinnert zu werden, wie ich vor einer Woche dagegenlehnte. Mitten im Büro bleibe ich stehen, verschränke die Hände und hoffe, dass ich ein genauso ausdrucksloses Gesicht mache wie er.

»Guten Tag, Ms West«, sagt Cole und mustert mich mit seinen kühlen blauen Augen.

»Kann ich etwas für Sie tun, Mr King?«

Als sein Blick zu mir zuckt, stockt mir der Atem. Ich habe doch Distanz in meine Worte gelegt, wieso hörte es sich dennoch so anrüchig an?

»Ja«, erwidert er mit einem Nicken zu den Sesseln vor seinem Schreibtisch. »Sie können sich hinsetzen.«

Unter einem lautlosen Seufzen nehme ich Platz.

Er überrascht mich, als er fragt: »Wie geht es Ihnen, nachdem …?«

Ich sehe ihn blinzelnd an. Will er wissen, wie es mir geht, nachdem er es mir letzte Woche besorgt hat? Hitze kriecht in meine Wangen.

Er zieht die Brauen zusammen. »Hat Paul sich benommen?«

Oh. Er meinte, wie es mir geht, nachdem ich herausgefunden habe, dass mein Freund mich betrogen hat. Natürlich interessiert ihn nicht, wie es mir geht, nachdem ich in diesem Büro einen Orgasmus hatte. Sonst hätte er sich wohl früher gemeldet.

»Paul hat sich professionell verhalten. Er ist auf Abstand geblieben.«

Cole nickt, dann steht er auf, kommt zur Vorderseite des Schreibtischs, lehnt sich dagegen und betrachtet mich mit verschränkten Armen. Ich verkneife mir, auf seine breite Brust zu schauen. Wieso nur sieht er so umwerfend im Anzug aus?

»Ich fliege Ende der Woche nach Chicago, um die *King Group* bei einer Benefizgala zu vertreten, und habe vor, im

Zuge dessen die Hotelanlage zu besuchen. Da für Sie ohnehin eine Grundstückbesichtigung ansteht, wäre es sinnvoll, wenn Sie mit mir mitkommen. Und wenn wir schon gemeinsam dort sind, möchte ich Sie gern als meine Begleitung zu der Gala einladen.«

Ich starre ihn an. Damit hatte ich überhaupt nicht gerechnet. Er verliert kein Wort darüber, was zwischen uns gelaufen ist und wie er mich die restliche Woche ignoriert hat, hält mich wieder voll auf Abstand, will aber, dass ich ihn auf eine mindestens zweitägige Reise begleite? »Ich weiß nicht recht … Ich meine, stimmt, ich muss das Grundstück sehen, aber …«

Er runzelt die Stirn. »Wo liegt das Problem, Ms West?«

In dem Bedürfnis, mehr auf Augenhöhe mit ihm zu sein, stehe ich auf. »Halten Sie das für eine gute Idee nach … nach letzter Woche?«

Er lässt die Arme sinken. »Ich halte es für eine ausgezeichnete Idee. Deshalb habe ich es ja vorgeschlagen.«

Ich schlucke gegen meine trockene Kehle an. »Wenn Sie das vorschlagen, weil Sie denken, wir wiederholen –«

Seine Brauen fahren zusammen. »Ich schlage es vor, weil Sie die Architektin sind, die an der Planung dieser Anlage arbeitet, und es logistisch betrachtet sinnvoll ist, wenn Sie mit mir im Firmenjet fliegen, statt einzeln. Ich bitte Sie, zu der Gala mitzukommen, weil ich eine Begleitung brauche und mir nicht erst jemand anderes organisieren will. Und da jede Menge Leute aus der Baubranche dort sein werden, haben auch Sie was davon, hinzugehen.« Er schüttelt den Kopf, wobei sich sein Stirnrunzeln vertieft. »Glauben Sie im Ernst, ich brauche Tricks, damit Frauen mit mir schlafen?«

Ich presse die Kiefer zusammen. »Nein. Sicher nicht.«

Er betrachtet mich finster. »Haben Sie ein Problem mit mir, Ms West?«

»Nein«, erwidere ich automatisch, doch dann kommt alles hoch, was passiert ist, und ich werfe die Hände in die Luft, während es aus mir herausplatzt. »Bloß wäre es vielleicht nett gewesen, wenn Sie nach der Nummer letzte Woche nicht von der Bildfläche verschwunden wären. Was wir da gebracht haben, war hochgradig unprofessionell, und ich hatte keine Ahnung, wie ich darüber denken soll. Paul hat mich betrogen, wir haben … *das* gemacht, und dann habe ich Sie die restliche Woche weder gehört noch gesehen. Nicht mal beim Teammeeting waren Sie. Außerdem hab ich mitbekommen –« Ich unterbreche mich, denn ich will ihn nicht daran erinnern, wie ich ihn und seine Brüder dabei beobachtet habe, als sie zu irgendeinem feierlichen Anlass losfuhren. »Egal. Sie mögen es gewohnt sein, Frauen in Ihrem Büro zu vögeln und danach komplett zu vergessen, dass sie existieren, ich aber nicht. Ich fühlte mich …«

Er starrt mich mit undurchdringlichem Blick an. »Wie haben Sie sich gefühlt?«

Für einen Rückzieher ist es zu spät. Ich lasse einen zittrigen Atemstoß heraus. »Ich fühlte mich allein.«

Als er mir fest in die Augen sieht, winde ich mich innerlich angesichts dessen, was ich gerade alles gestanden habe. Wortlos dreht er sich um und geht wieder hinter seinen Schreibtisch. Doch er setzt sich nicht. Er beugt sich vor, stützt die Hände auf und sieht mich eindringlich an. »Ich musste Montagabend nach Kalifornien fliegen. Dort war ich die ganze Woche und habe den Feuerlöscher gespielt. Freitagnachmittag bin ich zurückgeflogen, um rechtzeitig zur Verlobungsfeier eines langjährigen Geschäftspartners hier zu sein.«

Ich befeuchte meine Lippen. »Oh.«

»Außerdem wusste ich nicht, dass ich, indem ich es Ihnen besorge, die Verpflichtung eingehe, Sie stets darüber auf dem Laufenden zu halten, wo ich mich gerade aufhalte.«

Als er sich hinsetzt und sich mit einer Hand über Mund und Kinn reibt, erinnert es mich daran, wie er das tat, nachdem er mich zum Orgasmus gebracht hatte. Als sich tief in meinem Innersten Lust aufbaut, verpasse ich mir gedanklich eine Ohrfeige.

Dieser Mann überfordert mich. Seit ich vor Wochen mit ihm geschlafen habe, ist mein Leben völlig aus den Fugen. Wobei das, was mit Paul passiert ist, zugegebenermaßen nichts mit Cole zu tun hatte.

Egal, ich muss aufhören zuzulassen, dass ich ihm gegenüber so außer mir gerate. Für ihn sind solche Nummern offenbar normal, da wirke ich nur unreif, wenn ich ein großes Ding daraus mache. Wenn er so tun kann, als ob nichts zwischen uns gewesen wäre, kriege ich das auch hin.

»Ich hätte nichts sagen sollen. Kommt nicht wieder vor.« Ruhig schaue ich ihm in die Augen, dabei möchte ich eigentlich nur gehen und vorgeben, all das wäre nicht passiert.

»Schon gut.« Er sieht mich an, der Blick dunkel. »Jetzt, wo das geklärt ist, bereiten Sie sich bitte auf die Reise nach Chicago vor. Der Jet startet Freitagmorgen um acht, und wir fliegen Samstag zurück. Ich hole Sie ab.«

Mehr sagt er nicht, sondern guckt mich nur weiter an. Ich wische meine feuchten Handflächen am Rock ab. »Ich werde abfahrbereit sein. War das alles?«

»Ja.«

Ich halte so schnell auf die Ausgangstür zu, wie es noch würdevoll geht, doch als ich gerade die Klinke herunterdrücken will, hält er mich auf. »Delilah.«

Ich blicke über die Schulter zu ihm.

Sein Kiefer mahlt, und zum ersten Mal, seit ich ihn kenne, wirkt er unsicher. »Es tut mir leid, dass du dich durch mich allein gelassen gefühlt hast.«

Meine Brauen gehen nach oben. Ich bezweifle, dass er es in seiner Position gewohnt ist, sich zu entschuldigen. Ich kann nicht anders, als ihm ein klitzekleines Lächeln zu schenken. Aber ich murmele nur: »Danke«, und gehe dann.

Während ich auf den Fahrstuhl warte, versichere ich mir, dass ich das, was zwischen uns war, hinter mir lassen kann. Außerdem freue ich mich darauf, das Baugrundstück zu sehen. So brauchbar Fotos und topografische Modelle für die Ausgangsentwürfe sind, nachdem ich das Grundstück einmal selbst gesehen habe, werde ich eine viel bessere Vorstellung davon haben. Auf die Gala freue ich mich weniger, denn ich habe keine Ahnung, was mich da erwartet, und außerdem nichts anzuziehen. Ich werde Alex fragen müssen, ob sie mir aushelfen kann. Wir haben fast die gleiche Größe, und sie besitzt ein paar tolle Kleider. Hoffentlich kann sie mir eins leihen.

Nur brauche ich Alex gar nicht danach zu fragen, denn als ich aus der Mittagspause komme, liegt ein Umschlag auf meinem Tisch. Darin steckt eine Nachricht von Cole, und eine schwarz-silberne Firmenkreditkarte mit seinem Namen. Jedenfalls glaube ich, dass es sich um eine Firmenkreditkarte handelt. Ich drehe sie um, doch außer Coles Name steht nichts weiter darauf. Kopfschüttelnd lache ich über mich selbst. Nie im Leben hat Cole mir seine private Kreditkarte gegeben. Anscheinend sehen VIP-Firmenkreditkarten so aus. Ich lege sie auf den Tisch und lese die Nachricht.

Ms West,
verwenden Sie diese Kreditkarte, um ein Kleid und Schuhe für die Gala am Freitagabend zu kaufen. Sie werden die King Group vertreten, nutzen Sie das unbegrenzte Budget also auf jeden Fall aus.
Cole

Erneut starre ich auf die Karte. Wow. Okay. So was kenne ich nur aus Filmen. Es ist wie in *Pretty Woman*.

Ich sollte vielleicht zurückhaltender beim Ausgeben von Firmengeldern sein, aber wenn Cole Sorge hat, wie ich aussehen werde, wenn ich das Unternehmen vertrete, bin ich froh, dass ich mehr verprassen kann, als ich mir selbst leisten könnte. Wahrscheinlich würde selbst eins von Alex' Kleidern den Ansprüchen nicht genügen.

Ich schreibe ihr schnell.

> Hast du diese Woche irgendwann Zeit
> für eine Shoppingtour?
>
> ???
>
> Ich muss mir ein Kleid für eine Gala
> am Freitagabend kaufen.
>
> Was? Wo? Mit wem?
>
> In Chicago. Mit Cole.

Als mein Smartphone in meiner Hand klingelt, schaue ich mich um, weil ich nicht will, dass sich irgendwer wegen eines persönlichen Telefonats während der Arbeit aufregt. Da aber niemand in Hörweite ist, gehe ich ran.

»Du kannst mir doch nicht einfach schreiben, dass du dir ein schickes Kleid für ein Date mit Cole in Chicago kaufen musst, ohne ganz genau zu berichten, was heute zwischen euch war. Mein letzter Stand war, dass du die Sache hinter dir lassen und so tun willst, als wäre nichts gewesen.«

»Tja, erstens ist das kein Date. Und zweitens gilt mein Plan im Prinzip immer noch. Ich werde nur eben in Chicago so tun, als wäre nichts gewesen.«

»Aber was war heute los? Wie hat er gefragt? Ich will alles wissen!«

Ich lache. »Ich erzähle es dir heute Abend. Erst mal brauchst du nur zu wissen, dass er mich heute Vormittag zu sich bestellt hat und meinte, er wolle, dass ich ihn am Freitag begleite.«

»Hat er irgendwas dazu gesagt, warum er dich die ganze letzte Woche ignoriert hat?«

Hitze steigt in meine Wangen, als ich an die Peinlichkeit zurückdenke. »Er war nicht in der Stadt. Er ist erst Freitagnachmittag wiedergekommen.«

»Glaubst du ihm?«

Mir kam überhaupt nicht in den Sinn, das anzuzweifeln. »Ich glaube nicht, dass jemand wie Cole irgendwen über seinen Verbleib anzulügen braucht. Wenn er nichts mit mir zu tun haben wollte, hätte er mir das sicher bereitwillig ins Gesicht gesagt.«

Sie lacht. »Stimmt auch wieder. Und, wirst du mit ihm schlafen?«

»Was?« Ich merke, dass ich laut geworden bin, und ducke mich für den Fall, dass ich jemandes Aufmerksamkeit auf mich gezogen habe.

»Ach, komm. Ihr zwei über Nacht allein zusammen in einer anderen Stadt, wahrscheinlich noch in nebeneinanderliegenden Zimmern. Außerdem hast du mir schon erzählt, wie gut der Sex mit ihm war. Warum nicht noch eine Runde einlegen?«

»Weil alles jetzt anders ist. Die Lage ist eine andere.«

»Na, so anders war sie nicht, als er letzte Woche mit seinem Mund zwischen deinen Beinen war.«

»Alex«, flüstere ich laut.

Sie kichert. »Ich mein ja nur.«

»Schön, lass das. Ich werde mich absolut professionell verhalten, und er auch.«

»Jaja. Wie dem auch sei, lass uns morgen Mittag ein Kleid shoppen gehen, das ihn zum Sabbern bringt. Selbst wenn du nichts machen willst, ist es doch nett zu wissen, dass du könntest.« Sie stöhnt auf. »Ich fass es nicht, dass das an dem Wochenende passiert, wo ich zu Jaxson nach L.A. fliege. Wenn du wiederkommst, bin ich nicht da, um mir sämtliche pikanten Details anzuhören. Du musst mich anrufen, sobald du zu Hause bist, ja?«

»Ich werde dich bestimmt nicht während deines Wochenendes mit Jaxson stören, nur um dir zu berichten, dass nichts passiert ist.«

Sie schafft es, mir das Versprechen abzunehmen, dass ich sie trotzdem anrufe, und wir legen auf.

Ich sitze da und starre für einen Moment die Bauzeichnung auf meinem Bildschirm an. Alex hat recht. Ich möchte gut aussehen für ihn – und ich bin nicht sicher, was das über mich aussagt. Dabei kann ich es mir nicht erlauben, irgendwas zwischen uns zuzulassen. Meine Karriere und meine Gefühle stehen auf dem Spiel, nicht seine.

Und das muss ich im Kopf behalten.

18

Cole

Jonathan hält den Wagen vor Delilahs Haus an, wo sie bereits draußen wartet. Sie hat kaum Zeit, die zu ihren Füßen abgestellte Tasche anzuheben, da ist er schon ausgestiegen, um sie ihr abzunehmen und ihr die Tür aufzuhalten. Sie lächelt ihn an, steigt dann ein und setzt sich mir gegenüber. Etwas zu begierig nehme ich ihren Anblick in mich auf. Ihr langes dunkles Haar ist zu einem Pferdeschwanz zusammengebunden. Das grüne Shirt mit V-Ausschnitt betont ihre Augenfarbe, und ihre enge Jeans schmiegt sich wie eine zweite Haut an sie. Das Outfit ist absolut passend für eine spätere Besichtigung, und dennoch sieht es an ihr verflucht sexy aus.

Ihr Blick huscht über mich, wahrscheinlich checkt sie ebenso meine Klamotten ab, denn sie sieht mich zum ersten Mal in einem Freizeitoutfit. Ich verberge mein Lächeln, als sie mit zwischen die Zähne gezogener Unterlippe das eng sitzende graue T-Shirt und die Jeans betrachtet.

Als sie merkt, dass sie schon einen Tick zu lange starrt, schnellt ihr Blick zu meinen Augen und dann zum Fenster, wobei eine leichte Röte ihre Wangen färbt.

»Haben Sie ein Kleid gekauft?«, frage ich sie, womit ich sie zwinge, mir wieder in die Augen zu sehen.

»Ja. Und danke, dass Sie mir dafür eine Kreditkarte zur Verfügung gestellt haben. Ich habe sie Samson zurückgegeben.«

Ich nicke. Nachdem sie sie abgegeben hatte, brachte mir Samson umgehend die Kreditkarte und guckte dabei genauso neugierig drein, wie als ich ihn zuvor bat, sie runter zu ihr zu bringen. Doch er ist so klug, keine Fragen zu stellen. In Wahrheit hatte ich keinen triftigen Grund, ihr meine eigene Kreditkarte zu geben, nur gefiel mir der Gedanke, dass sie ein Kleid tragen würde, das ich ihr gekauft habe, auch wenn sie sich dessen nicht bewusst ist.

Die restliche Fahrt zum Flughafen verbringen wir schweigend. Ich lese auf meinem Smartphone E-Mails, darunter eine von Roman, auf die ich sofort eine Antwort rausschicke. Es geht erneut das Gerücht um, Berrington überlege, sein Kapital zurückziehen. Wenn ich morgen wieder in New York bin, müssen wir uns treffen und besprechen, wie wir damit umgehen.

Nachdem ich meine dringenden Mails beantwortet habe, richte ich meine Aufmerksamkeit wieder auf die Frau gegenüber von mir. Delilah hat ihr Tablet aufgeklappt und macht darauf mit einem Touchpen entschlossene, schnelle Striche.

Ich beobachte sie ein wenig, bewundere den Schwung ihrer Wangenknochen und ihre vollen rosa Lippen. Schnell dringt das Bild in meinen Kopf, wie sich diese Lippen um mich schmiegen, sodass ich den Blick abwende und für den Rest der Fahrt nachdenklich aus dem Fenster schaue.

Ich muss mich in ihrer Gegenwart zusammenreißen. Ja, ich möchte noch mal mit ihr vögeln. Ich würde zu gern jede freie Minute in Chicago mit ihr im Bett verbringen. Aber es war die Wahrheit, als ich sagte, ich würde sie nicht aus dem Grund einladen. In einem selten reflektierten Moment wurde mir klar, dass ihr vielleicht nicht der Sinn danach steht, die ganze Nacht mit mir zu vögeln. Jedenfalls nicht so kurz nach Pauls Untreue. Und angesichts ihrer Reaktion auf mich nach dem, was in meinem Büro war, ist klar, dass unverbindlicher Gelegenheitssex nicht ihr Ding ist – trotz dem, was bei unserer ersten Begegnung passiert ist.

Ich bezweifle, dass ich heute Nacht mit ihr schlafen und sie dann ihres Weges gehen lassen könnte. Ich respektiere Delilah als Expertin, und ich möchte ihren Körper noch so oft erkunden, wie es braucht, um sie aus meinem Kopf zu kriegen, aber ich will mich auf nichts einlassen, von dem ich mich schwer wieder lösen kann. Und ich habe so das Gefühl, es wäre schwer, von ihr loszukommen. Ich möchte mehr Zeit mit ihr, obwohl ich sie schon im Bett hatte, was bedeutet, dass sie mehr Interesse in mir geweckt hat als jede andere Frau zuvor. Und das behagt mir nicht.

Obwohl mir all das bewusst ist, fällt es schwer, dem Drang, sie zu berühren, zu widerstehen, wenn sie so nah ist. Ich kralle die Finger um mein Handy, damit ich nichts Unverantwortliches tue.

Als wir den Flughafen erreichen, fährt uns Jonathan zum privaten Landeplatz, wo der Firmenjet weiß glänzend in der Sonne steht.

Delilah schaut aus dem Fenster, dann dreht sie sich zu mir. »Das ist mal ein Upgrade zu dem, was ich sonst gewohnt bin.«

»Keine Linienflüge nehmen zu müssen, ist eindeutig ein Vorteil.«

Sie zieht eine Augenbraue hoch. »Haben Sie schon mal den Linienflugverkehr benutzt?«

»Nur First Class.«

»Dann haben Sie noch nie den Nervenkitzel erlebt, noch Platz im Gepäckablagefach zu ergattern oder mit einem Sitznachbarn um die Armlehne zu streiten?«

»Nein, nur die Annehmlichkeiten von Massagesitzen und einer voll ausgestatteten Bar.«

Mir entgeht nicht, dass sie kurz die Augen verdreht, bevor sie sich wegdreht, und ich erlaube mir ein Lächeln. Jede Wette, dass sie nicht mehr mit den Augen rollt, wenn sie den Jet erst von innen sieht.

Während ich ihr die Gangway hinauffolge, klebt mein Blick an ihrem Hintern in den engen Jeans, und ich laufe beinahe in sie hinein, als sie in der Tür stehen bleibt. Mit offenem Mund dreht sie sich zu mir um, sodass ich auflache. Der Jet macht Eindruck – überall heller Teppichboden, cremefarbenes Leder und Holzakzente.

Marigold, die Flugbegleiterin, steht mit einem breiten Lächeln im Gesicht an der Seite. Es wird noch breiter, als ihr Blick auf mir landet. »Guten Morgen, Mr King. Schön, Sie wiederzusehen.« Bei ihrem vertraulichen, mehrdeutigen Tonfall wandert Delilahs Blick zwischen Marigold und mir hin und her.

Auch wenn Delilah das offensichtlich annimmt, habe ich nicht mit ihr geschlafen. Sie hat durchblicken lassen, dass sie nicht abgeneigt wäre, aber mir ist nicht danach, immer wenn ich irgendwo hinfliegen muss, einer Frau zu begegnen, mit der ich geschlafen habe. Ich grüße sie nur höflich und führe Delilah mit einer Hand auf ihrem Rücken weiter durch zum Sitzbereich.

Sie setzt sich auf einen der Ledersitze am Fenster, schnallt sich an und gibt sich die größte Mühe, meinen Blick zu meiden. Kleine rote Flecken leuchten auf ihren Wangen – ob aus Wut oder vor Scham, frage ich mich.

Ich freue mich darauf, es herauszufinden.

Obwohl es mehrere freie Sitze gibt, setze ich mich ihr gegenüber und schnalle mich an. Zwar ist der Jet geräumig, trotzdem berühren sich unsere Beine fast. Als Delilah erst herüber zu mir und dann aus dem Fenster schaut, fahre ich mir mit der Hand über den Mund, um ein Lächeln zu verbergen.

Da wir jetzt an Bord sind, werden die Triebwerke angelassen.

Marigold erscheint neben mir und legt mir eine Hand auf die Schulter. »Was darf ich Ihnen zu trinken bringen, Mr King?«

Ich schaue zu ihr hoch. »Heute nur ein Tonic mit Limette.«

Sie nickt und sieht zu Delilah. »Und für Sie, Ma'am?«

»Ein Orangensaft wäre toll. Vielen Dank.« Sie lächelt Marigold an, die daraufhin nickt und unsere Getränke aus der Bordküche holen geht. Delilah begegnet meinem Blick und neigt den Kopf. »Warum gucken Sie so?«

»Sie sind sehr höflich.«

Sie zieht die Augenbrauen hoch. »Sind das nicht die meisten Menschen?«

Ich zucke mit den Schultern. Nicht die, mit denen ich meine Zeit verbringe. Der Wettstreit, immer ganz oben zu sein – am reichsten, einflussreichsten, schönsten –, bringt mit sich, dass sie boshaft sein können, wenn sie glauben, jemand buhle mit ihnen um was auch immer sie haben oder wollen. Nicht, dass Delilah mich auf die Art zu begehren scheint. Vielleicht ist genau das der Unterschied. Doch mir entgeht nicht, dass sie kurz die Luft anhält, als der Jet anrollt und mein Bein gegen ihres gedrückt wird.

»Freuen Sie sich auf die Besichtigung?«, frage ich.

»Ja. Topografische Modelle sind schön und gut, aber nicht vergleichbar damit, auf dem Gelände zu stehen – da bekommt man einen Eindruck, wie sich das Gebäude in die tatsächliche Umgebung einfügen wird.«

Ihr offenkundiger Enthusiasmus ist ansteckend, und ihr Lächeln breit. Ich besichtige das Grundstück nur, weil ich ohnehin zu der Gala nach Chicago muss. Sonst hätte ich mir nicht die Mühe gemacht. Ich habe definitiv nicht die Zeit, mir jede unserer künftigen Baustellen anzusehen. Wobei der Besuch schon auch damit zu tun haben könnte, dass er mir einen guten Vorwand liefert, Delilah mitzunehmen.

Sie ist wie ein Verlangen, dem ich nicht nachgeben darf. Ich hoffe nur, wenn ich mehr Zeit mit ihr verbringe, lässt es nach, und ich höre auf, sie zu begehren. Oder aber alles wird dadurch nur noch schlimmer.

Wer weiß?

Marigold bringt unsere Getränke, wobei sie Delilah ihren Saft mit einem herzlichen Lächeln reicht. Als sie mir in die Augen sieht, ist ihr Lächeln absolut routiniert und höflich. Sie muss denken, Delilah sei meine Freundin.

Als die Turbinen hochdrehen und der Jet die Startbahn entlangdonnert, schließt Delilah die Augen und umklammert die Armlehnen. Mit dieser Reaktion habe ich nicht gerechnet.

»Haben Sie Flugangst?«, frage ich.

Sie blinzelt ein paarmal, dann konzentriert sie sich auf mich. »Ein bisschen. Es ist aushaltbar. Eigentlich nur beim Start und bei der Landung.« Als es ein leichtes Ruckeln gibt, weil die aufsteigende Maschine ein Luftloch passiert, entweicht ihr ein Keuchen.

Sie soll keine Angst haben. »Unser Pilot ist ehemaliger Marineflieger. Er ist unglaublich erfahren.«

Ihre Mundwinkel gehen nach oben. »Das ist beruhigend. Danke für die Info.« Doch ihre Finger entkrampfen sich erst, als die Startphase vorbei ist und der Motorenlärm nachlässt.

»Besser?«, frage ich.

Sie lächelt mich an. »Besser.«

Auch ich entspanne mich. »Erzählen Sie doch mal, wieso sind Sie Architektin geworden?« Ich stelle fest, dass mich ihre Antwort ehrlich interessiert. Meiner Erfahrung nach gibt es wenige zugelassene Architekten und Architektinnen in Delilahs Alter. Ich bin neugierig, was hinter diesem enormen Maß an Engagement und Zielstrebigkeit steckt.

»Ich war in der Schule immer gut in Mathe und Kunst. Architektur war quasi die logische Kombination aus beidem. Außerdem hat es etwas Faszinierendes, sich eine Konstruktion auszudenken und es zu Papier zu bringen, und dann mitzuerleben, wie daraus ein reales Gebäude wird, das hoffentlich noch lange nach dem eigenen Tod steht. Zu wissen, dass die eigene Arbeit lange existieren wird, ist unfassbar.«

Ich nicke. Das kann ich nachvollziehen.

»Außerdem ist der Beruf gut bezahlt«, fügt sie hinzu.

»Auch immer ein wichtiger Aspekt.« Ich tippe mit den Fingern auf die lederne Armlehne. »Und wie sind Sie so jung schon zu einer Berufszulassung gekommen?«

Sie lacht leicht. »Durch sogenanntes Kein-Leben-Haben.«

»Dann erklären Sie mal, wieso eine kluge, junge, schöne Frau ihr Leben zurückstellt, um das zu schaffen.«

Sie blickt hinunter auf ihr Glas, fährt mit dem Zeigefinger über den Rand und sieht mich dann an. »Meine Mom bekam mich, als sie noch sehr jung war, und zog mich allein groß. Sie hatte mehrere Jobs gleichzeitig, damit das Geld für unser Dach über dem Kopf und Essen auf dem Teller reichte. Als Kind bekam ich mit, wie hart sie arbeitete und ihre eigenen Träume hintanstellte, um für mich zu sorgen. Ich habe mir immer gewünscht, für sie sorgen zu können. Selbst das Geld zu verdienen, um genau das zu tun, ging umso schneller, desto schneller ich die Berufszulassung in der Tasche hatte.«

Ihre Kindheit ist das komplette Gegenteil von meiner. Ich brauche einen Augenblick, bis ich begreife, dass das heftige Ziehen in meiner Brust ein neuerlicher Anfall von Reue darüber ist, dass ich ihr vorgeworfen habe, sie hätte mich manipulieren wollen.

»Das ist bewundernswert.« Ich trinke einen Schluck. »Darf ich fragen, was mit Ihrem Vater war?«

Ihre Miene wird verschlossen. »Er wollte außen vor bleiben.«

Da das Thema ihr offensichtlich unangenehm ist, kehre ich wieder auf ungefährlicheres Terrain zurück. »Wie haben Sie das College finanziert?«

»Ich hatte das Glück, ein Stipendium zu bekommen. Somit musste ich nur nebenbei jobben, um für meine restlichen Ausgaben aufzukommen. In der übrigen Zeit habe ich Praktika gemacht, damit ich direkt schon Praxiserfahrung sammeln konnte.«

»Ich bin beeindruckt.« Bin ich wirklich. Mich überrascht selten jemand, und noch seltener beeindruckt mich irgendwer. Delilah hat gerade beides geschafft.

Sie stellt das leere Glas ab. »Na ja, genug über mich. Warum haben Sie beschlossen, ins Familienunternehmen einzusteigen?«

Mag sein, dass ich sie mit Fragen gelöchert habe, aber ich habe keine große Lust, welche über mich zu beantworten. Dennoch schulde ich ihr wohl genauso viel Ehrlichkeit, wie sie mir entgegengebracht hat. »Das war eigentlich keine bewusste Entscheidung. Wir wurden dazu erzogen.«

Sie nickt, während sie mich aufmerksam anschaut. »Mögen Sie Ihre Arbeit?«

Die Frage lässt mich zögern. Mag ich meine Arbeit? Das habe ich mich eigentlich noch nie gefragt. »Ich treffe gern Entscheidungen, habe gern das Sagen. Ich habe gern Einfluss, und ich habe gern Geld.«

Ihre Augenbrauen gehen nach oben, und ein Lächeln umspielt ihre Mundwinkel. »Was reiche, einflussreiche Menschen eben sagen.«

Ich zucke mit den Schultern. »Stimmt doch.«

Als sie leise lacht, wird mir schlagartig etwas klar. So entspannt habe ich sie noch nie erlebt, seit wir uns kennen. Jedes Mal, wenn wir uns trafen, haben wir zwei uns aneinander gerieben – entweder im positiven oder im negativen Sinn. Zwar gefällt mir das Funkeln in ihren Augen, wenn sie sauer wird, aber diese Seite von ihr mag ich genauso.

»Ich glaube, hieran könnte ich mich gewöhnen«, sagt sie und streicht dabei über das weiche cremefarbene Sitzleder. »Wenn man schon fliegen muss, dann so.« Ihr Blick wandert zum hinteren Teil des Flugzeugs, zu der geschlossenen Tür hinter mir. »Was befindet sich da hinten?«

»Das Schlafzimmer.«

Ihr Blick schnellt wieder zu mir, und zarte Röte färbt ihre Wangen. »Oh.«

Ich lächle sie träge an, während ich mir ausmale, wie ich sie mit nach hinten nehme und dafür sorge, dass sie aus ganz anderen Gründen rote Wangen kriegt.

Sie senkt den Blick und fummelt an ihrem Gurt.

Marigold kehrt zurück, um unsere leeren Gläser abzuräumen und nachzufragen, ob wir noch etwas möchten. Delilah schaut zwischen Marigold und der Schlafzimmertür hin und her, ehe ihr Blick auf mir landet. Ich sehe es fast hinter ihrer Stirn rattern. Sie stellt Vermutungen an. Ganz logische wahrscheinlich, aber in diesem Fall liegt Delilah falsch.

Wir wollen beide nichts mehr zu trinken, und nachdem Marigold weg ist, scheint keiner von uns die Unterhaltung fortsetzen zu wollen. Delilah holt wieder ihr Tablet heraus und arbeitet weiter. Ich beschließe, es ihr gleichzutun, nehme mein Handy und beantworte die neu hereingekommenen E-Mails. Die scheinen nie ein Ende zu nehmen.

Zwei Stunden später teilt der Pilot uns mit, dass wir gleich mit dem Landeanflug zum O'Hare International Airport beginnen. Delilah packt ihr Tablet weg und lächelt mich verlegen an, als sie die Armlehnen umklammert. Ich lenke sie ab, indem ich sie nach ihrer Arbeit frage. Es scheint zu funktionieren, ihre Schultern lockern sich, und sie erzählt mit lebhafter Miene von dem ersten Gebäude, an dem sie gearbeitet hat, und welches bislang ihr Lieblingsentwurf war.

Ich bin derart damit beschäftigt, sie zu beobachten, dass mich das leichte Ruckeln, als die Räder auf der Rollbahn aufsetzen, überrascht.

Delilah stutzt ebenfalls und schaut sich um. »Wir sind schon gelandet?«

»Ich sagte doch, der Pilot ist gut.«

»Stimmt. Danke noch mal.« Sie lächelt und ihre grünen Augen leuchten. In meiner Brust zieht sich etwas zusammen. Ich erinnere mich nicht, wann mich das letzte Mal jemand mit solcher aufrichtigen Freude angelächelt hat.

Ich schaue weg und beobachte, wie der Flughafen vor dem Fenster vorbeizieht, während der Flieger über die Landebahn rollt. Ich bin es nicht gewohnt, Gefühle für die Frau zu empfinden, mit der ich was laufen habe – oder in Delilahs Fall laufen hatte. Das ist … verwirrend.

Als wir am Terminal zum Stehen kommen, löse ich meinen Gurt, warte ab, bis Delilah sich losgeschnallt hat, und folge ihr dann aus der Maschine und die Gangway hinunter zu dem bereitstehenden Wagen. Wir steigen nebeneinander ein, worauf der Fahrer den Wagen anlässt und vom Rollfeld fährt.

»Wir fahren zum Hotel, um unser Gepäck auszuladen, und dann direkt weiter zur Baustelle«, sage ich.

»Okay.« Ihr Blick huscht weg. Wahrscheinlich, weil ich es vermieden habe, sie anzusehen, seit sie mich im Flugzeug angelächelt hat.

Als wir an unserem Hotel ankommen – unserem im Sinne von: es gehört zur *King Group* –, gehen wir direkt auf unsere nebeneinanderliegenden Zimmer. Nachdem wir uns eingerichtet haben, kehren wir zum Wagen zurück.

Wir erreichen das Grundstück, und sofort steigt Delilah aus. Es gibt hier nicht viel Spannendes für mich – es handelt sich um eine ungenutzte Fläche zwischen zwei Gebäuden, und wenn ich sie betrachte, sehe ich nur Zahlen, den möglichen Profit –, aber Delilahs Gesicht leuchtet, als sie sich umsieht und an den umgebenden Gebäuden bis zu den Dächern hochblickt.

»Können Sie es sich vorstellen?«, frage ich.

Als sie sich zu mir dreht, ist ihr Lächeln derart strahlend, dass es mich kribbelnd durchfährt wie ein elektrischer Schlag.

»Ja. Und ich habe schon eine Idee, wie sich der Entwurf sogar noch verbessern lässt.«

»Und die wäre?«

Sie deutet zu einer Gebäudeecke auf der anderen Straßenseite. »Die schräg gegenüberliegenden Gebäude sind kleiner. In der Richtung haben auch die Zimmer in den unteren Etagen eine bessere Aussicht. Ich würde gern ausprobieren, die Nordwestfassade des Hotelbaus zu krümmen, um das maximal auszunutzen.«

»Und das wird mich noch mehr Geld kosten.«

Ihr entgleiten die Gesichtszüge. »Soll ich aufhören, strukturelle Änderungen vorzunehmen? Ich – «

Ich verkneife mir das Lächeln nicht mehr. »War nur ein Scherz, Delilah. Genau für so was sind Sie doch hier. Nehmen Sie die Änderungen vor und lassen Sie einen Kostenvoranschlag erstellen.«

Sie starrt mich an und stößt dann ein kurzes Lachen aus, »Ich glaube, das war eben das erste Mal, dass Sie einen Scherz gemacht haben. Ich meine, er war furchtbar. Aber schön, dass Sie es mal versucht haben.« Sie grinst mich über die Schulter hinweg an, während sie weiter auf das Grundstück geht.

Der Schwung ihrer Lippen kombiniert mit ihrem Powackeln

weckt in mir den Wunsch, sie über die Motorhaube gebeugt zu vögeln. Mal abgesehen davon, dass das Unternehmen es gerade überhaupt nicht gebrauchen kann, dass sein COO wegen Erregung öffentlichen Ärgernisses verhaftet wird – wenn ich noch eine Chance mit Delilah bekomme, dann mache ich die bestimmt nicht auf einer Motorhaube mitten an einer viel befahrenen Straße wahr.

Allerdings nimmt der Drang, sie zu berühren, dermaßen meinen Verstand ein, dass ich nicht sicher bin, wie leichtsinnig ich noch werden könnte.

19

Delilah

Prüfend blicke ich noch einmal in den Spiegel und streiche über den Seidenstoff meines bodenlangen roten Kleids. In einem so schönen *und* teuren Outfit passe ich hoffentlich unter die Gäste der Gala.

Ich wende mich vom Spiegel ab und sehe nach der Uhrzeit. Cole wird mich gleich abholen. Bei dem Gedanken flattert ein Schwarm bunter Schmetterlinge in meinem Bauch. Ich habe ihn nicht mehr gesehen, seit wir von dem Hotelgrundstück zurückgekehrt sind. Er sagte mir, ich hätte den restlichen Tag zur freien Verfügung, und verschwand dann zu einer Telefonkonferenz mit seinen Brüdern in seinem Hotelzimmer.

Ich bin ein paar Stunden durch die Stadt gebummelt und habe mir zum Mittag eine leckere Deep Dish Pizza gegönnt, bevor ich zurück ins Hotel gegangen bin und mich damit abgelenkt habe, meine Verbesserungsideen für den Hotelentwurf aufzuzeichnen.

Die ganze Zeit schon versuche ich zu verdrängen, was in seinem Büro passiert ist, aber es läuft auf Dauerschleife in meinem Hirn, seit ich heute Morgen ins Auto eingestiegen bin und er so umwerfend aussah. Bilder von dem, was heute Nacht passieren könnte, blitzen in schneller Folge durch meinen Kopf, und tief in meinem Innersten baut sich Hitze auf.

Nicht, dass er irgendwas in der Richtung zu mir gesagt hätte, aber nach seinen ständigen Blicken heute Vormittag zu schließen, würde er wahrscheinlich nicht Nein sagen, wenn ich es vorschlüge. Nur weiß ich nicht, ob ich es vorschlagen soll.

Als es an der Tür klopft, schrecke ich auf, atme erst einmal tief durch, bevor ich ihm öffne. Seine blauen Augen wandern einmal langsam an mir von oben nach unten und wieder herauf, wobei der Blick am tiefen Ausschnitt meines Kleids hängen bleibt. Er bemüht sich nicht mal, seine erregten Blicke zu verbergen.

Ein Teil von mir möchte ihn am Kragen seines reinweißen Hemds packen und ins Zimmer ziehen. Damit er mir in Erinnerung bringt, wie es sich anfühlt, wenn sich sein Körper mit meinem bewegt. Doch der vernünftigere Teil von mir hält mich zurück. Das Risiko ist zu groß, und auch wenn kürzlich das Gegenteil bewiesen wurde, bin ich niemand, der regelmäßig alle Vorsicht in den Wind schlägt. Zwar wäre die Belohnung super, aber auch von kurzer Dauer. Ich muss so klug sein, meine langfristigen Ziele im Blick zu behalten, und zu denen gehört nicht, dass ich mir die Karriere ruiniere, indem ich mit dem wichtigsten Kunden meiner Firma schlafe.

Schon wieder.

Ich trete hinaus zu Cole und ziehe die Tür fest hinter mir zu. Bevor ich fragen kann, wie sein restlicher Tag war, hebt er die Hand an meinen Rücken, und seine Finger legen sich um meine Taille.

Er beugt sich zu mir, sodass sein Atem über meine Nackenhärchen streicht. »Du siehst wunderschön aus, Kätzchen.«

Ich bekomme Gänsehaut am ganzen Körper und stoße zittrig den Atem aus. »Du siehst auch sehr … äh, gut aus.«

Das ist eine Mordsuntertreibung. Ich kenne Cole im Anzug, aber gerade sehe ich ihn zum ersten Mal von Nahem im Smoking, und er ist die Verkörperung eines sexy, einflussreichen, wohlhabenden Manns. Die schwarze, makellos sitzende Jacke betont seine Größe und seine breiten Schultern. Sein sengender Blick streift die nackten Stellen meiner Haut, und der Schwung seines verführerischen Munds erinnert mich daran, was genau er damit anstellen kann.

Als ich mir über die plötzlich ganz trockenen Lippen lecke, verstärkt sich sein Griff um meine Taille, worauf ein leichtes Kribbeln durch mich hindurchgeht. Meine Güte, warum fällt es mir nur so schwer, ihn zu ignorieren? Während der Collegezeit habe ich es doch schließlich geschafft, allerhand Männer zu ignorieren, und die waren viel eher mein Typ als Cole – nämlich nett, aufmerksam und respektvoll.

Genau wie Paul anfangs.

Ich wende mich von Coles allzu erregender Musterung ab und gehe zum Fahrstuhl.

Die Gala findet im *Lakefront Plaza* statt, einem weiteren Objekt der *King Group*, deshalb wartet draußen eine Limousine, die uns hinbringen wird. Der Fahrer hält uns die Tür auf, nachdem ich als Erste eingestiegen bin, folgt mir Cole.

Während der Fahrt liegt Spannung in der Luft. Keiner von uns beiden sagt etwas, doch es ist nicht unangenehm, im Gegenteil, das Knistern nimmt zu. Ich kann anscheinend nur noch daran denken, wie er mich berührt hat, wie sich seine Muskeln unter meinen Fingerspitzen anfühlten, wie heftig ich durch ihn kam.

Der geräumige Wagenfond ist nicht groß genug, um den Abstand zu gewinnen, den mein Körper braucht. Ich spüre fast, wie sich sein Blick in meine ihm zugewandte Gesichtshälfte brennt, doch ich weigere mich, ihn anzusehen. Sonst gebe ich womöglich der bislang verborgen gebliebenen leichtsinnigen Seite von mir nach – jener, die anscheinend nur in Coles Gegenwart zum Vorschein kommt –, und löse meinen Gurt, um mich rittlings auf ihn zu setzen. Kein Zweifel, mein Slip ist schon ganz feucht. Ich schließe die Augen und atme tief durch.

»Delilah, sieh mich an.« Coles tiefe Stimme ist fordernd genug, dass ich mich zu ihm drehe. »Ich habe dir schon in New York gesagt, dass ich Frauen nicht mit Tricks dazu zu bringen brauche, mit mir zu schlafen, und das stimmt. Ich habe dich mitgenommen, weil es sinnvoll war, dass du mitkommst. Aber anlügen werde ich dich auch nicht. Ich möchte noch mal Sex mit dir. Seit du am ersten Tag in den Konferenzraum kamst, kann ich nicht aufhören, daran zu denken, und ich hab es satt, dagegen anzukämpfen.«

Ich ziehe scharf die Luft ein, während sich meine Brustwarzen direkt unter dem dünnen Stoff meines Kleids aufrichten.

Er bemerkt es, und sein Kiefermuskel zuckt. »Ich will dich heute Nacht, Delilah. Sag mir, dass ich dich haben darf.«

Mein Herz hämmert. Mein Mund öffnet sich zum Antworten, doch nichts kommt heraus. Ich bin wie erstarrt, hin- und hergerissen zwischen dem Wunsch, die Erfahrung zu machen, die er mir, wie ich weiß, bescheren kann, und dem Bewusstsein, wie sehr das schiefgehen könnte.

Cole streckt eine Hand aus und streicht mir mit dem Daumen über die Unterlippe. »Ich möchte diesen Lippenstift auf mir verschmiert sehen. Ich möchte mit der Zunge tief in dir sein. Ich möchte dich zum Höhepunkt bringen, bis dein Körper nicht mehr kann. Und ich möchte das heute Nacht. Nur eine Nacht, dann kehren wir nach New York zurück, und alles ist wie vorher. Aber wenn du einverstanden bist, gehört die Nacht uns. Und Delilah«, sagt er und umfasst dabei mein Kinn, sodass ich mich über das Pochen in meinen Ohren hinweg auf seine Worte konzentriere. »Wenn du Ja sagst, will ich vergessen machen, dass es Paul jemals gab.«

Dieser letzte Satz lässt mich zurückzucken, und er nimmt die Hand weg.

»Denk drüber nach und sag mir deine Entscheidung, bevor wir nachher die Gala verlassen. Falls du Ja sagst, fange ich nicht erst an, wenn wir wieder im Hotel sind. Verstehst du mich?«

Dieser Mann ist eine ganz andere Liga. Ich möchte dem Fahrer zurufen, er solle sofort rechts ranfahren, damit ich mich ausziehen und mich an Cole reiben kann. Ich möchte sein blütenweißes Hemd aufknöpfen und Küsse seine Haut hinab verteilen, bis ich seine Hose öffnen und ihn in den Mund nehmen kann. Ich möchte mir das Kleid bis zu den Schenkeln hochziehen und auf ihn gleiten. Ich möchte erleben, was mein Körper und seiner alles miteinander anstellen können. Nachdem ich eine erste Kostprobe davon hatte, wie großartig Sex sein kann, und dann von der körperlichen Ebene der Beziehung mit Paul enttäuscht wurde, möchte ich das einfach wieder fühlen.

Doch statt irgendetwas davon wahrzumachen, presse ich zwei Wörter hervor: »Ich verstehe.«

Cole starrt aus dem Fenster, während ich in verblüfftem Schweigen dasitze und überlege, was ich machen soll. Ich könnte mein Handy rausholen und Alex schreiben, aber ich will sie und Jaxson nicht stören. Außerdem weiß ich so schon, was sie mir raten würde. So was wie: »Reit ihn zu, Cowgirl.«

Als wir das Hotel erreichen, werde ich gnädigerweise von dem immensen Chaos in meinem Kopf abgelenkt. Das Gebäude ist hell erleuchtet, und es liegt wahrhaftig ein roter Teppich davor. Fotografen stehen auf beiden Seiten und machen Bilder von den darüberlaufenden Leuten.

»Mir war nicht klar, dass es so ein großes Event ist«, murmele ich.

»Einige der reichsten Menschen der USA sind heute Abend

da«, sagt Cole. »Und Leute mit so viel Geld und Einfluss wollen sichergehen, dass sie auch jeder sieht.«

Ich drehe mich zu ihm. »Gehst du oft zu solchen Veranstaltungen?«

»Sonst machen das Roman oder mein Vater.« Ein angespannter Zug legt sich um seine Kieferpartie. »Zumindest bis jetzt.«

Ich überlege, ihn nach seinem Vater zu fragen, wie es ihm damit geht, was passiert ist, doch mir fehlt die Zeit – oder wohl der Mut –, denn der Wagen hält vor dem roten Teppich.

Der Fahrer steigt aus und öffnet auf Coles Seite die Tür.

»Bereit?«, fragt Cole.

Bin ich nicht, aber ich nicke trotzdem. Er steigt aus, dreht sich dann um und hält mir die Hand hin. Ich ergreife sie und bin völlig baff, als er mich unterhakt und wir den roten Teppich entlanggehen. Kcamerablitze von beiden Seiten blenden mich, und ich höre Stimmen nach Cole rufen.

»Mr King, wer begleitet Sie heute Abend?«

»Mr King, welchen Designer trägt Ihre Begleiterin?«

»Mr King, was sagen Sie zu den Gerüchten, dass die Investoren aufgrund der Verhaftung Ihres Vaters das Vertrauen in die *King Group* verloren haben?«

Was soll so eine Scheißfrage bei einer solchen Veranstaltung?

Cole spannt den Arm an, während ich zu der hauptsächlich aus Fotografen bestehenden Gruppe einen Seitenblick zuwerfe. Zwei, drei Leute dort strecken Mikrofone aus und versuchen, den Gästen Fragen zu stellen, ich kann jedoch nicht sagen, wer von denen nach Coles Dad gefragt hat. Cole antwortet jedenfalls nicht darauf. Seine Miene wirkt undurchdringlich, doch ich bin ihm so nah, dass ich das leiseste Zucken seines Kiefers bemerke.

Ich drücke beruhigend seinen Bizeps. Als er zu mir schaut,

steht helle Überraschung in seinem Blick. Für eine Millisekunde zuckt einer seiner Mundwinkel nach oben, dann sieht er wieder geradeaus, während wir auf den breiten Eingang zugehen.

Jetzt, da wir die Fotografen und Reporter fast hinter uns haben, kann ich mich entspannen und blicke mich beim Betreten der Lobby darin um. Sie ist wunderschön, mit glänzendem Marmorboden und einer superhohen Decke, die funkelnde Kronleuchter zieren. Der Ballsaal, in dem die Gala stattfindet, ist ebenso beeindruckend. Es ist ein riesiger Raum mit aufwendigen Stuckarbeiten, Spiegelakzenten und noch prächtigeren Kronleuchtern. Eine Seite des Saals nimmt ein langer Tisch ein, auf dem diverse Gegenstände stehen. Die müssen für die stille Auktion sein, die Cole erwähnt hat.

»Was für ein grandioser Saal«, murmele ich, während ich den Blick über den Deckenstuck wandern lasse.

»Stimmt.«

Ich lächle ihn an. Wirkt er etwa tatsächlich … gelassen? Die Anspannung von vorhin scheint weg, und es liegt beinahe so etwas wie ein Funken Wärme in seinem Blick.

»Ich mag es, dir zuzuschauen, wie du Architektur betrachtest«, sagt er.

Ich lege den Kopf schief. »Wieso?«

»Deine Augen fangen dann an zu strahlen, und es kommt Leben in deinen ganzen Körper.«

»Oh.« Wärme breitet sich in meiner Brust aus. Das von ihm zu hören, hatte ich ganz und gar nicht erwartet.

Er sieht mir fest in die Augen. »Deine Leidenschaftlichkeit ist wunderschön.«

Mir stockt der Atem, denn zwischen uns schwebt etwas im Raum – eine Verbindung, die ich nie für möglich gehalten hätte. Und doch ist sie da.

Vielleicht hätte ich wissen müssen, dass meine Beziehung mit Paul zum Scheitern verurteilt war. Er hat sich nicht ein einziges Mal die Mühe gemacht, mir wie Cole gerade seine Wertschätzung zu zeigen. Wenn wir in ein architektonisch herausragendes Gebäude kamen, war er jedes Mal zu sehr damit beschäftigt, mich mit seiner Expertenmeinung zu belehren, um sich um meine Antworten zu kümmern.

»Danke.« Ich weiß nicht, was ich sonst sagen soll, deshalb zwinge ich mich, den Blick abzuwenden, schaue mir die Gäste im Saal an.

Cole hat recht. Alle hier sind reich und einflussreich und scheuen sich nicht, das auch zu zeigen. Teure Anzüge und Designerkleider, Juwelen, die an Hälsen, Handgelenken und Ohren hängen, etwas zu laut schallendes Gelächter, als sei ihr Zweck nur, Aufmerksamkeit zu erregen. Es ist völlig anders als alles, was ich sonst gewohnt bin.

Cole beugt sich zu mir und flüstert: »Bleib an meiner Seite, sonst versuchen sämtliche unverheirateten Männer, dich heute Abend abzuschleppen. Und wahrscheinlich auch die Hälfte aller verheirateten.«

Als ich zu ihm hochschaue, hat seine Miene nichts Scherzhaftes.

»Komm, wir suchen unseren Tisch.« Seine große Hand liegt auf meiner Taille, als er mich nach vorn schiebt.

Wir schlängeln uns durch die Menge, bis Cole den uns zugewiesenen Tisch vorn im Saal entdeckt – ich frage mich, ob die Platzierung wohl Absicht ist. Sitzen die großen Milliardäre ganz vorn und die kleinen werden auf die hinteren Plätze verwiesen?

Ich unterdrücke ein Lachen und setze dann schnell eine unbewegte Miene auf, als Cole mit hochgezogener Braue zu mir sieht.

Er zieht einen Stuhl für mich vor, auf den ich so elegant wie möglich niederzusinken versuche. Dann setzt er sich neben mich.

Eine Bedienung taucht neben uns auf. »Guten Abend, darf ich Ihnen etwas zu trinken bringen?«

Cole wendet sich an mich: »Möchtest du Champagner oder lieber etwas anderes?«

Champagner wäre schön, aber die Blubberbläschen steigen mir garantiert zu Kopf, dabei muss ich heute Abend alle Sinne beisammenhaben. »Ich nehme ein Glas Weißwein, danke.«

Nachdem Cole zwei Gläser Weißwein bestellt hat, eilt der Kellner davon und schlängelt sich durch die Menge. Kurz darauf ist er mit unseren Gläsern zurück, und als ich ihn zum Dank anlächle, ernte ich ein Grinsen und ein Zwinkern. Cole murmelt etwas in sich hinein und legt lässig den Arm auf meine Stuhllehne.

Bald gesellen sich andere Paare zu uns an den Tisch, die meisten sind älter als Cole und ich. Sie begrüßen ihn wie Bekannte, und Cole stellt mich als seine Kollegin vor, was nicht ganz stimmt. Wahrscheinlich sagt er es, damit die Leute nicht denken, ich wäre sein Date, oder – Gott bewahre – seine Freundin.

Das letzte Paar kommt an unseren Tisch, und obwohl Cole keine große Reaktion anzumerken ist, könnte ich schwören, dass Anspannung von ihm ausgeht, als sie sich uns gegenübersetzen. Seine Begrüßung fällt jedoch recht freundlich aus.

»Jessica, Tom.« Er nickt ihnen zu.

Das Paar scheint in Coles Alter zu sein. Der nichtssagend gut aussehende Mann erinnert mich an eine Ken-Puppe, und sie ist eine absolute Hammerfrau. Sie ist blond, groß, hat Kurven, und in ihrem schwarzen Kleid kommen diese voll zur Geltung. Mit ihren blassblauen Augen fixiert sie Cole.

»Ich wusste nicht genau, ob du heute Abend kommst«, sagt sie zu ihm. »Sonst gibst du mir immer Bescheid.«

»Ursprünglich hatte Roman die Einladung angenommen, aber er hat andere Verpflichtungen.«

Er sagt nichts dazu, warum er ihr nicht Bescheid gegeben hat, dass er hier sein würde. Und was hat das überhaupt zu bedeuten? Sie ist doch sicher nicht seine Freundin, schließlich sind beide mit jemand anderem hier.

Ich sehe Cole an, doch sein Blick gilt weiterhin Jessica.

Als sie sich anders hinsetzt, huscht ihr Blick kurz zu mir. »Wer ist denn deine Begleiterin?«

»Das ist Delilah. Sie arbeitet als Architektin an unserer neuen Hotelkette und ist mit mir hier, um sich das Chicagoer Baugrundstück anzusehen.«

Ich schenke Jessica ein Lächeln, die es zwar erwidert, doch es wirkt schwach.

»Wie praktisch«, murmelt sie.

Uns bleibt eine weitere Unterhaltung mit Jessica und ihrem Begleiter erspart, denn der Moderator betritt die Bühne und stellt das Programm des Abends vor, welches Knüpfen von Kontakten bei einem mehrgängigen Menü, gefolgt von der stillen Auktion und Tanz umfasst. Ein ganz normaler Freitagabend für Milliardäre.

Sobald alle Platz genommen haben, wird der erste Gang serviert: Kaviar, der kunstvoll auf originellen Salatblättern arrangiert wurde. Ich koste davon, weil ich noch nie welchen gegessen habe, und bemühe mich dann so gut ich kann, nicht die Nase zu rümpfen. Innerlich kriege ich Panik. Ist es unanständig, wenn ich das nicht aufesse?

Coles Bein drückt gegen meines, als er mir ins Ohr flüstert: »Iss den nicht, wenn du ihn nicht magst. Das ist was für Gourmets.«

»Lass mich raten.« Ich neige ihm das Gesicht zu. »Du bist einer?«

Er zuckt mit den Schultern. »Ich hatte als Kind nicht groß eine andere Wahl, als einer zu werden.«

Ich blicke hinunter auf das Häufchen glänzender schwarzer Fischeier. »Ich fasse es nicht, dass dir deine Eltern so was zu essen gegeben haben. Ich hab immer schon Trara gemacht, wenn Mom mich zwang, meine Bohnen aufzuessen.«

Seine Mundwinkel gehen nach oben. »Von meinen Brüdern und mir wurde schon früh erwartet, das Erlesene zu schätzen, ob wir es wollten oder nicht.«

Ich versuche, mir Cole als Kind vorzustellen, das am Esstisch den Kaviar herunterwürgt, weil das von ihm erwartet wird. Es versetzt mir einen Stich. Ich weiß nichts über seine Kindheit, deshalb ist das wahrscheinlich eine krasse Unterstellung, aber irgendwie kommt mir das nicht wie das Verhalten liebender Eltern vor. Ich berühre ihn am Arm. »Das tut mir leid. Hört sich nicht gerade schön an.«

Er schaut erst hinunter auf meine Hand und dann in mein Gesicht. Unter seinem seltsam intensiven Blick schlägt mein Magen einen Purzelbaum. Dann schüttelt er den Kopf und lächelt mich schief an. »Auch nur du bringst es fertig, mich dafür zu bemitleiden, dass ich als Kind sündhaft teures Essen essen musste, Delilah.«

Hitze steigt in meine Wangen, aber die Art, wie er mich weiter ansieht, lässt mir den Atem stocken. Als ich wegschaue, werde ich auf Jessica aufmerksam. Ihr Blick ruht auf Cole, und sie runzelt die Stirn. Hier geht definitiv irgendwas ab, nur was? Ist sie seine Ex? Oder möchte sie mit ihm zusammen sein, doch er ist nicht interessiert?

Mich lenkt ein Kellner ab, der flugs meinen so gut wie nicht angerührten Teller abräumt. Schnell wird er durch etwas weitaus Appetitlicheres ersetzt: eine kleine Portion Lachsravioli mit Safran-Sahne-Soße. Es schmeckt köstlich, sodass ich mir mit einem genüsslichen Seufzen die Soße von den Lippen lecke.

Wieder beugt sich Cole zu mir. »Wenn du so weitermachst, verlange ich schon vorher eine Antwort.« Seine tiefe, raue Stimme lässt mich erschauern.

Ich sehe ihn mit großen Augen an. Dann, ohne recht zu wissen warum, halte ich seinen Blick und lecke mir absichtlich erneut über die Lippen.

Fast muss ich über seine Miene lachen, dabei ist es überhaupt nicht lustig, wie mein Körper auf den dunklen, sündigen Ausdruck reagiert, der sich auf sein Gesicht stiehlt. Der verspricht Rache von der verruchtesten, zügellosesten Art. Und auf einmal frage ich mich, warum ich noch zögere.

Wir bleiben für eine Nacht. Ich bin aufgestylt und sehe so top aus, wie es überhaupt nur geht, und Cole … Tja, Cole ist eben Cole. Er sieht immer unfassbar gut aus. Aber gerade guckt er mich an, als wollte er mich mit Haut und Haaren verschlingen, und ziemlich sicher sehe ich ihn an, als wollte ich genau das.

Als ich mich zu ihm beuge und sich seine Pupillen weiten, erfasst mich atemlose Vorfreude. »Was, wenn ich jetzt schon bereit bin, dir meine Antwort zu geben?«

Langsam und kontrolliert stößt er den Atem aus. »Nein.«

Ich blinzele. »Aber ich dachte – «

»Gib sie mir erst, wenn ich auch darauf reagieren kann. Wenn du's mir jetzt sagst, zieh ich unter dem Tisch dein Kleid hoch und berühre dich heimlich vor den ganzen Leuten hier.«

Ein Schauder durchfährt mich, und ich schließe kurz die Augen, denn ein kleiner Teil von mir will insgeheim, dass er genau das tut. Doch ich lehne mich auf meinem Stuhl zurück. Eine Fantasie ist das eine. Die Realität wäre was anderes.

»Ich sage dir Bescheid, wenn du mir deine Antwort geben kannst«, verspricht Cole, woraufhin ich nicke. Sicher, dass mir alle am Tisch meine Erregung ansehen können, fixiere ich die Essensreste auf meinen Teller, ehe auch der weggezaubert wird.

Zwei weitere Gänge werden serviert und abgeräumt, dann verkündet der Moderator, dass es eine kurze Pause gibt, damit man sich unter die Leute mischen kann.

Sofort steht Cole auf, nimmt meine Hand und zieht mich mit sich.

»Cole, ich wollte mit dir über …« Jessicas Stimme verstummt hinter uns, als mich Cole vom Tisch wegführt. Aus den Augenwinkeln erhasche ich nur einen kurzen Blick auf ihre harte Miene, während ich mich bemühe, auf den hohen Schuhen nicht ins Stolpern zu geraten.

»Woher kennst du Jessica?«, frage ich.

Cole umfasst meine Hand fester, dreht sich aber nicht zu mir um. »Sie ist die Tochter einer unserer Hauptinvestoren.«

Ich werde langsamer. »Wart ihr mal ein Paar? Es kommt mir nämlich vor, als ärgere es sie, dass du mit mir hier bist.«

Diesmal blickt er mich über die Schulter gewandt an. »Ein Paar waren wir nie. Aber wir haben schon viel Zeit auf solchen Events miteinander verbracht.«

Die Anspannung in meinem Nacken lässt nach. Es ärgert sie wohl nur, dass ich die Person in Anspruch nehme, mit der sie normalerweise hier wäre.

Cole führt mich durch eine Seitentür des Saals.

»Wo willst du hin?«, frage ich, als das Stimmgewirr hinter uns verklingt. »Dürfen wir hier überhaupt lang?«

»Ich schon«, sagt er, woraufhin ich beinahe die Augen verdrehe.

Er zieht mich in eine Nische, dreht mich herum, sodass ich

mit dem Rücken zur Wand stehe, und stützt die Hände neben meinen Schultern ab. »Du wolltest mir doch was sagen.« Seine raue Stimme lässt das Verlangen in mir zu einem heißen Knoten zusammenziehen.

Er meinte, er wolle meine Antwort erst hören, wenn er auch darauf reagieren kann. Was genau also hat er hier vor, wo wir nur halb unter uns sind?

Mein Herz wummert in meiner Brust, meine steifen Brustwarzen drücken gegen den dünnen Stoff meines Kleids.

Ich schieße alle Vorsicht in den Wind, lege den Kopf in den Nacken und blicke ihm geradewegs in die Augen. »Ja.«

Weder missversteht er mich, noch bittet er mich um eine Klarstellung. Er weiß genau, was ich meine.

Seine Lippen landen auf meinen, und als er meinen Mund in Beschlag nimmt, packt mich das zwischen uns aufflammende Verlangen.

Ich bäume mich ihm entgegen, als er eine Hand von der Wand löst, an meinem Rücken zu meinem Po hinabstreichelt, zupackt und mich an sich drückt, sodass ich gegen die Härte in seiner Hose gepresst bin. Schamlos reibe ich mich daran, worauf ein tiefes Stöhnen aus seiner Kehle dringt.

Er wandert mit der Hand tiefer, fasst den Stoff meines Kleids, zieht ihn hoch und rafft ihn in der Faust zusammen, bis er die Finger unter den schmalen Streifen Spitze meines Slips gleiten lassen kann.

Er weicht zurück, um mein Gesicht zu beobachten, als er meine Klitoris berührt, die schon pulsiert und auf seine Berührung wartet.

Ich schnappe nach Luft und erschauere, als er sie mit dem Daumen massiert, und merke, dass es nicht lange dauern wird, bis ich unter seiner Berührung komme. Ich schäme mich nicht dafür. Und danach zu urteilen, wie geweitet seine Pupillen sind – das Blau seiner Iriden ist nur noch ein schmaler Ring um das Schwarz –, stört es ihn überhaupt nicht, dass ich schon ganz kurz davor bin.

Als ein langer Finger in mich dringt, schreie ich beinahe auf vor Lust, doch zum Glück bedeckt er meinen Mund mit seinem und dämpft den begierigen Laut.

Sein Finger und Daumen bewegen sich synchron, und ich wiege rhythmisch die Hüften dazu, während ich rasant auf meinen Höhepunkt zusteuere. Funken blitzen hinter meinen geschlossenen Lidern, und ich bin ganz kurz davor –

»Cole?«, ruft eine Frauenstimme den Flur hinunter. »Cole, bist du hier irgendwo? Einer der Kellner meinte, er hat dich hier langkommen sehen.«

Ich erstarre und schaue blinzelnd hoch zu Cole. Wellen kalter Wut strahlen von ihm ab, und seine Hand wird langsamer, er hält jedoch nicht inne. Ich kann weder vor noch zurück, befinde mich an der Klippe – wenn er jetzt schneller wird, stürze ich hinunter. Und angesichts dessen, dass die Frau, die nach Cole ruft, näher kommt, will ich das jetzt nicht wirklich.

Dass irgendeine Fremde mitbekommt, wie ich unter der Hand dieses Mannes komme, ist das Letzte, was ich gebrauchen kann.

»Cole? Ich muss mit dir über meinen Vater sprechen.« Die Stimme ist jetzt noch näher.

Einen ganz kurzen Moment lang bewegt Cole die Hand schneller, sodass ich schon denke, dass er es durchzieht. Dass er mich trotzdem zum Höhepunkt bringt. Unfreiwillig zieht sich mein Körper vor Lust um seine Finger zusammen, woraufhin ich mit weit aufgerissenen Augen den Kopf schüttele.

Er brummt, nimmt jedoch die Finger weg, hebt sie an meine Lippen und streicht darüber, bevor er mir noch einen leidenschaftlichen Kuss gibt.

»Ein kleiner Vorgeschmack auf nachher«, flüstert er mir ins Ohr.

Dann tritt er einen Schritt nach hinten, und ich streiche hektisch mein Kleid glatt, um mich wieder herzurichten.

Abgesehen von seinen geweiteten Pupillen und der leichten Röte auf seinen Wangen wirkt er so gefasst wie zuvor, doch mir fällt auf, dass seine Finger feucht glänzen. Er hat sie nicht abgewischt – will wahrscheinlich keine Körperflüssigkeiten auf den teuren Smoking oder mein Kleid schmieren.

Es ist allerdings zu spät, um etwas zu sagen, denn als er mich aus der Nische zieht, laufen wir direkt in Jessica hinein.

Sie setzt ein Lächeln auf, das ihre Augen nicht erreicht. »Da bist du ja. Ich habe meinen Vater über etwas reden hören, worüber ich mit dir sprechen muss.«

Ihr kann unmöglich entgehen, was sie da eben unterbrochen hat, weshalb ich alarmiert sein sollte, dass sich rumsprechen könnte, was Cole und ich getrieben haben, aber im Augenblick bin ich einfach bloß erregt und gefrustet. Ich kenne diese Frau zwar nicht, doch gerade bin ich ziemlich sicher, dass ich sie nicht leiden kann.

»Ich möchte jetzt eigentlich keine Geschäftsangelegenheiten besprechen, Jessica«, erwidert Cole. »Kann das nicht warten, bis wir wieder in New York sind?«

Sie lebt auch in New York?

»Oh, denke schon«, sagt sie.

Ich frage mich, ob das Ganze nur ein Vorwand war, um Cole nachzugehen und aufzuhalten, was wir miteinander gemacht haben. Die beiden mögen nie zusammen gewesen sein, aber es kommt mir vor, als wünschte sie es sich – ungeachtet des Mannes, den sie am Tisch zurückgelassen hat.

»Dann lass uns wieder zurückgehen«, sagt Cole und bedeutet Jessica vorzugehen.

Sie wirft mir einen eiskalten Blick zu, dann geht sie den Weg zurück, den wir gekommen sind. Sobald sie uns den Rücken zudreht, nutzt Cole die Gelegenheit, um sich die Finger abzulecken, die er eben in mir hatte, und hält dabei meinen Blick. »Wer braucht schon Dessert?«

Ein Kribbeln geht durch meinen Bauch. Umso mehr, als er meine Hand nimmt und mich wieder in den Saal führt.

Von der Unterbrechung mal abgesehen, habe ich eben einen kleinen Vorgeschmack darauf bekommen, was mich heute Nacht erwartet.

Und eventuell habe ich ein Problem.

20

Cole

Ich warte ab, so lange ich kann – bis ich ein Höchstgebot abgegeben und gewonnen habe, und zwar ein Wochenende in
Aspen –, dann haue ich mit ihr ab. Ich habe unserem Fahrer
geschrieben, dass er uns am Eingang abholen soll, und dort
wartet er schon, als wir herauskommen. Aus den Augenwinkeln schaue ich zu Delilah. Ihre Wangen sind wundervoll gerötet, und das nicht aufgrund der Wärme. Sie weiß genau, was
gleich abgeht, sobald wir im Auto sind.

Seit ich sie vorhin fast zum Orgasmus gebracht habe, ist sie
wahrscheinlich genauso gefrustet wie ich.

Verdammte Jessica. Keine Ahnung, was für Spielchen sie
spielt, aber ich muss mit ihr reden, wenn wir wieder in New
York sind. Ich habe die Anzeichen ignoriert, die mir in letzter
Zeit aufgefallen sind – ihr Zögern, nach dem Sex zu gehen,
ihre Versuche, mich eifersüchtig zu machen. Entweder entwickelt sie Gefühle oder sie hegt irgendwelche Hintergedanken. Ich muss rausfinden, was von beidem es ist, und mich in
jedem Fall darum kümmern.

Aber jetzt mache ich mir darüber keine Gedanken. Nicht
wenn der Fahrer die Tür aufhält und Delilah beim Einsteigen
mit lustverschleiertem Blick zu mir hochschaut.

Mein Schwanz ist bereits hart und pulsiert. Ich warte auf
diesen Augenblick schon, seit sie mein Büro betreten hat. So-

gar noch länger. In den Wochen nach unserer gemeinsamen Nacht habe ich ein paarmal beim Masturbieren mit geschlossenen Augen daran gedacht, wie verdammt gut es war, sie dazu zu bringen, dass sie für mich explodiert. Ich stellte sogar fest, dass ich auf der Straße nach ihren dunklen Haaren und den grünen Augen Ausschau hielt. Es war lächerlich. So was ist mir in meinem ganzen verdammten Leben noch nicht passiert.

Was mich aber aus meiner komischen Obsession aufgeschreckt hat, war das völlig irrationale Bedürfnis, wieder in die Bar zu gehen, in der wir uns kennengelernt hatten. Einer Frau nachzurennen oder sie zu stalken, das habe ich nie getan – und werde es auch nie. Deshalb habe ich sie ganz bewusst aus meinen Gedanken verbannt.

Und dann spazierte sie geradewegs wieder hinein mit ihren langen Beinen, dem hübschen Lächeln und den katzenhaften Augen. Und in diesen verfluchten Röcken. Nicht zu kurz, aber so eng, dass sie ihren herrlich prallen Hintern umschmiegen.

Ich beuge und strecke die Finger. Heute Nacht schmiegt sich was anderes darum als ein Rock.

Ich steige hinter ihr ein, und der Fahrer schließt die Tür.

Bevor ich die Trennscheibe hochlasse, weise ich ihn an, die Stadtrundfahrtstrecke zum Hotel zu nehmen. Im Rückspiegel treffen sich unsere Blicke. Als er bestätigend nickt, lasse ich per Knopfdruck die Scheibe hoch. Dadurch wird der Fond zwar nicht schalldicht, doch es dürfte einen guten Teil der Laute dämpfen, die Delilah gleich von sich geben wird.

»Komm her«, sage ich zu ihr.

Sie zögert nur einen Augenblick, bevor sie zu mir rutscht. Ich schlinge den Arm um ihre Taille, hebe sie auf meinen Schoß und ziehe dann das Oberteil ihres Kleids herunter. Sie trägt keinen BH, ihre harten kleinen Brustwarzen haben mich unter dem Stoff schon den ganzen Abend abgelenkt. Jetzt werde ich sie kosten.

Ich beuge mich vor, nehme eine in den Mund, massiere sie mit der Zunge und stöhne, als sie sich augenblicklich aufrichtet, sodass ich sie zwischen die Zähne nehmen kann.

»Cole«, haucht Delilah und schiebt die Hände in mein Haar, um mich an sich zu drücken. Ich kneife ihre andere Brustwarze und genieße, wie sie die Luft einzieht und gleichzeitig die Hüften vorschiebt. Jede Wette, dass das geradewegs in ihre Klitoris geschossen ist.

Nachdem ich mich ausgiebig ihren Brüsten gewidmet habe, fasse ich nach dem Saum ihres Kleids und ziehe es bis zu ihren Hüften hoch, damit ich die Hand darunterschieben kann. Ihr Hauch von Unterwäsche ist bereits durchnässt, und ich atme tief durch, um mich zu bremsen. Wir haben noch die ganze Nacht. Gerade geht es nur darum, sie anzutörnen und auf das vorzubereiten, was wir anstellen werden, sobald wir in meinem Hotelzimmer sind.

Als ich mit den Fingerknöcheln über sie reibe, verkneift sie sich ein Wimmern.

»Du brauchst nicht leise sein«, sage ich ihr. »Der Fahrer weiß genau, was hier abgeht. Wenn du laut stöhnst, versüßt du ihm wahrscheinlich den Abend.«

Ihre Wangen laufen knallrot an, und sie schüttelt den Kopf.

Ich lache leise. »Bist du schon den ganzen Abend heiß, Kätzchen?«

»Ja«, stößt sie atemlos aus.

So genervt ich von Jessica bin, ein verquerer Teil von mir freut sich, dass Delilah die letzten paar Stunden vor Lust vergehend neben mir saß. Und an diesen Moment hier dachte. Sich meine Finger und meinen Mund auf sich wünschte, und dass ich mich in sie bringe.

Ich küsse sie. Wild. Ihr Lippenstift soll auf unseren beiden Gesichtern verschmiert sein. Unsere Zungen winden sich umeinander, und sie reibt ihre Hüften an mich. Unter der Reibung ihres Pos schwillt meine Erektion umso mehr an.

Mit dem Daumen auf ihrer Klitoris lasse ich einen Finger in sie gleiten. Sie senkt die Hände auf meine Schultern, packt zu und stößt ein Stöhnen aus. Sie ist schon so feucht und bereit, dass ich einen zweiten Finger hinzunehme und in sie bringe, während ich den Druck meines Daumens steigere.

Ich schaue hinunter, berauscht von dem Anblick, wie sie auf meinem Schoß ausgebreitet ist: ihre vollen Brüste entblößt, die Beine gespreizt und mit meiner unter ihrem roten Kleid verschwindenden Hand. Ich nehme einen dritten Finger hinzu. Wie sie mich umschließt. Ich weiß, sie spürt die Dehnung, aber wenn wir erst im Hotelzimmer sind, werde ich ihr noch mehr geben, daher kann sie sich jetzt schon einmal daran gewöhnen.

»C-Cole«, stöhnt sie lauter, und ihre Lider flattern.

»Sieh mich an.« Ich möchte es in ihren Augen sehen, wenn sie kommt. Ihre Lust wird sie nicht vor mir verbergen.

Als sie die Lider wieder aufschlägt, verraten mir ihr unscharfer Blick und die Anspannung in ihrem Körper, dass sie kurz davor ist. Ich beuge mich vor, nehme wieder ihre rosa Brustwarze in den Mund und sauge fest daran. Ihr Wimmern wird lauter, doch sie muss sich hingeben und loslassen. Ich will, dass ihr wunderbarer Verstand abschaltet, damit sie aufhört zu denken und anfängt zu fühlen.

Ich krümme die Finger, während ich gleichzeitig mit dem Daumen ihre Klitoris stimuliere und ihr beißend in die Brustwarze zwicke.

»Ja, Cole!«, ruft sie aus, als sich ihre Muskeln rhythmisch um meine Hand zusammenziehen und ihre Erregung förmlich aus ihr hervorströmt.

Ich verlangsame meine Handbewegung und umspiele mit der Zunge die harte Brustwarze in meinem Mund, um sie wieder runterzuholen. Als sie sich schwer atmend und zitternd an mich schmiegt und das Gesicht an meinem Hals birgt, überkommt mich unverhofft eine Woge der Zärtlichkeit. Ich kämpfe gegen den Drang an, ihr die Haare aus dem Gesicht zu streichen und sie sanft zu küssen. Heute Nacht geht es darum, sich miteinander zu vergnügen, und nicht, Zärtlichkeiten auszutauschen.

Ich nehme die Hand aus ihrem Slip und hebe sie an ihren Mund, um mit einem Finger ihre weiche, volle Unterlippe entlangzustreichen. »Leck es ab.«

Ihr Blick schnellt zu meinen Augen, kurz verunziert eine Falte ihre Stirn, bevor sie den Mund öffnet. Ich schiebe den Finger hinein, und wie ihre Zunge dagegenschlägt, als sie daran saugt, bewirkt, dass mein Schwanz unter ihrem Po zuckt.

Oh Mann.

Ich lasse sie noch ein paar Sekunden ihren eigenen Geschmack kosten, ehe ich entgegen meiner Entschlossenheit von eben die Hand wegziehe, ihren Kopf umfasse und ihr einen Kuss auf die Lippen gebe. Er beginnt langsam, doch schon bald neige ich ihren Kopf nach hinten, um ihn zu vertiefen, und kralle die Hand in ihr Haar, während ich mich in ihr verliere.

Als ich mich schließlich löse, atmet nicht nur sie schwer.

Über die Sprechanlage ertönt die Stimme des Fahrers. »Wir sind gleich beim Hotel, Sir. Soll ich noch weiterfahren?«

Es besteht keinen Zweifel, dass er trotz der geschlossenen Trennscheibe gehört hat, wie Delilah kam. Er vermutet wohl, dass er die Frage jetzt gefahrlos stellen kann.

»Sie können uns jetzt absetzen, danke.«

Delilah will von meinem Schoß herunterrutschen, meinem Blick weicht sie mit einem Mal aus.

Ich umfasse ihr Kinn. »Du hast ›Ja‹ zu heute Nacht gesagt und dass ich dich haben darf. Das bedeutet, dass ich bestimme. Gilt dein Ja noch?«

Sie sieht mich an und nickt.

»Gut. Ich möchte, dass du bleibst, wo du bist.«

Sie schluckt. »Okay.« Das Wort ist kaum mehr als ein Hauchen, und ich lächle.

Wenn Delilah glaubt, unser erstes Zusammentreffen lasse erahnen, was heute Nacht passieren wird, irrt sie sich. Da war sie noch Jungfrau. Ich bin kein totales Arschloch, deshalb habe ich es nicht zu weit getrieben. Aber jetzt ist es anders. Sie war in der Zwischenzeit mit einem anderen Mann zusammen.

Bei dem Gedanken verkrampfen sich meine Muskeln. Ich ignoriere die Reaktion und lasse die Schultern kreisen, um sie zu lockern. Ich bin keiner, den es kümmert, mit wem eine Frau sonst zusammen war. Für mich zählt nur, dass Delilah jetzt hier bei mir ist, und ich habe nicht vor, diese Nacht mit ihr sachte angehen zu lassen.

Sobald der Wagen vor dem Hotel hält, steige ich eilig mit ihr aus und führe sie in mein Zimmer. Schon während die Tür hinter uns zufällt, packe ich ihren Po und stürze mich erneut auf ihren Mund. Irgendwie kann ich nicht damit aufhören. Auf ihr Stöhnen hin vertiefe ich den Kuss. Sie schmeckt so süß. Wäre ich nicht der Mann, der ich bin, könnte mich das süchtig machen.

Ich hebe sie hoch, presse sie gegen die Wand und stoße meine Hüften gegen sie, sodass meine Erektion zwischen ihre Beine drückt. Sie wimmert und bäumt sich mir entgegen. Ihr Kleid ist hochgerutscht, und sie schlingt die Beine um meine Hüften. Das Verlangen, sie mit Haut und Haar zu verschlingen, flammt umso stärker auf, als sie die Fingernägel in mich krallt und mich fest an sich drückt. Falls sie Sorge hat, ich könnte gehen, ist das unbegründet. Ich möchte nirgendwo anders sein.

Ich setze sie ab, sodass der Seidenstoff ihres Kleids wieder um ihre Beine fällt.

»Leg dich hin«, knurre ich, während ich den Reißverschluss meiner Hose öffne und mich umfasse.

Sie blickt darauf, wie meine Finger um meinen pulsierenden Schwanz liegen, und Erkenntnis flackert über ihre Gesichtszüge. Sowie noch etwas anderes.

Begierde.

Als sie mir in die Augen schaut, verliere ich mich in den grünen Tiefen, während mein Herz in einem wilden Rhythmus in meiner Brust trommelt. Sie bricht den Bann, indem sie sich hinkniet, sodass sich der rote Stoff auf dem Boden um sie bauscht. Ich weiß nicht, ob ich schon mal etwas Erotischeres gesehen habe als Delilah, die mit rosaroten Wangen zu mir hochschaut, die vollen Lippen nur noch Zentimeter von meinem bereits mit Feuchtigkeit benetzten Schwanz entfernt.

Als ich den Daumen in ihren Mund schiebe und sie daran saugt, baut sich tief in mir eine heftige Spannung auf. Ich genieße das Gefühl einige Momente, bevor ich die Hand an ihren Kiefer lege und meinen Schwanz auf ihre Zunge gleiten lasse. Ich nehme die Hand nur weg, um sie gleich darauf in ihr Haar zu schieben. »Nimm mich auf.«

Ohne den Blickkontakt zu lösen, schließt sie die Lippen um mich und sinkt langsam nach vorn, bis ich ihren Mund fülle. Als sie gegen die Unterseite meines Schwanzes leckt, flammt ein heißer Schauer über meine Haut. Aber ich will mehr. Sie soll sich was trauen.

Mit dem Daumen streichle ich ihre Wange. »Ein Stück noch, Kätzchen. Atme durch die Nase.«

Als sie nickt, halte ich mit der Hand in ihrem Haar ihren Kopf und dringe tiefer in sie, bis sie nicht mehr kann. Sie hat mich zwar nicht ganz aufgenommen, aber dass ich ihren Gaumen an meiner Spitze spüre, bereitet mir eine Lust, die fast nicht auszuhalten ist.

Ich lege die Hand an ihre Kieferpartie, neige ihren Kopf nach hinten und bewundere diesen hübschen Anblick. Mit dem Daumen streichle ich erneut ihre Wange. »Richtig so, wie schön du mich aufnimmst«, raune ich.

Ihre Lider flattern, und als ihr Stöhnen durch mich hindurchgeht, bewege ich mich in ihrem Mund und schwelle noch mehr an.

Verdammt. Das Gefühl ist so intensiv, dass ein alarmierendes Lodern meine Wirbelsäule hinaufschießt und sich meine Bauchmuskeln zusammenziehen. Ich bin schon verdammt kurz davor. Ich atme tief durch, während ich mich an meine schwindende Selbstbeherrschung klammere und dem Drang widerstehe, die Hüften zu bewegen und zu stoßen, bis ich mich in ihr ergieße.

Das spare ich mir für später auf. Wenn ich komme, will ich tief in ihr sein. Danach sehne ich mich schon viel zu lange.

Ich ziehe mich zurück und betrachte ihren herrlich zerzausten Anblick, ihre glühenden Wangen und ihre roten, geschwollenen Lippen. Nachdem ich ihr wieder auf die Füße geholfen habe, schiebe ich die Finger in ihr Haar und neige ihren Kopf nach hinten, um über ihren Kiefer zu lecken und sie sanft mit den Zähnen zu zwicken. »Jetzt nehm ich dich, Delilah. Zieh das Kleid aus und geh im Bett auf alle viere.«

Bei meinem dominanten Tonfall macht sie große Augen, doch ich bin zu ungeduldig, um noch länger abzuwarten.

»Los. Aufs Bett.«

Sie geht ein paar Schritte von mir weg, bleibt dann stehen

und sieht mich über die Schulter gewandt an, die Zähne in die Unterlippe gegraben.

Oh Mann, was Sex angeht, ist immer noch so vieles neu für sie – keine Ahnung, warum mich das so anmacht.

Wenigstens etwas hat Paul gut gemacht – aus meiner Sicht jedenfalls. Nie im Leben hat dieser Blödmann ihre Bedürfnisse befriedigt oder ihr geholfen, diese Sinnlichkeit zu erforschen, die in jedem Blick, in jeder Bewegung und jeder Berührung von ihr mitschwingt. Stattdessen darf ich das. Wenn auch nur heute Nacht.

Delilah blickt wieder nach vorn und fasst hinter sich, um den Reißverschluss ihres Kleids zu öffnen. Nachdem sie die Träger über die Schultern gestreift hat, windet sie sich mit dem Po aus dem Kleid, sodass der Stoff zu Boden gleitet und sie nur noch in Slip und High Heels dasteht.

Ich presse die Hand auf meinen Schwanz, damit der schmerzhafte Druck nachlässt, doch dagegen hilft jetzt nur noch, in ihr zu sein. »Ich hoffe, du hängst nicht an diesem kleinen Fetzen aus Spitze, den du da trägst«, sage ich. »Den zerreiß ich nämlich gleich, damit ich dich wieder kosten kann.«

Sie hält inne und erschauert sichtlich. Dann geht sie weiter, krabbelt aufs Bett und geht auf Hände und Knie, wie ich es wollte.

Nachdem ich mich ausgezogen habe, pirsche ich mich an sie heran. Ich kann den Blick nicht von ihrem Po lösen, der durchnässte Slip ist ein schmales Bändchen dazwischen. Weil das immer noch zu viel Stoff auf ihrer Haut ist, hake ich an ihrer Hüfte die Finger unter das Bändchen, zwirbele ihn ein bisschen und zerreiße ihn. Delilah keucht auf, während ich das Gleiche auf der anderen Seite wiederhole und den Stoff in der Hand zusammenknülle. Den werde ich behalten, aber erst mal werfe ich ihn neben das Bett.

Mit einem Finger fahre ich über sie. Sie ist schon ganz feucht, und als ich die Fingerkuppe in sie schiebe, zieht sie sich begierig um mich zusammen.

Ich beuge mich vor und fahre mit der Zunge von ihrer Klitoris bis ganz nach unten. Sie zuckt nach vorn, doch indem ich einen Arm um ihre Schenkel lege, halte ich sie fest, während ich das ein ums andere Mal wiederhole.

»Cole«, stöhnt sie auf, als ich sie lecke und die Zunge in sie schiebe. Oh Mann, sie schmeckt unfassbar gut.

Ich weiche zurück und streichle meinen harten Schwanz. »Willst du mich?«, frage ich.

»Ja.« Es ist ein atemloses Keuchen.

»Soll ich dich komplett ausfüllen?«

Sie erschauert erneut. »Ja.«

»Sag bitte.«

Als sie den Kopf dreht und mich über die Schulter ansieht, ist die Erregung in ihrem Blick von Zweifel überschattet. »Oh mein Gott, Cole«, sagt sie mit bebender Stimme. »Du kannst doch nicht ... Ich ...«

Ich streichle über ihren Rücken. »Schon okay, Schöne. Es geht mir nicht darum, dich zu erniedrigen. Wenn du um meinen Schwanz bettelst, achte ich dich nicht weniger, es macht mich nur heftig an.« Ich fahre mit einem Finger durch ihre Nässe, die ihr beinahe schon die Schenkel benetzt. »Ich glaube, eigentlich törnt dich das auch an. Hör auf nachzudenken und tu, was auch immer dir ein gutes Gefühl gibt.«

Unter meiner Berührung entspannt sich ihr Körper, und sie nickt. Aufs Neue umfasse ich meine Erektion und lasse sie zwischen ihre feuchte Haut gleiten, bis sie ihre Klitoris berührt. Sie stöhnt auf, und wiegt sich auf Händen und Knien vor und zurück, damit ich weitermache.

»Sag bitte.«

Sie leckt sich über die Lippen. »Ich brauch dich in mir, Cole.« Bei meinem Namen bricht ihre Stimme. »Nimm mich. Los, mach's mir. Bitte.«

Musik in meinen verdammten Ohren.

Schnell streife ich ein Kondom über und packe dann ihren Po. Ich bin hin- und hergerissen. Ich will's in dieser Stellung mit ihr treiben, ihr aber auch in die Augen schauen, wenn ich zum ersten Mal wieder in sie eindringe. Die schiere Intensität dieses für mich untypischen Bedürfnisses bringt mich dazu, ihm zu widerstehen. Stattdessen gleite ich noch einmal zwischen ihre Beine, um mich mit ihrer Erregung zu benetzen, und lege dann die Hände auf ihre Hüften. Mit einem einzigen Stoß bringe ich mich ganz in sie.

»Oh ja«, schreit sie auf, während sich ihr Körper um mich zusammenzieht.

Das Blut rauscht in meinen Ohren, als sie mich so fest umschließt, dass ich mich kaum bewegen kann. Ich presse die Zähne zusammen und ziehe mich zurück, ehe ich wieder in sie dringe und sie mit langen, entschlossenen Stößen vögele.

Ihre inneren Muskeln ziehen sich um mich zusammen, und jetzt stöhnt sie, krallt sich in die Laken und bringt sich mir entgegen. Ich packe ihren Po und spreize ihn, damit ich sehen kann, wie ich sie dehne, wenn ich in sie gleite. Als mein Blick auf eine ihrer empfindlichsten Stellen fällt, kann ich nicht widerstehen, den Daumen daraufzulegen.

Delilah zieht scharf die Luft ein und dreht den Kopf, wobei ihr überraschter Blick meinen trifft. Ihrer Reaktion nach wurde sie dort noch nie berührt. Ich drücke leicht zu, woraufhin sie große Augen macht. »Cole?«

»Fühlt es sich nicht gut an? Dann lasse ich es.«

Sie zögert kurz, dann schüttelt sie den Kopf. »Nein, es fühlt sich gut an.«

Zur Belohnung lasse ich die Hand nach vorn gleiten und reize ihre pochende Klitoris. Bei der zusätzlichen Stimulation zieht sie sich noch fester um mich zusammen, und mein Körper spannt sich an. Mist, ich werde bei dieser ersten Runde nicht lange durchhalten. Zum Glück wird es heute Nacht noch einige weitere geben.

Mit den Fingern massiere ich ihre Klitoris, während ich mit dem Daumen bei jedem Hüftstoß etwas fester zudrücke, und Delilah so keine andere Wahl lasse, als zu kommen. Ihr Körper versteift sich, und sie schreit auf, als sie sich heftig um mich herum zusammenkrampft. Mein Bemühen, mich zurückzuhalten, ist passé. Ich fahre in sie, schließe die Augen und werfe unter einem tiefen Stöhnen den Kopf in den Nacken, als ein heißes Feuer durch meinen gesamten Körper schießt. Ich bewege weiter die Hüften und komme gefühlt endlos.

Als ich schließlich aufhöre zu stoßen, hebt und senkt sich meine Brust und selbst meine Fingerspitzen kribbeln.

Delilah West hat mich gerade fertig gemacht, verdammt.

21

Delilah

Als die Limousine vor meinem Wohnhaus hält, schaue ich zu Cole. Er ist schon die ganze Rückfahrt in sich gekehrt, und ich weiß nicht recht, warum. Nicht, dass ich viel geredet hätte, aber bei mir liegt es daran, dass ich mich mit solchen lockeren Affären nicht auskenne und herauszufinden versuche, wie es jetzt weitergeht. Für jemanden wie Cole sind Nächte wie die letzte doch bestimmt vertrautes Terrain.

Es fiel mir schwer, mich heute in den frühen Morgenstunden aus seinem Bett zu stehlen. Schwerer als gedacht. Ich hätte wohl besser gehen sollen, nachdem er mir den fünften Orgasmus beschert hatte, aber da war ich dermaßen entspannt und vom sanften Nachhall der Lust erfüllt, dass ich noch auf ihm liegend eingeschlafen bin.

Als ich wenige Stunden später aufwachte, stellte ich erschrocken fest, dass ich auf dem Rücken lag und Cole, der neben mir schlief, die Hand auf meinem Bauch liegen hatte. Ich hatte erwartet, dass er mich weckt und mich bittet, in mein Zimmer zu gehen. Weil ich auf so eine Konversation echt keine Lust hatte, stand ich auf, zog mein Kleid an und ging leise – ohne Slip natürlich.

Hitze durchflutet meine Haut, als ich daran zurückdenke, wie Cole gestern meinen Slip zerrissen hat, doch ich nehme diesen Lustkick, packe ihn gedanklich in eine kleine Schachtel und verstaue ihn sicher unter den Erinnerungen, die ich nie vergessen werde.

Da Cole bislang nichts gesagt hat und so tief in Gedanken versunken scheint, dass eine Falte zwischen seinen Brauen steht, ist es wohl an mir, mich zu verabschieden. »Also, danke für, äh, die Gelegenheit, äh, das Baugrundstück zu besichtigen und zu der Gala …«

Meine Güte, geht es noch peinlicher? Soll ich ihm für die vielen Orgasmen danken? So tun, als wäre es nie passiert?

Inzwischen sieht er mich an, und ich weiß nicht recht, ob das Funkeln in seinen Augen Belustigung ist oder etwas anderes.

»Sehr gern, Ms West.«

Ms West? Schätze also, wir wählen die Es-ist-nie-passiert-Variante. Ich versuche, die in meiner Brust aufsteigende Enttäuschung zu ignorieren. Ich wusste, wie es laufen würde, als ich mich darauf eingelassen habe.

Mit einem Nicken lege ich die Hand auf den Türgriff.

»Ich bin noch nicht fertig, Delilah«, sagt er mit leiser Stimme.

»Oh, entschuldige«, sage ich. »Gibt es noch etwas, was du vor dem Teammeeting am Freitag besprechen willst?«

Er nickt. »Ja.« Sein Blick wandert gemächlich über mein Gesicht, hinunter zu meinem Dekolleté und dann wieder nach oben. »Ich will dich noch mal.«

Mir klappt der Mund auf, und ich blinzle ihn an. »Was?«

»Ich will noch mal Sex mit dir. Ich dachte, durch letzte Nacht kriege ich das aus dem Kopf, aber es gibt einiges, was ich noch mit dir anstellen möchte.«

Wenn man bedenkt, was wir schon miteinander angestellt haben, weiß ich nicht recht, was ihm vorschwebt. Aber so, wie mein Puls in die Höhe geschnellt ist, möchte es mein Körper echt gern herausfinden. »Du willst also, dass wir es wiederholen? Eine weitere gemeinsame Nacht?«

Einen Augenblick antwortet er nicht, sondern starrt mich nur an, während ein Muskel an seinem Kiefer zuckt. »Mehr als eine.«

Ich ziehe zittrig die Luft ein, während ich zu erfassen versuche, was er da vorschlägt. »Du willst mich daten?«

Ihm entweicht ein leises Schnauben, das mich zusammenzucken lässt. »Ich date nicht. Aber ich will nicht, dass es das nach letzter Nacht gewesen ist. Sondern dass wir weitermachen, um diese Sache aus unserem System zu kriegen, und das dauert eben, so lange es dauert.«

Ich schüttele den Kopf, unentschlossen, ob ich beleidigt sein oder mich geschmeichelt fühlen soll. Daten will er mich nicht, aber anscheinend reicht eine – reichen *zwei* Nächte nicht aus.

Ich kann nicht bestreiten, dass ein großer Teil von mir auch mehr möchte. Mehr von dem, was wir letzte Nacht getrieben haben, mehr davon, wie er meinen Körper erweckt hat, mehr Orgasmen. Doch es geht nicht nur um Sex. Er fasziniert mich. Meistens kommt er wie ein arrogantes Arschloch rüber, aber dann gibt es da ab und zu diese flüchtigen menschlichen Momente. Wenn der Mann hinter der Rolle des kaltherzigen Milliardärs hervorblitzt. Der Mann, der sagte, meine Leidenschaftlichkeit sei wunderschön, bei dem ich mich durch wenige Worte mehr gesehen fühlte als bei Paul in all den Monaten, die wir zusammen waren.

Aber ich bin nicht so dumm, die Sache romantisch zu verklären. Cole ist kein Mann, der jemanden an sich heranlässt. Damit muss ich klarkommen, wenn ich mich auf dieses Arrangement einlasse. Ich darf nichts hineininterpretieren.

Nicht so wie Mom bei Dad.

»Was würde das für unsere berufliche Zusammenarbeit bedeuten?«, höre ich mich fragen.

»Gar nichts. Wir bleiben genauso professionell –«

»Professionell?« Ich schaue ihn zweifelnd an, während mir durch den Kopf geht, wie ich es gegen seine Bürotür gelehnt besorgt bekam.

Ich sehe, wie auch ihm die Erinnerung kommt, worauf ein leises Lächeln seinen Mund umspielt. Als er den Kopf senkt und unter den Wimpern hervor zu mir hochschaut, wirkt er mit einem Mal viel jünger. »Genauso professionell wie bisher.«

Die Verspieltheit in seiner Miene kommt derart unerwartet, dass mir ein Lachen entweicht, und einen Augenblick lang lächeln wir einander an, als wäre das zwischen uns der Beginn von etwas herrlich Romantischem und nicht etwa eine Büroaffäre, bei der mich der Mann aus dem Kopf zu kriegen versucht, indem er mich vögelt.

Ihm muss der gleiche Gedanke kommen, denn seine Miene wird nüchtern. »Also, was sagst du?«

Mit einem Mal liegt Anspannung in seiner Stimme, eine Gereiztheit, die mich stört. Ich frage mich, woher das so kurz nach dem spielerischen Moment eben kommt. Bereut er es, mir diese Seite von sich gezeigt zu haben?

Dieser kurze Einblick ist es, der mich zu einem Entschluss bringt. Doch ich muss mich zuvor absichern. Ich werde mich nicht gedankenlos auf dieses Arrangement einlassen.

»Ich habe Bedingungen.«

Genugtuung lodert in seinem Blick auf, als er registriert, was meine Antwort bedeutet, doch er lehnt sich bloß zurück, wobei seiner scheinbaren Gelassenheit entgegenläuft, dass er die auf den Schenkeln ruhenden Hände zu Fäusten ballt. Er legt den Kopf schief, damit ich fortfahre.

»Ich weiß, dass es nur etwas Gelegentliches und Temporäres ist, aber ich will, dass es exklusiv ist. Wenn du beschließt, dass du fertig bist, musst du es mir sagen, bevor du dir eine andere suchst.«

Verstehen huscht über sein Gesicht. »Dasselbe gilt für dich«, sagt er. »Solange du mein bist, will ich nicht, dass dich irgendein anderer Mann anfasst.« Ein ganz leises Kratzen liegt in seiner Stimme, sodass sich bei seinen Worten und seinem Tonfall Hitze tief in meinem Bauch bildet und meine Brustwarzen steif werden. Wenn ich jetzt die Arme verschränke, lenkt das seine Aufmerksamkeit erst recht auf die Reaktion meines Körpers, darum beschwöre ich ihn gedanklich, er möge nicht bemerken, wie sie durch den dünnen Stoff meines Shirts drücken.

Doch vergebens. Coles Blick fällt auf meine Brüste, und seine Augen verengen sich, bevor er mir wieder ins Gesicht schaut.

»Dann haben wir eine Vereinbarung«, sagt er, und jetzt, nach dem kaum wahrnehmbaren Kratzen von eben, vibriert in seiner Stimme eine volle Rauheit.

Ich schlucke und frage mich, ob ich überhaupt wirklich weiß, was ich da tue, nicke aber trotzdem. Anscheinend hat mich die fantastische Sexnacht leichtsinnig gemacht.

Coles Kiefer mahlt. »Komm her.«

Ich bewege mich auf ihn zu, und ein Keuchen kommt über meine Lippen, als er einen Arm um meine Taille schlingt und mich an sich zieht, sodass ich rittlings auf ihm hocke, die Knie auf der Sitzbank.

»Was machst d–«

»Den Deal besiegeln«, brummt er, und im nächsten Augenblick befinden sich seine Lippen zu einem unsanften, begierigen Kuss auf meinen, mit den Zähnen zieht er an meiner Unterlippe, seine Zunge stößt vor, um meinen Mund zu beanspruchen.

Ich stöhne, als er seine Hände auf meine Hüften legt und mich hinabzieht, sodass ich auf seiner Erektion sitze. Meine Lider flattern, als er mich gegen sich drückt. Kleine Blitze der Lust durchzucken mein Innerstes.

Allzu schnell löst er sich wieder, und auf meinen kleinen Protestlaut hin biegen sich seine Mundwinkel nach oben. »So gern ich mich jetzt von dir besteigen lassen würde, Kätzchen, ich will nicht, dass Jonathan dich stöhnen hört.«

»Auf der Fahrt gestern Abend hat es dich nicht gestört.« Keine Ahnung, warum ich was dagegen einwende, ich bin selbst nicht gerade scharf drauf, dass Jonathan mich hört.

»Wir sehen den Fahrer von gestern Abend auch nie wieder. Jonathan soll nicht jedes Mal, wenn er dich ansieht, dran denken, wie du klingst, wenn du kommst.«

Ich beiße mir auf die Unterlippe, um mein Lächeln zu verbergen. Das war nicht unbedingt das Romantischste, was man sagen kann, aber irgendwie lässt es mein Herz höherschlagen.

Ich klettere von ihm herunter und streiche meine Klamotten glatt, damit nicht völlig offensichtlich ist, was wir gerade gemacht haben. Unter den Lidern hervor blicke ich zu ihm, doch seine Miene ist wieder undurchdringlich.

Sobald ich mich wieder etwas gesammelt habe, räuspere ich mich, unsicher, wie es jetzt weitergeht. »Dann sehen wir uns nächste Woche?«

»Ja«, sagt er, ohne die Leidenschaft, die er eben noch in der Stimme hatte.

Das war's dann wohl. Ich nicke und öffne die Tür, doch bevor ich aussteigen kann, hält er mich auf.

»Delilah.«

Ich drehe mich wieder zu ihm um.

»Ich freue mich darauf.«

Ich lächle. »Ich auch.«

22

Cole

Am Montagmorgen bittet mich Roman direkt, in sein Büro zu kommen. Ich lasse mich in einen der Sessel vor seinem Schreibtisch fallen und nehme mir einen Chocolate-Chip-Muffin von dem Tablett, das seine Assistenz jeden Morgen für ihn bereitstellt. Er isst sie nie.

»Ich nehme an, du willst wissen, wie es in Chicago gelaufen ist?«, frage ich, als er gar nicht von den Unterlagen vor sich aufblickt. Das ist eins seiner typischen Machtspielchen, die er von Dad gelernt hat. Ich bin schon lange immun dagegen.

Endlich schaut er hoch. »Unter anderem, ja.«

»Das Baugrundstück ist gut«, sage ich. »Delilah hatte Ideen, wie sich der Ausblick maximal ausnutzen lässt.«

Er betrachtet mich aus kalten grauen Augen. »Ach, tatsächlich?«

Ich erwidere seinen Blick ungerührt. »Ja. Sie ist eine sehr fähige Architektin.«

»Sicher, bestimmt sind es ihre architektonischen Fähigkeiten, die dich interessieren.«

Ich werde nicht bestätigen, dass ich mit ihr schlafe, auch wenn er es vermutet, aber genauso wenig lasse ich ihn ihre Fähigkeiten herabwürdigen. »Sie ist exzellent in ihrem Job – was du auch wüsstest, wenn du dir mal die Mühe machen würdest, irgendwelche Entwürfe anzusehen.«

Er blickt hinunter auf seine Unterlagen. »Brauche ich nicht mehr. Das ist deine Aufgabe. Und ich vertraue dir, dass du sie gut machst.«

»Ich finde nicht –« Ich breche ab, als ich registriere, was er da eben gesagt hat. Ich hätte nie gedacht, dass ich diesen Satz einmal von meinem großen Bruder höre.

»Pass einfach auf, dass du in dieser Sache mit dem Kopf dabei bist, Cole. Fehler können wir uns nicht erlauben, genauso wenig, wie Investoren zu verlieren. Es sei denn, wir wollen diejenigen sein, die zu vermelden haben, dass das Unternehmen unter unserer Führung den Bach runtergegangen ist.« Er durchbohrt mich mit seinem Blick.

Ah, das ist schon eher der Roman, den ich kenne. Trotzdem komme ich ins Grübeln. Delilah bringt mich bereits dazu, Dinge zu tun, die normalerweise nicht meine Art sind. Lasse ich mich davon ablenken, sicherzustellen, dass das Wohl des Unternehmens gewahrt bleibt?

Nein. Ich habe alles im Griff. Delilah und ich sind uns einig. Es spricht nichts dagegen, uns miteinander zu vergnügen, solange die Arbeit unser Fokus bleibt – und das sage ich nicht bloß, weil ich es nicht erwarten kann, wieder mit ihr allein zu sein.

»Ich verstehe deine Bedenken. Aber du brauchst dir keine Sorgen zu machen.«

Er betrachtet mich noch einige Sekunden, dann nickt er. »Da wäre noch etwas. Wir müssen die Einreichung der Bauanträge zwei Wochen vorziehen.«

»Warum?«

Er lehnt sich zurück und reibt sich mit einer Hand die Augen. »Gerade hat mich die Rechtsabteilung informiert. Die Regularien für die Umweltverträglichkeitsprüfung ändern sich, was sich auf die Bauplanung für Dallas und Phoenix auswirken wird. Ich will keine Verzögerung bekanntgeben, weil wir nach der Beantragung noch Anpassungen vornehmen müssen. Deshalb …«

»Deshalb reichen wir alles früher ein und haben, wenn die Rückmeldung kommt, noch genug Zeit, um Anpassungen vorzunehmen und mit den überarbeiteten Anträgen trotzdem in der ursprünglichen Zeitplanung zu bleiben.«

Roman nickt. »Kriegst du das hin?«

Das Team ist gut. Ich bezweifle nicht, dass sie das schaffen. »Ich berufe noch heute Vormittag ein Meeting ein und teile es allen mit. Ich sehe da kein Problem.«

»Gut. Gib mir Bescheid, falls es Schwierigkeiten gibt«, sagt er.

Im Aufstehen ziehe ich die Manschetten herunter.

»Denk dran, übernächstes Wochenende ist die *Manhattan Philanthropy Gala*. Es würde nicht schaden, wenn du dich da mit Jessica blicken lässt. Es wird jede Menge Presse vor Ort sein, und wenn du mit Berringtons Tochter gesehen wirst, ist das eine Botschaft an alle, die Bedenken haben, wie krisenfest das Unternehmen ist.«

Falls er Sorge hat, ich würde mit Delilah am Arm dort aufkreuzen, sollte er mich besser kennen. Mit Ausnahme von letztem Wochenende bleibt alles, was sie und ich miteinander machen, vollkommen privat.

»Mir ist klar, was zu tun ist«, sage ich, gehe zur Tür und verlasse sein Büro, um in meines zurückzukehren.

An Samsons Schreibtisch bleibe ich stehen und bitte ihn, ein Meeting mit dem Architektenteam zu organisieren. Dann gehe ich an meinen Schreibtisch und fange an, mich um diverse Anliegen zu kümmern, die in meiner Abwesenheit aufgekommen sind. Fünf Minuten später gibt mir Samson über die Gegensprechanlage Bescheid, dass er ein Meeting nach der

Mittagspause angesetzt hat. Während ich auf einen Anruf aus unserem Büro in Großbritannien warte, denke ich kurz darüber nach, dass ich Delilah heute sehen werde. Das war nicht geplant. Das Letzte, was ich will, ist irgendeine Erwartungshaltung schüren, dies hier wäre mehr als eine rein körperliche Beziehung. Trotzdem kann ich nicht leugnen, dass mich die Vorstellung nicht unbedingt abschreckt.

Als Bilder von Freitagnacht und Samstagmorgen auf mich einstürmen, simmert Lust in mir. Zum Glück werde ich vom Klingeln des Telefons abgelenkt. Beim Abheben lächle ich, und das nicht etwa aus Vorfreude darauf, die Marktlage in Europa zu besprechen.

Ich habe die nächsten paar Wochen so einiges mit Delilah vor. Hoffentlich ist sie darauf gefasst.

* * *

Während ich die Mails durchscrolle, die mir Samson weitergeleitet hat, spüre ich, wie Delilah den Raum betritt. Als ich hochschaue, landet ihr schöner grünäugiger Blick auf mir. Sie sieht verflucht sexy aus in ihrer weißen, gerade so weit aufgeknöpften Seidenbluse, dass ein Hauch vom Dekolleté zu sehen ist, und in dem Bleistiftrock, der ihre schmale Taille und ihre kurvigen Hüften betont. Ihre Mundwinkel gehen nach oben, ehe sie schnell wegsieht, als hätte sie Sorge, jemand könnte sie dabei ertappen, wie sie mich anlächelt.

Paul kommt als Nächster herein und beschließt, sich neben sie zu setzen. Ich verenge die Augen. Delilah sieht ihn nicht an und wendet sich bewusst von ihm ab.

Suchend geht mein Blick durch den Raum, und ich stelle fest, dass Bruce, der neue Projektkoordinator von *Elite*, hinten am Tisch sitzt. Paul hat Glück, dass er sein Versprechen gehalten hat und Philippa unauffällig aus dem Team verschwunden ist. Ich hatte halb damit gerechnet, deswegen einen Anruf von einem der Seniorpartner bei *Elite* zu kriegen. Da er nicht kam, nehme ich an, dass Paul einen überzeugenden Grund für den Wechsel gefunden hat.

Allerdings hätte ich gedacht, er wäre so klug, Delilah in Ruhe zu lassen. Keine Ahnung, warum er es für eine gute Idee hält, sich neben sie zu setzen. Er glaubt doch wohl nicht, er könnte sie zurückgewinnen. Die Vorstellung, dass er es versucht, sollte mich eigentlich zum Lachen bringen. Delilah ist schließlich viel zu klug, um ihm noch mehr Chancen zu geben.

Und trotzdem, als er näher zu ihr rückt, umklammere ich den Stift in meiner Hand und habe das plötzliche Bedürfnis, rüberzugehen, ihn vom Stuhl zu zerren und rauszuschmeißen. Mal sehen, wie er das seinen Vorgesetzten zu erklären versucht.

Wo kommen verflucht noch mal diese irrationalen Gedanken her? Ich schüttele den Kopf. Ich muss mich auf das Meeting konzentrieren, statt auf meine seltsamen Anwandlungen, wenn es um Delilah geht.

Als ich mich räuspere, verebben sämtliche Gespräche am Tisch. Ich beginne das Meeting und informiere alle über die neue Zeitplanung des Projekts. Mit einem direkten Blick zu Paul erwähne ich die Grundstücksbesichtigung von Delilah und mir letzten Freitag. Wie sich sein Kiefer verspannt, vermittelt mir den Eindruck, er ahnt, dass in Chicago mehr vor sich ging als nur Arbeit.

Damit hat er natürlich recht, aber mir ist scheißegal, ob er etwas ahnt. Er kann nichts machen, außer sein Verhalten zu bereuen. Ich schenke ihm bloß ein kühles Lächeln, bei dem er die Hand auf dem Tisch zur Faust ballt, bevor er auf den Schreibblock vor sich schaut und zum Stift greift, als würde er sich Notizen machen.

Nachdem ich von allen gehört habe, was sie sich für die neue Woche vorgenommen haben, gebe ich ihnen die Gelegenheit, Fragen zu stellen. Sobald sie geklärt sind, beende ich das Meeting, stehe auf und gehe zur Tür, während die Teilnehmer ihre Notizen nehmen und mir hinausfolgen.

Unter dem Vorwand, auf dem Handy schnell eine E-Mail an Roman rauszuschicken, bleibe ich stehen und warte, dass Delilah aus dem Raum kommt. Als sie mit Paul neben sich auftaucht, der dicht zu ihr gebeugt mit ihr spricht, verkrampfen sich meine Muskeln. Keine Ahnung, was er zu ihr sagt, aber ihrem angespannten Gesichtsausdruck nach, erfreut es sie nicht. Ich widerstehe dem Drang, mich einzuschalten. Trotz meines befremdlichen neuen Besitzdenkens ist Delilah schließlich absolut in der Lage, auf sich selbst aufzupassen.

Sie bleibt stehen, sieht ihn an, legt eine Hand auf seine Brust und schiebt ihn von sich weg, damit er ihr mehr Platz lässt. Ich kann nicht erkennen, was sie sagt, aber sie reckt das Kinn und hat einen entschlossenen Zug um die zarte Kieferpartie, als sie spricht. Paul macht ein missmutiges Gesicht und fährt sich mit der Hand über den Mund, nickt dann aber und weicht einen Schritt zurück. Delilah geht weiter zum Fahrstuhl.

»Ms West, kann ich Sie in meinem Büro sprechen?«, sage ich.

Sie wirkt überrascht, als hätte sie gar nicht bemerkt, dass ich hier stand, nickt aber und wechselt die Gehrichtung.

Mein Blick trifft auf Paul, und die unterschwellige Wut in seinem Blick verrät mir: Er weiß – oder vermutet zumindest stark –, dass wir vögeln. Das sollte mir eigentlich keine derartige Genugtuung verschaffen, tut es aber. Und ich lasse es mir anmerken.

Ich grinse immer noch, als ich ihm den Rücken zudrehe und Delilah zu meinem Büro folge. Ich kann fast spüren, wie er mich von hinten mit Blicken erdolcht, aber mir könnte es nicht egaler sein, ob er angepisst ist. Er hat sich das mit Delilah vermasselt. Gleich zweimal. Er verdient sie nicht.

Ich hole sie ein, als sie vor meiner Tür stehen bleibt.

»Was möchten Sie besp–«

»Drinnen«, unterbreche ich sie, drücke die Tür auf und lenke sie mit einer Hand auf ihrem Rücken hinein. Es kümmert mich nicht, nachzusehen, ob Paul uns immer noch beobachtet.

Sobald ich die Tür geschlossen habe, drehe ich mich um, drücke sie dagegen und verschlucke ihr Keuchen, während ich die Hände über ihre Kurven wandern lasse.

»Cole, was machst du?«, flüstert sie, als ich mit den Lippen über die zarte Haut ihres Halses streife.

Ich wickele ihre Haare um meine Faust und drehe ihren Kopf so, damit sie mich ansieht. »Was hat Paul eben zu dir gesagt?«

Sie blinzelt. »Er hat gefragt, was in Chicago war.«

»Was hast du ihm geantwortet?«

Sie presst ihre vollen Lippen zusammen. »Ich sagte, nachdem er meinte, er bräuchte mir nicht zu sagen, dass er mit Philippa schläft, als wir zusammen waren, hat er jetzt, wo wir es nicht mehr sind, erst recht kein Recht, zu erfahren, mit wem ich ins Bett gehe.«

Richtig so.

Ich ziehe ihren Kopf nach hinten und fahre mit den Lippen über die Stelle seitlich an ihrem Hals, unter der ihr Puls zuckt. »Wann machst du heute Feierabend?«

»So um sechs.«

»Komm heute Abend mit zu mir.« Schon während ich mich die Worte sagen höre, verziehe ich das Gesicht. Eigentlich nehme ich keine Frauen mit in mein Penthouse. Das ist mein privater Rückzugsort. Aber jetzt, nachdem ich's gesagt habe, kann ich nicht mehr zurück. Wenn ich mit ihr in das Hotel fahre, in dem wir unsere erste gemeinsame Nacht hatten, wird sie nachfragen.

Doch wie sich herausstellt, brauche ich mir deswegen nicht weiter Gedanken zu machen.

»Heute Abend kann ich nicht. Ich gehe mit Alex essen. Wir treffen uns gleich nach der Arbeit.«

Sie gibt mir einen Korb, um mit einem anderen Mann essen zu gehen?

»Wer ist Alex?« Selbst in meinen Ohren klingt mein Tonfall rauer als sonst.

»Meine Mitbewohnerin. Wir gehen montags immer zusammen was essen. Sie vermisst ihren Verlobten, deshalb möchte ich das nicht ausfallen lassen.«

Mir war gar nicht bewusst, wie verkrampft ich war, doch jetzt entspanne ich mich wieder. Ich bin zwar nicht gerade froh darüber, dass ich sie heute Nacht nicht haben kann, was mich jedoch beunruhigt, ist meine instinktive Reaktion auf die Vorstellung, sie würde mit einem anderen Mann essen gehen. Obwohl ich mit ihrer Bedingung einverstanden war, dass unser Arrangement exklusiv bleibt, habe ich nicht damit gerechnet, dass es mich tatsächlich kümmern würde, mit wem sie Zeit verbringt.

»Okay«, sage ich knapp, lasse sie los und gehe zu meinem Schreibtisch.

Nachdem ich mich hingesetzt habe, steht sie immer noch an der Tür. Die Bluse hat sie in den Rock gesteckt und sieht wieder ordentlich aus. So schön sie auch ist, mir gefällt es besser, wenn ihr anzusehen ist, dass ich überall meine Hände auf ihr hatte.

»Morgen Abend kann ich«, sagt sie und betrachtet mich mit schief gelegtem Kopf.

»Da habe ich schon was vor.« Es stimmt. Und es ließe sich

auch verschieben, doch mein irrationales Besitzgehabe zusammen mit Romans Warnung von heute früh geben mir mit einem Mal das Bedürfnis, mein Verlangen nach ihr zu zügeln – mir selbst zu beweisen, dass ich das hier unter Kontrolle habe.

Einen Moment steht sie da und beobachtet mich, und selbst unterdessen kämpfe ich noch gegen den Drang an, zu ihr zu gehen, die Hand unter ihren Rock zu stecken und die Finger in ihre feuchte Hitze zu schieben.

»Ich muss los«, sagt sie.

»Okay.«

Sie zögert noch kurz, doch als ich nichts weiter sage, dreht sie sich um und schlüpft zur Tür hinaus.

Ich lehne mich auf meinem Bürosessel zurück und massiere meine Nase.

Was ist verflucht noch mal mit mir los?

23

Delilah

Alex stellt ihr Weinglas ab. »Du hast für mich eine Nacht im Penthouse eines Milliardärs ausgeschlagen? Ich fühle mich geschmeichelt, aber das hättest du nicht machen brauchen.«

»Oh doch«, sage ich und trinke einen Schluck Wein. »Er ist ziemlich … überwältigend, weißt du? Ich meine, es passt gar nicht zu mir, dass ich so was überhaupt mache. Ich darf mich nicht komplett von ihm vereinnahmen lassen, sonst kaut er mich nur durch und spuckt mich danach wieder aus. Außerdem kann ich es mir echt nicht erlauben, meinen Job zu vermasseln.«

Alex zieht die Stirn kraus. »Warum machst du es dann überhaupt?«

Seufzend fahre ich mit dem Zeigefinger über den Rand meines Glases. »Ich weiß nicht genau. So was habe ich noch nie empfunden, weißt du? Ich hab mich noch nie … von irgendwas oder irgendwem mitreißen lassen, sondern war immer vernünftig.«

Mein Leben bestand bis jetzt daraus, ein Ziel nach dem anderen wahrzumachen, doch solche Strebsamkeit hat ihren Preis. Einen, über den ich wohl nie groß nachgedacht habe – bis zu der ersten Nacht mit Cole. Er hat mir eine andere Seite vom Leben gezeigt, die mir gefehlt hat in meinem alleinigen Eifer, mich und meine Mutter für die Zukunft finanziell abzusichern.

»Verstehe. Seit ich dich kenne, hast du dich immer auf die Arbeit konzentriert, darum finde ich es nicht schlecht, dass du mal was machst, was dich aus dem Büroalltag rausholt. Nur ...«

Ich wappne mich innerlich. »Nur was?«

»So heiß er auch ist, und so sehr ich schon die ganze Zeit dafür bin, dass dir der sexy Milliardär multiple Orgasmen beschert, ich wünschte trotzdem, es wäre jemand anderes als er. Nach allem, was du so erzählst, klingt er nicht gerade nach einem Mann, der sich emotional binden will.«

»Es ist bloß eine lockere Affäre, was spielt es da für eine Rolle, ob er emotional bindungsfähig ist?«

Alex lächelt einfühlsam. »Wenn ich der Meinung wäre, dass es bloß bei einer lockeren Affäre bleibt, würde ich dir ja zustimmen, aber du weißt doch, wie so was immer endet. Meistens fängt einer an, Gefühle zu entwickeln – und nach dem, was ich von dir höre, wird das nicht Cole sein.«

Ich warte kurz, als der Kellner kommt und uns zwei volle Teller Pasta serviert. So lecker die Spaghetti auch aussehen, ich lange nicht sofort zu. »Mit Paul war ich monatelang zusammen und habe mich nicht in ihn verliebt.«

Alex schluckt die Gabelvoll Nudeln herunter, die sie sich bereits in den Mund geschoben hat, und sieht mich mit hochgezogenen Brauen an. »Ich würde Paul nicht unbedingt mit Cole vergleichen.«

Ich lache. »Guter Einwand.«

Alex greift über den Tisch und drückt meine Hand. »Solange du Spaß hast und auf dein Herz aufpasst.«

Ich drücke zurück. »Mach ich. Beides.«

»Gut.« Sie isst weiter. »Und, wie sieht dein Plan aus? Heute Abend hast du ihm einen Korb gegeben. Wirst du seine nächste Einladung annehmen? Oder vielleicht solltest du morgen in sein Büro spazieren, die Tür abschließen und auf ihn steigen.«

Ich schnaube. »Das ist eventuell jetzt noch ein bisschen zu fortgeschritten für mich.«

»Es heißt Learning by Doing, Dee.«

Mit der Gabel drehe ich Spaghetti auf. »Vielleicht arbeite ich mich zu dieser Lektion vor.«

»Na gut.« Sie erhebt lächelnd ihr Weinglas. »Auf den Spaß mit einem heißen, gut bestückten Milliardär.«

Ich lache erneut und stoße mit ihr an. »Cheers.«

Und darauf, das Leben mehr auszukosten als bisher.

* * *

Als ich am nächsten Morgen gerade der überarbeiteten 3-D-Visualisierung einer Gebäudeansicht den letzten Schliff verpasse, kommt Paul angeschlendert. Er stützt eine Hand auf meinen Schreibtisch und beugt sich zu mir. »Wir müssen reden.«

Ich blicke zu dem Gesicht hoch, das ich einmal attraktiv fand. »Geht es um die Arbeit?«

»Selbstverständlich. So hast du es doch verlangt, oder?«

Sein spitzer Tonfall missfällt mir zwar, doch er ist immer noch mein Projektmanager und ich sollte mich erwachsen benehmen.

»Okay«, sage ich, stehe auf und streiche meinen Rock glatt.

Er geht mir voraus zu seinem Eckbüro auf der ansonsten offenen Etage.

Nachdem er mich hineingeführt hat, setze ich mich hin. Statt hinter seinem Schreibtisch Platz zu nehmen, lehnt er sich dagegen, verschränkt die Arme und blickt auf mich herunter.

»Was treibst du für Spielchen, Delilah?«

Ich runzele die Stirn. »Was meinst du?«

»Cole King«, zischelt er. »Bist du nicht mehr bei Sinnen, oder ist das nur deine Art, dich zu rächen?«

Ich stehe ruckartig auf. »Meintest du nicht, es gehe um die Arbeit?«

»Wenn du unseren größten Auftraggeber vögelst, riskierst du unseren Ruf. Und somit deinen Job.«

Mir klappt die Kinnlade herunter. »Drohst du mir?«

»Nein. Ich sage nur, dass derart leichtsinniges Verhalten nicht zu dir passt.«

»Na, vielleicht ist es mal an der Zeit, dass ich mich leichtsinnig verhalte«, erwidere ich.

»Auf dem Trip bist du ja anscheinend schon seit unserer ersten Trennung. Meine Güte noch mal, Delilah, du hast irgendeinen x-beliebigen Kerl aus einer Bar gevögelt. Wenn du mir gegeben hättest, was er gekriegt hat, sähe es jetzt zwischen uns vielleicht anders aus.«

Ich bebe vor Wut. »Was wäre denn anders? Dass du ein Arsch bist, der mich betrogen hat und jetzt den Gedanken nicht erträgt, ich könnte jemand anderen gefunden haben, der hundertmal besser ist als du? Wie geht's Philippa eigentlich? Es hat mich überrascht, dass Bruce ihre Aufgaben übernommen hat.«

Er räuspert sich. »Ich habe beschlossen, dass es besser wäre, wenn sie nicht hier arbeitet, außerdem hatte sie eh Urlaub.« Sein Tonfall ändert sich, wird weicher. »Ich habe dabei an dich gedacht, Delilah. Ich wollte dir nicht noch mehr wehtun. Merkst du das nicht? Es tut mir leid, was ich getan habe. Das war ein schrecklicher Fehler, und ich bereue ihn. Riskier nicht deinen Job, nur um dich an mir zu rächen. Du weißt doch, was für ein Typ Mann Cole ist. Er bricht dir schlimmer das Herz, als ich es je könnte. Ich möchte bloß eine zweite Chance mit dir. Um dir zu zeigen, wie sehr ich mich geändert habe.«

»Du hattest schon eine zweite Chance – nachdem du mit mir Schluss gemacht hattest, weil ich nicht sofort mit dir ins Bett gesprungen bin.«

»Aber du hattest kein Problem damit, mit jemand anderem ins Bett zu springen, nicht wahr? Weiß Cole, dass du eine bist, die fremde Männer in Bars aufreißt?«

Wütend, wie ich bin, platze ich beinahe damit heraus, dass Cole nur zu gut weiß, dass ich so eine bin, und definitiv kein Problem damit hat. Aber ich weigere mich, genauso unprofessionell zu werden wie Paul. Stattdessen stelle ich die Frage, die mir auf den Nägeln brennt. »Hast du mich deshalb betrogen? Weil ich mit einem anderem geschlafen habe, nachdem du mit mir Schluss gemacht hattest? Sollte das so eine Art Bestrafung sein?«

Er verschränkt die Arme und schaut einen Augenblick aus dem Fenster, wenigstens hat er den Anstand, verlegen dreinzugucken.

»Du bist mir die Wahrheit schuldig«, sage ich.

Er dreht sich wieder mir zu und lässt die Schultern sacken. »Am Anfang war es nicht so. Es ging nicht darum, dich zu bestrafen.«

»Sondern?«

»Während meiner Zeit im Londoner Büro hatten Philippa und ich was laufen. Es sollte nur was Unverbindliches sein, und als ich wieder nach New York zurückkehrte, war Schluss. Dann kamen wir zusammen. Aber als sie aus England hierherzog, signalisierte sie, dass sie unsere Beziehung fortsetzen will. Ich hoffte, es würde sich zwischen dir und mir entwickeln, tat es aber ja nicht. Da Philippa zu verstehen gegeben hatte, dass sie da weitermachen wollte, wo wir aufgehört hatten, kam ich zu dem Schluss, es wäre das Beste, mich von dir zu trennen.«

»Als wir getrennt waren, haben du und Philippa also …«

»Ja, aber Delilah, das zwischen mir und Philippa war nur was Körperliches. Nachdem du und ich uns getrennt hatten, vermisste ich dich.«

Ich verschränke die Arme vor der Brust. »Und da hast du beschlossen, dich zu entschuldigen und mich zu bitten, dich zurückzunehmen? Und was dann? Einfach vergessen, es Philippa zu sagen?«

»Nein.« Er fährt sich mit der Hand übers Gesicht. »Ich machte mit ihr Schluss, aber dann erzähltest du mir, dass du mit jemandem geschlafen hattest, als wir getrennt waren, und ...« Er zuckt hilflos mit den Schultern. »Ich hab versucht, damit klarzukommen, ehrlich. Aber ich war sauer. Eines Abends arbeiteten Philippa und ich bis spät und ... Na ja, du weißt doch, wie sich so was ergeben kann.«

»Nein, weiß ich nicht. Weil ich niemals fremdgehen würde.«

Er macht ein grimmiges Gesicht. »Nein, natürlich. Eher vögelst du mit dem Auftraggeber deiner Firma. Wie überaus gewissenhaft von dir.«

Sein kleinliches Aufrechnen reicht mir. Ich habe erfahren, was passiert ist, und will sein Gesicht nicht mehr sehen. Ich dränge mich an ihm vorbei hinaus in den Hauptraum, nur um abrupt abzustoppen, als ich eine Person an meinem Schreibtisch stehen sehe.

Was macht Cole denn hier?

Paul folgt mir aus seinem Büro, und da er offensichtlich nicht damit rechnet, dass ich direkt davor stehen geblieben bin, läuft er in mich hinein und fasst mich bei den Hüften, damit wir das Gleichgewicht behalten.

Coles Blick fällt auf Pauls Hände, und es ist, als spannte sich jeder Muskel in seinem Körper an – wie bei einem Raubtier, das gleich angreift.

Ich mache mich von Paul los, indem ich einen Schritt nach vorn trete. Als ich ihm einen Schulterblick zuwerfe, stelle ich fest, dass er versucht, Cole niederzustarren.

Das ist gar nicht gut.

Rasch gehe ich zu meinem Schreibtisch. »Mr King, kann ich Ihnen helfen?«

Über meinen Kopf hinweg sieht er zu Paul, wendet sich auf meine Frage hin jedoch zu mir. Er verengt leicht die Augen. »Ich wollte mal hören, wie weit die neuen Pläne für den Chicagoer Standort sind?«

Ich weiß nicht recht, ob ich ihm das glaube. Er ist zum ersten Mal hier unten, seit wir in diesem Büro sind; normalerweise werden wir hochgerufen, wenn wir gebraucht werden. Ein Teil von mir ist lächerlich begeistert von dem Gedanken, dass er nur hergekommen sein könnte, um mich zu sehen. Der andere Teil sorgt sich, wie das auf alle anderen im Büro wirken mag.

Trotzdem lächle ich ihn in der Hoffnung an, dass dann die Anspannung in seinem Blick nachlässt. »Sicher doch. Ich habe sie hier, wenn Sie sie sehen möchten.«

Er nickt knapp, woraufhin ich den Stapel Pläne auf meinem Schreibtisch durchgehe, bis ich die habe, die ich aktuell überarbeite. Cole stellt sich neben mich, und sein Arm streift dabei meinen. Paul drückt sich in der Nähe herum, doch als er merkt, dass ich zu ihm sehe, geht er missmutig zurück in sein Büro. Das restliche Team wirft verstohlene Blicke herüber, doch niemand starrt uns offen an.

Während ich die Änderungen aufzeige, spüre ich ein zartes Streicheln an der Rückseite meines Oberschenkels. Ich ziehe die Luft ein und gerate kurz ins Stocken. Zum Glück steht mein Schreibtisch vor der Wand, und der Computerbildschirm versperrt die Sicht.

»Fahren Sie fort«, sagt er, woraufhin ich mich räuspere und die Änderungen am Gebäude erläutere.

Ich erzähle ihm, was ich an der Struktur verändert habe, damit es das zusätzliche Gewicht der Dachbegrünung trägt, außerdem die Modifizierungen, die ich in Chicago vorgeschlagen hatte. Währenddessen lässt er die Hand unter meinen Rock gleiten und fährt mit den Fingerknöcheln über meinen Slip.

»Cole«, flüstere ich im selben Moment, als er die Finger unter den Stoff schiebt. Ich stoße zittrig den Atem aus. »Was machst du –«

»Was war das da eben mit Paul?«

Ehe ich antworten kann, schiebt er einen Finger in mich, sodass ich mich zusammenreißen muss, um das Keuchen zurückzuhalten, das auf meinen Lippen liegt. Mein Blick huscht durch den Raum, wobei ich erleichtert feststelle, dass alle weiterarbeiten und niemand zu Cole und mir schaut.

Kurz schließe ich die Augen und frage mich, ob es falsch ist zu genießen, was er hier im vollen Büro mit mir macht. Umso mehr, da ich gemerkt habe, dass in seiner Frage eine Unterstellung mitschwang.

Sein Finger bewegt sich in mir, während wir auf die Pläne vor uns gucken. Ich ringe um Worte. »Er war … äh … wollte wissen, wieso ich so leichtsinnig bin, mit dir zu schlafen. Und dann … dann …«

Ich wimmere leise, als er einen zweiten Finger hinzunimmt.

»Was dann, Kätzchen?« Seine Stimme ist dunkel und verführerisch.

»Dann habe ich ihn gefragt, warum er mich betrogen hat.«

»Hat er dir einen guten Grund genannt?«

Ich sehe ihn aus zusammengekniffenen Augen an. »Gibt es für so was gute Gründe?«

Er beantwortet die Frage nicht, sondern betrachtet mich nur, und kurz geht sein Blick zu meinen Lippen. »Suchst du einen Vorwand, ihn wieder zurückzunehmen?«

Ich will mich aufrichten, doch da schiebt er die Finger tief in mich, sodass ich mich mit beiden Händen auf dem Schreibtisch abstützen muss. »Nein, natürlich nicht.«

Er hält inne und beugt sich nah zu mir. »Gut, denn ich bin noch nicht fertig.« Er kommt noch etwas dichter. »Ich hab noch allerhand vor mit dir.«

Er zieht die Finger heraus und rückt meinen Slip zurecht.

»Können Sie mir den Kostenvoranschlag zeigen?«, fragt er, als wäre er nicht gerade fingertief in mir gewesen.

Mit zitternden Händen ziehe ich das Blatt Papier hervor und lege es obenauf. Aber die Kosten sind ihm egal. Es war nur ein Vorwand, um sich vorzubeugen und mir ins Ohr zu flüstern: »Komm heute Abend mit zu mir. Bleib länger im Büro. Wir fahren direkt von hier aus rüber.«

»Ich dachte, du hättest heute Abend was vor.«

»Ja, jetzt nicht mehr.«

»Und die Arbeit morgen?«, frage ich murmelnd.

Er lacht dunkel in sich hinein. »Keine Sorge. Ich schick dich an einem Wochentag schon rechtzeitig nach Hause.«

Tja, das beantwortet die Frage, die ich nicht gestellt hatte. Offenbar werde ich nicht über Nacht bleiben. Und wenngleich es mir unwillkürlich einen Stich versetzt, dass er mich nur aus einem Grund begehrt, ist mir sehr wohl bewusst, dass ich mich genau darauf eingelassen habe. Abgesehen davon bin ich noch ganz kribbelig von dem verbotenen Gefühl, vor allen anderen seine Finger in mir zu haben, und er soll zu Ende bringen, was er da angefangen hat.

»Sag doch Ja«, raunt er mir ins Ohr, wobei er erneut federleicht meinen Schenkel berührt.

»Ja, Cole.«

Ich blicke gerade rechtzeitig zu ihm, um mitzukriegen, wie seine Mundwinkel hochgehen und seine Augen funkeln, sodass mir ein wohliger Schauer über den Rücken läuft.

Er benutzt mich nicht. Wir benutzen einander.

Und wer hätte gedacht, dass sich das so gut anfühlen kann?

24

Cole

Als ich am Abend ins Büro des Architektenteams komme, ist es schon so spät, dass keiner mehr da ist. Außer Delilah. Sie sitzt an ihrem Zeichentisch, und ich bleibe kurz stehen, um sie zu beobachten.

Die langen dunklen Haare trägt sie zu einem Pferdeschwanz hochgebunden, aus dem sich ein paar Strähnen gelöst haben, die nach vorn fallen und ihr Gesicht einrahmen, während sie auf ihre Arbeit hinunterblickt. Sie kaut auf der Unterlippe und runzelt vor Konzentration leicht die Stirn.

Sie ist verflucht umwerfend, und als ich mir die kommenden Stunden ausmale, regt es sich in meiner Hose, doch ich bleibe weiter an der Tür stehen. Mein Verhalten heute Nachmittag verwirrt mich. Eigentlich habe ich beschlossen, mich, was sie angeht, zu zügeln, aber nachdem wir uns gestern Abend nicht getroffen hatten, überwältigte mich heute der Drang, sie zu sehen. Ich sagte meine Verabredung zum Abendessen mit einem alten Collegebekannten ab und tat etwas, was noch nie vorkam, seit ihr Team hier eingezogen ist. Ich ging zu ihr nach unten.

Die Blicke, die ich erntete, als ich hereinkam, riefen mir in Erinnerung, warum ich mich selten unter die Belegschaft mische. In meiner Anwesenheit versteiften sich alle und beeilten sich dann, möglichst geschäftig zu wirken. Ich ging zu Delilahs verlassenem Schreibtisch und fragte mich, wo sie war und was ich jetzt tun sollte, da ich sie nicht antraf.

Da kam sie aus dem Büro am Ende des Raums, und verdammt, sie sah aus wie aus einem Traum. Sie trug einen Rock, der sich um ihre Hüften schmiegte und unten weiter wird und ihre Beine umspielte, und eine blassrosa Bluse, unter der zarte Spitze zu erahnen war.

Aber als Paul erschien, hinter ihr stehen blieb und sie bei den Hüften hielt, überkam mich eine heftige Welle von Besitzgier.

Ich hatte selten den Impuls, jemanden zu schlagen. In meiner Position kommt es nicht oft vor, dass es Leute wagen, sich mir entgegenzustellen. Aber als ich sah, wie Paul sie berührte, obwohl ich sie jetzt für mich beanspruche – wenn auch nur eine begrenzte Zeit –, sah ich rot wie noch nie.

Und jetzt stehe ich hier wie irgendein Irrer und beobachte sie bei der Arbeit.

Es reicht.

Ich schleiche mich an sie heran. Sie zuckt zusammen, als sie mich bemerkt, und ihre Hand fliegt zu ihrer Brust. Dann stößt sie ein helles Lachen aus. »Hast du mich erschreckt!«

»Solltest du dich vielleicht auch.«

Mit schelmischer Miene schaut sie zu mir hoch. »Ach ja? Wieso denn das, Mr King?«

Ich beuge mich über sie und stütze eine Hand auf dem Tisch, die andere auf ihrer Stuhllehne ab. »Weil ich dich zum Schreien bringen werde, ehe die Nacht vorüber ist.«

Ihre Lippen öffnen und ihre Pupillen weiten sich, sie senkt die Stimme zu einem Flüstern: »Sollte ich dann lieber weglaufen?«

Ich beuge mich noch weiter vor und brumme: »Das würde ich nicht empfehlen.«

Sie stößt den Atem aus. »D-Du bist gut in so was.«

Grinsend richte ich mich wieder auf. »Wenn wir erst bei mir sind, zeig ich dir, wie gut ich wirklich bin. Also lass uns gehen, sonst leg ich dich über den Tisch und nehme dich hier und jetzt.«

Sie steht schnell auf. »Ich würde ja behaupten, du machst bloß Witze, aber inzwischen traue ich dir das sogar zu.«

»Klug von dir.«

Sie wirft mir ein Lächeln zu, das sie noch in Schwierigkeiten bringen wird, aber ich sage nichts. Ich warte nur, bis sie ihre Sachen geholt hat, lege ihr dann die Hand auf den unteren Rücken und führe sie zur Tür.

Jonathan wartet draußen mit dem Wagen auf uns. Als er ihr die Tür aufhält, blickt Delilah sich um, als hätte sie Sorge, jemand könnte uns sehen. Ich verstehe ihre Bedenken, aber es ist unwahrscheinlich, dass sich so spät noch jemand hier aufhält, mal abgesehen von meinen Brüdern und ihrer persönlichen Assistenz, und was die denken, ist mir egal.

Zu ihrem Glück überlegt sie es sich jedoch nicht anders, sondern steigt ein und sieht dann zu mir, als ich ihr folge.

Während sich Jonathan in den Verkehr einfädelt, schauen Delilah und ich uns weiter an – irgendwie kann ich den Blick nicht von ihr lösen. In meinem Kopf überschlagen sich Bilder davon, wie sie auf meinem Bett ausgestreckt liegt – und was ich dann mit ihr anstelle. Es gibt so viele Möglichkeiten, von denen ich wählen kann. Überraschenderweise stört mich der Gedanke, sie in meinem eigenen Bett zu haben, gar nicht so sehr wie gedacht.

Bei der Vorstellung, sie auf meiner schwarzen Seidenbettwäsche ausgestreckt zu sehen oder wie ihr Gesicht in einem meiner Kissen liegt, während ich sie von hinten nehme, rauscht mein Blut südwärts. Gerade als ich die Hand nach ihr ausstrecken will, beendet ein Klingeln in ihrer Handtasche die Spannung zwischen uns.

Sie wühlt darin herum, nimmt ihr Handy heraus, und ihr Blick schnellt zu mir.

Ich ziehe eine Braue hoch. »Geh ruhig ran.« So erfahre ich wenigstens, ob es ein Mann ist oder nicht.

»Danke.« Sie streicht übers Display und hält es sich ans Ohr. »Hallo, Mom.«

Ich entspanne mich, dabei war mir gar nicht bewusst, dass ich mich überhaupt verkrampft hatte.

»Oh … Ich bin gerade … auf dem Weg zu … einem Freund«, sagt sie, und wieder schnellt ihr Blick zu mir.

Ich grinse in mich hinein und drehe mich zum Fenster, um ihr in der Enge des Wagens so viel Privatsphäre wie möglich zu geben, bekomme ihre Unterhaltung jedoch zwangsläufig mit. Somit gebe ich den Versuch auf, wegzuhören.

»Du kennst mich doch, ich habe gern viel zu tun«, sagt sie. Dann lacht sie. »Gut, ich gehe vielleicht nicht jeden Abend Party machen, aber ich sperre mich auch nicht zu Hause ein … Nein. Ich habe noch keinen neuen Freund«, sagt sie mit gesenkter Stimme. »Hör zu, Mom, ich bin fast da, wir sollten besser auflegen. Ich rufe dich diese Woche noch mal an.« Sie schweigt kurz. »Ich vermisse dich auch. Sobald ich kann, buche ich einen Flug nach Hause, und wir verbringen ein Wochenende zusammen. Gut. Hab dich auch lieb. Bye, Mom.«

Mich erstaunt die aufrichtige Wärme und Zuneigung in ihrer Stimme. Habe ich jemals so mit einem meiner Elternteile gesprochen? Vielleicht als ich klein war. Bevor mir klar wurde, dass sie meine Brüder und mich bloß als Marionetten mit ihrem genetischen Erbgut betrachten.

»Entschuldige«, sagt sie, als sie das Handy wieder in die Handtasche steckt.

»Kein Grund, sich zu entschuldigen.« Ich räuspere mich. »Steht ihr euch nah, du und deine Mom?«

Sie lächelt mit einem zärtlichen Blick. »Ja. Es gab immer nur sie und mich. Wir sind beste Freundinnen.«

»Du hast schon mal erwähnt, dass dein Vater außen vor war.« Ich formuliere es nicht als Frage – obwohl es eine ist –, deshalb überrascht es mich, als sie nach einer kurzen Pause antwortet.

»Mom wurde mit achtzehn mit mir schwanger. Er war älter als sie, wollte aber keine Familie gründen. Jedenfalls nicht mit uns.« Ihr Tonfall ist gelassen – fast schon flapsig, der Schatten in ihren Augen straft ihn jedoch Lügen.

»Hast du Kontakt zu ihm?«

»Als Kind habe ich ihn manchmal in der Stadt gesehen, aber seit meinem sechzehnten Lebensjahr nicht mehr.«

»Was ist denn passiert, als du sechzehn warst?«

Sie zuckt mit den Schultern. »Nichts weiter. Er ist bloß auf der Straße an mir vorbeigelaufen.«

Aufsteigende Wut schnürt mir den Brustkorb zu. »Hat er was zu dir gesagt? Dich erkannt?«

Sie blickt kurz zur Seite, ehe sie mir wieder in die Augen sieht. »Er hat mich gesehen, ging aber einfach weiter. Stieg in seinen Mercedes und fuhr los. Was anderes hatte ich auch nicht erwartet.«

Ich öffne bewusst die Fäuste, die ich geballt habe, ohne es überhaupt zu merken. Über meinen Vater lässt sich schon nicht viel Gutes sagen, aber über Delilahs noch viel weniger. »Ich würde mal behaupten, ohne ihn warst du besser dran.«

»Das sage ich mir auch gern«, erwidert sie und wirft mir ein Lächeln zu, auf das mein Herz seltsame Dinge in meiner Brust macht.

»Was ist deine Mom von Beruf?«

»Sie ist Friseurin.« Gedankenverloren fasst Delilah das Ende ihres Pferdeschwanzes, sodass ich vermute, dass ihr ihre Mutter wahrscheinlich die Haare geschnitten hat, als sie noch jünger war.

Ich nicke, doch statt das Gespräch fortzusetzen, schaue ich aus dem Fenster. Normalerweise stelle ich den Frauen, mit denen ich mich treffe, nicht so viele Fragen. Mein Interesse an Delilah ist … ungewöhnlich. Vielleicht, weil sie anders ist als die Frauen, mit denen ich sonst schlafe. Schließlich gehören die meisten von ihnen einer sozialen Schicht an, in der es nur auf den schönen Schein ankommt und Verletzlichkeit als tödliche Schwäche gilt. Und Liebe … Tja, Liebe ist ein Tauschgeschäft.

Allerdings soll es heute Abend nicht darum gehen, einander kennenzulernen. Es geht nur um eines. Je weniger wir uns über unser Privatleben austauschen, desto leichter ist es für sie, das klar im Kopf zu behalten.

Wir schweigen die restliche Fahrt über. Mein Penthouse ist nicht weit weg vom Büro, worüber ich froh bin, denn es juckt mir in den Fingern, ihr dieses Outfit auszuziehen und zu Ende zu bringen, was ich heute Nachmittag im Büro angefangen habe.

Als wir vor dem Gebäude halten und Jonathan Delilah die Tür öffnet, steigt sie anmutig aus und bleibt stehen, um erst am Gebäude hochzuschauen und dann hinüber zu den Bäumen des Central Parks, die auf der anderen Straßenseite aufragen.

Ihr Blick trifft meinen. »Ich wusste ja, dass du reich bist, aber …« Wieder schaut sie weg und an dem Gebäude aus Stahl und Glas hinauf. »Manchmal übertrifft die Realität die Vorstellungskraft.«

Ich stelle es mir mit ihren Augen vor. Nach allem, was sie mir erzählt hat, rackerte sich ihre Mom ab, damit es ihr an nichts fehlte und sie ein schönes Zuhause behielten, und ich bin im Begriff, sie mit rauf in ein Million Dollar teures Penthouseapartment zu nehmen, das ich gekauft habe, ohne mir weitere Gedanken zu machen.

Ich schäme mich nicht für mein Vermögen – warum auch? –, dennoch empfinde ich gerade etwas, das ich noch nie empfunden habe. Keine Scham, aber doch vielleicht den Wunsch, es wäre jemand da gewesen, der ihre Mom und sie in ihrer Kindheit unterstützt hätte.

Jemand wie ihr Vater.

Mit einem Mal überkommt mich das Bedürfnis, zu erfahren, wer er ist und was er macht, herauszufinden, ob es irgendeine Möglichkeit gibt, ihm ein bisschen das Leben schwerzumachen. Gedanklich vermerke ich mir, dass Samson morgen nachforschen soll. Es kann nicht schaden, seinen Namen zu kennen und zu wissen, in welcher Branche er arbeitet.

Die ganze Zeit schon beobachtet uns der Portier genau und wartet darauf, in Aktion zu treten, also gehe ich auf ihn zu. Nach wenigen Schritten merke ich, dass Delilah gar nicht neben mir ist. Sie blickt wieder rüber zum Central Park und lächelt leise, während sie beobachtet, wie ein Pärchen Arm in Arm vorübergeht und lachend die Köpfe zusammensteckt.

Ich nehme ihre Hand und verschränke die Finger mit ihren. Ihr Blick wechselt von dem Pärchen zu unseren Händen, dann zu meinem Gesicht. Das leise Schmunzeln auf ihren Lippen und wie sich ihre Finger um meine legen, löst einen seltsamen Wärmeschauer in mir aus.

Ich räuspere mich. »Gehen wir«, sage ich brüsk.

Wie erwartet macht der Portier einen Satz nach vorn, hält die Tür auf und zieht grüßend seinen Hut. »Guten Abend, Sir, Ma'am.«

Ich nicke ihm zu. »Guten Abend, Jeffrey.«

»Hallo.« Delilah schenkt ihm ein Lächeln, bei dem sich seine graubärtigen Wangen röten.

Ich grummele in mich hinein und ziehe sie mit mir mit.

In meinem Privatfahrstuhl fahren wir hinauf zum Penthouse, und als sich die Türen direkt zum Eingangsbereich öffnen, höre ich, wie sie die Luft einzieht. Erst beim Verlassen der Kabine merke ich, dass ich immer noch ihre Hand halte.

Unter dem Vorwand, mir das Jackett auszuziehen, lasse ich sie los, doch das scheint sie gar nicht wahrzunehmen. Der Eingangsbereich geht in den offenen Wohnraum über, und sie betrachtet die Aussicht auf den Park und die glitzernde Skyline der Stadt, wie sie durch die bodentiefe, umlaufende Fensterfront zu sehen sind.

»Ich fass es nicht, dass sich dir diese Aussicht tagtäglich bietet«, sagt sie.

Ich stelle mich neben sie. »Nach einer Weile gewöhnt man sich dran.«

Sie neigt den Kopf und sieht zu mir hoch. »Das ist schade.«

Als ich nicht antworte, geht sie an mir vorbei, und ihr klappt die Kinnlade herunter.

»Du meine Güte.«

Das Wohnzimmer ist geräumig, hat hohe Decken und einen Parkettboden aus Massivholz. Es ist minimalistisch und modern eingerichtet, teure Gemälde hängen an den Wänden. Auf der gegenüberliegenden Seite des Raums befindet sich die offene Küche. Eine makellos weiße mit topmodernen Geräten, die nie benutzt werden, weil Kochen nicht zu meinen Talenten gehört.

Delilah dreht sich zu mir um. »Du hast ein wunderschönes Zuhause, Cole.«

»Dann war die Innenarchitektin ihr Geld wert.« Ich erwähne nicht, dass sich das Penthouse eigentlich nicht besonders nach Zuhause anfühlt. Wiederum weiß ich nicht recht, ob ich dieses Gefühl überhaupt schon mal irgendwo hatte.

Delilah verdreht die Augen und lacht dann sanft. Das Geräusch macht etwas mit mir, was aber alles andere als sanft ist.

Ich strecke die Arme nach ihr aus, ziehe sie an mich und senke den Kopf, um mit den Lippen an ihrer Halsbeuge entlangzufahren und ihren Duft einzuatmen. Als ich sie an mir spüre, werde ich noch ein wenig härter.

Ich will nicht über mein Apartment reden. Oder ihre Familie. Ganz bestimmt nicht über *meine* Familie. Ich will nur das hier. Ihren Körper und meinen. Zusammen.

Und ich verschwende keine weitere Minute.

* * *

Ich verknote das Kondom und werfe es in den Mülleimer. Als ich mich umdrehe, um das Badezimmer zu verlassen, fällt mein Blick auf mein Spiegelbild. Ein feiner Schweißfilm überzieht meinen Körper und ein zufriedener Glanz schimmert in meinen Augen, was nur an den Orgasmen liegt, die ich die letzten zwei Stunden hatte. Und noch mehr an denen, die ich Delilah beschert habe.

Obwohl ich erst vor ein paar Minuten gekommen bin, werde ich hart bei dem Gedanken, dass sie nackt ausgestreckt in meinem Bett liegt.

Zwar ist es spät und sie wahrscheinlich müde, aber ich glaube, ich kann ihr noch einen Orgasmus entlocken, bevor ich sie nach Hause schicke. Ich verlasse das Bad, nur um direkt wieder abzustoppen, als ich sehe, wie Delilah neben dem Bett steht und sich den Rock über ihren wohlgerundeten Po zieht. Sie trägt schon ihren BH und greift unter meinem Blick nach ihrer Bluse.

Ich verschränke die Arme und lehne mich seitlich gegen den Türrahmen. »Wo willst du denn hin?«

Als sie über die Schulter zu mir schaut, liegt ein zaghaftes Lächeln auf ihren Lippen. »Ich glaube, fünf ist mein Limit. Außerdem wollte ich nicht …«

»Nicht was?«

Sie dreht sich wieder um. »Länger bleiben als erwünscht.«

Ich möchte zu ihr gehen, sie wieder ausziehen und zurück auf mein Bett werfen. Aber ich lasse es. Denn es ist schon spät. Und sie hat recht. Eigentlich sollte ich jetzt mal genug von ihr haben. Mein Ziel mag sein, sie zu vögeln, bis sie mir nicht mehr durch den Kopf spukt, aber das geht offensichtlich nicht binnen einer Nacht.

Anstatt also zu tun, wonach mir ist, nicke ich nur und gehe zur Kommode, um eine Pyjamahose herauszuangeln.

Schweigend ziehen wir uns an. Während ich sonst normalerweise kein Problem mit dem Teil des Abends habe, wo ich eine Frau nach Hause schicke, fühlt sich das gerade irgendwie komisch an, und es nervt, nicht zu wissen, wieso und warum.

»Okay«, holt mich Delilah aus meinen Gedanken. »Ist es noch okay, wenn ich mich nach Hause fahren lasse oder soll ich mir lieber ein Uber rufen? Es ist ziemlich spät. Ich möchte Jonathan ungern wecken.«

»Mach dir keinen Kopf seinetwegen. Ich bezahle ihm ein fettes Gehalt dafür, dass er jederzeit zur Verfügung steht. Und außerdem«, setze ich hinzu, »wäre mir ein Taxi zu unsicher für dich. Besonders so spät in der Nacht.«

Ein sanftes Lächeln umspielt ihre Mundwinkel. Sie kommt zu mir, stellt sich auf die Zehenspitzen und streift meine Wange kurz mit den Lippen. »Danke.«

Etwas Heißes, Starkes rauscht durch meine Adern, worauf ich den Arm um ihre Taille lege und sie an mich ziehe, sodass sich ihr Körper an meinen schmiegt. Ich möchte sie küssen, lasse es aber. Delilah weckt ungewohnte Gefühle in mir. Sie geben mir den Eindruck, keine Kontrolle mehr zu haben, und das mag ich nicht. Also senke ich den Kopf und atme sie ein – den schwachen Duft ihres Wildblumenparfums, das noch immer auf ihrer Haut liegt. Dann lasse ich sie los.

»Ich rufe Jonathan an und bitte ihn, dich draußen abzuholen.«

»Okay. Ich warte unten auf ihn.«

Ich greife nach einem Shirt, doch Delilah hält mich auf. »Du brauchst nicht mit runterzukommen. Ich hab kein Problem damit, alleine zu warten.« Sie dreht sich um und geht aus dem Schlafzimmer.

Nach einem Moment des Zögerns werfe ich das Shirt wieder in die Schublade und folge ihr. Wir durchqueren mein riesiges Apartment, bis wir im Eingangsbereich vor dem Privatfahrstuhl angelangt sind.

Als ich für sie auf den Rufknopf drücke, gleiten die Türen lautlos auf. Sie sieht mich an und lächelt leicht verlegen. »Danke. Für die Nacht. Ich hatte … ähm … Spaß.«

Mir entweicht ein aufrichtiges Lachen. »Ich glaube, in dem Teil brauchst du noch Übung.«

Stöhnend bedeckt sie das Gesicht mit den Händen und lacht dann ebenfalls. »Kann sein.«

Ich gebe dem Drang nach, der sich in meine Brust krallt, indem ich sie bei der Taille fasse und rückwärts schiebe, bis sie neben dem Fahrstuhl gegen die Wand lehnt. Dann schmiege ich die Hand an ihren schlanken Hals, neige mit dem Daumen an ihrem Kiefer ihren Kopf nach hinten, und nehme ihren Mund in Beschlag, wie ich es schon vorhin wollte. Neben uns surren die Türen des Fahrstuhls zu, doch ich ignoriere es.

Ihr Geschmack ist berauschend. Wie der edelste Jahrgangs-wein in meinem Keller, und wenn ich könnte, würde ich mich den Rest der Nacht an ihr betrinken. Doch ehe ich etwas tue, was ich morgen früh sicherlich bereuen würde, reiße ich den Mund los und haue auf den Rufknopf neben uns, sodass sich die Türen wieder öffnen.

Ich trete zurück und betrachte sie: Mit dem Rücken an der Wand steht sie da, ihre Brust hebt und senkt sich, ihre Lip-pen sind geschwollen von meinem heftigen Kuss. Dann blin-zelt sie, leckt sich über den Mund und stößt zittrig den Atem aus, bevor sie sich von der Wand löst und den Fahrstuhl betritt.

Sie sieht mir fest in die Augen. »Gute Nacht, Cole.«

»Gute Nacht, Delilah.« Meine Stimme klingt schroff.

Und dann ist sie weg und mein Apartment mit einem Mal ganz leer.

25

Delilah

»Was machst du dieses Wochenende?« Ich klemme mir das Handy zwischen Wange und Schulter, während ich einen Teebeutel in meine Tasse hänge und heißes Wasser aufgieße. Es ist Freitagabend, und da Cole heute etwas vorhat, habe ich beschlossen, pünktlich das Büro zu verlassen, es mir zu Hause gemütlich zu machen und meine Mom anzurufen. Da ich die letzten zwei Wochen so von meiner Arbeit und von Cole eingenommen war, haben wir nicht so oft wie sonst telefoniert.

»Ein Buch, das ich schon wochenlang in der Bibliothek vorgemerkt hatte, ist endlich zurückgegeben worden, also hol ich es morgen ab und werde es übers Wochenende verschlingen«, sagt Mom.

Ich lache. »Klingt super.«

Sie seufzt zufrieden. »Ja, oder? Wenn ich eines Tages mein Traumhaus habe, bekommt es auf jeden Fall eine eigene Bibliothek. Eine mit einer Leiter, um an die oberen Regale heranzukommen.«

»Und ein Sitzfenster?«

»Na klar. So eine Sitzecke macht eine Heimbibliothek doch erst aus. Oh, und es muss ein Erkerfenster mit Blick auf einen wunderschönen Garten sein.«

Dies ist ein Spiel von meiner Mom und mir. Wir fingen damit an, als ich noch klein war und eine meiner Freundinnen auf ein wunderschönes großes Haus hinter einem schmiedeeisernen Tor zeigte. Sie zählte neidisch auf, welche wundervollen Dinge es im Inneren geben müsse. Sie wusste nicht, dass das Haus der Familie meines Vaters gehörte, ich aber schon. Mom ist immer ehrlich zu mir gewesen, auch als es darum ging, die Fragen nach meinem Dad zu beantworten, die ich zu stellen begann.

Als ich Mom an jenem Nachmittag davon erzählte, setzte sie sich mit mir hin und erklärte mir, dass ein Haus groß, wunderschön und voller teurer Sachen sein kann, das aber nicht bedeutet, dass es auch voller Liebe ist. Und dann fingen wir gemeinsam an, uns auszumalen, mit welchen schönen Dingen wir unser Traumhaus alles ausstatten würden. Eines, das voll von alldem wäre, was uns Freude macht.

Und das spielen wir bis heute.

Nachdem wir noch eine Weile gequatscht haben, verabschiede ich mich von Mom und gehe dann zu dem kleinen Schreibtisch in der Ecke meines Zimmers. Ich nehme die Pläne heraus, die ich zusammengerollt in einem Stehsammler aufbewahre, und breite sie auf dem Tisch aus.

Mom weiß nichts davon, aber dass wir an jenem Tag unser Traumhaus entwarfen, weckte in mir den Wunsch, Architektin zu werden. Ich wollte diejenige sein, die das perfekte Haus für Mom entwirft. Während der Highschool kritzelte ich immer Ideen hinten in meine Schulbücher. Als ich dann mit dem College anfing und lernte, wie man einen richtigen Entwurf gestaltet, begann ich, sie umzusetzen. Der Traum, Mom eines Tages mit den Plänen zu überraschen und irgendwann einmal genug Geld zu haben, um das Haus für sie zu bauen, hat mich das jahrelange Studium durchziehen lassen. Und danach die viele harte Arbeit, um meine Zulassung zu bekommen.

Sich ihr Glück vorzustellen, wenn sie endlich in ihrem

Traumhaus wohnen darf – in einem, das das damalige Haus meines Vaters bei Weitem übertreffen würde, weil es alles hätte, was sie liebt –, machte mich immer glücklich.

Ich nehme einige Änderungen am Grundriss vor. Die Bibliothek habe ich längst integriert, denn die hat sie schon zuvor erwähnt, doch jetzt lege ich sie größer an und füge ein Erkerfenster hinzu. Dies ist nicht meine erste Überarbeitung von Moms Haus. Im Lauf der Jahre gab es schon so einige. Mit zunehmendem Fachwissen und neuen Vorstellungen meinerseits, oder wenn Mom etwas erwähnte, was ihr gefallen würde und ich noch nicht bedacht hatte, nahm ich Änderungen vor.

Ich bin so damit beschäftigt, Moms Bibliothek zu perfektionieren, dass ich erst merke, dass Alex nach Hause gekommen ist, als sie hinter mir ihre Stimme erhebt. »Arbeitest du wieder am Haus deiner Mom?«

Ich lege meinen Zeichenstift weg und strecke mich, bevor ich mich zu ihr umdrehe. »Es soll perfekt sein, wenn ich endlich das Geld habe, es für sie zu bauen.«

Sie lugt über meine Schulter. »Wirkt auf mich schon ziemlich perfekt.«

»Es wird langsam.« Ich rolle die Pläne zusammen und verstaue sie wieder in der Ecke. Dann stehe ich auf und schlendere zur Couch, während Alex in unserer kleinen Küche nach übriggebliebenem Essen sucht. Im Grunde genauso wie ich vor einigen Stunden.

»Verbringst du den Abend gar nicht mit dem Loverboy?«, fragt sie, während sie Reste des chinesischen Essens von vor zwei Tagen in die Mikrowelle schiebt.

»Nein. Er muss heute Abend zu irgendeiner Veranstaltung.«

»Ist schon ein Weilchen her, dass wir einen Freitagabend zusammen verbracht haben«, stellt sie fest.

Ich verziehe das Gesicht. »Ich weiß. Sorry. Ich war eine schlechte Freundin.«

»Ach, Quatsch. War nur Spaß. Ist doch schön, dass du regelmäßig flachgelegt wirst. Wenigstens eine von uns.« Als die Mikrowelle plingt, nimmt sie die dampfende Schale Essen heraus, kommt dann herüber und lässt sich neben mir auf die Couch plumpsen.

»Kommt dich Jaxson bald besuchen?«, frage ich.

Sie seufzt. »Nein, erst mal nicht. Er hat ständig PR-Termine, außerdem gehen sie demnächst ins Studio, um ihr Album aufzunehmen.«

»Hat er noch was zu ihren Plänen gesagt? Überlegen sie immer noch, nach L. A. zu ziehen?«

Alex' Schultern sacken leicht nach unten. »Sie diskutieren es immer noch. Es wäre schon logisch, dort zu bleiben, aber die vier wohnen schon ihr ganzes Leben in New York. Das ist eine große Entscheidung.«

»Außerdem bist du auch noch da. Vergiss nicht, dass du auch seine Zukunft bist, nicht bloß seine Musik. Hast du ihm gesagt, wie sehr du ihn vermisst?«

Alex beißt sich auf die Unterlippe. »Ich hab versucht, es mir nicht anmerken zu lassen. Ich will, dass Jaxson tut, was am besten für ihn und seine Band ist, ohne sich zu sorgen, wie es mir damit geht. Aber ehrlich gesagt ist schon dieser kleine Vorgeschmack auf eine Fernbeziehung schwerer zu ertragen, als ich dachte.«

»Was ist mit deiner Überlegung, im Büro in L. A. anzufangen?«

»Ich habe nachgefragt, aber sie haben gerade keine freien Stellen. Vielleicht ergibt sich in Zukunft was, aber erst mal nicht.«

»Würdest du auch in eine andere Firma wechseln?«

»Wenn's sein muss. Ich glaube, ich warte, bis die Jungs sich darüber klar geworden sind, was sie machen wollen. Und dann entscheide ich mich.«

Ich beuge mich zu ihr und drücke sie. »Tut mir leid. Ich weiß, dass es schwer ist und du ihn vermisst. Ich hätte dich nicht so oft allein hier rumhocken lassen sollen.«

Alex tut es mit einem Handwedeln ab, und ihr gewohntes Lächeln kehrt zurück. »Hast du doch gar nicht. Und es ist ja nicht so, als läge ich heulend im Bett. Ja, ich vermisse ihn, aber wir telefonieren jeden Abend. Außerdem habe ich auch noch meinen Kurs und du bist ja nicht meine einzige Freundin.« Sie pikst mir in den Bauch. »Ich treff mich mit vielen anderen Freundinnen. Was aber nicht heißt, dass ich dich nicht in Beschlag nehme, wenn du hier bist, und mich von dir auf den neuesten Stand bringen lasse, wie es mit Mister groß, dunkelhaarig, reich und gut aussehend läuft.«

Ich strecke die Beine aus. »Weiß nicht, ob es da viel zu erzählen gibt. Ich fahre zu ihm. Wir haben Sex. Ich komme nach Hause.«

Alex sieht mich skeptisch an. »Die letzten zwei Wochen warst du fast jede zweite Nacht bei ihm. Es muss mehr sein als bloß Sex.«

»Keine Ahnung. Ich meine ... weißt du noch, wie ich meinte, dass er überwältigend ist? Na ja, das gilt immer noch, und manchmal lässt sich schwer sagen, ob er einfach so ist wie immer oder ob er mehr empfindet als bloß Lust. Ab und zu tut er etwas, woraufhin ich denke, da könnte vielleicht mehr zwischen uns sein. Und im nächsten Moment tut er etwas, was mir wieder in Erinnerung ruft, dass es für ihn nicht mehr als Gelegenheitssex ist.«

Alex schlürft eine Nudel. »Vielleicht ist er sich noch nicht über seine Gefühle im Klaren.«

»Oder aber ich interpretiere zu viel hinein, und er ist eben einfach so bei den Frauen, mit denen er Sex hat – so intensiv.«

»Na, und was empfindest du für ihn?«

Die Frage ist verfänglich, ich habe sie mir selbst bewusst nicht gestellt. Ich will glauben, dass ich das mit mir und Cole aufs Körperliche beschränkt lassen kann. Dass ich genießen kann, was er zu bieten hat, in dem Bewusstsein, dass es eines Tages vorbei sein und er es ohne einen weiteren Gedanken daran abhaken wird. Was ich zu Alex gesagt habe, stimmt allerdings: Er ist intensiv, und sein gelegentliches Hin und Her bringt mich durcheinander.

Wenn ich bei ihm bin, fällt er über mich her, gibt mir einen Orgasmus nach dem anderen, bis ich derart wacklige Beine habe, dass ich kaum noch laufen kann, aber sobald es für mich an der Zeit ist zu gehen, zeigt er mir die kalte Schulter. Seit dem ersten Abend bei ihm küsst er mich nicht mehr, wenn ich gehe. Er küsst mich andauernd, während wir nackt sind und es auf seinem Bett oder seiner Couch oder seinem Esstisch tun, aber wenn ich wieder angezogen vor dem Fahrstuhl stehe, bekomme ich nur eine kühle Verabschiedung.

Das sollte mehr als ausreichen, um ihn nicht an mich heranzulassen, aber die Art, wie sein Blick auf mir ruht, bis sich die Fahrstuhltüren schließen, lässt mein Herz irgendwie abgedrehte Dinge machen. Und es gibt noch andere solche Momente. Wenn ich sein seltenes Lächeln sehe oder sein noch selteneres Lachen höre. Wenn er zärtlich mit den Lippen meinen Hals hinabwandert oder mit der Fingerspitze meinen Mund nachfährt, als würde er sich die Form einprägen.

Es ist verwirrend. *Er* ist verwirrend.

»Ich glaube, wenn wir so weitermachen, könnte es sein, dass ich mich in ihn verliebe«, gestehe ich.

Alex hört auf zu essen, zwischen ihren Brauen erscheint eine

Falte. »Dann solltest du es vielleicht beenden? Besonders, wenn er dir in keiner Weise signalisiert hat, dass er will, dass mehr daraus wird.«

»Es läuft doch erst ein paar Wochen, außerdem weiß ich gar nicht, ob ich schon bereit bin, das aufzugeben. Wenn ich das Gefühl habe, ich komme an einen Punkt, von dem aus es kein Zurück mehr gibt, dann sage ich ihm, dass wir es beenden sollten.«

Alex' Stirnrunzeln verrät ihre Bedenken, aber sie bedrängt mich nicht. »Wann seht ihr euch wieder?«

»Morgen Abend bei ihm, aber ich dachte, du und ich könnten doch vielleicht vorher mittagessen gehen?«

Sie nickt. »Ja, gern.«

Wir schalten den Fernseher an und bleiben bei einer neuen Rom-Com hängen, die gerade läuft. Doch irgendwann driften meine Gedanken wie so oft in letzter Zeit zu Cole. Ich merke, dass ich lächle, als ich an morgen Abend denke und daran, was für tolle Gefühle er mir bescheren wird. Ich werde einfach den unglaublichen Sex genießen, solange ich kann, denn ich weiß ganz genau, dass es ein Risiko ist, einem Mann wie Cole mein Herz zu schenken – eines, das ich nicht eingehen kann.

Den Schmetterlingen nach, die durch meinem Bauch flattern, wenn ich daran denke, wieder bei ihm zu sein, mache ich diese Gratwanderung allerdings vielleicht längst.

26

Cole

Als ich aus der Limousine aussteige, explodieren Kamerablitze vor meinem Gesicht. Ich halte eine Hand wieder in den Wagen, um Jessica herauszuhelfen. Ihre kalten Finger schließen sich um meine, und beim Aussteigen lächelt sie mich an. Sie sieht umwerfend aus in dem fast schon obszön tief ausgeschnittenen Kleid. Sie hakt sich bei mir unter und schwebt an meiner Seite zum Eingang.

»Schön zu wissen, dass du noch meine Telefonnummer kennst«, sagt sie, als wir schließlich hineingehen.

Wusste ich doch, dass sie eingeschnappt ist. Jessica war noch nie ein herzlicher Mensch. Das hat mich bislang nicht gestört, aber in der Limousine ging eine Eiseskälte von ihr aus, die sich beinahe mit Händen greifen ließ.

Da nie was zwischen uns lief – abgesehen von dem, was sich bequemerweise anbot –, weiß ich nicht, warum sie tut, als wäre sie sauer.

»Hast du mir was zu sagen?« Ich überspiele die Langeweile in meiner Stimme nicht. In letzter Zeit will sie es ganz schön erzwingen, dabei weiß sie, dass ich kein Interesse habe.

Sie macht einen Schmollmund, doch ich ziehe nur eine Augenbraue hoch.

Sie schnaubt. »Es ist nur schon eine Weile her«, sagt sie. »Ich war enttäuscht, dass wir uns nicht getroffen haben, als du in

Chicago warst. Ich hatte Ideen für das große Bett in deinem schönen Hotelzimmer. Als ich nichts von dir hörte, dachte ich, du gehst nicht hin, aber dann bist du da mit dieser ... Architektin ... von euch aufgetaucht.«

Ärger flammt in mir auf. »Delilah arbeitet an unserem Chicagoer Hotel. Ich habe sie zur Besichtigung des Baugrundstücks mitgenommen und wollte sie nicht im Hotelzimmer hocken lassen, während ich ausgehe.«

»Ich versteh's ja. Sie ist süß. Ich hoffe, ihr habt das große Bett genauso ausgenutzt wie Tom und ich.«

Ich will nicht, dass Jessica ihre Krallen nach Delilah ausfährt. Ich weiß, wie boshaft sie sein kann. Wenn sie unser Arrangement irgendwie falsch aufgefasst hat, will ich auf gar keinen Fall, dass sie Delilah als potenzielle Rivalin sieht.

Ich durchbohre sie mit meinem Blick und sage gar nichts. Die Botschaft kommt an.

»Wie dem auch sei, Tom und ich hatten eine tolle Zeit.«

»Schön zu hören. Sollen wir?« Ich führe sie zu unserem Tisch.

Die Reden dauern ewig, und ich drifte gedanklich ab. Bilder von Delilah tauchen vor meinem inneren Auge auf. Was sie wohl heute Abend macht? Denkt sie darüber nach, was ich mit ihr anstellen will, wenn wir nächstes Mal allein sind? Wenn ich heute früh genug abhaue, kann Jonathan bei ihr vorbeifahren, nachdem wir Jessica abgesetzt haben, und ich nehme sie mit in mein Penthouse, lege sie auf mein Bett und vergnüge mich mit ihr.

Ich rutsche auf meinem Stuhl herum, als sich mein Schwanz regt. Nicht gerade der beste Ort, um eine Erektion zu kriegen. Nicht wenn vorgesehen ist, dass ich gleich eine Rede halte.

Eine Hand landet auf meinem Schenkel und gleitet hinauf. Ich packe Jessicas Handgelenk just in dem Moment, als sie bei der Stelle anlangt, über die der Stoff meiner Smokinghose spannt. Ich ziehe sie weg, doch als ich sie ansehe, hat sie ein unschuldiges Lächeln aufgesetzt.

»Stellst du dir vor, was hiernach passieren wird?« Ihre Stimme dringt als heiseres Flüstern an mein Ohr.

Ja. Aber nicht, wie sie denkt. »Hiernach wird gar nichts passieren.«

Ihr Blick lodert auf. »Was ist los, Cole? Es passt nicht zu dir, dass du unverbindlichen Sex ausschlägst.«

»Gar nichts ist los. Wir zwei sind kein Paar. Wir haben einander keinerlei Versprechen gegeben. Wenn ich Sex haben will und du auch, dann tun wir es. Aber mehr ist da nicht. Und heute Abend hab ich keine Lust.«

Ihre Augen verengen sich zu eisblauen Schlitzen. »Das hat doch bestimmt was mit –«

Mein Blick bringt sie zum Schweigen. Der Mann am Rednerpult kommt gerade zum Ende, also rücke ich mit meinen Stuhl zurück, stehe auf und gehe im Saal nach vorn. Sobald ich hier fertig bin, werde ich gehen. Ich werde Jessica fragen, ob ich sie bei ihr zu Hause absetzen soll oder ob sie noch bleiben will – vielleicht findet sie einen anderen Mann, der heute Nacht ihre Bedürfnisse erfüllt. Und dann fahre ich Delilah abholen, nehme sie mit zu mir und gebe meinem Verlangen nach.

Dieser Gedanke lässt mich lächeln, während ich die Bühne betrete. Meine Rede dreht sich um das soziale Verantwortungsbewusstsein der *King Group* und unser Bestreben, durch unsere Wohltätigkeitsstiftung Positives in der Welt zu bewirken. Angesichts der letzten Ereignisse muss ich allerdings den Elefanten im Raum ansprechen, bevor ich zum Kern meiner Rede komme. Ich gestehe ein, dass die Verhaftung meines Vaters eine ernste Sache ist, und hebe hervor, dass die *King Group* trotz der Taten ihres früheren CEOs entschlossen ist, transparent und integer zu agieren.

Als zwanzig Minuten später Applaus durch den Saal wogt, nicke ich der Menge zu, gehe von der Bühne und schlängele mich zwischen den Tischen hindurch, bis ich bei Jessica und ihrer undurchdringlichen Miene anlange.

Statt mich zu setzen, beuge ich mich vor und flüstere ihr ins Ohr: »Ich gehe jetzt. Soll ich dich irgendwo absetzen oder bleibst du noch?«

Sie betrachtet mich, tupft sich mit einer Serviette die Lippen ab und erhebt sich. »Ich wäre dir dankbar, wenn du mich absetzt.«

Ich weiß nicht recht, ob ich dieser zurückhaltenderen Version von Jessica traue, bin aber zu beschäftigt damit, mir zu überlegen, was ich mit Delilah anstellen werde, als dass mich kümmert, was mit ihr los ist. Es klingt kaltherzig, aber emotionale Nähe gab es zwischen ihr und mir nie. Ich werde jetzt nicht anfangen, sie zu hätscheln, wo sie sauer ist, weil ich nicht mit ihr schlafen will.

Als wir nach draußen kommen, lauern dort noch immer einige hartgesottene Paparazzi, die wahrscheinlich hoffen, Fotos von irgendwelchen Ausschweifungen der Reichen und Berühmten im Saal zu kriegen. Großen Schrittes gehe ich auf den geparkten Wagen zu, in dem Jonathan auf uns wartet, und werde erst langsamer, als ich merke, dass Jessica sich Zeit lässt, damit die Fotografen auch sicher jede Menge Bilder kriegen.

Endlich gelangen wir beim Auto an, doch ehe ich Jessica die Tür öffnen kann, stoppt sie mich, indem sie mir eine Hand auf die Schulter legt. Ungeduldig drehe ich mich um – nur damit sie ihre Arme um meinen Hals schlingt und die Lippen auf meinen Mund drückt.

Meine Hände landen an ihrer Taille. Mir sind die losblitzenden Kameras um uns herum bewusst, deshalb mache ich mich nicht sofort von ihr los, obwohl ich vor Wut koche. Als ich sie schließlich wegschiebe, weiß ich, dass sie mir den Zorn von den Augen ablesen kann, doch wie jeder gute Geschäftsmann mache ich ein unbewegtes Gesicht.

»Was zur Hölle sollte das?«, sage ich mit zusammengebissenen Zähnen.

Sie streicht mit einer Hand über mein Revers. »Ich wollte dich nur daran erinnern, was du verpasst.«

»Ich brauchte keine Erinnerung. Ich habe kein Interesse.«

Als sie sich löst, greife ich zur Tür und halte sie ihr auf. »Steig ein.«

Sie schiebt sich an mir vorbei, und ich folge ihr in den Fond. Sobald die Tür hinter uns zu ist, drücke ich auf die Gegensprechanlage und sage Jonathan, dass er zu Jessica fahren soll.

Ich fixiere sie mit hartem Blick. »Zieh nie wieder so eine Nummer ab.«

Sie macht einen Schmollmund. »Wir haben doch schon weitaus mehr gemacht, als uns zu küssen.«

»Nicht so. Und nie in der Öffentlichkeit.«

»Na, und wenn schon? Ist ja nicht so, als hättest du eine Freundin. Jeder weiß, dass Cole King keine Beziehungen eingeht. Wieso machst du so eine große Sache daraus?«

»Weil es inakzeptabel ist. Wenn du so was noch mal versuchst, findest du heraus, wie wenig ich es schätze, wenn Leute Grenzen überschreiten.«

»Gut.« Sie streicht ihr Kleid glatt. »Ich hoffe nur, du berappelst dich wieder von was auch immer das ist, bevor du noch was tust, was du bereuen wirst.«

Ich mache mir nicht die Mühe zu antworten. Was mit Delilah läuft, geht Jessica nichts an.

Wir verbringen die nächsten Minuten schweigend. Jessicas Apartmentgebäude ist nicht weit weg, und wenig später halten wir vor dem weitläufigen Glasfoyer. Jonathan hält ihr die Tür auf, doch kurz bevor sie aussteigt, dreht sie sich zu mir um. »Es ist noch nicht zu spät, weißt du. Du kannst noch mit hinaufkommen.«

Ich ziehe bloß eine Augenbraue hoch, woraufhin sie schnaubt und aussteigt. Jonathan schließt die Tür hinter ihr und steigt dann wieder auf dem Fahrersitz ein. »Soll ich Sie nach Hause fahren, Sir?«

Ich denke an mein Vorhaben, zu Delilah zu fahren und sie abzuholen, bin mir jetzt aber nicht so sicher. Wir haben uns in letzter Zeit oft getroffen – vielleicht zu oft. Eventuell wäre eine Pause besser. Kurz überlege ich, ihr davon zu erzählen, dass Jessica mich geküsst hat, doch was mich angeht, war das bedeutungslos, deshalb sehe ich keinen Sinn darin. Unwahrscheinlich, dass sie jemals die Fotos sehen wird, die vermutlich in der Boulevardpresse sein werden. Ich bezweifle, dass sie die Klatschspalten liest.

»Ja, bitte, Jonathan.«

Als sich der Wagen in den Verkehr einreiht, lehne ich mich auf meinem Sitz zurück und starre aus dem Fenster. Eigentlich bin ich morgen Abend mit Delilah verabredet, aber vielleicht muss ich mal einen Gang zurückschalten. Uns beiden eine Atempause geben. Sich so oft zu treffen, ist keine gute Idee. Ich will ihr keinen falschen Eindruck vermitteln, was zwischen uns läuft.

Auch wenn ich nicht sonderlich glücklich mit meiner Entscheidung bin, zwinge ich meinen Verstand, sich mit etwas anderem zu befassen. Es gibt immer jede Menge Arbeit zu erledigen.

Ich nehme mein Handy heraus und fange an, E-Mails zu lesen.

27

Delilah

Ich verpasse dem Grundriss, an dem ich gerade arbeite, den letzten Schliff, während ich mich davon abzulenken versuche, dass mich Cole letztes Wochenende versetzt hat. Wie ich schon zu Alex meinte, ist das zwischen uns schließlich nur was Unverbindliches. Ich muss es nehmen, wie es kommt, statt Zeit und Mühe darin zu investieren, herauszufinden, was in seinem Kopf vorgeht.

Trotzdem konnte ich das restliche Wochenende nicht die Enttäuschung abschütteln, nachdem er Samstagmorgen anrief und meinte, ihm sei was dazwischengekommen. Ich hatte mich darauf gefreut, ihn zu sehen.

Ich ziehe auf dem Grundriss eine letzte Linie ein und klicke dann auf Drucken. Mir ist unangenehm bewusst, dass sich Paul auf der anderen Seite des Raums aufhält. Ich spüre seine Blicke auf mir, weiß jedoch nicht recht, warum. Seit dem Gespräch in seinem Büro bleibt er eigentlich meist auf Abstand, es sei denn, er hat beruflich etwas mit mir zu besprechen.

Mein Magen grummelt, weshalb ich auf die Uhr sehe. Es ist schon weit nach Mittag, und ich habe seit dem Frühstück nichts mehr gegessen. Ich gehe in die Küche, um mir den Salat zu holen, den ich mir heute Morgen zubereitet habe, doch gerade als ich die Kühlschranktür schließe, schneidet mir Paul den Weg ab. Als ich versuche, um ihn herumzugehen, hält er mich zurück, indem er mir eine Hand auf den Arm legt. Ich blicke hinunter auf seine Finger und dann wieder in sein Gesicht. Er lächelt zwar, doch da liegt etwas in seinem Ausdruck, das mir nicht gefällt.

»Ich muss mit dir reden«, fängt er an.

»Das können wir doch an meinem Schreibtisch tun?«

»Ich will nicht, dass jemand mitkriegt, wie ich dir das hier zeige«, sagt er und hält dabei sein Handy hoch.

Ich kann mir nicht verkneifen daraufzuschauen, und als ich es tue, setzt mein Herz auf schmerzliche Weise einen Schlag aus. Es handelt sich um ein Foto von Cole, der eine blonde Frau küsst. Er trägt einen Smoking und umfasst die schlanke Taille der Frau, während sie die Arme um seine Hals geschlungen hat.

Mein Gesichtsausdruck bleibt neutral, denn ich will vor Paul keine Reaktion zeigen, insbesondere weil ich nie zugegeben habe, dass Cole und ich uns treffen. Und schließlich existieren jede Menge Fotos von Cole mit diversen Frauen.

»Ich weiß nicht, warum du mir das zeigst.«

»Nein?«, sagt er, wobei ein fieses Lächeln seine Mundwinkel umspielt. »Lustig. Ich hatte den Eindruck, zwischen euch beiden läuft was, deshalb fand ich, ich sollte dir Bescheid geben, als ich dieses Foto von Freitagabend sah. Mein Fehler, nehme ich an.«

Mein Magen verknotet sich. Von Freitagabend? Das kann nicht sein. Cole hat nichts davon erwähnt, dass er jemanden mit zu der Veranstaltung nimmt, außerdem hatten wir doch eine Vereinbarung. Wir wollten uns mit niemand anderem treffen, solange wir ... tun, was immer wir da tun. Hat er mir deswegen abgesagt? War er stattdessen bei ihr?

Paul streicht beiläufig über das Display. »Sie ist ein ziemlicher Hingucker.«

Wieder hält er mir das Handy vor die Nase, und diesmal zeigt es ein Foto von der Frau, als sie im Begriff ist, in Coles Wagen einzusteigen. Seine Hand liegt auf ihrem Rücken, doch das ist nicht der einzige Grund, warum mich schneidender Schmerz durchfährt. Sondern auch das Gesicht der Frau. Ich erkenne sie wieder. Jessica. Die Frau, von der Cole mir versichert hat, er sei nicht mit ihr zusammen gewesen, bevor ich das zweite Mal mit ihm schlief.

Ich bin so blöd. Klar, hat er mir das gesagt. Wenn ihn jemand nach mir fragen würde, würde er vermutlich das Gleiche sagen. Denn wir sind *nicht* zusammen. Wir machen rum. Befriedigen die Bedürfnisse der jeweils anderen Person. Jedenfalls sieht er das ganz sicher so.

Ich zwinge mich, ein unbekümmertes Lächeln aufzusetzen. »Selbst wenn zwischen ihm und mir was liefe, wärst du der Letzte, von dem ich Hilfe wollen würde. Also, wenn das alles war …« Ich dränge mich an ihm vorbei und gehe zurück zu meinem Schreibtisch, doch mein Magen dreht sich um, und mir ist der Appetit auf den Salat vergangen, den ich in der Hand habe.

Mein Essen bleibt unangetastet neben mir stehen, als ich nach meinem Handy greife und die Website aufrufe, die Paul mir gezeigt hat. Wie eine Art Masochistin gehe ich die Fotos durch. Es sind nicht viele, nur vier, aber was sie zeigen, ist vernichtend. Die Ankunft der beiden – Coles Hand liegt besitzergreifend auf ihrem Rücken. Und dann, wie sie gemeinsam die Veranstaltung verlassen und der Kuss, bevor er ihr in die Limousine hilft. Wie ich Cole kenne, hat er es wahrscheinlich auf dem Rücksitz mit ihr getrieben oder sie mit in sein Penthouse genommen, um sie dort durchzunehmen.

Ich lege das Handy umgedreht auf den Schreibtisch, hinter meinen Lidern prickelt es heiß. Ich weiß nicht, ob es noch schlimmer ist, dass er gar nicht versucht hat, es geheim zu halten. Paul ist wenigstens heimlich fremdgegangen, weil er mich nicht verlieren wollte. Cole ist offenbar egal, ob ich es herausfinde.

Unfähig, auch nur eine weitere Sekunde hier sitzen zu bleiben, stopfe ich die Salatdose in meine Tasche und logge mich am Computer aus. Paul lauert in der Nähe, wahrscheinlich will er mitkriegen, was für ein Chaos er in mir angerichtet hat. Leider kann ich nicht weg, ohne ihm Bescheid zu geben, deshalb gehe ich zu ihm rüber.

»Ich fühl mich nicht gut. Ich werde den restlichen Tag von zu Hause arbeiten.«

Bei seiner gespielt mitleidigen Miene dreht es mir den Magen um, aber ich reiße mich zusammen.

»Kein Problem. Ich hoffe, morgen geht's dir wieder besser.« Er lächelt, dass die Zähne blitzen, und ich stelle mir vor, wie ich ihm eine klatsche, während ich mit gerecktem Kinn seinem Blick standhalte.

So ruhig ich kann, drehe ich mich um und gehe, doch sobald ich im Fahrstuhl bin, sacken meine Schultern nach unten. Ich kann nicht fassen, dass ich so dumm war. Männer wie Cole – wie mein Vater – sind alle gleich. Sobald sie gekriegt haben, was sie wollten, servieren sie einen ohne Zögern ab.

Auf das Plingen des Fahrstuhls hin trete ich hinaus, nur um wenige Schritte später zu bemerken, wer dort in einer Gruppe Männer steht. Abgesehen von Meetings oder wenn er mich sprechen wollte, kann ich an einer Hand abzählen, wie oft ich Cole hier auf dem Gelände begegnet bin. Ich schließe die Augen. War ja klar.

Als sich unsere Blicke treffen, zieht er die Stirn kraus, doch ich drehe mich weg und setze den Weg zum Ausgang fort.

»Ms West«, ertönt seine Stimme hinter mir, woraufhin ich

innerlich fluche. Mir bleibt nichts anderes übrig, als stehen zu bleiben. Er ist immer noch der Chef, und ich befinde mich auf der Arbeit.

Ich atme tief durch, bevor ich mich zu ihm umdrehe. Er sagt etwas zu den Männern und kommt dann auf mich zu. Wut und Schmerz bekriegen sich in meiner Brust, während ich auf ihn warte.

Mit gerunzelter Stirn bleibt er vor mir stehen. »Was ist denn los?«, fragt er leise.

Als ich ihm schließlich direkt in die Augen sehe, ist die Intensität seines Blicks wie ein Schlag gegen die Brust. »Was meinst du?«

»Du hast mich im Vorbeigehen kaum angesehen, und dass du früher gehst, ist untypisch für dich.«

»Ich fühl mich nicht gut. Ich gehe nach Hause.«

Mein Puls hämmert, und ich will ihn anschreien. Ihn fragen, wie er mir so was antun könnte, wo ich doch dachte … Tja, ich hab falsch gedacht. Solche Dinge zu sagen, ist so ziemlich der schnellstmögliche Weg, um gefeuert zu werden, deshalb unterdrücke ich alles und schließe es in meinem Innersten weg, wo es bleiben soll, bis ich später allein bin. Denn ich werde nicht seinetwegen alles verlieren, wofür ich gearbeitet habe.

Sein Stirnrunzeln vertieft sich. Als ich über seine Schulter blicke, stelle ich fest, dass mich die Gruppe Männer, bei der er eben stand, neugierig beäugt. Einer von ihnen schaut auf seine Uhr und sagt dann etwas zu den anderen.

In der Hoffnung, dass er mich gehen lässt, weil die anderen auf ihn warten, mache ich einen Schritt weg von Cole.

»Delilah«, brummt er. »Sag mir, was los ist.«

Ein wissender Glanz in seinem Blick lässt mich vermuten, dass er ganz genau weiß, was los ist. Wie kann er nicht darauf kommen, dass ich die Fotos wahrscheinlich sehe?

Aber auf einmal will ich es ihm stecken. Er soll begreifen, dass es nicht okay ist, Menschen wehzutun, bloß weil das für ihn keine Konsequenzen hat.

Hinter ihm plingt der Fahrstuhl, die Männer steigen ein und halten die Tür auf. »Cole?«, ruft einer von ihnen.

Ich weiche einen weiteren Schritt zurück. »Bis dann, Cole. Freut mich, dass du und Jessica Freitagabend Spaß hattet.«

Er presst die Zähne zusammen, sagt jedoch nichts, als ich auf dem Absatz kehrtmache und auf den Ausgang zusteuere. Ich habe einen trockenen Mund und muss dringend nach Hause, um meine Sorgen zu ertränken. Zwar ist erst Nachmittag, aber ich gebe mir die Erlaubnis, eine Flasche Wein aufzumachen.

Ich trete nach draußen und atme einmal tief durch. Da ich die Vorstellung nicht ertrage, mit der Bahn heimzufahren, halte ich ein Taxi an. Als mein Handy in meiner Tasche piept, nehme ich es heraus und sehe eine Nachricht von Cole.

Wir müssen reden.

Ich packe es wieder in meine Tasche, während ich gegen Tränen anblinzele. Was habe ich mir nur gedacht? Ehrlich mal, wie konnte ich es jemals für eine gute Idee halten, mit ihm zu schlafen? Ich bin so blöd. Tränen nehmen mir die Sicht, aber ich will nicht so eine sein, die auf dem Rücksitz eines Taxis wegen eines Typen heult. Nein.

Meine Entschlossenheit hin oder her, in dem Moment, als die Wohnungstür hinter mir zufällt, bricht der Damm. Heiße Tränen strömen über meine Wangen, und ich sinke auf die Couch. Wieso bin ich so verletzt? Es war doch gar keine richtige Beziehung. Es war nur Sex. Wir haben uns bloß miteinander vergnügt. Ja, er hat mich angelogen, aber so naiv zu sein, ihm zu glauben und mehr Gefühle zuzulassen, als ich sollte … Das war ich selber.

Noch mehr Tränen quellen hervor, und ich wische sie weg. Mein Gott, das ist lächerlich. Ich möchte glauben, es liege an der Demütigung – sicher spielt sie auch eine Rolle. Niemand wird gern zum Narren gehalten, und mir passiert das sogar schon zum zweiten Mal. Aber die Wahrheit lautet, dass ich genau das gemacht habe, was ich mir versprochen hatte, nicht zu tun.

Ich habe zugelassen, dass ich Gefühle für Cole entwickle, und das ist jetzt das Ergebnis.

Wieder piept mein Handy, und als ich seinen Namen sehe, kann ich mich nicht davon abhalten, die Nachricht zu lesen.

Ignorier mich nicht, Delilah.

Ich schnaube. Irgendwann werde ich mit ihm reden müssen, um das zwischen uns offiziell zu beenden, aber wenn ich das mache, will ich ruhig und gefasst sein, damit ich nicht irgendwas Dummes sage, wodurch ich am Ende vom Projekt abgezogen werde und womöglich ohne Job dastehe. Wenn ich jetzt mit ihm rede, bin ich nicht mal annähernd ruhig und gefasst.

Mein Handy klingelt, und das Display leuchtet mit Coles Namen darauf auf, aber ich drücke den Anruf weg. Ich verstehe nicht, warum er sich überhaupt die Mühe macht. Er hat doch nichts verloren, was er nicht spielend leicht ersetzen könnte. Wieso lässt er mich nicht einfach in Ruhe, damit ich durchatmen und diese Gefühle verarbeiten kann?

Wieder geht eine Nachricht ein, und mein Blick fällt automatisch auf das Handy.

Geh ans Telefon, Delilah.

Wut lässt meine Tränen versiegen.

Was bitte ist sein Problem?

Eine Minute später klingelt mein Handy wieder, und ich starre darauf, während ich so sauer werde, dass meine Schläfe zu pochen beginnt. Der Wut nachzugeben, fühlt sich gut an. Er ist reich und einflussreich, und eigentlich arbeite ich jetzt gerade für ihn, das heißt aber nicht, dass er mich so behandeln kann. Wie jemanden, den er mit gedankenloser Grausamkeit abservieren kann.

Ehe ich es mir anders überlege, gehe ich ran.

»Delilah«, sagt er.

»Was willst du, Cole?« Zum Glück klinge ich gefasst. Jedenfalls gefasster, als ich mich fühle.

»Wieso antwortest du nicht auf meine Nachrichten?«

»Weil ich nicht mit dir reden will.«

Er stößt ein Stöhnen aus, das die pure Genervtheit zu sein scheint. »Offenbar hast du die Fotos gesehen.«

Sein Tonfall schürt meine Wut. »Ja.« Es kommt zwischen zusammengebissenen Zähnen heraus.

»Es ist nicht so, wie du denkst.« Er sagt es nicht entschuldigend. Er findet nicht, dass er etwas getan hat, was eine Entschuldigung wert ist. Oder vielleicht bin ich auch keine Entschuldigung wert.

»Ach ja? Was meinst du damit – dass du nicht eine andere Frau geküsst hast, obwohl du mir versprochen hast, du würdest mit keiner anderen zusammen sein, solange wir uns treffen? Oder dass du nicht Jessica küsst, von der du mir sagtest, du hättest nichts mit ihr?«

»Ich sagte dir, dass Jessica und ich kein Paar sind, und das waren wir auch nie.«

»Ich bin nicht blöd, Cole. Entweder lügst du mich dreist an oder du verschweigst was. Ich mag zwar nicht viel Erfahrung mit Männern haben, aber ich garantier dir, dass man so keine reine Bekannte küsst.«

Es entsteht eine Pause. Er weiß, dass er ertappt wurde. »In einer halben Stunde ist eine Aktionärsversammlung, die ich nicht verpassen darf, aber ich lasse Jonathan dich heute Abend abholen, und dann erkläre ich es dir«, sagt er schließlich.

»Ich will dich nicht sehen.«

»Sich unreif aufzuführen, bringt auch nichts.« Er senkt die Stimme. »Bring mir wenigstens so viel Respekt entgegen, dir anzuhören, was ich zu sagen habe.«

Hinter meinen Augen blitzt es gleißend hell auf. »Respekt? Du willst mir was von Respekt erzählen? Du hast mir geschrieben, weil du vermutet hast, dass ich die Fotos gesehen habe. Was bedeutet, dass du genau wusstest, wie es mir gehen würde, wenn ich sie sehe, und zwar weil sich die meisten normalen Menschen so fühlen, wenn sie feststellen, dass sie verarscht worden sind. Also wirf mir nicht vor, ich würde mich kindisch verhalten, wenn ich genau so reagiere, wie du es erwartet hast. Dass ich nicht auf deine Nachrichten und Anrufe reagiert habe, hätte dir signalisieren sollen, dass ich Zeit brauche, mit meinen Gefühlen klarzukommen, aber die wolltest du mir nicht geben. Stattdessen meintest du, mich zu nerven wäre die beste Art, damit umzugehen, und als ich dann rangehe, sagst du mir, ich wäre unreif.«

Meine Finger krallen sich um das Handy. »Ich habe dich ganz direkt nach Jessica gefragt, Cole. Ich wollte wissen, worauf ich mich einlasse, wenn ich Ja zu dir sage. Um mich davor zu schützen, verletzt zu werden. Aber statt ehrlich zu mir zu sein, hast du gesagt, was nötig war, damit du kriegst, was du willst. Du hast mich gedemütigt. Und v-verletzt.« Ich habe mich so gut gehalten, verliere aber am Ende die Fassung, als neue Tränen hochsteigen.

»Delilah –«

Ich reiße mich zusammen. »Nein, Cole. Ich bin noch nicht fertig. Offensichtlich bist du daran gewöhnt, immer zu kriegen, was du willst und wann du es willst. Offensichtlich ist dir egal, was du dafür tun oder sagen musst. Wenn du also auf eine schnelle und einfache Art deine unreife Arbeitsaffäre loswerden wolltest, die schon ein bisschen zu lange auf der Bildfläche ist, indem du am Freitag Jessica geküsst hast, dann gratuliere. Das hast du geschafft.«

Mit zitterndem Finger lege ich auf, sinke zurück auf die Couch nach hinten und lasse den Tränen freien Lauf.

28

Cole

Ich halte mich nur knapp davon ab, mein Handy gegen die Wand zu donnern. Darum. Darum will ich keine Beziehungen. Ich habe versucht, das Richtige zu tun, und sieh an, wohin mich das gebracht hat. Ich schiebe meinen Stuhl nach hinten, stehe auf, gehe zum Fenster und schaue auf die sich unter mir ausbreitende Stadt.

Vielleicht ist es eh besser, wenn sie es beendet. Ich habe gerade zu viel Arbeit um die Ohren, und auch wenn es ein Novum sein mag, dass ich so viel Zeit mit ein und derselben Frau verbracht habe, hätte sich das irgendwann so oder so gegeben.

Warum zur Hölle fühlt sich meine Brust also so verdammt eng an? Ihre zitternde Stimme, als sie mir sagte, dass ich sie verletzt habe, ging mir mitten durch die Rippen geradewegs ans Herz. Wann ist das letzte Mal irgendwas zu diesem gefrorenen Organ vorgedrungen?

Ich stütze eine Hand gegen die Scheibe und starre auf die unten liegenden Straßen. Von hier oben auf alle anderen hinunterzublicken, gibt mir sonst immer das Gefühl, lebendig zu sein. Kontrolle zu haben. Aber gerade funktioniert das nicht.

Ich muss Delilah aus dem Kopf kriegen und wieder zu mir kommen. Wie Roman schon angedeutet hat, ist sie zu einer Ablenkung geworden, die ich nicht gebrauchen kann. Es ist besser für uns beide, wenn es vorbei ist.

Ich setze mich, doch statt mich auf die Versammlung vorzubereiten, öffne ich einen Browser und suche die Fotos von Freitagabend. Als sie vor mir erscheinen, verziehe ich das Gesicht. Ich habe gut gespielt, als Jessica mich küsste. Angesichts der Gerüchte um die wankende Unterstützung ihres Vaters wollte ich sie nicht in aller Öffentlichkeit zurückweisen. Wir gehen zwar nicht unter, wenn Berrington seine Investments zurückzieht, aber ich will nicht, dass seine Kumpanen seinem Beispiel folgen. Das Letzte, was wir brauchen, ist eine panische Kapitalflucht bloß wegen einer bloßgestellten Tochter.

Leider kommt meine ausbleibende Negativreaktion auf ihren Kuss im Bild wie Enthusiasmus rüber.

Ich lehne mich zurück und reibe mir übers Gesicht, während die Reue Saiten in mir anschlägt, an denen schon lange nicht mehr gerührt wurde.

In diesem Moment geht die Tür auf und Tate kommt hereingeschlendert. Er bleibt stehen und zieht die Augenbrauen hoch, während er mich betrachtet. Dann grinst er, kommt weiter auf mich zu, setzt sich hin und streckt die langen Beine aus.

»Ungewöhnlich, dich so neben der Spur zu sehen«, sagt er. »Wie kommt's?«

Ich schließe das Browserfenster. »Was willst du, Tate?«

»Kann ich nicht einfach mal mit meinem großen Bruder ein ganz normales Gespräch führen?«

Vielleicht ist Tate für mich jetzt genau die richtige Ablenkung. »Ich wüsste nicht, dass wir je ein ganz normales Gespräch geführt haben, aber wenn du damit meinst, dass du was mit mir besprechen musst, dann bitte, schieß los.«

Grinsend beugt er sich nach vorn und stützt die Ellbogen auf die Knie. »Die Marketingabteilung berichtet von weniger Engagement und zunehmend negativen Kommentaren auf Social Media. Die Sünden unseres lieben alten Dads ziehen jetzt weitere Kreise, und anscheinend sinkt das Vertrauen in unsere Marke. Wir brauchen schnell eine Aktion, um unsere öffentliche Wahrnehmung zu verbessern und alle bei Laune zu halten.«

»Ich nehme an, du hast schon eine Idee.«

Er nickt. »Das Team hat gebrainstormt und will Pressekampagnen zur neuen Hotelkette starten. Erste Entwürfe, vorläufige Plankonzepte, alles mit starkem Fokus auf den Nachhaltigkeitsaspekt.«

»Okay, lass dir alles von den Architekten geben.« Was mich zurück zu Delilah bringt. Wieder ist da ein schmerzhaftes Ziehen in meiner Brust.

»Sie überlegen außerdem, unsere Vertragspartner zu filmen, wie sie lächeln und kompetent dreingucken, so was. Vielleicht können wir deine sexy Architektin zum Star des Ganzen machen.«

»Sie ist nicht *meine* Architektin«, blaffe ich.

Wieder gehen seine Brauen nach oben. »Bist ein bisschen reizbar, was? Ich wollte nur ausdrücken, dass sie zu deinem Team gehört.«

Ich zwinge mich, mich zu entspannen, während er mich unter einem schiefen Lächeln beobachtet.

»Warst du ihretwegen so neben der Spur, als ich reinkam? Ich kann's dir nicht verdenken. Wäre sie in meinem Team, würden wir's in null Komma nix miteinander tr–«

»Lass das«, knurre ich, woraufhin er ein Lachen ausstößt.

»Oha, was für 'ne Reaktion. Also legst du sie flach?«

Keine Ahnung, warum er so gesprächig ist. Und warum ich ihn noch nicht aus meinem Büro geworfen habe. Vielleicht weil ich aktuell, wo Gedanken an Delilah meinen Verstand zu kapern drohen, nicht unbedingt was dagegen habe, dass er hier ist.

Ich trommele mit den Fingern auf die Tischplatte. »Eventuell hatten wir … was laufen.«

»Was laufen? Und was genau?« Er mustert mich mit einem durchtriebenen Blick, bevor sich seine Augen weiten. »Du hast sie doch nicht etwa gedatet, oder?« Sein erschrockener Gesichtsausdruck wäre witzig, wenn das Thema Delilah nicht gerade so ein wunder Punkt wäre.

»Es war was Unverbindliches«, sage ich. »Ging nur ein paar Wochen.«

Er streicht sich mit dem Zeigefinger über die Unterlippe, während er mich betrachtet. »Demnach hast du Schluss gemacht? Ist sie anhänglich geworden? Oder wurde es dir langweilig?«

Ich nehme einen Stift, drehe ihn zwischen den Fingern und überlege dabei, ob ich etwas antworten soll. Unterdessen sitzt er bloß entspannt da, seine goldbraunen Augen blicken mich neugierig an. Das katapultiert mich zurück in eine Zeit, als wir drei uns noch näherstanden. Als wir Freunde waren und nicht … was immer wir jetzt sind.

Deshalb erzähle ich es ihm. »Sie hat Schluss gemacht. Kurz bevor du reinkamst.«

Seine Brauen schießen in die Höhe. »Sie?«

Ich presse die Zähne zusammen und nicke.

»Ich würde ja fragen, wann eine Frau das letzte Mal eine Beziehung mit dir beendet hat, aber da ich mich nicht erinnern kann, wann du zuletzt eine Beziehung hattest, erübrigt sich das.«

Als ich nichts sage, breitet sich langsam ein Lächeln auf seinem Gesicht aus.

»Du magst sie.«

Es keine Frage, sondern eine Feststellung, aber ich antworte trotzdem. »Ich hab gern Zeit mit ihr verbracht, mehr nicht.«

»Was ist denn passiert?«, will er wissen.

Mein Blick fällt auf meinen Computer, und es zieht mir die Brust zusammen, als mir die Bilder durch den Kopf gehen, die bis eben auf dem Bildschirm waren. »Ich habe sie verletzt.«

»War sie in dich verliebt?«

Ich nehme ihn in den Blick. »Ich glaube nicht. Sie hat nie was in der Richtung gesagt.«

»Na, offenbar hat sie Gefühle für dich, wenn sie derart verletzt war, dass sie Schluss gemacht hat.«

Ich sollte mir Delilah eigentlich aus dem Kopf schlagen, statt gezwungen zu werden, mich mit meinen Fehlern auseinanderzusetzen. Ich wedele unbestimmt mit der Hand. »Ist jetzt auch egal. Es ist vorbei. Sie kann sich einen suchen, der ihr die Verbindlichkeit bietet, die sie will. Und ich kann wieder –«

»Wahllos hübsche Frauen vögeln und haufenweise Geld scheffeln?«

Ich ziehe die Augenbrauen hoch. »So machen wir das in unserer Familie, oder?«

»Weiß nicht, ob Mom zustimmen würde«, meint er.

»Nein. In Moms Fall: nicht ganz heimliche Affären haben und vom Geld profitieren, das wir für sie verdienen.« Tate schweigt, woraufhin ich entschuldigend den Kopf schüttele. »Sorry.«

Er zuckt mit den Schultern, doch die Belustigung in seinem Blick ist gedämpft. Da er das Resultat einer von Moms Affären ist, sind die ein sensibles Thema für ihn. Es ist eigentlich kein Geheimnis. Die blonden Haare könnte ihm Mom noch vererbt haben, aber dieses auffällige Kupferbraun seiner Augen hat sonst niemand in unserer Verwandtschaft. Das erklärt, warum Dad zu ihm immer am strengsten war, auch wenn Tate der Geburtsurkunde nach sein Sohn ist. Wie so oft in unserer Welt geht es nur um den äußeren Schein. Hinter verschlossenen Türen können die Leute tuscheln, wie sie wollen, solange das unser Vermögen und unseren Status nicht gefährdet, ist es uns egal.

Allerdings erinnere ich mich an eine Zeit, da war es Tate nicht egal. Ganz und gar nicht.

Ich erinnere mich auch an Zeiten, als Roman und ich uns mit Jungs prügelten, die es für eine gute Idee hielten, über seine Abstammung zu spotten. Jedenfalls war das so, bevor sich alles änderte. Bevor wir uns auseinanderlebten und Fremde füreinander wurden.

Die enge Zusammenarbeit gibt Tate und mir vielleicht die Chance, wieder zueinanderzufinden. Gedanklich nehme ich mir vor, mich öfter mit ihm über Themen zu unterhalten, die nichts mit der Arbeit zu tun haben.

»Willst du sie zurückgewinnen?«, fragt Tate.

Ich habe den Faden verloren. »Was?«

»Deine Architektin. Willst du dich mit ihr versöhnen?«

»Ich glaube, wir sind beide besser dran, wenn wir es einfach dabei belassen.« In meiner Brust tut sich ein Loch auf, als ich begreife, dass ich sie ein letztes Mal berührt habe, ohne überhaupt zu ahnen, dass es das letzte Mal war.

»Bist du dir sicher?«

Ich wende mich von Tates allzu aufmerksamen Blick ab. Die beste Methode, mich von Delilah abzulenken, ist, mich auf das zu konzentrieren, was wichtig ist: die Arbeit. »Ich muss mich auf die Versammlung vorbereiten. Wende dich gern direkt an das Architektenteam, wenn du es für Promozwecke einspannen willst.«

»Das war's?«, protestiert Tate. »Mehr verrätst du mir nicht.«

»Du hast schon Glück, dass du überhaupt so viel erfahren hast. Jetzt lass mich wieder weiterarbeiten.«

Er schnaubt, klatscht die Hände auf die Schenkel und steht auf. »Na schön. Dann eben nicht.«

Mit einem Grunzen beuge ich mich wieder über meine Notizen, ohne mich darum zu kümmern, wie er zur Tür geht.

»Wenn sie jetzt Single ist, hast du doch nichts dagegen, wenn ich sie frage, ob sie mit mir ausgeht?«

Mein Blick schnellt zu ihm, und Wut kocht zugleich in mir hoch. Er ist der schlimmste Playboy von uns allen. »Lass deine verdammten Finger von ihr.«

Er lacht immer noch, als er die Tür hinter sich schließt.

29

Delilah

»Schaffst du das?«, fragt Alex, während ich meine Handtasche nehme und mich ausgehbereit mache.

Als sie gestern Abend von der Arbeit heimkam, merkte sie sofort, dass etwas nicht stimmte. Wahrscheinlich, weil meine Augen vom Weinen gerötet waren. Als ich ihr erklärte, was passiert ist, nahm sie mich in den Arm und meinte, Cole sei ein Arschloch und habe mich gar nicht verdient. Dann hat sie was zu essen bestellt, einen durch und durch romantikfreien Thriller angeschaltet und es geschafft, mich für ein paar Stunden abzulenken.

Heute Morgen bin ich darauf gefasst – wenn auch nicht unbedingt bereit –, Cole und Paul zu begegnen. Ersteren werde ich wahrscheinlich gar nicht sehen, und Letzteren, tja, werde ich einfach in seiner Selbstgefälligkeit ertragen müssen.

»Ja, ich schaffe das. Von einem egozentrischen Typen wie Cole King lasse ich mich nicht unterkriegen. Ich muss nur das Projekt zu Ende bringen, danach brauche ich ihn nie wiederzusehen.«

Sie kommt zu mir und drückt mich. »Gut so. Kopf hoch, und ignorier die Arschlöcher. Du bist zweimal so viel wert wie beide zusammen.«

Lächelnd erwidere ich die Umarmung. »Danke.« Nachdem ich einmal tief durchgeatmet habe, um mich zu wappnen, ziehe ich den Riemen meiner Tasche weiter auf die Schulter und verlasse die Wohnung.

Als ich im Bürogebäude ankomme, schaue ich mich schnell im Foyer um, bevor ich den Rufknopf des Fahrstuhls drücke. Das Letzte, was ich gebrauchen kann, ist, mehrere Stockwerke lang in einer Stahlkabine mit einem der beiden Männer festzusitzen, die ich zu meiden versuche. Zum Glück sehe ich keinen der beiden, sondern fahre mit lauter Unbekannten hinauf. In unserem Stockwerk angelangt, schiebe ich mich an ihnen vorbei und eile zu meinem Schreibtisch.

Ich logge mich ins System ein und mache mich an meine Planzeichnungen. Die möchte ich echt gern nächste Woche bewilligt kriegen. Wenn es nach mir geht: Je schneller das Projekt abgeschlossen ist, desto schneller komme ich raus aus diesem Gebäude und weg von Cole. Ich möchte einfach nur hinter mir lassen, was passiert ist.

Es gelingt mir, mich in meine Arbeit zu vertiefen und alles um mich herum auszublenden, bis das Telefon auf meinem Schreibtisch klingelt. Den Namen auf der Anzeige kenne ich zwar nicht, doch ich hebe ab. »Hallo?«

»Hallo, Delilah? Hier ist Sophie. Ich bin Tate Kings Assistentin.«

»Oh, hallo«, sage ich zögernd.

»Tate würde Sie gern in seinem Büro sprechen. Haben Sie einen Moment?«

»Ja, natürlich.«

»Super. Falls Sie irgendwelche fertige Zeichnungen oder 3-D-Renderings haben, könnten Sie die dann mitbringen?«

Blinzelnd schaue ich sofort auf die ordentlich auf meinem Tisch ausgebreiteten Pläne. »Okay. Darf ich fragen, wozu?«

»Das bespricht er mit Ihnen, wenn Sie hier sind«, sagt sie relativ freundlich.

»Okay, danke. Ich komme sofort.«

Ich lege auf, stehe dann auf und streiche die Falten meines Kleids glatt. Ich habe keine Ahnung, was der Marketingchef mit mir besprechen will, aber angesichts seines Timings frage ich mich, ob es irgendwas mit dem zu tun hat, was zwischen Cole und mir vorgefallen ist. Bestimmt nicht. Milliardäre haben Wichtigeres zu tun, als sich in gescheiterte Affären anderer einzumischen.

Nachdem ich mehrere meiner Planzeichnungen aufgerollt habe, mache ich mich auf den Weg in die oberste Etage, wobei ich mich dafür hasse, dass ich zugleich hoffe, Cole zu entgehen, und mir doch wünsche, einen kurzen Blick auf ihn zu erhaschen. Ich wappne mich, als ich den Fahrstuhl verlasse, und strenge mich an, im Vorbeigehen nicht den Kopf zu seiner Bürotür zu drehen. Aus den Augenwinkeln kann ich sehen, dass sie ohnehin geschlossen ist. Ich gehe weiter den Flur entlang, bis ich bei Tates Büro ankomme.

Ich wende mich an die am Schreibtisch sitzende Frau, die vermutlich Sophie ist. »Hallo, ich bin Delilah. Ich sollte zu Mr King kommen.«

Sie lächelt mich herzlich an. »Schön, Sie kennenzulernen, Delilah. Sie können reingehen. Tate erwartet Sie.«

Ich nicke zum Dank, klopfe an die Tür und gehe hinein, sobald er mich hereinbittet. Bevor ich Tate hinter seinem Schreibtisch in den Blick nehme, schaue ich mich kurz in dem großen Raum um. Das Büro ist nicht viel anders als Coles. Es hat die gleichen großen Fenster mit dem gleichen tollen Ausblick. Ähnlich elegante Drucke zieren die Wände und wunderschöne Holzmöbel nehmen die Fläche ein.

Tate sitzt zurückgelehnt auf seinem Bürosessel und lächelt mich an. Mir stockt der Atem. Ich sehe Coles jüngeren Bruder zum ersten Mal ganz aus der Nähe, und anders als Cole, der auf der Arbeit meistens dreiteilige Anzüge trägt, hat Tate das Jackett ausgezogen und die Hemdsärmel hochgekrempelt, sodass seine muskulösen Unterarme zu sehen sind. Wie sein Bruder ist er attraktiv, auch wenn er Cole und Roman wenig ähnelt. Während sie dunkle Haare und eisblaue Augen haben, ist Tate goldblond und seine Augen sind bernsteinfarben. Kein Stück weniger attraktiv und gefährlich für Frauenherzen, schätze ich. Bei seinem Charme und guten Aussehen verfallen ihm die Frauen bestimmt genauso schnell wie bei Cole.

»Guten Morgen, Ms West«, sagt er.

»Sagen Sie doch bitte lieber Delilah«, erwidere ich.

Er nickt. »Nenn mich ruhig Tate. Bei mehreren Mr Kings im Haus gibt es schnell Verwirrung.«

Ich schenke ihm ein knappes Lächeln, ehe ich mich umdrehe, um die Tür zu schließen.

»Die kannst du offen lassen«, hält er mich davon ab.

Seltsam. Glaubt er etwa, wenn die Tür zu ist, nutze ich das aus? Hat Cole ihm von uns erzählt und jetzt denkt er, ich schmeiße mich auch an ihn ran?

Bei dem Gedanken recke ich das Kinn, während ich näher an seinen großen Schreibtisch gehe. »Ich habe einige meiner Planzeichnungen mitgebracht, wie du gebeten hattest.«

»Super. Die nehme ich.« Er steht auf und streckt die Hand danach aus. Ich mache weitere Schritte auf ihn zu und reiche ihm die aufgerollten Bögen, die er auf dem Tisch ausbreitet.

»Würdest du mir erklären, was das genau ist?«, bittet er mich.

Ich bin zwar immer noch verwirrt, worum es ihm geht, trete jedoch dicht vor den Schreibtisch und beuge mich leicht darüber, während ich auf die verschiedenen Bögen deute. »Dies sind die ursprünglichen Konzeptentwürfe. Dies sind die Anpassungen, die ich nach der Grundstücksbesichtigung vorgenommen habe.« Ich sehe gerade noch rechtzeitig zu ihm hoch, um mitzukriegen, wie er über meine Schulter hinweg an mir vorbeischaut. Ehe ich Zeit habe, mich umzudrehen und nachzugucken, was seine Aufmerksamkeit erregt hat, liegt sein Blick wieder auf mir.

»Hast du auch welche von der Innengestaltung?«

Ich gehe den Stapel durch, ziehe ein Blatt heraus, das einen Innenbereich zeigt, und lege es obenauf. »Der ist noch nicht fertig. Daran arbeite ich aktuell.«

Wieder schaut er an mir vorbei, und diesmal drehe ich mich um. Draußen vor der offenen Tür ist nichts zu sehen, sodass ich leicht gestresst bin. Ich weiß immer noch nicht, wozu ich eigentlich hier bin, und jetzt interessiert sich Tate anscheinend nicht mal für das, was ich ihm zeige.

»Darf ich fragen, worum es dir geht?« Mein Tonfall ist barscher als es angemessen ist, in Anbetracht dessen, wer er ist und wer ich bin, aber ich bin heute definitiv nicht ganz auf der Höhe. Ich möchte einfach nur zurück an meinen Schreibtisch, statt mich hier auf dieser Etage herumzutreiben.

Als Tate sich zurücklehnt und mich anlächelt, blinzele ich irritiert, denn sein Grinsen wirkt ebenso charmant wie hinterhältig.

»Das Marketingteam will einige CAD-Zeichnungen, Innengestaltungspläne und 3-D-Renderings für Marketingideen nutzen, an denen gearbeitet wird.«

Meine Brauen schießen in die Höhe. »Okay.«

Seine Mundwinkel zucken. »Ist dagegen etwas einzuwenden?«

»Nein, ganz und gar nicht«, sage ich. »Ich frage mich wohl nur, wieso ich dann hier bin? Und bei dir? Wieso läuft das nicht über Paul? Und warum kümmert sich nicht jemand aus dem Marketingteam darum? Du scheinst mir ein bisschen … überqualifiziert dafür.«

Er lacht in sich hinein. »Da hast du recht. Normalerweise würde ich mich nicht persönlich um so etwas kümmern. Aber ich hatte Hintergedanken dabei, dich hier heraufzubitten.«

Ich lege den Kopf schief und betrachte ihn abwartend, damit er das näher erklärt.

»Sagen wir einfach, ich wollte die Frau kennenlernen wegen der mein Bruder gestern alles andere als gute Laune hatte.«

Cole hatte gestern meinetwegen schlechte Laune? Es überrascht mich, dass ihn die Sache überhaupt weiter gekümmert hat. Und, oh Gott, Tate weiß, dass ich was mit seinem Bruder hatte. Meine Wangen werden heiß, aber ich gucke nicht weg. Ich habe eine bewusste Entscheidung getroffen und werde mich nicht dafür schämen.

Ich beuge mich über den Schreibtisch und fange an, meine Pläne wieder aufeinanderzulegen. »Dann nehme ich an, dass du die gar nicht sehen musst.«

Wieder schaut er über meine Schulter, und diesmal breitet sich ein fettes Grinsen auf seinem Gesicht aus. Ich richte mich auf und schaue hinter mich, aber da ist weiterhin niemand. Was hat er denn?

»Soll ich die dem Marketingteam bringen? Oder war das Ganze nur erfunden, um mich hier raufzubestellen?«

»Nein, das Marketing braucht wirklich Kopien davon.«

»Okay«, sage ich. »Ich –«

Das Klingeln seines Telefons unterbricht mich, woraufhin er lächelt, als hätte er damit gerechnet. Er hält den Zeigefinger hoch, damit ich warte, und ich halte in dem unangenehmen Gefühl mit dem Einrollen inne, sein Gespräch zu belauschen.

»Womit habe ich denn diesen Anruf verdi–«

Er bricht ab, sieht mich an und zwinkert mir zu, während er sich im Sessel zurücklehnt.

Stirnrunzelnd drehe ich die Pläne in den Händen, während ich mich bemühe, dieses Privatgespräch auszublenden.

»Hm-hm. Hm-hm. Ich höre eine gewisse Verärgerung bei dir raus, Cole.«

Als mir klar wird, mit wem er spricht, zuckt mein Blick wieder zu Tate.

»Ich habe bloß mit Ms West über die Marketingstrategie gesprochen.« Er lauscht einen Augenblick. »Stimmt. Das ist nicht meine Aufgabe. Deshalb wird sie Delilah jetzt auch dem Team bringen.« Wieder schweigt er. »Ich weiß nicht, wovon du da redest. Diese Besprechung hier ist rein geschäftlich. Meine Tür stand die ganze Zeit offen. Wie du ja offensichtlich selbst gesehen hast, als du vorbeigegangen bist.«

Hat er deswegen ständig hinter mich geschaut? Wollte er, dass mich Cole hier bei ihm sieht?

Jetzt steigt meine Wut. Keine Ahnung, was zwischen den beiden vor sich geht, aber ich habe keine Lust, in die Spielchen zweier Milliardäre untereinander reingezogen zu werden. Dafür habe ich zu hart gearbeitet, es so weit zu schaffen. Gut, ich mag mich vom Sex habe ablenken lassen, aber ich habe meine Lektion gelernt. Einem Mann zu verfallen, besonders einem wie Cole, ist nicht gut für mich. Genauso wenig wie damals für Mom.

Ich lange über Tates Schreibtisch und rolle die Pläne zu Ende ein. Er beäugt mich dabei, während er Cole weiter zuhört. Ich unterdrücke den Drang, einfach zu gehen. Egal wie sauer ich über das bin, was auch immer er hier veranstaltet, er ist nichtsdestotrotz ein Vorgesetzter, und angesichts dessen, was mit Paul und Cole war, bin ich eh schon in einer prekären Lage. Also warte ich steif ab, dass er endlich auflegt.

Sobald er es tut, sage ich: »Wenn wir also hier fertig sind, bringe ich die runter zur Marketingabteilung.«

Was immer er in meinen Tonfall oder Gesichtsausdruck erkennt, es lässt seine Mundwinkel nach oben gehen. Offensichtlich gelingt es mir nicht sonderlich gut, meine Gefühle zu verbergen, doch er sagt nichts dazu. Stattdessen mustert er mich, und ich gebe mein Bestes, seinem prüfenden Blick standzuhalten.

Die unterschwellige Belustigung verschwindet aus seiner Miene. Sein Blick wird abwesend, dann nickt er. »Ich danke dir, Delilah.«

Ich gehe hinaus und lächle kurz Sophie zu, als ich an ihrem Schreibtisch vorbeikomme.

Um zum Fahrstuhl zurückzukehren, muss ich an Coles Büro vorbei. Ich hoffe, ich kann unbemerkt vorbeihuschen. Meine Zuversicht sinkt, als der Schreibtisch seines Assistenten in Sicht kommt und ich eine große, breitschultrige Person danebenstehen sehe.

Ich recke das Kinn und behalte mein Tempo bei. Ich werde ihm höflich zunicken, während ich zum Fahrstuhl weitergehe.

Doch in dem Moment, als sich unsere Blicke treffen und er die Augen verengt, weiß ich, dass es so leicht nicht werden wird.

»Ms West«, sagt er mit dermaßen düsterer Stimme, dass ich schlucken muss.

Ich bleibe ein paar Schritte vor ihm stehen und merke, wie Samsons Blick zwischen uns hin- und hergeht. »Ja, Mr King?«

»Wenn es Ihnen nichts ausmacht, würde ich Sie gern kurz sprechen.«

Ich überlege zu antworten, dass es mir durchaus etwas ausmacht, aber irgendwann muss ich ihm ja gegenübertreten. Also nicke ich bloß, atme einmal tief durch und folge ihm in sein Büro.

30

Cole

Als ich nach meinem Meeting an Tates Büro vorbeiging und Delilah über seinen Schreibtisch gebeugt stehen sah, in einem engen Kleid, das sich um ihren Po schmiegt, presste ich so fest die Zähne zusammen, dass die neben mir herlaufenden Leute sie eigentlich hätten knirschen hören müssen. Was zum Teufel trieb mein Bruder da? Ich hatte ihm gestern deutlich zu verstehen gegeben, dass er die Finger von ihr lassen soll, und gleich tags darauf hat er sie bei sich im Büro – mit ihren langen Beinen, dem engen Kleid und den schönen grünen Augen.

Sobald ich den Anruf bei ihm beendet hatte, ging ich unter dem Vorwand, etwas mit Samson besprechen zu müssen, vor mein Büro und wartete darauf, dass sie den Flur entlangkam. Wahrscheinlich sollte ich mich fragen, warum ich mich so irrational benehme, obwohl ich doch schon beschlossen habe, dass es besser so ist, aber nein. Wenn Tate glaubt, er kann Delilah haben, täuscht er sich leider.

Als sie mir ins Büro folgt, kitzelt mich ihr süßer Sonnenschein-und-Wildblumen-Duft. Eine lebhafte Fantasie nimmt in meinen Gedanken Gestalt an. Darin drehe ich mich um, schiebe sie gegen die Tür, streife mit der Nase an ihrem langen Hals hinab und sauge an der zarten Haut über dem Schlüsselbein – hinterlasse mein Zeichen, damit Tate mein Mal sieht, wenn er sie erneut zu sich ruft.

Was total lächerlich ist. Delilah hat bereits deutlich zu verstehen gegeben, dass unsere Vereinbarung beendet ist.

Ich stolziere zu meinem Schreibtisch, setze mich aber nicht dahinter. Stattdessen bleibe ich mit verschränkten Armen davor stehen, während Delilah sich nahe der Tür herumdrückt.

»Mach die Tür zu«, sage ich.

Sie tut es mit steifen Schultern und dreht sich dann wieder zu mir um.

»Was wollte Tate?«, frage ich.

Sie zieht die Stirn kraus. »Hat er dir das nicht am Telefon gesagt?«

»Ich möchte es von dir hören.«

Sie legt den Kopf schief. »Denkst du, er hat gelogen? Warum sollte er? Er ist dein Bruder.«

Ich lehne mich gegen den Schreibtisch. »Wir stehen uns nicht sonderlich nah. Ich vertraue nicht unbedingt darauf, dass er mir die Wahrheit sagt«, erkläre ich und frage mich dann, warum ich das ihr gegenüber preisgegeben habe.

»Das ist traurig.« Aufrichtiges Mitleid huscht über ihr Gesicht. Sie und ihre Mom sind sich nah, deshalb versteht sie vermutlich nicht, wie es ist, wenn Familienmitglieder distanziert zueinander sind. Aber so ist das halt bei uns. Liebe, Zuneigung, Vertrauen – das gehört alles nicht dazu.

»So ist es eben«, versuche ich, aufs Thema zurückzukommen. »Jetzt sag – «

»Was ist mit Roman?«

Ich starre sie an. »Wie?«

»Hast du zu ihm eine engere Beziehung?«

»Nein.«

»Das erklärt es vielleicht«, sagt sie fast mehr zu sich selbst.

»Erklärt was?«

Sie schüttelt den Kopf, als würde ihr klar, dass wir abgeschweift sind. Dann strafft sie die Schultern. »Worüber wolltest du mit mir sprechen?«

Ihr schöner Blick ruht auf mir, doch es liegt ein Schatten in ihren Augen, der zuvor nicht da war. Wieder nagt Reue an mir. *Ich* war das. Denn sie hatte recht. Ich habe ihr die Wahrheit vorenthalten, um zu bekommen, was ich wollte. Nämlich sie. Wenn ich ehrlich zu mir selbst bin, will ich sie immer noch. Wider alle verdammte Vernunft.

Ich war wütend, als ich sie hier hereinbat. Wütend, weil Tate ihre Aufmerksamkeit hatte – weil ihm ihr hübsches Lächeln galt, dabei wollte ich angelächelt werden.

Aber was habe ich denn erwartet? Sie hat es mir gestern klipp und klar gesagt. Ich habe sie verletzt und mich nicht einmal dafür entschuldigt. Ich bin es nicht gewohnt, um Verzeihung zu bitten, und es ist nichts, was ich besonders gerne tue, doch ich war nicht ganz ehrlich mit ihr, dabei war sie, soweit ich weiß, stets ehrlich zu mir.

Ich kämpfe meine irrationale Wut nieder und gehe langsam auf sie zu, so als wäre sie ein wildes Geschöpf und könnte weghuschen, bevor ich sie berühren kann. Ich bleibe vor ihr stehen. Ihr Kehlkopf bewegt sich, als sie schluckt, doch sie bleibt, wo sie ist, obwohl ich ihr so nah komme.

Ich lasse eine Strähne ihres seidigen Haars durch meine Finger gleiten. »Es tut mir leid«, sage ich leise. »Ich hätte dir die Wahrheit über Jessica sagen sollen.«

Ihre Augen weiten sich. »Äh«, macht sie sichtlich perplex. »J-Ja, hättest du.«

»Es ist keine Rechtfertigung, aber für mich war das, was Jessica und ich in der Vergangenheit hatten, keine Beziehung.«

»Für mich sah es nicht nach Vergangenheit aus.«

Bei der Erinnerung an Jessicas Verhalten letzten Freitag mache ich ein finsteres Gesicht. »Das ging allein von ihr aus. Ich habe sie weder dazu verleitet, noch wollte ich es. Sie war sauer, weil ich unsere übliche Abmachung ablehnte, und hielt es für eine gute Idee, mich in Zugzwang zu bringen.«

Ihre glatte Stirn legt sich in Falten. »Eure übliche Abmachung.«

Fuck. Darauf möchte ich echt nicht genauer eingehen, aber wenn, dann muss ich völlig ehrlich zu ihr sein. »Das zwischen Jessica und mir war ein Bequemlichkeitsding. Unsere Familien bewegen sich in denselben Kreisen. Ihr Vater ist einer der größten Investoren der *King Group*, deshalb besuchen wir oft dieselben Veranstaltungen. Da keiner von uns beiden eine Beziehung sucht, fanden wir es praktisch, zusammen zu diesen Anlässen zu gehen und danach …« Ich zucke mit den Schultern, weil ich nicht sicher bin, wie weit ich für Delilah ins Detail gehen soll.

Sie presst die Lippen aufeinander, nickt jedoch nur. »Danke, dass du mir das sagst.«

Sie wirkt weder zufrieden noch erleichtert, weshalb mir aufgeht, dass ich die Angelegenheit eventuell nicht vollständig aufgeklärt habe. »Ich habe am Freitag nicht mit ihr geschlafen. Seit ich dich kennengelernt habe, haben wir uns gar nicht mehr getroffen.«

Sie stößt ein leises Seufzen aus, und die Anspannung weicht ein wenig aus ihren Schultern. »Okay.«

Langsam kommt Frust in mir auf. »Ich habe sie nicht aufgehalten, als sie mich küsste, weil ich nicht dabei fotografiert werden wollte, wie ich die Tochter unseres Hauptinvestors in aller Öffentlichkeit zurückweise. Aber sie weiß, dass sie das nicht noch mal bringen kann.«

Delilah nickt und verschränkt die Hände vor dem Schoß. »Schön, dass wir das geklärt haben. Wenn es sonst nichts weiter gibt, muss ich jetzt an meinen Schreibtisch zurück und meine Arbeit fertigbekommen.«

Ich schaue sie aus zusammengekniffenen Augen an. Ich habe mich entschuldigt, aber das scheint nichts gebracht zu haben. Was will sie? Sie tut so, als wären die letzten Wochen nie passiert. Vielleicht eine weitere Erinnerung daran, warum ich keine Beziehungen eingehe. Vielleicht kann ich es jetzt hinter mir lassen und muss nicht mehr an sie denken, nachdem ich mich entschuldigt habe und mich das nicht mehr belastet. »Mehr hatte ich nicht zu sagen.«

Kurz zögert sie, ehe sie sich zur Tür umdreht, aber genau dieses Zögern zusammen mit ihrem Hüftschwung beim Weggehen und ihrem über den Rücken wallenden dunklen Haar – von dem ich noch zu genau weiß, wie ich es in meiner Faust hielt, als ich sie von hinten nahm – bringt mich dazu, mich in Bewegung zu setzen.

Ehe sie die Tür aufziehen kann, drücke ich die Hand dagegen und halte sie zu. Ich stehe dicht hinter ihr, meine Brust berührt leicht ihre Schulterblätter, und sofort wird mein Schwanz hart und drückt gegen ihren Po.

Sie zieht scharf die Luft ein und hält still.

»Was glaubst du, was du tust?«, knurre ich.

Sie dreht den Kopf gerade so weit zu mir, dass ich ihre Halsbeuge und die dunklen Spitzen ihrer gesenkten Wimpern sehen kann.

»Was meinst du?« Ihre Stimme ist nicht mehr so fest wie eben, sodass mich eine Woge der Genugtuung überkommt. Sie ist nicht so ungerührt, wie sie tut.

Sanft fahre ich mit der Hand über ihre Hüfte, bis meine Finger ihre Taille finden. »Ich habe mich entschuldigt. Ich habe erklärt, was los war. Ich habe dir gesagt, dass ich mich nicht mehr mit ihr getroffen habe, seit ich dich kenne. Und von dir kommt gar nichts.« Mit der anderen Hand streiche ich ihr das Haar aus dem Nacken, damit ich die Nase an ihrer zarten

Haut reiben und ihren Duft einatmen kann. »Soll ich glauben, dass du mit mir fertig bist – *hiermit* fertig –, weil ich einen Fehler gemacht habe?«

Ein zittriger Atemstoß entweicht ihr, als ich die Hand an ihrer Taille hinaufgleiten lasse, um ihre Brust zu umfassen, und ich lächle in mich hinein, als ich ihre harte Brustwarze unter meiner Handfläche spüre.

Sie lässt den Kopf nach vorn fallen. »Du hast mich verletzt, und dazu war unser Arrangement nicht gedacht. Es wäre vielleicht besser, wenn wir es einfach sein lassen.«

Ein Schauder durchfährt mich, gefolgt von einem kurzen Stechen hinter meinen Rippen. »Was, wenn ich es nicht sein lassen will?«

Sie dreht sich um, lehnt sich mit dem Rücken gegen die Tür und sieht mich an. »Wieso denn nicht? Was gebe ich dir, das dir die Jessicas dieser Welt nicht auch geben könnten? Du willst keine Beziehung mit mir, wenn du also nur auf Sex aus bist, wieso holst du ihn dir dann nicht bei irgendeiner anderen, der es egal ist, ob du sie anlügst?«

Weil Jessica und sie kein Vergleich sind. Weil sie etwas in mir zum Vorschein bringt, von dessen Existenz ich nicht mal wusste. Deswegen komme ich nicht von ihr los, obwohl ich weiß, dass es besser wäre.

Ich umfasse ihren Nacken und streichle mit dem Daumen über ihre Kinnpartie. »Wenn ich mit Jessica zusammen bin, empfinde ich nichts. Der Sex war immer …« Ich schüttele den Kopf. »Kalt und nichtssagend. Mit dir ist es anders. Wenn ich dich berühre, dann aus purer Leidenschaft, und ich kriege nicht genug davon. Mit dir will ich mehr.«

Ihr Atem flattert über ihren geöffneten Lippen, und sie blickt mir forschend in die Augen. »Mehr wovon?«

»Allem. Mehr Zeit. Mehr von deinem Körper.« Ich senke

den Kopf und streife federleicht ihre Lippen. »Mehr hiervon.« Einen Herzschlag lang zögere ich, zwinge mich dann aber fortzufahren. Ehrlich zu sein, wie sie es verdient. »Ich will deine Wärme, Delilah. Du bist so ziemlich die einzige Quelle für mich. Ich will das nicht wegen Jessica aufgeben.«

Auf mein Geständnis hin wird ihr Blick weicher. So etwas habe ich noch nie zu jemandem gesagt, und ein Teil von mir will die Worte zurücknehmen. Sie sind zu vertraulich. Drohen eine Schwäche zu offenbaren, die ich glaubte, vor langer Zeit begraben zu haben.

Sie sieht mich fest an, doch in ihrem Blick liegt ein Schatten. »Ich weiß nicht, ob ich dir vertrauen kann.«

»Ich bin normalerweise kein Lügner. Ich werde nicht mehr mit Jessica zu Veranstaltungen gehen. Und ich verspreche dir, dass ich mich nicht wieder von ihr küssen lasse.«

»Du meinst, bis das mit uns vorbei ist?«

Sie will, dass ich ihr widerspreche, doch gerade habe ich ihr versichert, ich sei kein Lügner. Ich kann nichts versprechen, was ich nicht halten kann. »Vielleicht nicht mal dann.« Mehr kann ich nicht bieten, auch wenn ich mir zum ersten Mal im Leben wünsche, ich hätte jemandem mehr zu geben als meine innere Leere.

Während sie mir noch immer forschend ins Gesicht schaut, hebe ich die Hand und streiche mit den Fingerknöcheln an ihrer Kieferpartie entlang. »Es tut mir leid«, wiederhole ich noch einmal, diesmal leiser. Dann neige ich ihr Kinn nach hinten, sodass meine Lippen dicht über ihren schweben. »Mir gefällt es nicht, dass ich dich verletzt habe, und es tut mir leid. Nimmst du meine Entschuldigung an?«

»Kein Weglassen mehr? Keine Halbwahrheiten?«

Ich schüttele den Kopf. »Nein.«

Noch immer gibt sie mir nicht, was ich will, und inzwischen

pocht es dringlich in meinen Adern. Mit dem Daumen neige ich ihren Kopf ein Stück weiter nach hinten, sodass unsere Lippen nur einen Atemhauch voneinander entfernt sind.

»Delilah«, brumme ich. »Nimmst du meine Entschuldigung an?«

Ihre Pupillen weiten sich, und ein leises Lächeln umspielt ihre Lippen, worauf mich Erleichterung durchströmt. »Vielleicht solltest du mir zeigen, wie leid es dir tut«, flüstert sie.

Noch während die Anspannung in meiner Brust nachlässt, wird mein Schwanz hart. »Soll ich vor dir auf die Knie gehen, Kätzchen?«

Unter meine Handfläche flattert ihr Puls, und sie nickt langsam.

Würde eine andere Frau das von mir verlangen, würde ich lachen und ihr die Tür zeigen. Wie so oft, fällt meine Reaktion bei Delilah anders aus. »Erst muss ich dich küssen.«

Sie befeuchtet sich die Lippen. »Ich erlaube es.«

Verdammt, wie es mir gefällt, dass sie mit dem Feuer spielt. Ich packe ihren Po und ziehe sie an mich, damit sie genau spürt, was sie mit mir anstellt. Als sie aufkeucht, nutze ich die Chance, die Lücke zwischen unseren Mündern zu schließen, um wieder ihre Süße zu schmecken.

Eine Hand in ihren Haaren vergraben, stöhne ich auf, als sie sich gegen mich drückt. Verdammt, sie ist wie eine Droge, nach der ich schon regelrecht süchtig bin. Und gerade kümmert mich das nicht.

Ich schmiege die Hände um ihre Taille, drehe sie dann um und lenke sie rückwärts durch mein Büro, bis sie gegen meinen Schreibtisch gelehnt steht.

»Ich zeig dir jetzt, wie leid es mir tut«, raune ich, hebe sie hoch und setze sie auf die Tischplatte, sodass ich an ihren Beinen hinaufstreicheln und ihre Beine auseinanderdrücken kann. »Ich werde dich verwöhnen, bis du auf meinem Gesicht kommst. Und dann weiß ich, dass du mir verziehen hast.«

»Die Tür ist nicht abgeschlossen«, sagt sie atemlos.

»Ist mir egal. Die Einzigen, die hier ungebeten reinkommen, sind meine Brüder. Und wenn die dich hier mit meinem Mund zwischen deinen gespreizten Schenkeln vergraben sehen, wissen sie ein für alle Mal, dass du zu mir gehörst, und benehmen sich lieber anständig, indem sie verflucht noch mal einfach wieder gehen. Jetzt leg dich hin.«

Nach einem winzigen Zögern tut sie, was ich verlange. Ich schiebe ihren Rock bis zu den Hüften hoch und knie mich hin. Ihr Slip ist ein winziges Stück Stoff, das ich ihr, ohne lange zu überlegen, herunterreiße. Sie zieht scharf die Luft ein, aber ich stopfe ihn mir nur in die Tasche.

Und dann vergibt sie mir.

Zweimal.

31

Delilah

Freitagabend sitze ich im Pyjama mit einem Glas Wein vor dem Fernseher und habe mein Tablet auf dem Schoß. Alex hat mich gefragt, ob ich mit ihr und ihren anderen Freundinnen feiern gehe, aber ich wollte noch an etwas arbeiten und habe deshalb abgelehnt.

Es ist eine Woche her, dass Cole sich in seinem Büro bei mir *entschuldigt* hat, und seitdem sind wir nicht mehr miteinander intim geworden. Ich hatte erwartet, dass er mich noch am gleichen Abend in sein Penthouse einlädt, und war darauf vorbereitet, Nein zu sagen. Nicht nur, weil ich mit Alex zum Essen verabredet war, sondern weil ich nicht gleich wieder mit ihm ins Bett springen wollte. Aber er fragte nicht. Er hat mich an seiner Bürotür geküsst, Alex und mir einen schönen Abend gewünscht, und sich damit verabschiedet, dass wir uns bald sehen.

Ich war dankbar, dass er mir eine Atempause gibt. Nur leider ist er seitdem die meiste Zeit geschäftlich unterwegs gewesen. Zwar brauchte ich Freiraum, doch inzwischen hatte ich mehr als genug davon. Heute Abend kommt er zurück, aber wir sehen uns erst morgen. Zu behaupten, ich würde mich nicht darauf freuen, wäre gelogen.

Keine Ahnung, was das mit Cole ist, aber wenn ich bei ihm bin, fühle ich mich … frei. Ich mache Sachen, die mir sonst nicht in den Sinn gekommen wären, und das mag ich.

Ich mag *ihn*.

Die aufblitzende Verletzlichkeit in seinem Blick, als er sagte, in seinem Leben gebe es keine Wärme, tat mir leid. Vielleicht hätte ich trotzdem besser gehen sollen, doch das brachte ich einfach nicht fertig. Was auch immer dieses Lodern zwischen uns ist, genau wie er will ich mehr davon. Auch wenn es wahrscheinlich allzu bald von allein erlischt.

Ich trinke einen Schluck Wein gegen das Zwicken in meiner Brust. Worauf ich mich eingelassen habe, ist Gelegenheitssex. Und mehr ist bei Cole nicht im Angebot. Aber das ist okay, denn so ist es auch für mich am besten. Wir haben uns ausgesprochen, damit wir weiter unsere körperliche Anziehung ausleben können, und ich kann mich wieder auf meine Karriere konzentrieren. Bald habe ich genug Geld, um anzufangen, für das Haus meiner Mutter zu sparen. Darauf arbeite ich schon jahrelang hin, und es wäre dumm, sich von einer komplizierten Beziehung ablenken zu lassen. Cole wird nie mehr von mir wollen, und das passt perfekt.

Solange ich mir das stets vor Augen halte, bin ich auch nicht enttäuscht, wenn es vorbei ist.

Auf dem Couchtisch klingelt mein Handy, und ich stelle das Weinglas ab, um ranzugehen. Als ich Coles Namen auf dem Display sehe, sacke ich leicht in mich zusammen. Vielleicht sagt er für morgen Abend ab.

Ich nehme den Anruf an. »Hallo! Wie war dein Flug?«

»Ich stehe unten vor deiner Tür«, geht er über meine Frage hinweg.

»Tatsächlich?« Als ich aufstehe und zum Fenster gehe, sehe ich den großen schwarzen Wagen unten parken. »Willst du raufkommen?«

»Nein. Komm du runter.« Er klingt angespannt.

»Okay. Bin gleich da.«

»Lass deinen Slip zu Hause«, sagt er.

Ich halte in der Bewegung inne, denn ich weiß, was das bedeuten soll. »Ich dachte, wir treffen uns morgen Abend bei dir?«

»So war's geplant. Jetzt kommst du schon heute mit.«

Wie's aussieht, ist der arrogante Cole wieder zurück. Auch wenn ich eben noch dachte, ich wäre mehr als bereit, ihn wiederzusehen, ärgert mich seine Attitüde. »Ich muss noch Arbeit fertigbekommen.«

»Es ist Freitagabend um zehn. Warum zur Hölle arbeitest du?«

»Du kommst doch selbst gerade von der Arbeit«, stelle ich fest.

»Und jetzt will ich Feierabend machen und dich vögeln. Also los, beweg deinen Arsch hier runter.«

So dringend ich auch zu ihm möchte, ich setze mich auf die Couch. »Na, du verstehst es echt, eine Frau zu bezirzen, was?«

Er atmet harsch aus, und als er weiterspricht, ist sein Tonfall weicher. »Delilah, ich hatte drei Tage lang Meetings, irgendwie sind unsere Investoren nicht mit den Zahlen einverstanden, die ich ihnen präsentiere. Alles, was ich will, ist, es dir mit der Zunge besorgen und dann dich auf mir zu spüren, bis wir beide kommen. Ist das zu viel verlangt?«

Erschöpfung durchzieht seine Worte und lässt mich die Stirn runzeln, besonders da seine Sorgen wegen der Investoren durchs Telefon dringen. Nicht, dass ich keine vollgepackte Arbeitswoche gehabt hätte. Es gibt keinen Grund, warum ich mir nicht ein paar Orgasmen gönnen und zugleich Cole entspannen helfen sollte.

»Na gut«, sage ich. »Ich komme in fünf Minuten runter.«

Ich putze mir die Zähne, klatsche mir Wasser ins Gesicht und kämme mir mit den Fingern die Haare, um vorzeigbar zu sein. Dann schließe ich hinter mir ab und gehe die Treppe runter.

Jonathan wartet auf mich, als ich rauskomme, und ich lächle ihn an. Er nickt, behält aber eine undurchdringliche Miene, während er mir die Tür aufhält.

Beim Einsteigen ziehen Coles blaue Augen sofort meinen Blick an. Ich schenke ihm ein Lächeln. »Schön, dich zu sehen«, sage ich und betrachte ihn.

Er sieht so attraktiv aus wie immer. Das Jackett hat er ausgezogen und die Hemdsärmel hochgekrempelt. Während ich seine sehnigen Unterarme beäuge, flimmern mir Bilder durch den Kopf, wie er sie um mich schlingt.

Dann schaue ich ihm richtig ins Gesicht und bemerke die dunklen Schatten unter seinen Augen. »Geht's dir gut?«

Er lässt meine Frage unbeantwortet. »Komm her«, sagt er und hält mir den Arm hin.

Ich wechsle die Sitzseite und rutsche neben ihn, doch er schlingt die Arme um meine Taille und zieht mich auf seinen Schoß, während Jonathan den Motor anlässt. Cole presst die Lippen auf meinen Hals und raunt: »Verdammt, ich denk schon seit Tagen an nichts anderes, als dich wieder zu schmecken.«

Seine Zähne kratzen über die Stelle, unter der mein Puls pocht. »Ich habe auch an dich gedacht.«

»Und woran genau?«, fragt er, während er die Hände unter mein Shirt schiebt.

»Daran.« Ich streiche mit meinen Lippen hauchzart über seine, wir berühren uns kaum.

Cole verstärkt den Griff um meine Taille und vertieft den Kuss unter einem Stöhnen. Er schmeckt nach dem Whiskey, den er wohl im Flieger getrunken hat. Seine Härte drückt gegen mich, und da ich keinen Slip trage, rechne ich schon fast damit, dass er mich jetzt sofort nimmt. Erstaunlicherweise scheint er jedoch damit zufrieden, mich zu küssen, während er die Hände über meine Haut wandern lässt. Dieses gemächliche, sinnliche Verschmelzen unserer Münder ist neu. Als wir vor seinem Wohngebäude halten, brodelt es in mir, und bestimmt hab ich einen feuchten Fleck auf seinem Hosenbein hinterlassen.

Im Fahrstuhl hinauf in sein Penthouse setzt er seine methodische Erkundung meines Körpers fort. Sobald die Türen oben aufgleiten, lasse ich meine Handtasche fallen und er zieht mir das Shirt aus, während ich an seinen Hemdknöpfen herumfingere.

Wie angekündigt liege ich wenige Augenblicke später rücklings auf dem flauschigen Teppich vor seinem Kamin, während er damit beschäftigt ist, mich mit seinem Mund zum Keuchen und Stöhnen zu bringen. Sekunden, nachdem ich gekommen bin, hat er ein Kondom übergestreift und ist tief in mir. Ich bin sonst bedächtigere Verführungskünste von ihm gewöhnt, aber so gefällt es mir auch. Es gibt mir das Gefühl, dass er mich genauso sehr begehrt hat wie ich ihn.

Ich schließe die Augen und gebe mich den Empfindungen hin.

* * *

Cole zieht einen Pfad aus Küssen meinen Bauch hinab und ist im Begriff, mir den dritten Orgasmus zu bescheren, als mein Magen laut losknurrt.

»Du meine Güte«, sage ich und halte mir beschämt die Augen zu.

Er lacht an meiner Haut – ein leises Poltern, bei dem ich überrascht zu ihm hinunterschaue. So gute Laune bin ich von ihm nicht gewohnt.

Als sich unsere Blicke treffen, liegt ein Funkeln in seinen Augen, das vorhin, als er mich abgeholt hat, noch nicht da war. »Muss ich dir erst was zu essen geben, bevor ich mich weiter über dich hermachen kann?«

Lachend stütze ich mich auf den Ellbogen auf. »Es könnte nicht schaden. Was hast du denn da? Ich könnte uns was kochen?«

Er reibt die Nase an meinem Bauch. »Ich koche nicht, deshalb ist so gut wie nichts da. Ich bestelle uns was.«

Ich fasse in sein Haar und ziehe daran, bis er mich ansieht. »In deinem Riesenkühlschrank ist rein gar nichts?«

Er krabbelt auf mich und drückt die Lippen auf meine, dann sagt er: »Wein, Brot, vielleicht ein, zwei Stücke Käse. Nichts, woraus man eine anständige Mahlzeit zubereiten kann.« Er umschließt eine meiner Brustwarzen mit dem Mund und zieht heftig daran, sodass ich aufkeuche.

Ich lege mich wieder auf den Teppich, während er sich saugend und leckend zu meiner anderen Brust vorarbeitet.

»Cole.« Lachend schiebe ich wieder die Finger in sein Haar. Dann rolle ich mich mit ihm herum und setze mich auf ihn. Sein Blick verdunkelt sich, als er mich bei den Hüften fasst. »Ich mach uns was zu essen und anschließend reite ich dich wie ein Pony.«

Er starrt mich einen Augenblick an und lacht dann prustend los. »Wie ein Pony?«

Insgeheim bin ich begeistert, ihn so entspannt zu erleben. »Na schön, ich bin nicht gut in Dirty Talk. Wäre es besser gewesen, wenn ich gesagt hätte: wie einen Hengst?«

»Geringfügig«, sagt er.

Ich steige von ihm herunter und blicke mich nach meinem Shirt um, doch er umfasst meine Taille. »Zieh mein Hemd an«, raunt er mir ins Ohr.

Nachdem er es von der Couch geangelt hat, lasse ich mit heftig klopfendem Herzen meine Arme hineingleiten.

Seine Fingerknöchel streifen meine Brüste, als er mir das Hemd langsam überzieht. Ich erschaudere, und meine Brustwarzen drücken sich durch den edlen Stoff. Ich greife an die Knopfleiste, aber er schiebt meine Hände weg. »Lass es offen.«

Mein Blick geht zu der umlaufenden, bodentiefen Fensterfront, doch er schüttelt nur den Kopf, fährt mit den Fingern an meinem Bauch hinab und immer tiefer, bis zwischen meine Beine.

»Theoretisch kann man hier reingucken. Und wer ganz genau rüberschaut, erhascht vielleicht einen Blick auf diesen hübschen Körper.« Er lässt die Finger in mich gleiten, woraufhin ich mich auf die Zehenspitzen stelle, mich an seinen Schultern abstütze und keuchend die Stirn an seiner Brust lehne. »In dem Fall wird da jemand voll neidisch sein, weil du heute Nacht mir gehört.« Er zieht die Finger wieder heraus, hebt sie an den Mund und schiebt sie zwischen seine Lippen. Beim Ablecken fallen seine Lider zu. Ich bekomme heiße Wangen, und als er mich wieder ansieht, funkeln seine Augen dunkel. »Meine Lieblingsvorspeise.«

»Du meine Güte, Cole«, flüstere ich, woraufhin er mich so träge und verführerisch anlächelt, dass ich mich regelrecht winde. Doch dann grummelt mein Magen erneut und unterbricht das Knistern zwischen uns.

Cole lacht in sich hinein. »Komm, wir gucken mal, ob wir im Kühlschrank was finden, woraus du etwas zaubern kannst.«

Er zieht seine engen Boxershorts an, folgt mir zu dem riesigen doppeltürigen Kühlschrank und wartet hinter mir, während ich schaue, was so darin ist. Er hatte recht: nicht viel. Ein paar Sorten teuer aussehender Käse, Butter, Senf und Ketchup, eine Flasche Wein und ungefähr tausend Flaschen Wasser.

Über die Schulter werfe ich ihm einen Blick zu. »Meintest du nicht, du hättest Brot da?«

»Ich glaube schon. Aber ich weiß nicht, wie frisch das noch ist.«

Barfuß tapst er zu einem großen Schrank, und als er ihn öffnet, findet sich dahinter eine begehbare Speisekammer. Neugierig luge ich hinein. Sie ist riesig, aber ebenfalls fast leer.

Cole reicht mir eine braune Papiertüte und ich schaue hinein. Es ist ein halber Laib knuspriges Weißbrot darin. Beim Herausnehmen stelle ich fest, dass er recht hatte und es schon ein bisschen trocken ist. Aber für das, was ich damit vorhabe, macht das nichts.

Ich bitte Cole um ein Schneidebrett und ein Messer, die er aus verschiedenen versteckten Schubladen seiner riesigen Küche hervorholt.

»Kann ich helfen?«, fragt er, während ich vier Scheiben abschneide.

Ich klemme mir eine Haarsträhne hinters Ohr und lächle ihn an. »Bringst du mir Wein und Senf?«

Er holt beides und stellt es neben mir auf die Arbeitsfläche. »Was machst du denn? Käsetoast?«

»So was in der Art.« Ich schaue zu ihm hoch. »Magst du den?«

Er zuckt mit den Schultern. »Mag den nicht so gut wie jeder?«

»Tja, ich war mir nicht sicher, was Milliardäre zu Hause so essen. Außerdem wirkst du nicht unbedingt wie jemand, der auf Comfort-Food steht.«

»Ist es das für dich? Comfort-Food?«

»Ja.« Ich lächle vor mich hin. »Meine Mom hat mir immer Käsetoast gemacht, wenn ich einen schlechten Tag hatte. Als ich schon größer war und Mom zwei Jobs nachging, machte ich ihr immer welchen, wenn sie spätabends nach Hause kam.

Als arme Studentin experimentierte ich dann ein bisschen herum. Das ist meine Lieblingsvariante. Wobei ...«, ich halte den Käse und Wein hoch, den er mir gegeben hat, »... so teure Zutaten hatte ich nie.«

Seine Mundwinkel zucken. »Wohl nicht, nein. Die Flasche kostet fünfhundert Dollar.«

Ich erstarre. »Oh nein, die kann ich nicht –«

»Doch, kannst du.«

Ich beiße mir auf die Unterlippe, nicke dann und mache weiter.

Schweigend sieht er mir dabei zu, wie ich den Cheddar und Brie in einem Stieltopf schmelzen lasse und dann Wein hinzugebe.

Cole holt zwei Gläser heraus und schenkt aus der Flasche ein, bevor er mir eines reicht.

Ich koste einen Schluck. Das kalte, herbe Aroma explodiert auf meiner Zunge. »Mmh, der ist gut.«

Jetzt weiß ich, wie fünfhundert Dollar teurer Wein schmeckt.

Cole selbst hat noch nicht getrunken. Er beobachtet mich mit undurchdringlicher Miene. Weil mich das leicht nervös macht, frage ich beim Vermischen von Butter und Senf in einer kleinen Schüssel: »Hat dir deine Mom auch Käsetoast gemacht, als du klein warst?«

Als er nicht antwortet, schaue ich auf. Seine Kieferpartie ist angespannt, aber er schüttelt nur den Kopf. »Wir hatten einen Koch. Wenn wir ihn genug damit nervten, machte er uns manchmal welchen. Aber nur ungern. Das war unter seiner kulinarischen Würde.«

Verstehe. Ich schätze, Kaviar war mehr sein Ding.

»Na, heute sind wir die Köche«, sage ich zu ihm. »Also hier.« Ich gebe ihm einen Teller mit zwei Scheiben Brot sowie die Schüssel mit Butter und Senf. »Streich den geschmolzenen

Käse drauf und pack dann die Butter-Senf-Mischung oben drauf.«

Während er das tut, schmiere ich mir auch ein Sandwich. Nachdem wir fertig sind, suche ich eine Pfanne heraus und brate die Brotscheiben darin, bis sie goldbraun sind. Als ich Cole seinen Teller hinschiebe, schaut er drauf und dann wieder mich an, wobei sich etwas in seinem Blick verändert.

»Danke«, sagt er leise.

Wann hat ihm das letzte Mal jemand anderes als ein Berufskoch eine Mahlzeit zubereitet? Ich lächle. »Sehr gern.«

Ich stehe ihm noch am Küchentresen gegenüber, aber er schiebt mit dem Fuß den Hocker neben sich raus und deutet nickend darauf. »Komm her.«

Mit meinem Teller und dem Weinglas umrunde ich den Tresen und rutsche mit dem Hintern auf den Hocker. Die Anspannung weicht aus seiner Miene, und er lächelt mich an. Wieder einmal stockt mir bei diesem Anblick der Atem. Er ist echt unfassbar attraktiv, noch umso mehr mit diesem Gesichtsausdruck statt mit dem ernsten, den er sonst immer trägt. Wobei das ernste Gesicht, das er macht, wenn er am Kopfende eines Konferenztischs steht und einen Raum voller Leute mit einem Blick zum Schweigen bringt, auch nicht schlecht ist.

Ich nehme meinen Toast und beiße ab. Die Mischung aus scharfem Cheddar und cremigem Brie passt wunderbar zum Senf und der leichten Weinnote. Während ich beobachte, wie er abbeißt und kaut, warte ich unsinnig gespannt darauf, wie er es findet.

Sein Blick trifft meinen. »Das ist köstlich«, sagt er schließlich mit einer Spur Überraschung in der Stimme.

Unwillkürlich schleicht sich ein Grinsen auf mein Gesicht, und ich trinke einen Schluck Wein. »Jetzt, wo du weißt, wie's geht, kannst du dir selbst welchen zubereiten, wenn du mal Heißhunger auf einen Snack hast.«

»Wahrscheinlich rufe ich eher einfach in meinem Lieblingsrestaurant an, sage denen, wie's geht, und lasse mir welchen liefern.«

Ich starre ihn mit offenem Mund an. Er macht ein ausdrucksloses Gesicht, sodass ich nicht weiß, ob er das ernst meint, bis er lächelt und in sich hineinlacht.

Auch ich lache. »Wow. Da ist ja wieder dieser Sinn für Humor.«

»Gelegentlich kommt der raus.«

Ich esse den letzten Happen meines Toasts und lecke mir dann mit einem zufriedenen Seufzen die letzten Reste der fettigen Leckerei von den Fingern.

Als ich hochschaue, bekomme ich gerade noch mit, wie Cole auf meinen Mund starrt. Sein Blick hat sich verdunkelt. Er legt seinen Rest des Sandwiches auf den Teller, schiebt ihn weg, hakt den Fuß um meinen Hocker und zieht mich zu sich heran, sodass mir ein Keuchen entweicht.

»Cole, ich – «

Mit einem Kopfschütteln bringt er mich zum Schweigen, bevor er nach der Weinflasche greift und sie an seinen Mund hebt. Er trinkt einen Schluck daraus und neigt sie dann zu mir. »Trink.«

Der entspannte Cole ist weg – und der intensive wieder da. Mein Körper kribbelt vor Vorfreude, und ich greife nach der Flasche. Wieder schüttelt er den Kopf und schiebt dann den Flaschenrand zwischen meine Lippen. Als ich sie öffne, neigt er die Flasche, bis ein Rinnsal der köstlichen Flüssigkeit meinen Mund füllt. Mir bleibt kaum Zeit zu schlucken, da umfasst er meinen Hinterkopf und zieht mich an sich. Seine Zunge begegnet meiner mit einer Dringlichkeit, die ich erwidere.

Es ist kurz vor eins. Nach der langen Arbeitswoche, und nachdem ich schon einmal Sex mit ihm hatte, müsste ich müde sein. Aber nein. Vielmehr bin ich von einer seltsamen Energie erfüllt, die über meine Nervenrezeptoren streicht und meinen Körper auf eine Art weckt, wie nur er es schafft.

Als ich die Hände in sein Haar schiebe und mit den Fingerkuppen seine Kopfhaut massiere, stöhnt er an meinen Lippen. Ehe ich weiß, wie mir geschieht, hat er mir das Hemd über die Schultern gezogen und ich sitze nackt vor ihm. Er unterbricht den Kuss und lässt den Blick über mich schweifen, sodass meine Brustwarzen hart und empfindlich werden.

»Du bist so verflucht sexy«, raunt er. Dann steht er auf, schiebt unsere Teller beiseite und hebt mich auf den Tresen. Ich schnappe nach Luft, als der kalte Marmor meine Haut berührt, und sofort geht mein Blick zu den Glasfronten um uns herum.

»Ist doch egal, ob jemand reinguckt. Zeig, wie du dich mir hingibst«, sagt Cole, und ich erschauere, als der Teil von mir, der sich danach sehnt, waghalsig und frei zu sein, mit meiner Zurückhaltung ringt.

Dann drückt er mich nach hinten, und ich lasse es zu, mein Herz rast, als er mit seinen großen Händen meine Beine spreizt. Meine Augen sind geschlossen, mein Atem kommt in heftigen Stößen über meine Lippen. Dann ist sein Mund zwischen meinen Beinen, heiß und feucht, und er verschlingt mich wie ausgehungert, seine Zunge schnellt in mich und entringt mir ein Keuchen.

Seine Finger ersetzen seine Zunge, mit der er nun einen Pfad zu meiner empfindlichen Klitoris zieht, die schon pulsiert vor Lust. Er schnalzt mit der Zunge darüber und saugt sie dann zwischen die Zähne. Ich bin knapp davor, winde mich mit meinen Hüften in seinem Griff. Kurz bevor ich die Kontrolle verliere, hört er auf, sodass ich frustriert aufschreie und schlagartig die Lider öffne.

Cole starrt mich mit heißem, begierigem Blick an. Dann nimmt er die fast leere Weinflasche und kippt sie, sodass ein Rinnsal über meine erhitzte Haut läuft. Bei der Empfindung kreische ich beinahe auf, doch ehe ich etwas sagen kann, leckt er die Flüssigkeit von mir.

Ich winde mich. »Oh, Cole, das fühlt sich so gut an.«

Mit einer Hand unter meinem Po hebt er meine Hüften an, und dann streift das kalte Glas die Innenseite meines Schenkels, als er ein weiteres Rinnsal über mich gießt. Er hält meine Hüften so, dass sich die Flüssigkeit an meiner empfindlichsten Stelle sammelt. Er bedeckt mich mit dem Mund und trinkt. Der Gedanke, was er da gerade macht, törnt mich total an, und auch ohne direkte Stimulation meiner Klitoris kommt mein Orgasmus rasant näher. Doch es genügt noch nicht ganz, um mich über die Klippe zu befördern.

Ich kralle die Finger in sein Haar, um ihn dorthin zu ziehen, wo ich ihn am dringendsten brauche. Nach einem letzten Zungenschlag wandert er höher. Mein Atem erzittert, als er sich meiner Klitoris widmet und sie zwischen die Zähne nimmt.

Und dann spüre ich den glatten Rand der Flasche an meiner Mitte, keuche auf und richte mich schlagartig auf. »Cole?«

»Leg dich hin«, knurrt er, woraufhin ich wieder auf den Tresen sinke. Als er den Flaschenhals in mich schiebt, weiß ich nicht, ob ich beschämt oder erregt sein soll. Mein Körper nimmt mir die Entscheidung ab, meine inneren Muskeln kontrahieren. Das kalte, feste Glas fühlt sich unfassbar an, umso mehr, als Cole meine Klitoris noch intensiver stimuliert.

Er lässt die Flasche gleiten, aber nicht so fest, dass es unangenehm wäre. Nur gerade so, dass ich dort Druck und Reibung spüre, wo ich es begehre. Ich stelle mir vor, wie es wohl aussehen würde, wenn jemand uns sähe: Ich, nackt auf dem Tresen, mit gespreizten Beinen, und ein halb nackter Mann, der den Kopf in meinem Schoß hat und es mir besorgt.

Die Vorstellung und die körperlichen Empfindungen sind genug, um mich über die Klippe zu katapultieren, ich schreie auf, als mein Höhepunkt einsetzt. Mein Inneres zieht sich zusammen, und meine Klitoris pulsiert unter jedem Zungenschlag. Als es vorbei ist, bin ich ein verschwitztes, bebendes Etwas. Schließlich richtet Cole sich auf, die Flasche in der Hand. Ich kann nur kraftlos daliegen und zu dem Mann hochstarren, der mich verrucht sinnlich anlächelt. Er hebt die Flasche an die Lippen, und seine Halsmuskeln spielen, als er den übrigen Wein fast austrinkt.

Dann schiebt er einen Arm unter meinen Rücken, drückt mich hoch und hält mir die Flasche an den Mund. »Schmeckt göttlich«, sagt er.

Ich öffne den Mund und lasse mir von ihm die letzten Tropfen auf die Zunge träufeln. Er setzt sich hin, zieht mich auf seinen Schoß und küsst mich wieder, sodass wir den Geschmack teilen. Mein Körper bebt fast so sehr wie mein Herz und mein Kopf. Cole ist zu viel für mich. Zu viel von allem, was ich nicht bin. Und doch macht das Gefühl, das er mir gibt, wenn wir so zusammen sind und ich mich fallenlassen kann, süchtig.

Viel zu süchtig.

Wie er meinen Mund in Beschlag nimmt, seine Hände meinen Körper einnehmen – nichts von alldem fühlt sich nach Gelegenheitssex an. Ich möchte mich nicht von hier wegbewegen. Ich möchte so bleiben, an ihn gedrückt, ohne daran zu denken, dass das hier zwangsläufig enden muss.

Doch es geht nicht, also reiße ich mich zusammen und löse mich. Als ich von seinem Schoß rutschen will, umarmt er mich fester.

»Wo willst du denn hin?«

»Ich sollte besser nach Hause.«

Er streift mit den Lippen federleicht über meinen Hals. »Bleib«, raunt er an meiner Haut.

»Was?« Ich lehne mich nach hinten, um ihm in die Augen zu sehen.

Er runzelt die Stirn, als wüsste er selbst nicht recht, was er sagt. »Es ist spät. Du solltest bleiben.«

»Du ... willst, dass ich hier übernachte?«

Er übergeht meine Frage. »Ich hole dir ein Shirt von mir.« Er hebt mich von sich herunter und verschwindet den Flur entlang in sein Schlafzimmer. Ich folge ihm. Er hat mich noch nie gebeten zu bleiben. Damit habe ich auch eigentlich nie gerechnet. Ich nahm an, es diente dazu, mir die Realität unserer Nicht-Beziehung stets klar und deutlich vor Augen zu halten.

Aber jetzt ... jetzt bin ich verwirrt. Als ich sein Schlafzimmer betrete, wühlt er gerade in einer Kommode herum. Er dreht sich zu mir und hält mir ein weißes T-Shirt hin, das mir viel zu groß sein wird, aber besser, als in dem zu schlafen, das ich den ganzen Abend anhatte und in dem ich morgen wieder nach Hause muss.

Als ich es ihm abnehme, berühren sich unsere Finger und ein kleiner Funken Wärme regt sich in meinem Bauch. Ich strenge mich an, ihn zu ersticken. Ich will nicht der Versuchung nachgeben, mir einzubilden, das hier hätte etwas zu bedeuten.

Und doch ...

Ich ziehe das T-Shirt an. Es reicht mir bis zur Mitte meiner Oberschenkel, aber der Stoff fühlt sich weich und luxuriös an. Cole starrt mich an, und unter der Intensität seines Blicks erglüht jeder Zentimeter meiner Haut. Er reibt sich mit einer Hand über den Mund, dreht sich dann abrupt um, verschwindet im Bad und kommt mit einer unbenutzten Zahnbürste für mich heraus. Wir machen uns beide schnell bettfertig, und ehe ich mich's versehe, ist er in seinem großen Bett und schlägt die Decke für mich zurück.

Ich schlüpfe darunter, aber als ich neben ihm liege, weiß ich nicht recht, was ich mit mir anfangen soll. Cole scheint mir nicht gerade der Typ zum Ankuscheln, doch dann dreht er sich zu mir und legt seine große Hand auf meinen Bauch, sodass die Wärme seiner Berührung durch das Shirt sickert und mich entspannt.

Wir kuscheln zwar nicht, aber hier bei ihm zu sein, fühlt sich trotzdem besonders an. Ich glaube, ich lächle, als ich einschlafe.

32

Cole

Ich wache davon auf, dass ich etwas Warmes an meiner Seite spüre. Schlagartig öffne ich die Augen und mein Blick landet direkt auf der Frau, die eingerollt neben mir liegt, ihr dunkler Haarschopf fächert sich über meinen Arm, der Rest verdeckt halb ihr Gesicht. Ihre langen dunklen Wimpern zucken im Schlaf gegen ihre Wangen.

Ich weiß nicht recht, was letzte Nacht über mich kam, als ich sie bat, zu bleiben. Nein. Das stimmt nicht. Ich weiß genau, was ich mir dachte. Nämlich, dass es mir gefallen hat, wie sie für mich gekocht hat. Wie sie mit mir gelacht hat. Mir hat extrem gefallen, was sie mich danach mit sich hat anstellen lassen. Sie nach einer langen, beschissenen Arbeitswoche bei mir zu haben, fühlte sich gut an. Mehr als gut. Ich wollte nicht, dass dieses Gefühl weggeht.

Ich wollte nicht, dass *sie* geht. Und ich habe keine Ahnung, was zur Hölle ich damit anfangen soll.

Ich rutsche von ihr weg und stehe auf. Als sie sich unter einem leisen Wimmern zusammenrollt, möchte ich direkt wieder unter die Decke kriechen, sie auf den Rücken drehen und den Kopf zwischen ihren Beinen vergraben. Meine Gedanken sind gerade total konfus, ich muss mich auf etwas anderes konzentrieren.

Nachdem ich im Bad war, ziehe ich meine Sportklamotten

an und gehe in mein Gym. Ich verbringe die nächste Stunde damit, meinen Körper zu schinden, nur um nicht an die Frau in meinem Bett zu denken. Diejenige, die mir immer mehr unter die Haut geht.

Ich zwinge mich, die Pläne für dieses Wochenende durchzugehen. Heute ist unser monatliches Treffen mit Mom, ein Termin, vor dem meinen Brüdern und mir – und Mom auch, da bin ich mir sicher – in gleicher Weise graut. Seit Dads Verhaftung ist es sogar noch schlimmer. Mom geht ihrer üblichen Routine nach und blendet alles auch nur annähernd Unangenehme aus, während Roman, Tate und ich lediglich um des schönen Scheins willen da sind. Sobald das Mittagessen vorbei ist, gehen wir alle wieder getrennter Wege. Pflicht wieder für einen Monat erfüllt.

Zehn Minuten später lege ich die Gewichte ab, drehe mich um und halte dann inne, als ich eine schlanke Gestalt im Türrahmen stehen sehe. Bei ihrem Anblick in meinem T-Shirt regt sich mein Schwanz. Ihre Brustwarzen sind deutlich unter dem weißen Baumwollstoff zu erkennen, sodass ich nur noch daran denken kann, wie sie sich an meinem Mund anfühlen. Dann bemerke ich, wie sie mit den Händen ringt. Hier zu sein, verunsichert sie. Wahrscheinlich genauso sehr, wie es mich verunsichert, sie hier zu haben.

Als Delilah auf mich zukommt, registriere ich ihren sanften Hüftschwung. Ich warte, dass mich vor Unbehagen der Drang überwältigt, sie schnell vor die Tür zu setzen. Aber ich stehe nur da und beobachte, wie sie sich nähert. Statt ihr zu sagen, dass ich Jonathan anrufe, damit er sie nach Hause bringt, trete ich auf sie zu, als sie vor mir stehen bleibt, lege die Hände auf ihren Po und ziehe sie an mich.

Als sie mit großen Augen zu mir hochschaut, überkommt mich das Verlangen, ihr das Shirt auszuziehen und sie gleich hier auf dem Fußboden des Gyms zu vögeln. Ich kralle die Faust in ihr Haar und ziehe ihren Kopf nach hinten.

»Cole«, sagt sie. »Soll ich –«

»Willst du heute zum Mittagessen mit meiner Familie mitkommen?«

Ihre Lippen teilen sich, und sie starrt mich an. »Du willst, dass ich Zeit mit deiner Familie verbringe?«

Wenn sie es so sagt, klingt es lächerlich, ich weiß nicht, was ich mir bei der Frage gedacht habe, doch statt einen Rückzieher zu machen, setze ich nach: »Ja. Hast du heute schon was vor?«

»Ich wollte nur ein bisschen arbeiten.«

»Du arbeitest zu viel«, brumme ich.

Sie lacht leise. »Musst du gerade sagen.«

Ich beuge den Kopf zu ihr und atme ihren Duft ein. »Du kannst mich gern ablenken.«

Als sie mich anschaut, keimt etwas Zartes, Warmes in ihrem Blick auf. Dann greift sie mit überkreuzten Armen nach dem Saum des T-Shirts und zieht es aus.

* * *

Ich fahre Delilah in meinem McLaren zu ihrer Wohnung, damit sie sich umziehen kann. Als sie in einem hübschen blauen Sommerkleid und hochhackigen Sandalen herauskommt, juckt es mir in den Fingern, den seidigen Stoff bis zu ihren Oberschenkeln hochzuschieben und in ihr zu versinken. Ich würde sie liebend gern wieder mit in mein Penthouse nehmen und den ganzen Tag mit ihr im Bett verbringen, statt zu diesem Mittagessen zu fahren, doch der äußere Schein zählt, und unser monatlicher Familienlunch muss aufrechterhalten werden – als Zeichen unseres Zusammenhalts. Nach dem, was Dad getan hat, umso mehr.

Ich starte den Motor, fädele mich in den Verkehr ein und fahre los zum Anwesen meiner Familie in Westchester County.

Eine Weile sitzen wir stumm nebeneinander, während die Szenerie von den Wolkenkratzern Manhattans in grüne Vorstädte übergeht.

Delilah bricht das Schweigen. »Werden sich deine Brüder wundern, warum ich dabei bin?«

Als ich zu ihr schaue, registriere ich die Falte auf ihrer Stirn. In Anbetracht dessen, dass ich mich selbst überrascht habe, als ich sie einlud, hege ich keine Zweifel daran, dass meine Familie schockiert sein wird, aber Delilah soll sich auf gar keinen Fall unwohl fühlen. »Meine Brüder wissen schon von dir.«

»Von Tate wusste ich das, aber mir war nicht klar, dass sie beide Bescheid wissen.« Sie beißt sich auf die Unterlippe. »Werden sie es nicht komisch finden, dass ich dich begleite?«

Sorge durchzieht ihre Stimme, sodass ich unwillkürlich Gewissensbisse kriege.

»Schon«, gebe ich zu, wobei ich versuche, gelassen zu klingen. »Aber die werden nichts sagen.«

»Und was ist mit deiner Mom? Du hast ihr nicht gesagt, dass du mich mitbringst, oder?«

»Nein.« Es ist besser so. Zumindest bleibt ihr keine Zeit, die Krallen zu wetzen. »Mom wird höflich sein.« Zumindest oberflächlich. Ich habe keine Ahnung, wie sie darauf reagiert, dass ich eine Frau zum Essen mitbringe, noch dazu eine, die für mich arbeitet. »Stell sie dir nur nicht wie deine Mom vor. Sie ist nicht sonderlich … mütterlich.«

Inzwischen fragt sich Delilah wahrscheinlich, warum ich sie eingeladen habe. Ich zeichne nicht gerade ein ansprechendes Bild von meiner Familie. Aber anlügen kann ich sie auch nicht. Das wird kein vergnügliches Familientreffen. Vielleicht habe ich sie deshalb eingeladen. Nicht weil ich sie unbedingt meiner

Familie aussetzen will, sondern weil ich nicht bereit bin, die Wärme ihrer Gegenwart gegen ein weiteres kaltes Treffen mit ihnen einzutauschen.

Delilah scheint mein Zögern zu spüren. »Alles okay?«

Ich halte inne und beschließe dann, ihr die Wahrheit zu sagen. »Diese Mittagessen sind nicht gerade ein Vergnügen. Wir machen das nur, um den Schein zu wahren und die gesellschaftlichen Erwartungen zu erfüllen. Meine Mutter erzählt ihren Freundinnen gern, sie verbringe wertvolle Zeit mit ihren Söhnen, und wir spielen mit, weil es gut fürs Geschäft ist, die Fassade der Familieneinigkeit aufrechtzuerhalten. Den Investoren und Aktionären gefällt die Vorstellung, dass eine eng zusammenhaltende Familie das Unternehmen führt. Aber wir haben nichts füreinander übrig. Im Grunde geht's nur darum, so zu tun als ob, bis man wieder abhauen kann.«

»Das tut mir leid«, sagt sie, und als ich zu ihr schaue, schimmert Mitleid in ihrem Blick.

Ich zucke mit den Schultern. »So ist das eben.«

»Na, ich werd mich bemühen, nicht alles noch unangenehmer zu machen.«

Ich nehme die Hand vom Schalthebel und schiebe ihr Kleid hoch, bis ich meine Finger um ihren nackten Oberschenkel schmiegen kann. »Das wirst du nicht.«

Zwanzig Minuten später biege ich in die lange Schotterauffahrt ein. Als gegen Ende das Haupthaus in Sicht kommt, klappt Delilah die Kinnlade herunter. Durch die Scheibe späht sie zu den weißen Säulen, die den Eingang der großzügigen, dreistöckigen georgianischen Villa aus rotem Backstein flankieren.

Ungläubig schüttelt sie den Kopf. »Hier bist du aufgewachsen?«

»Wenn ich nicht gerade im Internat war.«

Ihre Augen weiten sich, als sie mir das Gesicht zudreht.

»Ich wusste nicht, dass du auf ein Internat gegangen bist. Wo denn?«

»In New Hampshire.«

»Wow. Ich kann mir gar nicht vorstellen, wie das wohl ist. Aber ich nehme an, wenigstens hattest du deine Brüder.«

»Nein.«

»Wie, nein?«

»Roman ist fünf Jahre älter als ich. Als ich in die Highschool kam, fing er mit dem College an. Tate ist in Massachusetts zur Schule gegangen.«

»Wieso war Tate auf einer anderen Schule?«

Es ist nicht die Zeit, jetzt von Tates Geschichte anzufangen. »Wir sollten reingehen.«

Sie sieht mich noch einen Moment lang an, dann schenkt sie mir ein verständnisvolles Lächeln. »Okay.«

Ehe sie den Gurt lösen und aussteigen kann, springe ich aus dem Wagen und umrunde ihn, um ihr die Tür aufzuhalten.

Ich befürchte fast, sie wartet nicht auf mich, doch das tut sie, ergreift meine ausgestreckte Hand und steigt elegant aus. Ihre Finger liegen warm auf meinen, und mir würden hundert Ideen einfallen, was ich jetzt lieber mit ihr machen würde. Aber jetzt sind wir schon hier, also führe ich Delilah die Eingangsstufen hinauf, wo Peters uns bereits die Tür aufhält.

»Guten Tag, Mr King, Ma'am«, sagt er.

Ich könnte schwören, meine Eltern haben Peters eingestellt, weil er genauso herzlich und liebenswürdig ist wie die beiden. Soll heißen: gar nicht. Aus seiner kühlen Begrüßung würde man niemals schließen, dass er mich seit meiner Kindheit kennt. Wiederum haben meine Eltern einen familiären Umgang mit dem Personal auch nie angeregt.

»Guten Tag, Peters. Wird heute im Esszimmer serviert oder auf dem südlichen Rasenplatz?«

»Auf dem südlichen Rasenplatz, Sir.«

Erneut sieht mich Delilah mit großen Augen an; als wir jedoch das große Foyer betreten, widmet sie ihren Reh-im-Scheinwerferlicht-Blick der Umgebung.

»Du meine Güte«, flüstert sie vor sich hin, während ihre Hand zu ihrer Brust geht.

Ich sehe mich um und betrachte den Eingangsbereich, wie jemand Fremdes ihn wahrnehmen mag. Das Foyer besitzt sieben Meter hohe Decken, und das Parkett aus hellem Ahorn, die weißen Wände und die ausladenden Fenster bringen den Raum zum Leuchten. Vor uns führt eine breite gewundene Treppe nach oben. Bei dem vielen Sonnenlicht, das hereinströmt, müsste das Haus eigentlich warm und einladend wirken, doch das tut es nicht. Zumindest nicht auf mich. Wenn ich von Liebe und Lachen erfüllte Erinnerungen an diese Räumlichkeiten hätte, würde es sich vielleicht nach einem Zuhause anfühlen, aber die habe ich nicht. Sondern andere.

Mein Blick wandert zu der geschlossenen Tür der Bibliothek, aber ich wende mich wieder ab, bevor mir die Szene durch den Kopf geht, die ich dort mitangesehen habe.

Wir folgen Peters zur Rückseite des Hauses, wo Glastüren auf die Veranda hinausführen. Meine Brüder sitzen schon an dem Tisch mitten auf dem sorgsam gestutzten Rasen.

Peters öffnet uns die Tür und tritt beiseite, um uns vorbeizulassen. Nachdem ich nach draußen gegangen bin, drehe ich mich zu Delilah um und stelle fest, dass sie auf der Schwelle stehen geblieben ist. Mir wird klar, wie einschüchternd das alles auf sie wirken muss. Ohne groß darüber nachzudenken, verschränke ich die Finger mit ihren und ziehe sie mit mir. Als sie ohne Zögern mitkommt, breitet sich eine seltsame Wärme in meiner Brust aus. Wir überqueren den Rasen, wobei Delilah auf den Zehenspitzen geht, um nicht mit den Absätzen im Gras einzusinken.

Als sie bemerken, dass wir uns nähern, schauen Tate und Roman auf. Ich kann ihre hochgezogenen Augenbrauen von Weitem sehen, ignoriere sie aber. Einen Moment später blickt Mom hinter sich. Sie versteift sich, doch ich bewege mich in Begleitung von Delilah vorwärts.

»Cole«, sagt Mom, als wir näher kommen. »Ich wusste gar nicht, dass du einen Gast mitbringst.«

Ihr Blick fällt auf meine mit Delilahs verschränkte Hand, und ihre Lippen werden schmal. Plötzlich geht angesichts der Intimität meiner Geste ein unangenehmes Schlingern durch meinen Magen. Sobald wir den Tisch erreichen, lasse ich unter dem Vorwand los, ihr einen Stuhl hervorzuziehen.

»Mom. Das ist Delilah.«

»Hallo, Delilah.« Aus ihren silberblauen Augen betrachtet Mom Delilah von oben bis unten und verzieht die Lippen dann zu dem, was ein Lächeln darstellen soll.

»Freut mich sehr, Sie kennenzulernen, Mrs King«, sagt Delilah mit einem weitaus herzlicheren Lächeln als Mom.

»Schön, dich wiederzusehen, Delilah«, meldet sich Tate mit einem Grinsen auf den Lippen.

Roman nickt nur, mit kühl abschätzendem Blick beobachtet er, wie Delilah anmutig auf dem Stuhl Platz nimmt, den ich ihr hervorgezogen habe. Aber wiederum sieht Roman jeden so an.

Ich setze mich zwischen Delilah und Mom, die einen Schluck aus ihrer Teetasse nimmt und sie grazil auf der Untertasse abstellt. »Erzähl mal, Delilah, was machst du denn beruflich?«

»Ich bin Architektin.«

Moms blonde Augenbrauen gehen in die Höhe. »Architektin? Dafür sind Sie aber noch sehr jung, oder?«

»Ich habe früh meine Zulassung bekommen.«

»Delilah hat großes Talent«, wirft Tate mit einem durchtriebenen Grinsen in meine Richtung ein. »Sie arbeitet an dem neuen Hotelprojekt.«

Mir entgeht nicht, wie Mom die Augen verengt. »Du arbeitest fürs Unternehmen?«

»Ich arbeite für *Elite Architecture*. Wir sind für die Dauer des Projekts Vertragspartner der *King Group*.«

»Ich verstehe.« Mom zupft einen Fussel von der Tischdecke, bevor sie mich mit einem kalten Blick bedenkt, auf den ich nicht reagiere. Ich greife nur nach der offenen Weinflasche und fülle erst Delilahs, dann mein Glas.

»Roman und Tate haben mir gerade berichtet, wie es mit dem Projekt vorangeht«, sagt Mom. »Offenbar haben die Investoren Bedenken?«

»Die lehnen sich zurück und warten ab, ob wir scheitern«, erwidere ich. »Sobald wir ihnen die endgültigen Zahlen präsentieren, wird ihnen aufgehen, dass wir ihnen mehr Geld einbringen als je zuvor.«

»Solange ihr euch nicht ablenken lasst«, sagt sie, wobei ihr Blick Delilah streift.

Delilah richtet sich in ihrem Stuhl auf und greift dann nach ihrem Weinglas.

»Ich lasse mich nicht ablenken«, sage ich, wobei ich den verdächtig nach einem unterdrückten Schnauben klingenden Laut von Tate ignoriere. »Außerdem arbeiten die Besten ihres Fachs für uns. Ich habe keinerlei Bedenken, dass sie Fehler begehen.« Ich blicke zu Delilah, die mich anlächelt.

Das Essen wird serviert, was die Spannung aufbricht. Ein ganzer Trupp Bediensteter bringt die Teller und platziert sie vor uns. Wie immer schmeckt das Essen hervorragend, und für einige Minuten herrscht Stille, während wir alle unsere Mahlzeit genießen. Leider hält sie nicht lange an.

»Wann habt ihr zuletzt mit eurem Vater gesprochen?«, fragt Mom.

Ich wechsele einen Blick mit Tate und Roman, der ihr antwortet. »Vor ein paar Wochen. Sie beraten immer noch über einen außergerichtlichen Deal, aber er gibt nicht nach.«

Mom schnaubt. »Dieser Sturkopf.«

»Willst du mir etwa erzählen, du dachtest, er gibt kampflos auf?«, fragt Tate amüsiert. Von uns allen haben Dad und er am wenigsten füreinander übrig – aus naheliegenden Gründen.

Mom seufzt. »Na, hoffentlich ist das alles bald vorbei.«

Ich beiße die Zähne zusammen. Gott bewahre, dass irgendwas oder irgendwer ihr perfektes, sorgloses Dasein stört, schon gar nicht die Verhaftung ihres Mannes. Sie kümmert mehr, was die Frauen im Country Club von ihr halten, als die Tatsache, dass ihr Ehemann weder ihr noch seiner Familie gegenüber Respekt erweist.

Das Ganze ist ein Witz – dass wir hier sitzen, zusammen mittagessen und vorgeben, eine glückliche Familie zu sein, der etwas aneinander liegt. Denn das ist es und war es immer: Heuchelei.

»Erzähl doch mal, Delilah«, fängt Mom wieder an. »Stammt deine Familie aus New York?«

Delilah legt ihre Gabel weg. »Nein. Ich bin in North Carolina aufgewachsen. In der Nähe von Raleigh.«

»Und was machen deine Eltern, meine Liebe?«

»Meine Mom ist Friseurin.«

Moms Nasenflügel blähen sich, und sie schürzt die Lippen. Ich presse die Zähne aufeinander. Sie bemüht sich nicht mal, ihr Entsetzen zu verbergen. »Und dein Vater?«

Delilah reckt das Kinn und sieht meiner Mutter geradewegs in die Augen. »Ich bin ohne Vater aufgewachsen.«

Oh Mann, was für eine Hammerfrau. Sie lässt sich nicht

eine Sekunde von meiner Mom einschüchtern. Weder knickt sie ein, noch versucht sie, sie für sich zu gewinnen. Sie schämt sich nicht für ihre Herkunft. Sie ist stolz darauf, wer sie ist, wo sie herkommt und wen sie liebt. Ihr Widerstand ist eine erfrischende Abwechslung von der statusfixierten Welt, aus der ich komme.

Ich kriege mit, wie Tate bedächtig grinst, und seine Art, sie anzusehen, macht mich sauer. Den Arm auf ihre Stuhllehne gestützt, streichle ich über die Seite ihres Halses. Eine Gänsehaut überzieht ihre Arme, und sie wirft mir einen Blick zu. Als ich ihr ein Lächeln schenke, das für später ein paar schöne Orgasmen verspricht, bekommt sie rote Wangen.

Mom macht ein verkniffenes Gesicht. »Das muss … schwer gewesen sein.«

Delilah zuckt mit den Schultern. »Mom hat hart gearbeitet, damit ich ein gutes Leben habe, und jetzt hoffe ich, ihr das zurückgeben zu können.«

»Wie meinst du das?«, kommt Tate mir mit der Nachfrage zuvor, sodass ich ihn böse anfunkele.

Delilahs Lächeln in seine Richtung lässt mich erneut die Zähne aufeinanderpressen. »Ich spare darauf, ihr ein Haus zu bauen. Mit den Entwürfen habe ich schon angefangen. Es wird eine Überraschung.«

Das wusste ich nicht. Wiederum habe ich mir auch nicht die Mühe gemacht, sie groß nach ihrem Leben zu fragen, oder?

»Du und deine Mom stehen euch wohl nah«, sagt Tate. »Ich habe mich immer gefragt, wie das wohl ist.« Seine Lippen biegen sich nach oben, aber ich würde das, was sein Mund da macht, kaum als Lächeln bezeichnen.

»Äh …« Delilahs Blick schnellt zu Mom, die sich nicht dazu herablässt, auf den Kommentar zu reagieren. »Ja, wir stehen uns sehr nah. In meiner Kindheit gab es nur uns zwei.«

»Wie reizend.« Mom klingt, als finde sie es alles andere als reizend.

Delilah blickt sich am Tisch um, dann zu mir. Sie lächelt immer noch, aber ich kann ihr die Unsicherheit von den Augen ablesen. Die Tatsache, dass meine Eltern nie etwas für uns getan haben, was ihnen nicht selbst genutzt hat, und dass meine Mutter versucht, Delilah ein schlechtes Gefühl zu machen, weil sie so aufgewachsen ist, wie sie aufgewachsen ist, lässt mich rotsehen.

Ich will schon vorgeben, dass ich ganz vergessen hätte, ein dringendes Meeting zu haben, doch da spricht Delilah weiter.

»Ich mag nicht in einer Villa aufgewachsen sein«, sie deutet zum Haus hinter uns, »aber meine Mom war immer für mich da, wenn ich sie brauchte. Meiner Meinung nach ist das wichtiger als alles, was man mit Geld kaufen kann.«

Meine Mutter sieht Delilah aus zusammengekniffenen Augen an, doch die nimmt bloß wieder ihre Gabel und isst weiter. Stolz durchströmt mich. Wann hat eine Frau meiner Mutter schon mal so direkt und ehrlich die Stirn geboten wie Delilah gerade? Und wie muss es wohl gewesen sein, in der Gewissheit aufzuwachsen, dass du jemandem so wichtig bist? Jemand deine Bedürfnisse über die eigenen stellt. Jemand dich mehr liebt als Geld, Macht oder sich selbst.

Indem Roman die Unterhaltung fortführt, verschafft er Delilah eine Pause davon, im Mittelpunkt des Gesprächs zu stehen, doch gelegentlich gleitet Moms Blick erneut zu ihr. Ich habe keine Ahnung, was sie denkt, denn ihre Gesichtszüge sind starr – vom Mangel an Gefühlsregungen genauso wie vom Botox. Roman, Tate und ich gehen einige Zahlen des neuen Projekts durch, während Mom zuhört. Delilah versucht, Small Talk mit ihr zu machen, doch sie bekommt allerhöchstens kühle, knappe Antworten. Delilahs zunehmendes Unwohlsein lenkt mich von dem Geschäftsgespräch mit meinen Brüdern ab.

Es war naiv von mir zu denken, meine Mom würde sich so weit lockermachen, dass sie zuvorkommend zu einer Frau ist, die ihre Ansprüche in puncto Vermögen und Einfluss nicht erfüllt. Ich hätte Delilah nicht in diese Lage bringen sollen. Keine Ahnung, auf wen ich wütender bin – auf meine Mutter oder mich selbst.

Eine weitere kurz angebundene Antwort von Mom, und ich habe genug. Ich rücke mit dem Stuhl zurück und stehe auf. »Wir gehen.«

Delilah erhebt sich ebenfalls. »Vielen Dank für das Mittagessen, Mrs King.« Ihre Stimme mag ruhig klingen, doch sie strahlt Anspannung aus. Wie sie es schafft, so höflich zu der Frau zu sein, die sie abwechselnd ignoriert und fast schon unverschämt behandelt hat, weiß ich nicht.

Scheiß drauf. Ich verschränke wieder die Finger mit ihren und schaue zu Tate und Roman. »Wir sehen uns im Büro.« Dann sehe ich Mom an. »Bis nächsten Monat.«

Sie starrt mich erschrocken an. »Aber Cole, wir haben noch nicht –«

Ohne das Ende ihres Satzes abzuwarten, ziehe ich Delilah mit mir, und wir gehen zurück zum Haus. Sobald wir drinnen sind, drücke ich sie gegen die Wand und reibe die Nasenspitze an ihrem Hals. »Tut mir leid.«

Ihren süßen Duft einzuatmen, beruhigt mich. Genauso, wie sie die Arme um mich legt und die Hände auf meinen Rücken presst. »Schon okay. Ist nicht deine Schuld.«

Ich stoße ein barsches Lachen aus. »Ich hätte dich nicht bitten sollen mitzukommen. Ich weiß, wie sie ist.«

Sie schweigt kurz, während sie über meinen angespannten

Rücken streichelt. »Ich kann zwar nicht behaupten, es hätte mir Spaß gemacht, aber …«

Als ich den Kopf zurücknehme und sie mich mit ihren grünen Augen ansieht, spüre ich ein seltsames Pochen hinter dem Brustbein.

»Ich bin froh, dass du mich dabeihaben wolltest«, sagt sie.

Meine Erektion presst hart gegen ihren Bauch, und ich habe das beinahe überwältigende Bedürfnis, sie zu vögeln, so tief in ihr zu sein, dass sie mich nie wieder loswird. Müsste ich nicht annehmen, meine Mutter und meine Brüder könnten nun jeden Moment beschließen hereinzukommen, würde ich sie gleich jetzt und hier nackt ausziehen und in ihr versinken.

Stattdessen führe ich sie zurück zur Vorderseite des Hauses. Als wir im Foyer ankommen, geht mein Blick direkt zur Tür der Bibliothek, und ich umfasse Delilahs Hand fester.

»Was ist dort für ein Zimmer?« Sie deutet mit der freien Hand in die Richtung. »Und was stört dich daran?«

Überrascht werfe ich ihr einen Blick zu.

»Beide Male, als wir hier durchgekommen sind, hast du irgendwie zornig dort rübergeschaut.«

Trotz meiner schlechten Laune muss ich fast lächeln. Aus irgendeinem Grund, den ich nicht ganz begreife, gehe ich mit ihr hinüber und drücke die Tür auf.

Der allzu vertraute Geruch nach ledergebundenen Büchern, Holzpolitur und einer Spur altem Papier befällt meine Sinne.

»Wow«, flüstert Delilah. »Das ist der Hammer.« Sie betritt den Raum, geht geradewegs zum nächsten Regal und fährt mit den Fingern über den Prägedruck eines Buchrückens. »Wie viele davon sind Erstausgaben?«

»Unzählige.« Ich stelle mich neben sie. »Als Kind ist das mein Lieblingsraum im Haus gewesen. Ich war einer der wenigen, der ihn genutzt hat.«

Ich spüre, wie sie sich zu mir dreht, sehe sie jedoch nicht an. »Und warum ist es nicht mehr dein Lieblingsraum?«

Sie folgt mir, als ich an ihr vorbei zur Mitte des Raums gehe. Es sieht alles noch genauso aus wie früher. Regale voller Bücher ziehen sich entlang drei der Wände, während in der vierten ein großes Fenster den Ausblick auf das gepflegte Grundstück bietet. Eine Seite des Raums beherrscht ein großer Schreibtisch aus Holz, um den Ledersessel und ein Sofa stehen.

»Früher habe ich es geliebt, an Regentagen hier reinzugehen und mir ein neues Buch zum Lesen auszusuchen.«

»Kann ich mir vorstellen«, sagt sie sanft.

»Ich war etwa neun, als ich an einem verregneten Tag hier runterkam, um zu lesen. Als ich die Tür aufmachte, sah ich, dass mein Dad schon hier drin war.« Die unliebsame Erinnerung taucht vor meinem inneren Augen auf – mein Vater auf einem der Sessel, den Kopf in den Nacken gelegt, das Hemd offen, die Hose um die Knöchel, während eine Frau den Kopf in seinem Schoß hatte. »Er kriegte gerade einen Blowjob. Von unserer Nanny.«

»Oh Gott«, sagt Delilah. Sie kommt näher, bis sie an meine Seite geschmiegt ist. Als ich zu ihr runterschaue, schwimmt Mitgefühl in ihren schönen Augen. »Das ist schrecklich.«

»Ich war alt genug, um ziemlich genau zu wissen, was vor sich ging. Alt genug, um zu begreifen, dass er etwas Falsches tat. Dass da eine Form von Verrat vor sich ging.« Ich gehe nicht ins Detail. Ich erzähle ihr nicht, wie ich erstarrt mit offener Kinnlade dastand, während er mit den Händen ihren Kopf dirigierte und stöhnte. Ich erwähne nicht, wie entsetzt ich war oder dass mein Gesicht brannte und mich plötzlich der Drang überkam, loszuheulen – was, wie ich längst gelernt hatte, inakzeptabel war.

»Ich wollte schnell wieder die Tür zumachen, bevor er mich

sieht, war aber nicht schnell genug.« Ich lache freudlos. »Er schämte sich nicht mal, erwischt worden zu sein, sondern grinste nur und zwinkerte mir zu.«

Delilah stellt sich vor mich und schlingt die Arme um meine Brust. Instinktiv umarme ich sie ebenfalls.

»Das tut mir sehr leid«, sagt sie. »Es muss total verwirrend für dich gewesen sein.«

»Ich konnte die Tür gar nicht schnell genug zuknallen. Ich war krank vor lauter Zweifeln, ob ich es Mom erzählen sollte, und vor Sorge, was sie machen würde, wenn sie es herausfand. Schließlich habe ich Roman anvertraut, was ich gesehen hatte, woraufhin er mir sagte, Mom wisse bereits davon und es sei ihr egal. Oder vielleicht hat es sie einmal gekümmert, doch sie ließ sich davon nicht in ihrem Leben stören. Besonders, da sie selbst Affären hatte.«

»Das ist so kaputt«, flüstert Delilah.

Ich schüttele den Kopf, um die Erinnerungen loszuwerden – nicht nur an Dads Tat, sondern auch daran, wie Roman die Wahrheit über unsere Familie offenbarte. Mir war bewusst, dass meine Eltern nicht liebevoll miteinander umgingen, doch erst als Roman es mir klarmachte, begriff ich, dass sie ihre Zuneigung nicht bloß nicht offen zeigten. Sie liebten einander nicht – oder mochten sich nicht einmal. Genauso wenig wie uns.

An dem Tag erfuhr ich auch die Wahrheit über Tate. Es öffnete mir die Augen für die Realität: Liebe ist eine Illusion. Als ich älter wurde, wurde es noch umso klarer. Beziehungen sind im Grunde Geschäftsdeals, Kinder werden als Investitionen betrachtet, und Zuneigung ist größtenteils nur Fassade. Zumindest in meiner Welt.

Ich räuspere mich. »Jedenfalls verlor die Bibliothek ihre Anziehungskraft auf mich. Ich mied sie danach.«

»Verständlich«, sagt Delilah und umarmt mich fester. »Es tut mir so leid, dass dein Dad so selbstsüchtig war. Dass er dir einfach so etwas Besonderes genommen hat.«

Aus Instinkt und Verlangen umfasse ich ihr Kinn und neige ihr Gesicht nach hinten, um sie zu küssen. Die Wärme ihrer Lippen und ihr Geschmack verscheuchen jeden anderen Gedanken.

Ihre Hände wandern über meinen Rücken, und sie drückt sich an mich, sodass mich ein lustvoller Schauer durchläuft.

Ich will sie wieder.

Verdammt. Wann will ich sie eigentlich nicht?

Allein ihr an mich geschmiegter Körper löst etwas in mir, das schon ewig verkrampft gewesen zu sein scheint. Ich fahre mit den Lippen an ihrem Kiefer entlang bis zu der zarten Stelle unterhalb ihres Ohrs. »Komm heute Abend wieder mit zu mir.«

Sie sagt nichts, sondern nickt nur. Ihr Blick ist verschleiert, ihre Wangen gerötet, der Mund geschwollen von meinem heftigen Kuss. Sie sieht perfekt aus. Und auf einmal stelle ich mir vor, wie es wohl wäre, wenn ich sie immer bei mir hätte.

Es schnürt mir die Luft ab. Ich habe mir geschworen, niemals der Illusion zu verfallen. Ich darf nicht anfangen, die Lüge zu glauben, dies hier könnte wachsen und mehr daraus werden – dass es von Dauer sein könnte. In meiner Welt gibt es so etwas nicht.

Was, wenn doch?

Ich schließe die Augen und nehme ihren Mund aufs Neue in Beschlag. Ich wäre dumm zuzulassen, dass sich diese Gedanken festsetzen.

Was, wenn es schon zu spät ist?

33

Delilah

Lächelnd setze ich meine Signatur auf die neuesten Versionen der Grundrisse. Das scheine ich in letzter Zeit häufig zu tun – vor mich hin lächeln. Und der Grund dafür ist ungefähr eins achtundachtzig groß, dunkelhaarig, blauäugig und hat einen Schwanz, der nie genug kriegt. Ich lache leise. Langsam drehe ich wirklich am Rad.

Es kann doch nichts Schlechtes sein, sich so glücklich zu fühlen, dass man vor sich hin grinst und lacht, oder? Solange ich nicht vergesse, dass das, was Cole und ich miteinander haben, nicht ewig laufen wird.

Aber ein Teil von mir – der, der als Kind zu viele Disneyfilme geguckt hat –, kann nicht anders, als zu hoffen, dass sich daran etwas ändert. Die letzten paar Wochen ist mir eine Veränderung bei Cole aufgefallen – seit dem Mittagessen mit seiner Familie. Da ist eine Sanftheit. Eine Wärme, wo zuvor keine war. Es ist, als würde er Schicht für Schicht die kaltherzige Fassade ablegen und der Mann darunter zum Vorschein kommen. Und wie sich herausstellt, kann ich von dem nicht genug bekommen.

Der Sex ist weiterhin intensiv. Wir haben es überall in seinem Penthouse getrieben, zweimal in seiner Limousine, wobei Cole mir den Mund zugehalten hat, damit Jonathan mich nicht hört, und einmal in seinem Büro, als wir bis spätabends arbeiteten. Dann gibt es Momente, da wirkt er beinahe zärtlich – wenn er mich in den Armen hält oder mir die Haare aus dem Gesicht streicht und sanfte Küsse auf meine Lippen drückt.

Er hat auch angefangen, mehr zu lachen, ist mir mehrmals beim Kochen zur Hand gegangen und hat noch einige weitere teure Flaschen Wein mit mir geteilt. An den Abenden, an denen ich zu mir nach Hause gehe, küsst er mich immer zum Abschied. Aber genauso oft schlafen wir letztlich nebeneinander in seinem großen Bett ein.

Ich habe immer noch Angst, mir zu erlauben, mir Hoffnungen zu machen, und dann nur enttäuscht zu werden.

Wobei ich glaube, enttäuscht wäre nicht mehr das richtige Wort dafür.

Mein Handy klingelt, und Coles Name erscheint auf dem Display. Ein Schauer der Erregung geht durch mich hindurch. Ich hoffe, er ruft mich hoch in sein Büro, damit wir uns heute sehen. Denn das habe ich seit dem Wochenende nicht, dabei ist schon Dienstag. Albernerweise vermisse ich ihn. Morgen Abend sind wir in seinem Penthouse verabredet, aber ich würde ihn zu gern schon früher sehen.

»Hi.« Meine Stimme kommt hauchiger heraus, als es mir gefällt, aber diesen Effekt scheint er auf mich zu haben. Und überraschenderweise finde ich es nicht schlimm.

»Delilah.« Sein Tonfall ist etwas schroffer als erhofft, aber so ist er eben, und ich lerne, das zu akzeptieren.

»Ja. Willst du mich sehen?« Ich verziehe das Gesicht. Das klang ein bisschen zu eifrig.

»Ich würde gern, aber ich muss gleich zu einem Vorstandsmeeting. Ich wollte dir nur Bescheid geben, dass ich heute Abend nach London fliegen muss, deshalb können wir uns morgen nicht sehen.«

»Oh …« Mir rutscht das Herz in die Hose. »Ist … okay. Ist was passiert?«

»Die Anwälte haben uns gerade informiert, dass die Staatsanwaltschaft Dad einen letzten Deal anbieten wird. Wenn er den ablehnt, erwartet ihn ein Prozess. Wie es auch kommt, es wird Auswirkungen haben. Ich reise nach London, um unsere internationalen Büros darauf vorzubereiten und etwaige Bedenken der europäischen Investoren zu adressieren, wenn die Nachricht bekannt wird. Roman und Tate kümmern sich hier um alle Angelegenheiten.«

»Natürlich. Kommst du denn klar? Also, wie auch immer es jetzt weitergeht?«

Er schweigt kurz. »Ich möchte ihn bemitleiden, allerdings zweifle ich nicht im Geringsten daran, dass er schuldig ist, und das zeigt mir, wie kaputt unser Verhältnis tatsächlich ist. Ihm sind seine Geliebten wichtiger als seine Familie es je war – was nicht viel sagt, wenn man bedenkt, wie viele Geliebte er schon hatte. Also halte ich es bei ihm genauso. Es kümmert mich nicht, was aus ihm wird. Mich kümmert nur, was das fürs Unternehmen bedeutet.«

Mein Herz krampft sich schmerzhaft zusammen. Ich bin ohne Vater aufgewachsen, aber meine Mutter gab mir all die Liebe, die ich brauchte. Cole hatte beide Elternteile und zwei Brüder, trotzdem bekam er keine Liebe wie ich. Kein Wunder, dass er Beziehungen misstraut. Wann hat er jemals eine erlebt, auf die er vertrauen konnte? Wann war jemand je bedingungslos für ihn da? »Weißt du schon, wie lange du weg sein wirst?«

»Aktuell plane ich, nächsten Donnerstag zurückzufliegen.«

Etwas mehr als eine Woche. Leise atme ich aus. Vor Cole hatte ich kein Problem damit, allein zu sein oder was mit Alex zu machen. Selbst als ich mit Paul zusammen war und er zu einer einwöchigen Tagung fuhr, habe ich nicht mit der Wimper gezuckt, sondern die Gelegenheit genutzt, mehr Zeit in das Projekt zu stecken, an dem ich gerade arbeitete. Diesmal ist es anders.

Meine Gefühle für Cole sind anders.

»Ich werde erst spät zurück sein«, unterbricht er meine Gedankengänge. »Also halt dir Freitag frei.«

»Ich guck mal, ob ich dich unterkriege.« Ich kneife die Lippen zusammen.

»Bestimmt, oder? Ich dachte, freitags hast du immer einen offenen Slot für mich.«

»Oh, nein«, erwidere ich in ebenso anzüglichem Ton wie er. »Ich bin ziemlich schnell ausgefüllt.«

»Verdammt.« Er stöhnt. »Wenn das Meeting nicht gleich losgehen würde, kämst du jetzt rauf und ich würd dich über meinen Schreibtisch legen, ehe du sagen kannst: ›Für dich ist immer was offen, Cole.‹«

Ich lache und senke die Stimme dann zu einem Raunen. »Für dich ist immer was offen, Cole.«

Wieder flucht er. »Ich muss gleich nach dem Meeting los, aber ich schreibe dir, sobald ich kann.«

Ich seufze. »Okay. Also dann, guten Flug. Ich hoffe, alles wird gut.«

Er verabschiedet sich, und ich lege auf. Sofort mache ich mich wieder an die Arbeit, doch mir ist schwer ums Herz wie zuvor nicht. Ich habe ihn schon nach zwei Tagen vermisst. Jetzt sehe ich ihn erst in über einer Woche wieder.

Ein paar Minuten später ertönt das Geräusch einer eintreffenden E-Mail. Als ich nachschaue, habe ich eine Nachricht von Samson.

Guten Tag Ms West,

Mr King bittet darum, dass Sie sich dieses Wochenende nichts vornehmen. Sie möchten bitte für eine Übernachtung packen, legere Kleidung genügt. Samstagmorgen um 8 Uhr wird ein Wagen Sie abholen.

Mit freundlichen Grüßen

Samson

Stirnrunzelnd greife ich zum Telefon.

»Hallo, Samson«, sage ich, als er sich meldet. »Ich habe gerade Ihre E-Mail erhalten und mich gefragt, ob sie mir nähere Infos geben könnten. Cole hat nichts davon erwähnt, daher weiß ich nicht recht, was mich erwartet. Um was für eine Art Termin geht es denn? Ich wäre gern vorbereitet.«

»Tut mir leid, Ms West. Cole hat mir keine Einzelheiten genannt.«

Ich schaue zur Uhr. »Ist er bereits im Meeting?«

»Ja.«

»Okay, danke Ihnen.«

Ich lege auf und starre wieder auf die E-Mail. Was hat Cole da arrangiert? Schnell schicke ich ihm eine Nachricht aufs Handy. Während des Meetings wird er es ausgeschaltet lassen, sie aber danach erhalten.

> Kannst du mir sagen, was ich am Wochenende machen werde?

Dann versuche ich, nicht weiter daran zu denken, damit ich mit der Arbeit vorankomme.

Als zwei Stunden später mein Handy brummt, schnappe ich es mir und öffne die Nachricht von Cole.

> Denk nicht zu viel nach.

Was soll das heißen?
Ich tippe wie wild drauflos.

> Wie soll ich nicht zu viel nachdenken, wenn du
> mir nur eine vage Nachricht zukommen lassen
> hast, dass ich eine Tasche packen und an einen
> unbekannten Ort fahren soll?
>> Vertrau mir.

Ich zögere, ehe ich antworte. Ich vertraue ihm, oder? So komisch es ist, sich auf irgendetwas einzulassen, ohne zu wissen, was es ist – Cole würde mich nicht irgendwo hinschicken, wo ich mich unwohl fühle.

> Okay.
>> Gut. Dafür belohne ich dich,
>> wenn ich wieder da bin.
> Das will ich hoffen.
> Guten Flug.

Ich ringe den Impuls nieder, mich anders zu verabschieden – liebevoller. Oder ihn anzurufen, nur um wieder seine Stimme zu hören. Aber so versessen nach ihm will ich nicht sein, auch wenn es immer schwerer wird, dagegen anzukommen, dass ich mir mehr mit ihm wünsche.

Den restlichen Tag bringe ich damit zu, sowohl meine Traurigkeit, weil ich ihn nicht sehen werden, als auch meine Neugier auf das Wochenende zu unterdrücken. Ich habe die Wohnung für mich allein, da Alex die ganze Woche bei Jaxson in L.A. ist. Sie hat endlich gestanden, wie sehr sie ihn vermisst, woraufhin er sich sofort darangemacht hat, seine Termine umzulegen, damit er Zeit mit ihr verbringen kann. Bestimmt hat sie eine tolle Zeit, darum werde ich sie nicht anrufen, auch wenn ich zu gern mit ihr über Cole reden würde. Ich will ihr nichts von der kostbaren Zeit mit Jaxson nehmen, weil wir lange telefonieren. Am Abend esse ich vor dem Fernseher, trinke ein Glas Wein dazu und gehe dann früh ins Bett. Na ja, früh für meine Verhältnisse jedenfalls, ich arbeite nur noch zwei Stunden am Laptop, bevor ich das Licht ausmache.

Die übrige Woche geht schnell herum. Die Deadlines rücken näher, deshalb arbeitet das ganze Team hochkonzentriert daran, die Pläne genehmigt zu bekommen. Cole hat mir jeden Tag geschrieben, aber wir haben nicht telefoniert. Ich weiß, dass er viel zu tun hat – wenn er nicht gerade in Meetings steckt, ist er bei diversen Abendessen und Veranstaltungen. Obwohl es mich freut, dass er mir so regelmäßig schreibt, wünschte ich, seine Stimme zu hören. Ein paarmal habe ich überlegt, ihn anzurufen, aber immer wenn ich zum Handy greife, um seine Nummer zu wählen, lege ich es doch wieder weg. Wenn ich ihn anrufe, wird meine Stimme verraten, wie sehr ich ihn vermisse.

Dann weiß er, was ich empfinde.

Aber jetzt, wo Samstag ist und ich mit einer kleinen Tasche zu meinen Füßen vorm Haus stehe, wünsche ich mir echt, ich hätte Gelegenheit gehabt, ihn im Gespräch darüber auszuquetschen, wo es für mich hingeht. Wobei es stimmte, als ich ihm antwortete, dass ich ihm vertraue – was lustig ist. Wenn man mich vor ein paar Monaten gefragt hätte, wäre meine Antwort gewesen, dass er der allerletzte Mensch auf dieser Welt ist, dem ich vertrauen würde.

Na ja, abgesehen von meinem Vater.

Coles eleganter schwarzer Wagen hält vor mir, und Jonathan steigt lächelnd aus.

»Guten Morgen, Ms West«, sagt er und nimmt meine Tasche.

»Morgen, Jonathan.«

Er hält mir die Tür auf, schließt sie hinter mir, nachdem ich eingestiegen bin, und stellt dann meine Tasche in den Kofferraum. Sobald er wieder auf dem Fahrersitz ist, und noch ehe er losfährt, beuge ich mich vor und frage: »Ich schätze mal, Sie wissen auch nicht, wo es für mich hingeht?«

Als sich unsere Blicke im Rückspiegel begegnen, verraten Fältchen um seine Augenwinkel, dass er lächelt. »Nein, tut mir leid. Cole hat mich nur angewiesen, Sie zum Flugplatz zu bringen.«

»Ich fliege?«

»Ja, Ma'am«, sagt er.

Ich sinke wieder zurück auf den gut gepolsterten Ledersitz, während Jonathan den großen Wagen in den Verkehrsstrom lenkt. Den Rest der Fahrt verbringe ich damit zu rätseln, wo es für mich hingehen mag. Die Vorstellung, dass Cole mich nach London fliegen lässt, damit wir uns sehen, ist zwar schön, aber extrem unrealistisch. Ich habe bloß für eine Übernachtung gepackt, und dafür einmal quer über den Atlantik und wieder zurückzufliegen, scheint mir eine enorme Ressourcenverschwendung zu sein, selbst für einen Milliardär.

Ginge es um etwas Berufliches, hätte er mir das bestimmt gesagt. Er könnte mich in ein Spa schicken, doch das passt eigentlich nicht zu Cole. Wiederum schreit nichts hieran »bindungsunfähiger Milliardär, der nur eine unverbindliche Sexaffäre will«.

Während des Flugs versuche ich mich mit einem Liebesroman abzulenken, aber mein Verstand driftet zu der Frage ab, wohin ich wohl fliege, und dann zu Cole und dem, was zwischen uns läuft. Meine Gedanken kreisen darum, bis der Pilot vermeldet, dass wir mit dem Landeanflug beginnen. Der Flug hat nur ungefähr anderthalb Stunden gedauert, was in mir einen leisen Verdacht weckt.

Nachdem wir auf einem kleinen Flugplatz gelandet sind, gehe ich die Gangway hinunter, und die Luft ist mir so vertraut, dass es meine Vermutung bestätigt. Gefühle wallen in mir, doch ich halte sie zurück, bis ich mir ganz sicher bin. Eine Limousine wartet auf mich, und ich lache in mich hinein, weil Cole anscheinend denkt, ich bräuchte so einen Schlitten – dabei hätte es ein normaler Pkw getan. Verflucht, ein Uber hätte gereicht. Aber so ist er eben, und Wärme flutet durch meine Brust, weil er das für mich organisiert hat.

Der Fahrer nimmt mir mit einem Nicken die Tasche ab und hält mir dann die Tür auf. Sobald er sie hinter mir geschlossen hat, lädt er meine Tasche in den Kofferraum und setzt sich dann ans Steuer. Er scheint zu wissen, wohin es geht, also lehne ich mich zurück und schaue aus dem Fenster. Bald schon sehe ich Vertrautes, und meine Vermutung bestätigt sich. Ich lächle so breit, dass ich es in den Wangen spüre, während ich mein Handy heraushole und Cole schreibe.

Danke, danke, danke!

Da ich nicht mit einer Antwort rechne, stecke ich das Handy wieder in die Handtasche und schaue erwartungsvoll aus dem Fenster. Freude durchströmt mich, während wir unserem Ziel immer näher kommen. Als der Wagen vor dem kleinen Bungalow mit den vielen schönen Blumen im Vorgarten vorfährt, steigen mir Tränen in die Augen. Sobald der Fahrer den Motor abstellt, drücke ich die Tür auf und stürme den Weg entlang.

Mom muss das Auto gehört haben, denn die Tür geht auf und sie kommt herausgeeilt.

»Delilah.« Ihre Stimme ist atemlos, aber auf ihrer Miene liegt helle Freude.

»Mom!« Als ich die Arme um sie schlinge, atme ich ihren zarten Fliederduft ein, der von der Bodylotion kommt, die sie jeden Morgen benutzt.

Ich löse mich und betrachte ihr Gesicht, das meinem so ähnlich ist. Immer schon war ich froh, dass ich kaum Ähnlichkeit mit meinem Vater habe. Nur meine Augenfarbe – Grün statt des Blaus meiner Mutter – macht mich als seine Tochter erkenntlich.

»Ich freu mich so, dich zu sehen«, sagt Mom. »Wieso hast du mir nicht gesagt, dass du kommst?«

Ich lache. »Ich freu mich auch, hier zu sein, und gesagt habe ich es dir nicht, weil ich es selbst nicht wusste.«

Sie runzelt die Stirn. »Wie meinst du das?«

»Lass uns reingehen, dann erzähle ich es dir.«

Mom nickt, macht jedoch ein fragendes Gesicht, als sie über meine Schulter schaut.

Ich sehe hinter mich und stelle fest, dass der Fahrer mit meiner Tasche dasteht. Er reicht sie mir. »Mr King hat mich angewiesen, Sie morgen um 15 Uhr für Ihren Rückflug abzuholen.«

Lächelnd nehme ich sie ihm ab. »Danke.«

Er nickt und geht dann zum Wagen zurück, während Mom mich mit hochgezogenen Augenbrauen ansieht.

»Ich werd's dir erklären«, sage ich.

Ihre Lippen zucken. »Na, dann mal rein mit dir.«

Wenn ich nach Hause komme, fühlt es sich immer an, als wäre ich nie weg gewesen. Mein letzter Besuch ist Monate her, aber das vertraute Quietschen der Haustür und der Duft nach frischen Blumen und Möbelpolitur nehmen meine Sinne ein. Ich atme tief ein und lasse es auf mich wirken. Wie immer sieht alles unverändert aus – die bequeme, abgenutzte Couch mit Blumenmuster, der kleine Fernseher in der Ecke, die Kinderfotos von mir auf den Regalen. Wärme und Behaglichkeit hüllen mich ein.

»Ich kann es immer noch nicht fassen, dass du hier bist«, sagt Mom. »Wie wär's, wenn ich uns eine Tasse Tee mache, und du berichtest mir alles.«

»Lass mich eben meine Tasche in mein Zimmer bringen, dann helfe ich dir«, erwidere ich.

Mein altes Zimmer ist gleich am Ende des kurzen Flurs. Nachdem ich meine Tasche auf dem wohlbekannten Einzelbett abgestellt habe, gehe ich zu Mom in die Küche. Während ich den Kessel mit Wasser fülle, arrangiert sie ein paar Plätzchen auf einem Teller, eine Gewohnheit, die mich geradewegs in die Zeit zurückbefördert, als wir beide hier wohnten. Hin und wieder ertappe ich sie dabei, wie sie mich anlächelt, während wir in der Küche hantieren. Schließlich setzen wir uns zusammen auf die kleine Couch.

Nachdem wir beide einen Schluck Tee getrunken haben, lächelt mich Mom an. »Erzähl mir, wie es kommt, dass du hier bist, und wieso du es vorher nicht wusstest.«

Ich atme aus. »Also, ich bin mit jemandem zusammen. Irgendwie.«

Sie zieht die Stirn kraus. »Irgendwie?«

Ich blicke nach unten und wische eine imaginäre Fussel von meinen Jeans. »Es ist nur was Unverbindliches. Und ich weiß nicht, ob mehr daraus wird ...«

»Wieso denn nicht? Ich meine, du bist klug und schön. Warum sollte ein Mann nicht mit dir zusammen sein wollen?«

Ich stelle meine Tasse auf den Couchtisch und nehme mir einen Keks. »Weil er ... andere Prioritäten hat.«

Sie runzelt die Stirn. »Die da wären?«

»Seine Arbeit. Im Moment konzentriert er sich nur darauf –

was auch okay ist. Das muss er.« Den letzten Teil füge ich schnell hinzu, damit es nicht klingt, als würde es mich stören. Das ist für mich nicht das Problem.

»Was macht er denn?«

Ich möchte Mom echt nicht anlügen, doch ich weiß, wie sie reagieren wird. Trotzdem, ich kann es genauso gut hinter mich bringen.

»Er ist eine Führungskraft.«

»Das ist aber vage. Was genau soll das heißen?«

»Na ja, er ist der COO der *King Group*.«

Mom verengt leicht die Augen. »Ist das nicht das Unternehmen, für das du gerade arbeitest?«

»Ja.«

»Aber du arbeitest nicht direkt für ihn, oder?«

Ich stoße ein Seufzen aus. »Ich arbeite immer noch für *Elite*, aber die *King Group* ist unser Kunde, und wir arbeiten von deren Bürositz aus.«

Mom verzieht den Mund. »Oh, Delilah. Findest du, dass es eine gute Idee ist, nach dem, was mit Paul war? Du kriegst doch bestimmt Ärger, wenn das rauskommt. Und er auch.«

Ich befeuchte meine Lippen. »Er wahrscheinlich nicht, er ist Mitinhaber des Unternehmens.«

Moms Mund bewegt sich, doch sie sagt ein paar Augenblicke nichts. Dann kommt es in einem Schwall heraus: »Delilah, du weißt doch, worauf solche Männer aus sind. Sobald sie gekriegt haben, was sie wollten, hauen sie ab. Sie wollen einen nicht heiraten, sondern nutzen einen nur so lange aus, bis es ihnen zu anstrengend wird oder ihnen jemand Passenderes über den Weg läuft.«

Ich nehme ihre Hand und drücke sie. »So ist das zwischen uns nicht, Mom. Er ist nicht wie Dad. Er hat mich weder über seine Absichten angelogen, noch gibt er vor, in mich verliebt zu sein. Und ich rechne nicht damit, einen Ring angesteckt zu bekommen oder so.«

Zwischen ihren Brauen erscheint eine Falte. »Warum dann mit ihm zusammen sein, wenn du schon weißt, dass er keine Zukunft mit dir will? Wieso suchst du dir nicht einen normalen Mann, der sich binden und eine Familie gründen will? Ich weiß, du bist noch zu jung, daran denkst du noch nicht, aber warum sein Herz für einen Mann riskieren, der niemals mehr wollen wird?«

»Wir haben bloß unseren Spaß.« Wobei, eigentlich stimmt das nicht mehr so ganz. Ich unterdrücke meine Schuldgefühle darüber, nicht ganz ehrlich zu ihr zu sein. »Ich arbeite schon so lange hart. Es ist schön, mal loszulassen und sich zu amüsieren. Und Cole … zwingt mich dazu. Das mag ich. Außerdem war er es, der als Überraschung organisiert hat, dass ich heute hergeflogen bin.«

»Ah. Er ist also dieser Mr King?«

Als ich nicke, wird Moms Miene weicher. »Ich weiß, wie hart du arbeitest, Schatz. Und wie viel du schon erreicht hast. Du sollst Spaß haben. Und deine Jugend genießen. Ich will nur nicht, dass du dein Herz an jemanden verschenkst, der es nicht verdient. Und solche Männer …« Sie schüttelt den Kopf. »Männer mit Geld und Einfluss leben anders als wir Durchschnittsmenschen, und alle, die nicht Teil ihrer Welt sind, sind ihnen egal.«

»So ist Cole nicht.« Ich halte inne, denn das stimmt wieder nicht ganz. »Ich meine, er führt natürlich ein ganz anderes Leben als die meisten Menschen, aber er ist nicht gleichgültig. Warum hätte er mich sonst hierhergeschickt?«

Sie presst die Lippen zusammen und blickt mir forschend in die Augen. Dann stößt sie einen Seufzer aus. »Wie du weißt, bereue ich das mit deinem Vater nicht, denn du bist das Beste, was mir je passiert ist, aber du sollst nicht den Schmerz durchmachen, wenn du erkennst, dass du jemandem dein Herz geschenkt hast, der es gar nicht wert ist.« Sie lächelt schief. »Wiederum bist du viel vernünftiger als ich in jungen Jahren. Ich habe mich vom Charme deines Dads hinreißen lassen und von der Aufregung und Aufmerksamkeit, die es bedeutet, mit jemandem wie ihm zusammen zu sein. Ich finde einfach nur, du solltest vorsichtig sein. Ja?«

»Werd ich, Mom, ich versprech's. Ich weiß genau, was das mit ihm ist, darum wird es mich nicht erschüttern, wenn es endet.« Die Lüge sticht mir in die Brust.

Noch immer schimmert Sorge in ihrem Blick, aber sie lächelt sanft. »Na, um mehr geht's mir nicht.«

* * *

Als ich später im Bett liege, komme ich endlich dazu, auf mein Handy zu schauen. Als ich das Symbol für eine neue Nachricht sehe, wische ich schnell über das Display.

Schön, dass du dich freust. Ich überleg mir,
wie du mir deine Dankbarkeit zeigen kannst,
wenn ich zurückkomme.

Ich freue mich sehr. Und ich habe mir schon
überlegt, wie ich mich bei dir bedanke.

Ach ja? Klärst du mich auf?

Nein. Lass dich überraschen.

Ich hätte da auch so einige Ideen.

Darauf möchte ich wetten.

Was machst du gerade?

Mom und ich haben bis eben Buffy,
die Vampirjägerin, gebinged, Wein
getrunken und Popcorn gegessen.

Klingt nach 'nem Mordsspaß.

Vielleicht nicht so glamourös wie ein Auftritt auf
dem roten Teppich oder VIP-Events, aber es
gehört zu meinen Lieblingsbeschäftigungen.
Solltest du lieber erst mal ausprobieren,
bevor du's schlechtmachst.

Die drei Punkte blinken auf dem Display, verschwinden und tauchen dann wieder auf. Warum braucht er so lange zum Antworten?
Schließlich geht seine Nachricht ein.

Für Zeit mit dir und einer Flasche Wein bin ich
immer zu haben.

Erinnerungen schießen mir durch den Kopf, sodass ein heißer Schauer über meine Haut läuft. Keine Reaktion, die ich gebrauchen kann, wenn ich allein in meinem alten Kinderbett liege. Doch ich frage mich, ob er das von Anfang an antworten wollte oder sich mittendrin umentschieden hat. Vielleicht wollte er so was in der Art schreiben wie »Klingt nach meinem schlimmsten Albtraum«.

Ich muss Schluss machen. Ich fliege morgen früh
nach Berlin. Viel Spaß mit deiner Mom. Wir sehen
uns am Freitag.

Viel Glück mit allem.

Meine Finger schweben über der Tastatur, dann gebe ich dem zunehmenden Druck in meiner Brust nach und füge hinzu: »Ich vermisse dich.«

Die Punkte erscheinen und verschwinden wieder, dann sind sie ganz weg. Ich atme pustend aus. Ich hätte es lassen sollen.

Nachdem ich das Licht ausgeschaltet habe, starre ich im Dunkeln an die Decke und wünsche mir, ich könnte die Worte zurücknehmen. Doch ein paar Minuten später plingt mein Handy noch einmal. Ich greife danach und merke, wie sich beim Lesen der Nachricht ein breites Lächeln auf mein Gesicht legt.

Ich vermisse dich auch.

34

Cole

Ich zappe durch das Fernsehprogramm auf der Suche nach irgendwas, was mich in den Schlaf lullt. Nachdem ich heute Vormittag von Deutschland nach London zurückgeflogen bin und dann ein Meeting nach dem anderen hatte, fällt es mir schwer abzuschalten. Zudem warte ich schon die ganze Zeit auf einen Anruf, als also mein Handy klingelt, gehe ich sofort ran.

»Hat er es angenommen?«, frage ich, ohne mich mit einer Begrüßung aufzuhalten.

Romans Stimme dringt glasklar an mein Ohr. »Ja, hat er«, sagt er, und ich stoße vor Erleichterung einen lautlosen Seufzer aus. »Wenn er ein Schuldeingeständnis abgibt und fünfundvierzig Millionen Dollar Strafe zahlt, wird seine Haftstrafe von zwanzig auf acht Jahre herabgesetzt.«

»Verflucht. Acht Jahre?« Wir wussten, dass sie ihn nicht mit Samthandschuhen anfassen würden, schließlich ging es auch um Regierungsverträge, aber trotzdem … So ernst es mir damit war, als ich zu Delilah sagte, mir sei egal, was aus Dad wird, ich mag mir nicht vorstellen, wie es ihm jetzt wohl geht. Wiederum kann ich mir auch nicht vorstellen, was er sich dabei gedacht hat, überhaupt in den Insiderhandel einzusteigen. In seiner Arroganz war er überzeugt, man würde ihn nicht erwischen, und sieh sich einer an, wohin ihn das gebracht hat. Für acht Jahre in eine verdammte Gefängniszelle.

»Die Nachricht wird bald bekannt gegeben«, sagt Roman. »Hast du eine Vermutung, wie es unsere Investoren aufnehmen werden?«

»Natürlich gibt es Bedenken. Viele von ihnen haben beschlossen, vorerst abzuwarten. Ich habe sie auf einen Schuldspruch vorbereitet und ihnen versichert, dass sich dadurch nichts ändern wird. Dass Dad ganz allein für seine Taten verantwortlich war und sie nicht das Geschäftsgebaren der *King Group* widerspiegeln.«

»War von Rückzug die Rede?«

»Anfangs hat es rumort, aber ich habe betont, dass wir trotz des Führungswechsels das Leistungsniveau beibehalten, das man von uns erwartet, und unseren finanziellen Verpflichtungen nachkommen werden. Das scheint die Bedenken zerstreut zu haben. Wenn wir die nächsten Wochen ohne größere Rückschläge überstehen, werden sich alle entspannen, und wir können das endlich hinter uns lassen.«

Roman stößt einen tiefen Seufzer aus. »Das hatte ich gehofft zu hören. Nicht dass ich daran gezweifelt hätte, dass du das hinkriegst.«

Wieder keimt dieser Stolz in mir auf, aber ich schüttle ihn ab. »Du klingst müde. Wie läuft es bei euch?«

»Alle wollen Fortschritte beim Hotelprojekt sehen.« Er schweigt einen Moment. »Berrington drängt uns, den Spatenstich für die ersten drei Hotels zu setzen.«

Ich runzele die Stirn. »Warum? Unsere Zeitplanung ist realistisch und exakt so, wie wir es im Zuge der Kapitalfinanzierung angegeben haben.«

»Das habe ich ihm auch gesagt. Ich habe das Gefühl, er sucht einen Vorwand, seine Investitionen zurückzuziehen, aber bislang haben wir ihm noch keinen geliefert.«

Ich fahre mir mit der Hand übers Gesicht. »Dass einer der

Hauptinvestoren aussteigt, können wir jetzt überhaupt nicht gebrauchen. Hat er irgendwelche Andeutungen gemacht, warum? Die *King Group* hat ihm über die Jahre jede Menge Geld eingebracht.«

Roman ist still, ich nehme an, er denkt nach. »Gerüchten zufolge will er seine Investitionen bei *Steele Enterprises* erhöhen.«

»Unsere Ertragskraft und Umsatzwachstumsprognosen übertreffen die von *Steele Enterprises*. Das weiß er.«

»Stimmt. Aber nichtsdestotrotz performt *Steele Enterprises* aktuell gut am Markt. Und Jake Steele ist Berringtons angeheirateter Cousin. Ich würde es Steele zutrauen, dass er Dads Verhaftung als Druckmittel benutzt. Berrington bewegt sich auf den Ruhestand zu, da kann es gut sein, dass er inzwischen mehr Wert auf persönliche Beziehungen als auf betriebswirtschaftliche Kennzahlen legt.«

»Dad war sein Studienfreund.«

»Genau. Aber er hat nichts mehr mit Dad zu schaffen, oder?« Romans Frust dringt durchs Telefon.

»Ich kann ein Treffen mit ihm vereinbaren, wenn ich zurück bin«, biete ich an.

»Ich bin morgen mit ihm zum Mittagessen verabredet. Ich werde mal vorfühlen, worum es ihm eigentlich geht, denn ich glaube nicht, dass ihn der Spatenstich wirklich kümmert.«

»Okay. Sag mir Bescheid, wie's gelaufen ist und ob ich mich mit ihm treffen soll.«

»Mach ich.« Seine Stimme hat einen abwesenden Klang bekommen, in Gedanken ist er schon woanders, doch gerade als ich das Gespräch beenden will, kommt er noch einmal auf mich zurück. »Kannst du Mom anrufen? Ich hatte noch keine Gelegenheit, mit ihr zu sprechen, seit Dad den Deal angenommen hat.«

Mir ist überhaupt nicht danach, mit Mom zu reden. Trotzdem sage ich Ja, und dann legen wir auf.

Wie jeden Abend kommt in mir das Bedürfnis hoch, mit Delilah zu sprechen. Sie ist mir inzwischen nah, wie ich es nie für möglich gehalten hätte. Viel lieber würde ich jetzt mit ihr reden als mit Mom, aber ich achte darauf, sie nicht anzurufen, solange ich weg bin. Sobald ich ihre Nummer wähle, weil ich es nicht länger aushalte, ihre Stimme nicht zu hören, werde ich nicht mehr abstreiten können, dass mittlerweile etwas zwischen uns ist.

Meine Finger bewegen sich übers Handydisplay, während ich unseren Chatverlauf aufrufe und zu der Stelle scrolle, wo sie mir geschrieben hat, dass sie mich vermisst. Fast hätte ich nicht darauf geantwortet, doch die Vorstellung, sie in der Luft hängen zu lassen, nachdem sie sich derart vorgewagt hatte, versetzte mir einen Stich. Wobei ich es nicht erwidert hätte, wenn es nicht stimmen würde. Das verdammte Problem ist, dass es *allzu* wahr ist.

Um mich vom Nachdenken darüber abzulenken, was das zu bedeuten hat, wähle ich Moms Nummer, stelle auf Lautsprecher und lege das Handy auf den Nachttisch. Dann schwinge ich die Beine über die Bettkante und setze mich mit auf die Schenkel gestützten Ellbogen hin, während ich abwarte, dass sie sich meldet.

»Cole.«

Ich verdrehe die Augen angesichts der fehlenden Wärme in ihrer Stimme. »Hallo, Mom. Haben sich die Anwälte wegen Dad schon bei dir gemeldet?«

Sie seufzt ungehalten. »Ja, natürlich. Acht Jahre. Die hat der Idiot auch verdient.«

»Dein Mitgefühl weiß er bestimmt zu schätzen.«

»Wenn er mein Mitgefühl wollte, hätte er sich damit begnügen sollen, seinen Flittchen Diamanten zu schenken, statt zu versuchen, sie fürs ganze Leben zu versorgen.«

Damit hat sie nicht unrecht. Allerdings frage ich mich, was sie den Männern, mit denen sie Affären hatte, über die Jahre so alles gekauft hat. Was hat sie Tates Vater geschenkt?

»Es genügt wohl zu sagen, dass dein Vater gleich morgen früh von mir die Scheidungspapiere kriegt.«

Die Neuigkeit kommt wenig überraschend. Nicht, dass ihre Ehe je mehr als eine Sache der Bequemlichkeit gewesen wäre. Und jetzt ist mein Vater unbequem geworden. Nach Dads Schuldspruch, beziehungsweise seinem Schuldeingeständnis, war das nur eine Frage der Zeit. »Ich bin sicher, er rechnet schon damit.«

Sie schnaubt. »Er hat Glück, dass ich so lange damit gewartet habe.«

»Na, ich wollte nur sichergehen, dass du klarkommst«, sage ich. »Was offensichtlich der Fall ist. Angesichts der Tatsache, dass es hier schon 23:30 Uhr ist, werde ich jetzt also auflegen.«

Es entsteht eine lange Pause, sodass ich zu meinem Handy schaue, um zu sehen, ob die Verbindung noch steht. Zögern ist untypisch für Mom.

»Wie kommen du und deine Brüder mit ... alldem zurecht?«, fragt sie schließlich.

Jetzt bin ich es, der nach Worten sucht. Ich kann mich nicht erinnern, wann sie zuletzt mal von sich aus nachgefragt hat, wie es uns geht.

Ich räuspere mich. »Ich ganz gut. Ich habe fortlaufend Meetings mit unseren ganzen Investoren. Wenn sich die Nachricht von Dads Deal herumspricht, werde ich noch mehr Schadensbegrenzung betreiben müssen. Roman hat irgendwelchen Scheiß mit Berrington an der Backe, aber das kriegt er sicher geregelt. Und Tate. Na ja, Tate ist eben Tate. Den bringt so gut wie nichts aus der Fassung.«

»Na, schön, dass es euch allen gut geht, aber ich muss jetzt los«, sagt sie, woraufhin ich fast lachen muss. Sie hat offensichtlich ihr Höchstmaß an mütterlicher Fürsorge aufgebracht. Wobei das schon enorm viel war, wenn man bedenkt, dass sie sonst gar keine zeigt.

»Ich bin mit den Jeffersons zum Abendessen verabredet«, sagt sie noch. »Sie fragen bestimmt nach deinem Vater, deshalb werde ich mir vorher noch ein Glas Wein genehmigen.«

»Gute Idee. Die Jeffersons sind schon an guten Tagen eine Qual.«

Nachdem wir uns verabschiedet haben, starre ich im schwach beleuchteten Zimmer vor mich hin, während ich das Handy in den Händen drehe. Dass Mom nachfragt, wie es mir und meinen Brüdern geht, obwohl niemand dabei ist, für den man eine Fassade aufrechterhalten müsste, ist ungewöhnlich, und ich bin mir unsicher, was es zu bedeuten hat. War das nur ein Ausreißer oder verliert sie ohne Dad ein bisschen von ihrer Härte? Oder könnte das, was Delilah bei unserem letzten gemeinsamen Lunch sagte, womöglich etwas bewirkt haben?

Ich schüttele den Kopf. Ich deute eindeutig zu viel hinein. Durch den Kontakt zu einem warmherzigen Menschen wie Delilah nehme ich Zuneigungsbekundungen bei anderen wahr, wo gar keine sind. Nach allem, was ich weiß, war ihr Verhalten nur ein einmaliges Vorkommnis wegen der jüngsten Ereignisse mit Dad.

Doch jetzt geht mir Delilah wieder durch den Kopf. Nicht dass es dieser Tage viel anders wäre. Ich entsperre mein Handy wieder und rufe ihre Nummer auf. Während ich daraufstarre, gehe ich innerlich dieselbe Argumentation durch wie jeden Abend. Es ist sechs Tage her, dass ich ihre Stimme gehört habe.

Nur noch vier Tage, dann bin ich wieder in den Staaten und sie wieder in meinem Bett. Ich habe schon bis jetzt durchgehalten, vier Tage schaffe ich auch noch. Einen Augenblick noch schweben meine Finger über dem Display, ich bin im Begriff, die App zu schließen und mich schlafen zu legen. Dann drücke ich auf Anruf, rücke nach hinten und lehne mich gegen das Kopfteil des Betts, während ich darauf warte, dass sie rangeht.

»Hi, Cole. Ich freu mich, dass du anrufst.«

Bei ihrer sanften, süßen Stimme durchläuft mich ein warmer Schauer. Fuck, ich habe ein Riesenproblem.

»Wie geht's dir?«, frage ich.

»Gut. Ich arbeite unter Hochdruck daran, die Detailentwürfe fertigzubekommen, damit sie innerhalb der Deadline freigegeben werden können.«

»Ich bin sicher, du schaffst das. Arbeite nicht so viel. Denk dran, auch mal Pause zu machen.«

»Ja, Dad«, neckt sie mich.

Unverhofft breitet sich ein Grinsen auf meinem Gesicht aus. »Wenn schon, dann wenigstens Daddy.«

Sie lacht. »Ich finde nicht, dass du ein Daddy-Typ bist.«

»Stimmt. Lassen wir's mit Daddy.«

»Wie geht's dir denn?«, fragt sie.

Ich reibe mir mit der Hand übers Gesicht. »Roman hat angerufen. Dad hat heute den Deal angenommen.«

»Oh, Cole. Bist du okay?«

Ich muss erst überlegen. Bin ich das? Als Mom vorhin fragte, habe ich ihr von der Arbeit erzählt. Ich habe nicht erst in mich reingehorcht, wie es mir mit alldem geht, und unabhängig davon bezweifle ich auch, dass ich es ihr ehrlich gesagt hätte. Aber Delilah …

»Ich weiß nicht. Ich habe … widersprüchliche Gefühle. Wir hatten nie was füreinander übrig. Ich respektierte ihn als Geschäftsmann, aber ich liebte ihn nicht als Vater. Und jetzt ist jeglicher Respekt für ihn dahin.«

»Nachvollziehbar. Er hat selbstsüchtig gehandelt.«

»Genau. Meine Brüder und ich wurden dazu erzogen, das Unternehmen über alles zu stellen. Daran hängt unser Name. Unser Vermächtnis. Es ist verdammt noch mal das Einzige, was diese Familie zusammenhält, und er hat alles aufs Spiel gesetzt. Und wofür? Für andere Frauen als seine Ehepartnerin. Frauen, von denen er abgesehen vom Körperlichen nichts wollte. Das kriege ich nicht zusammen.«

»Ich glaube, dazu kann ich auch nur sagen, dass Menschen kompliziert sind. Mach dich nicht kirre damit, zu versuchen, sein Verhalten zu verstehen. Manchmal kann man das nicht. Manchmal muss man einfach hinnehmen, dass Menschen egoistische Entscheidungen treffen, ohne sich darum zu scheren, welche Konsequenzen es für diejenigen hat, die sie am meisten lieben sollten. Die Familie sollte stets an erster Stelle stehen. Vielleicht hat dein Vater diese Lektion nie wirklich gelernt.«

Sie hat recht. Die Familie war nie Dads Priorität; er gierte nach Wohlstand und Macht. Die Frauen waren nur ein Aspekt davon. Eine zusätzliche Möglichkeit, sein Ego zu pushen.

»Kommt deine Mom damit zurecht?«

Typisch für sie, dass sie nachfragt, obwohl Mom sie das einzige Mal, als sie sich getroffen haben, unverschämt behandelt hat. »Sie lässt sich von ihm scheiden.«

»Ich kann nicht behaupten, dass mich das überrascht.«

Erst als ich merke, dass zum ersten Mal seit Tagen die Anspannung aus meinem Körper gewichen ist, wird mir klar, wie sehr ich es brauchte, Delilahs Stimme zu hören. Ich will die wenige Zeit zum Reden mit ihr aber nicht mit dem Thema Mom und Dad verschwenden. »Genug von meinen Eltern. Was hast du gerade an?«

Sie lacht los, ein heller, wunderschöner Klang in diesem dunklen Zimmer. »Das hast du nicht im Ernst gerade gefragt.«

»Doch. Verrätst du's mir?«

»Hm, mal sehen«, schnurrt sie verführerisch ins Telefon, wobei mir unheimlich gefällt, dass sie mich so gut genug kennt, um mich das Thema wechseln zu lassen, statt weiter nachzuhaken. »Ich trage sexy Pyjama-Shorts mit Koalas und dazu ein weißes T-Shirt mit einem Fleck unbestimmbaren Ursprungs auf der linken Brust.«

Ich grinse bei dem Bild, das sie malt, senke jedoch die Stimme. »Wenn ich jetzt da wäre, würde ich dir die Koala-Shorts runterzerren und mich mit dir vergnügen.«

»Würdest du wollen, dass ich das T-Shirt anbehalte?«

»Definitiv. Ich finde nichts sexyer als fleckige weiße T-Shirts.«

Wieder lacht sie. Als sie weiterspricht, klingt ihre Stimme sanft, und ich kann ihr das Lächeln anhören. »Ich mag, dass du das magst.«

Ohne dass sie überhaupt hier ist, tröstet sie mich auf eine Art, wie ich es gar nicht für nötig gehalten hatte. Ich lehne den Kopf zurück, schließe die Augen und gebe mein Bestes, mir nicht anmerken zu lassen, wie sehr mich ihre Worte berühren. »Und ich dachte, du magst es, wenn ich dir sage, dass du dich vorbeugen und mich aufnehmen sollst.«

»Das auch.«

Ihre atemlose Stimme macht mich hart und ich fasse mir in den Schritt. »Bist du allein?«

Meine Hoffnungen werden zerschmettert, als sie antwortet: »Nein. Alex ist hier. Wir wollen gleich zu Abend essen.«

»Schade. Dann muss ich mir selbst Erleichterung verschaffen. Wenigstens weiß ich genau, was ich mir vorstellen werde, während ich mich selbst anfasse.«

»Was denn?«

»Dich, wie du in deinem sexy Fleckenshirt vor mir ausgestreckt liegst.«

Sie lacht. »Dieser Fleck macht dich echt an, oder?«

Ehe ich antworten kann, höre ich, wie Alex zu Delilah sagt, dass das Essen fertig ist. Wir verabschieden uns, und nach dem Auflegen scheint die Stille im Zimmer lauter als zuvor.

Ich schließe die Augen und lege den Kopf in den Nacken. Ich muss mir die Wahrheit eingestehen. Mein Verlangen nach ihr lässt nicht nach, sondern wird nur stärker, sogar jetzt, mit zeitlichem und räumlichem Abstand. Ich muss mir verflucht noch mal überlegen, was ich deswegen mache, denn gerade habe ich das Gefühl, ich stehe am Rand einer Schlucht und bin nur einen Schritt davon entfernt, hinunterzustürzen.

Und ich habe keinen blassen Schimmer, was mich am Grund erwartet.

35

Delilah

Ich werde wach, als mein Handy auf dem Nachttisch brummt. Verschlafen blinzele ich auf meinen Wecker. Es ist nach Mitternacht. Wer um alles in der Welt ruft zu dieser Zeit an?

Als ich nach dem Handy greife, sehe ich Coles Namen auf dem Display. »Hallo?«

»Delilah.« Bei seiner tiefen Stimme durchläuft mich ein Schauer, und ich bin sofort hellwach.

»Ist alles in Ordnung? Bist du wieder in New York? Ich dachte, ich würde erst morgen von dir hören.«

»Ich wollte dich sehen. Kann ich raufkommen?«

Mein Puls beschleunigt. »Du bist hier? Na, sicher.«

Ich haste zur Tür und drücke auf den Summer. Unschlüssig blicke ich an mir runter. Sollte ich mir was Verführerisches anziehen? Wenigstens hat dieses Shirt keinen Fleck. Dann zucke ich mit den Schultern. Ich bin viel zu aufgeregt, ihn zu sehen, um mir Gedanken zu machen, ob ich Dessous anziehen soll.

Als es klopft, reiße ich die Tür auf und lasse ihn herein. Er trägt ein Button-down-Hemd mit hochgekrempelten Ärmeln – ein Style, den ich bei Männern mit am sexysten finde –, doch als ich lächelnd zu ihm hochschaue, fallen mir die dunklen Ringe unter seinen Augen auf.

Ich greife nach seinem Arm und ziehe ihn in die Wohnung.

»Nicht, dass ich mich nicht freuen würde, dich zu sehen, Cole, aber was machst du hier?«

Er antwortet mir nicht. Stattdessen schiebt er mich gegen die Wand, senkt den Kopf und streift mit den Lippen die empfindliche Stelle an meiner Halsbeuge. Ich bekomme eine Gänsehaut, und meine Brustwarzen werden steif. Da ich keinen BH trage, fühlt er bestimmt, wie sie gegen seine Brust drücken. Doch einen Augenblick lang steht er bloß da, die Hände um meine Taille geschmiegt, und drückt sich an mich, während ich die Finger an seinen Oberarmen hinauf zu seinem Nacken wandern lasse, um durch die Haare an seinem Hinterkopf zu streichen.

»Geht's dir gut?« So habe ich ihn noch nie erlebt.

Er stößt den Atem aus und macht einen Schritt nach hinten. »Es war eine anstrengende Reise. Nonstop Meetings mit Investoren, die einfach aus Prinzip stur bleiben.« Er reibt sich übers Gesicht. »Ich bin total durch.«

Und da ist er hierhergekommen, statt in sein luxuriöses Penthouse zu fahren? Heiße Gefühle durchströmen mich. Er wollte mich sehen. Ich schlucke schwer. Gerade zeigt er mir zum ersten Mal bewusst diese Seite von sich. Eine andere als den unbeirrbaren Milliardär, der stets fokussiert und kontrolliert ist.

Ich trete näher, lege die Hand an seinen Kiefer und streichle mit dem Daumen über die Stoppeln, die ihm der lange Reisetag beschert hat. »Mein Bett ist nicht annähernd so groß oder bequem wie deins.« Er zieht angesichts dieser Untertreibung eine Augenbraue hoch. »Aber du kannst sehr gern bei mir schlafen.«

Sein Blick huscht über mein Gesicht. »Das wäre schön.«

»Okay.« Ich kann mir das Lächeln nicht verkneifen, das an meinen Mundwinkeln zupft.

»Okay«, wiederholt er. Weiter steht er da und blickt mir in die Augen, deshalb nehme ich seine Hand, verschränke die Finger mit seinen und gehe auf mein Zimmer zu. Er folgt mir, doch da kommt mir ein Gedanke, und ich schaue über die Schulter gewandt zu ihm.

»Musst du Jonathan Bescheid geben?«

Er schüttelt den Kopf. »Ich habe ihn nach Hause geschickt, als du mir aufgemacht hast.«

Er hatte schon vor, hier zu übernachten, als er ankam. Er ist direkt vom Flughafen hergekommen, weil er bei mir sein wollte. So einer Kleinigkeit sollte ich eigentlich keine so große Bedeutung beimessen, doch ich kann nicht anders. Es bedeutet viel.

Statt mich ihm um den Hals zu werfen, wie ich es am liebsten möchte, nicke ich bloß und führe ihn weiter zu meinem Zimmer.

»Ist Alex da?«, fragt er, als wir an der Tür anlangen.

»Sie verbringt das Wochenende bei Jaxson in L.A.«

»Also sind wir allein. So was aber auch«, sagt er gedehnt und lächelt schief.

Ein Schauer geht durch mich hindurch, doch ich erwidere nichts.

Beim Hereinkommen checke ich schnell mein Zimmer. Zum Glück bin ich relativ ordentlich, und es liegen nicht überall BHs und Slips herum. Nicht, dass Cole es zu kümmern scheint, wie mein Schlafzimmer aussieht. Bei seinem Blick auf mein Bett weiß ich genau, was er denkt. Ich unterdrücke ein Lachen, lasse seine Hand los, gehe ins Bad und komme mit einer Reservezahnbürste heraus.

»Ich habe keine Klamotten, die dir passen würden.«

»Schon okay.« Er knöpft schon sein Hemd auf. »Wenn ich mit dir im Bett liege, trage ich keine Klamotten.«

Während ich zusehe, wie er sich auszieht, lasse ich den Blick über seine breite Brust und den trainierten Bauch wandern. Als er Hose und Boxershorts abstreift und seine halbe Erektion enthüllt, zieht sich vor Vorfreude mein Unterleib zusammen. Mit einem leisen Lachen kommt er auf mich zugeschlendert und lässt mich ihn in Ruhe fertig anstarren, ehe er den Kopf vorbeugt. Ich glaubte, er wolle mich küssen, stattdessen nimmt er mir die Zahnbürste aus der Hand, drückt mir einen Kuss auf die Stirn und sagt: »Danke, Kätzchen.« Dann gibt er mir einen Klaps auf den Hintern. »Zieh dich aus und leg dich ins Bett. Ich komme gleich dazu.«

Kopfschüttelnd sehe ich ihm nach, wie er ins Bad geht. Der entspannte Cole hat eine genauso große Wirkung wie der intensive.

Ich tue, was er sagt, ziehe meinen Pyjama aus, lege mich unter die Decke und warte dann darauf, dass er wiederkommt. Bei seiner Rückkehr bleibt er an der Tür stehen und betrachtet mit schief gelegtem Kopf meine Figur unter der Decke. Sein Blick wandert hoch zu meinem Gesicht, und als wir einander in die Augen sehen, liegt eine Intensität in seinen, die mir den Atem raubt. Ich wünschte, ich wüsste, was er gerade denkt, kann jedoch nichts aus seiner Miene lesen, und ehe ich mich's versehe, durchquert er das Zimmer, hebt die Decke an und schlüpft darunter.

»Dreh dich um«, sagt er.

Als ich ihm den Rücken zuwende, zieht er mich an seine Brust, legt den Arm um meine Taille und drückt mich an sich. Mit angehaltenem Atem warte ich darauf, dass seine Hand auf Wanderschaft geht, doch das geschieht nicht. Stattdessen spreizt er die Finger auf meinem Bauch und drückt mir einen Kuss auf den Scheitel. Kaum fünf Sekunden später werden seine Atemzüge gleichmäßig und er schläft tief und fest.

Die Gedanken kreisen in meinem Kopf. Wir haben noch nie zusammen geschlafen, ohne davor Sex zu haben. Bedeutet das, er empfindet genauso wie ich? Hoffnung keimt in meiner Brust auf, und ich streichle leicht seinen Handrücken. Es ist zu früh, sich eine mögliche Zukunft auszumalen, in der wir in den Nächten immer öfter so aneinandergekuschelt sind. Leider hört mein Herz nicht auf diese weisen Worte.

Es ist zu sehr damit beschäftigt, im Einklang mit seinem zu schlagen.

* * *

Am nächsten Morgen mache ich die Augen auf, und allmählich nehmen die Zahlen auf meinem Wecker Form an. Halb sechs. Was hat mich so früh geweckt? Letzte Nacht kommt mir in den Sinn, und als mir wieder einfällt, dass Cole hinter mir eingeschlafen ist, klärt der Nebel in meinem Hirn restlos auf. Ich drehe mich nach ihm um, aber abgesehen von mir ist mein Bett leer. Habe ich nur geträumt, dass er hier war? Bevor mich allzu heftige Enttäuschung überkommt, dringt ein Geräusch durch meine Zimmertür. Ich setze mich auf und klammere dabei die Bettdecke an meine Brust.

Wieder dringt ein Geräusch zu mir. Ist Cole noch hier und hantiert in der Küche herum? Ich stehe auf, ziehe mir meinen kurzen, seidenen Morgenmantel über und knote ihn locker zu, ehe ich das Zimmer verlasse.

Meine Füße stoppen ab, und mein Herz macht einen kleinen Hüpfer in meiner Brust. In nichts als seinen engen Boxershorts steht Cole mit dem Rücken zu mir an der Küchenzeile, während das frühe Morgenlicht auf seinen muskulösen Körper fällt. Schüsseln, Löffel und diverse Lebensmittel stehen um ihn herum auf der Arbeitsplatte, und er starrt angestrengt auf sein Handy, das gegen ein Vorratsglas mit Keksen gelehnt ist.

Er macht Frühstück.

Tränen kribbeln mir in den Augen. Eine lächerliche Reaktion auf jemanden, der eine Mahlzeit zubereitet, aber es ist Cole. Er hat die Nacht in meiner Wohnung verbracht – nur schlafend, nicht mich hemmungslos vögelnd –, und jetzt bemüht er sich, wie ich glaube, Pancakes zu machen. Jeglicher Widerstand gegen meine Gefühle zerfällt und weht davon wie Asche im Wind.

Ich habe mich in ihn verliebt. Und zwar heftig.

Mein Herz zieht sich schmerzhaft zusammen, während ich ihm dabei zuschaue, wie er versucht, ein Ei aufzuschlagen, und in sich hineinflucht, als Schalenstücke mit in der Schüssel landen.

Niemals hätte ich gedacht, dass ich einen solchen Mann wie ihn lieben könnte, doch das tue ich. Denn er ist gar kein solcher Mann. Nein, das ergibt keinen Sinn. Ich schüttle leicht mit dem Kopf, um das Chaos aus Gedanken und Gefühlen in mir zu sortieren.

Cole ist weitaus mehr als der kalte, arrogante Milliardär, als der er sich vor aller Welt gibt – als der er sich vor *mir* am Anfang gegeben hat. Ich habe ihn in eine Schublade gesteckt und mir gesagt, dass ich bei ihm auf mein Herz aufpassen muss. So wie Mom bei Dad vorsichtig hätte sein sollen. Aber inzwischen habe ich den Mann hinter der Fassade kennengelernt. Einen, der ebenso echt, verletzlich und fehlerbehaftet ist wie jeder Mensch. Und ja, einen Mann, der es genauso schafft, dass Eierschale im Pfannkuchenteig landet.

So leise ich kann, gehe ich weiter, während er dermaßen darin vertieft ist, der Person auf dem Display zuzugucken, dass er mich erst bemerkt, als ich etwas tue, was mir vor ein paar Wochen gar nicht in den Sinn gekommen wäre. Ich schlinge die Arme um seine Taille und schmiege mich an seinen Rücken.

Er fährt regelrecht zusammen. »Fuck. Hast du mich erschreckt.«

Ich schmiege die Wange an seine warme Haut. »Machst du Pfannkuchen?«

»Ich versuch's«, grummelt er, woraufhin ich lachen muss.

Er legt den Löffel weg und dreht sich in meinen Armen um, sodass ich nun an seiner Brust lehne. Mit gerunzelter Stirn sieht er zu mir herunter. »Bei dem Typen im Video sieht es megaeinfach aus. Ich rufe Jonathan an, dass er uns was – «

Kopfschüttelnd lächle ich ihn an. »Nein, machst du nicht. Wir machen zusammen welche.«

Sein Blick wandert über mein Gesicht, hinunter zu meinem Mund, weiter zum Ausschnitt meines Morgenmantels und dann wieder herauf zu meinen Augen. Seine rasch schwellende Erektion verrät mir, dass ihm gefällt, was er sieht.

Mit dem Daumen streichelt er meine Kieferpartie, während sein Blick über mein Gesicht schweift. »Ich hab dich letzte Nacht gar nicht gevögelt.«

»Du warst müde.«

Er nickt. »Ich schlafe nicht mit Frauen.«

Meine Augenbrauen schießen nach oben. »Ich glaube, du hast mit jeder Menge Frauen geschlafen.«

Er schüttelt den Kopf und schaut mir wieder fest in die Augen. »Ich habe sie gevögelt. Geschlafen habe ich vor dir mit keiner.«

Mit der flachen Hand streiche ich an seiner Brust auf und ab. »Ich bin froh, dass du letzte Nacht hergekommen bist«, sage ich sanft. »Und dass du in meinem Bett geschlafen hast.«

Er betrachtet mich immer noch, und die leise Skepsis in seinem Blick tut mir ein wenig im Herzen weh. Er hat überhaupt keine Ahnung, wie er hiermit umgehen soll – was auch immer das hier jetzt ist. Ich lege ihm eine Hand in den Nacken und ziehe ihn an meine wartenden Lippen.

Als sein Mund auf meinem landet, macht mein Herz eine kleine Pirouette. Ich öffne mich ihm, stelle mich auf die Zehenspitzen, damit er besser herankommt. Letzte Nacht mag er fürs Rummachen zu müde gewesen sein, aber jetzt ist von Erschöpfung keine Spur. Er drängt sich mir entgegen, sein Stöhnen vibriert an meinem Mund.

Mit den Händen fährt er meine Taille hinab, packt dann meinen Po und drückt die Finger hinein, knetet ihn. Dann lässt er sie weiter hinuntergleiten und hebt mich hoch, sodass ich die Beine um ihn schlingen und mich an seiner Erektion reiben kann. »Ich hab dich verdammt vermisst – und das hier.«

»Ich auch«, keuche ich, während er mit mir in mein Schlafzimmer geht.

In einer Kraftdemonstration, die meine Erregung hochschnellen lässt, legt er mich langsam aufs Bett. Dann richtet er sich auf und blickt auf mich herab, wie ich auf der Matratze ausgestreckt liege, der Morgenmantel noch geradeso vom Gürtel zusammengehalten.

Coles begieriger Blick wandert über mich, während ein Muskel an seinem Kiefer zuckt. Er starrt mich derart lange mit dieser undurchdringlichen Miene an, dass ich nervös werde.

Ich setze mich auf, doch er schüttelt den Kopf. »Leg dich hin, Delilah.«

Bei seiner rauen Stimme presse ich die Schenkel zusammen und komme zugleich der Aufforderung nach. Sobald ich wieder auf dem Rücken liege, nimmt er ein Ende des Gürtels und zieht langsam daran, sodass sich der Knoten löst. Mit dem Zeigefinger schiebt er den Morgenmantel zu den Seiten, sodass ich seinem heißen Blick ausgesetzt bin.

»So was von umwerfend«, flüstert er wie zu sich selbst, worauf mir das Herz bis zum Hals klopft. Ich bin komplett hin und weg von diesem Mann.

Mir bleibt keine Zeit, meinen frisch eingestandenen Gefühlen nachzuhängen, denn ehe ich mich's versehe, fasst er mich bei den Schenkeln und zieht mich an die Bettkante.

»Cole«, keuche ich, doch er ignoriert mich, kniet sich hin und spreizt meine Beine noch mehr.

»Mach dich auf was gefasst, Kätzchen. Ich werd nicht aufhören, bevor du nicht mindestens dreimal gekommen bist.«

36

Delilah

»Ich weiß nicht, ob ich –« Doch ich bin zu beschäftigt damit, aufzustöhnen, als seine Lippen mich berühren, um den Gedanken zu Ende zu bringen. Er kommt direkt zur Sache. Binnen weniger Minuten ziehe ich an seinen Haaren, während ich unter meinem ersten Orgasmus aufschreie. »Cole, ich brauche dich in mir.«

Er sieht hoch, schaut mir mit seinem intensiven Blick in die Augen. »Erst wenn du noch zweimal gekommen bist.«

»Oh Gott, Cole.« Er lässt zwei lange Finger in mich gleiten, streichelt mich und krümmt sie, stimuliert meinen G-Punkt. Ich drücke den Rücken durch, als ich ein zweites Mal komme und sich mein Körper um seine Finger zusammenzieht.

»Noch einer«, fordert er.

Aber mein Körper weiß bereits, was er will, und ich steuere schon auf den nächsten zu. Als er die Finger wegzieht, gebe ich angesichts des plötzlich fehlenden Drucks in meinem Inneren einen Protestlaut von mir.

»Wo hast du deine Toys?«, fragt er.

Ich schaue blinzelnd zu ihm hoch, mein Gehirn völlig vernebelt. »Was?«

»Na, deine tollen Toys, von denen du erzählt hast.« Einer seiner Mundwinkel zuckt nach oben, als ich stöhne und mir mit einer Hand die Augen zuhalte. Neben meiner Schulter senkt sich die Matratze, und eine große warme Hand umfasst mein Handgelenk. Als er meine Hand wegzieht, treffen sich unsere Blicke. Er ist über mich gebeugt und hat die andere Hand aufgestützt. »Genier dich doch nicht vor mir. Die Vorstellung, wie du es dir mit einem großen Spielzeug machst, geht mir schon im Kopf rum, seit du es erwähnt hast. Ich möchte es sehen. Komm, verrat mir, wo sie sind.«

Obwohl es mir einerseits peinlich ist, erregt es mich auch. Mein Herz donnert gegen meinen Brustkorb, denn es ist das, was Cole mit mir macht: Er weckt in mir den dringenden Wunsch, alle Erfahrungen zu machen, die er mir schenken will. Ich vertraue ihm, dass er dafür sorgt, dass es gut für mich wird. Ich vertraue ihm mich an.

»Mittlere Schublade.« Ich zeige auf meinen Nachttisch, woraufhin er meine Hand loslässt, die Schublade aufzieht und darin herumsucht.

Ich bewahre mehrere Toys darin auf – einige meiner Lieblingsteile und den einen oder anderen Vibrator. Es dauert nicht lange und Cole findet mein größtes Toy und holt es heraus. Es ist fleischfarben, realistisch und groß – wenn auch nicht so groß wie er.

»Benutzt du das oft?«, fragt er.

»Nicht mehr.«

Er schaut mir in die Augen. »Nein?«

Ich befeuchte meine Lippen und schüttele den Kopf.

Ohne den Blick abzuwenden, lässt Cole ihn zwischen meine Beine gleiten. »Wieso nicht?«

»Weil –« Ich keuche auf, als die Spitze in mich dringt.

»Weil?«, hakt er mit kehliger Stimme nach, während er ihn herauszieht, nur um dann sanft wieder vorzugleiten.

Ich schlucke heftig. »Weil ich es nicht mehr brauche.«

»Warum nicht, Kätzchen?«

»Ich habe –« Als er ihn in mir dreht, schnappe ich nach Luft. »Ich h-habe dich.«

Coles Pupillen weiten sich, Zufriedenheit legt sich auf sämtliche seiner Gesichtszüge. »Stimmt. Du hast mich«, brummt er mit dunkler Bassstimme. Einen Herzschlag lang oder zehn schauen wir einander in die Augen, und ich könnte schwören, dass ich in seinem Blick meine Gefühle für ihn widergespiegelt sehe.

Schließlich schaut er weg – dorthin, wo mich das Toy weitet. Seine Bewegungen werden schneller, mit jedem Stoß bringt er die volle Länge in mich. Es fühlt sich zwar gut an, ist aber nicht *er*. »Bitte, Cole.«

Er übergeht mein Flehen. »Dich hiervon ausgefüllt zu sehen, ist unfassbar. Ich könnte das stundenlang machen.«

»Ich will dich.« Doch ich wiege jetzt die Hüften, bringe mich ihm rhythmisch entgegen, während er das Toy bewegt. Spannung baut sich in mir auf, ich bin fast so weit, doch ich brauche mehr. Etwas anderes, das mich über die Klippe befördert. »Cole. Bitte. Ich brauche dich.«

»Ich will dich so kommen sehen. Wenn du mir das gibst, gebe ich dir meinen Schwanz. Einverstanden, Kätzchen?« Mit dem Daumen massiert er meine Klitoris, sodass mich die Lust spitz durchzuckt.

»Ja«, keuche ich. »Ja.«

»Spiel mit deinen Brustwarzen.«

Ich umfasse meine Brüste, fahre mit den Daumen über die Haut und kneife dann hinein, sodass direkt kleine Schockwellen zu meiner Mitte laufen.

»Du bist verflucht sexy.« Coles Stimme ist rau vor Verlangen, sein Blick fällt zwischen meine Beine. Wie ihm die schiere Begierde ins Gesicht geschrieben steht, während er mit dem Daumen meine Klitoris massiert, lässt mich explodieren. Als

Cole das Toy noch einmal in mich bringt, schreie ich auf und drücke den Rücken durch, während sich mein Inneres rhythmisch darum zusammenzieht.

Kaum ebben die Kontraktionen ab, da nimmt Cole das Toy weg und wirft es aufs Bett. Er kniet sich zwischen meine Beine, derart erregt, dass sein Schwanz zu seinem Bauch hochragt. Mit beinahe schmerzvoller Miene drückt er ihn hinunter. »Können wir's ohne machen?«

Meine Augen schnellen zu seinen. Er weiß, dass ich ein Hormonimplantat habe, schlägt jedoch zum ersten Mal vor, kein Kondom zu benutzen.

»Das habe ich noch nie getan.« Sein Tonfall ist fast schon harsch, doch in seiner Miene liegt eine Offenheit, die mich im Innersten berührt. »Ich möchte dich ohne irgendwas zwischen uns. Ich …« Ein Muskel an seinem Kiefer zuckt. »Ich brauche es, dich ganz und gar zu spüren.«

Oh Mann, ich will es auch. Unbedingt. Dass er mich ohne etwas zwischen uns begehrt, nachdem wir es die letzten Monate auf alle möglichen Arten getrieben haben, lässt mir das Herz aufgehen. »Ich möchte dich auch spüren. Alles spüren.«

Er reibt sich über seinen Schwanz, als könnte er nicht anders. »Du willst es? Du willst, dass ich in dir komme?«

Kaum, dass ich das Wort »Ja« geformt habe, ist er auf mir und bringt sich mit kurzen Stößen in mich, die mich fertig machen. In dem Augenblick, als er ganz in mir ist, senkt er die Stirn auf meine Brust und stöhnt. »Du bist so heiß. Ich verbrenne in dir.«

Als er die Hüften bewegt, stöhnen wir beide auf, so gut fühlt es sich an. Dann zieht er sich bis auf die Spitze zurück, sodass ich mich leer fühle und mich danach verzehre, wieder von ihm ausgefüllt zu sein. Als er es dann mit einem festen Stoß tut, finden seine Lippen zugleich meine. Seine Bewegungen haben etwas Verzweifeltes, worauf ich mit ebensolcher Leidenschaft reagiere, obwohl ich schon dreimal gekommen bin. Leckend und knabbernd wandert er an meinem Hals hinab und nimmt dann eine meiner Brustwarzen in den Mund, um fest und rhythmisch daran zu saugen.

Bei jedem seiner Hüftstöße reibt sein Becken über meine hochempfindliche Klitoris, und ich ziehe mich um ihn herum zusammen, als sich mein Körper schon bereit macht, mich in den vierten Orgasmus zu stürzen. Doch vorher zieht er sich zurück.

»Dreh dich um«, knurrt er.

Ich tu, was er will, gehe auf die Knie und stütze mich auf die Hände. Ich sehne mich danach, ihn in mir zu haben. Mit einem Stoß nimmt er mich wieder, beugt sich über mich und fasst mit einer Hand meine Hüfte, während er die andere zwischen meine Schulterblätter legt, um mich sanft nach unten zu drücken, bis ich mit der Brust auf der Matratze liege. In dieser Stellung fühlt er sich riesig an und ich keuche und stöhne.

Als er noch dazu einen Finger in mich gleiten lässt, ziehe ich bei der zusätzlichen Dehnung scharf die Luft ein. Doch er lässt ihn nicht dort. Im nächsten Augenblick massiert er mit seinem feuchten Finger meine andere empfindliche Stelle, die weiter hinten liegt.

Er hat mich schon mal dort berührt, und auch wenn es mich nervös macht, weiß ich, wie gut er meinen Körper zu stimulieren versteht. Ich atme durch und entspanne mich, worauf ich ein zustimmendes Stöhnen ernte, das jedes Molekül in mir zum Schwingen bringt.

Er führt seinen Finger langsam in mich ein, sodass ich mich winde und aufstöhne. Sanft bewegt er ihn zurück und wieder vor, während er mit seinem Schwanz die trägen Bewegungen fortsetzt, bis das ungewohnte Gefühl sich in luststeigerndem Druck verwandelt.

Du meine Güte, was sagt es über mich, dass es sich so gut anfühlt und mein Orgasmus heranbrandet?

Er merkt es. »Gefällt dir das, mich vorn und hinten in dir zu haben?«

»J-Ja«, schaffe ich hervorzubringen.

Er schiebt den Finger vor, um ihn dann zurückzuziehen und noch einen anderen zu nehmen. Ich halte erneut inne, bis ich mich an das Gefühl gewöhnt habe. Seine Hüftstöße sind jetzt langsamer, er gleitet in sanftem Tempo in mich, während er sich auf meine Rückseite konzentriert und mich mit den Fingern stimuliert.

Ich winde die Hüften, weil er sich weiterbewegen soll, mein Orgasmus ist fast in Reichweite – doch er beugt sich über mich und stützt eine Hand auf dem Bett auf, damit er mir ins Ohr flüstern kann.

»Ich will dich hier nehmen, Delilah«, sagt er, während er seine Finger noch einmal in mich gleiten lässt. »Ich möchte jeden Zentimeter von dir. Wenn ich dann ganz in dir bin, lasse ich dich wieder kommen. Glaub mir, dein Orgasmus wird so heftig, so unfassbar gut.«

Meine Augen sind weit aufgerissen, meine Kehle trocken. »Ich weiß nicht … Das hab ich noch nie gemacht.«

»Ich weiß«, sagt er. »Aber du tust es mit mir. Es wird dir bestimmt gefallen. Ich war der Erste, der in dir sein durfte. Und ich möchte auch der Erste sein, der *hier* in dir sein darf.« Seine Finger dringen vor, während er zugleich in mich stößt, sodass ich beinahe auf der Stelle explodiere. Nur dass er erneut innehält und ich frustriert aufschreie.

»Sag mir, dass du es willst«, fordert er. »Sag es mir laut und deutlich.«

»Oh mein Gott, bitte! Nimm mich von hinten, Cole.« Ich hätte nie gedacht, dass ich diese Worte mal zu jemandem sagen würde. Aber Cole ist nicht einfach jemand. Ich vertraue ihm, dass er dafür sorgt, dass ich mich gut fühle. Wenn er meint, ich werde heftig kommen, dann glaube ich ihm. Wie er es schon sagte: Ich möchte auch dieses erste Mal mit ihm teilen.

»Du bist so feucht, dass ich kein Gleitgel brauche«, sagt er. »Ich mach so langsam ich kann, so lange ich kann, okay?«

»Okay.«

Als er mit den Fingern an meiner Wirbelsäule hinauffährt und sanft einen Kuss auf mein Schulterblatt drückt, schwillt mir von der Zärtlichkeit seiner Berührungen das Herz an, während gleichzeitig mein Puls in nervöser Erwartung auf Hochtouren schaltet. Er zieht sich ganz aus mir zurück, sodass ich unausgefüllt zurückbleibe. Ehe ich protestieren kann, taucht er die Finger in mich, benetzt sie mit meiner Erregung und verteilt sie nach hinten. Ich kann spüren, wie feucht seine Finger sind, wie feucht ich bin, und erschauere bei der Vorstellung, was gleich kommt. Als ich über die Schulter nach hinten sehe, streichelt er sich mit der Faust über seinen feuchten Schwanz.

Unsere Blicke treffen sich, und bei dem Ausdruck in seinen Augen geht ein Kribbeln durch meinen Bauch. Vor Lust lodert es darin, aber da ist noch etwas anderes. Eine Gefühlsintensität, die mein Herz in einen schnelleren Gang befördert und zugleich meinen Körper entflammt. Ich werde davon abgelenkt, als er sich gegen mich drückt. Ich halte den Atem an und wimmere lustvoll, als mein Körper sich um ihn zusammenzieht.

»Verdammt«, stöhnt er. »Du bist so eng. Entspann dich, Kätzchen, lass mich rein.«

Ich versuche es, und allmählich lockern sich meine Muskeln. Cole dringt allmählich tiefer, füllt mich aus, bis ich schon meine, weiter geht es nicht. Dann schiebt er sich sogar noch tiefer, und mit einem Mal ist meine innere Anspannung weg. Ich lasse ganz und gar los, erlaube mir, mich von den neuen Empfindungen meines Körpers überwältigen zu lassen.

»Genau so. Das ist gut. Du fühlst dich toll an.« Er stößt zittrig den Atem aus. »Du bist toll.«

Ich schließe die Augen, als mir bei den Gefühlen, die ich in seiner Stimme zu hören glaube, noch mehr das Herz aufgeht. Zuerst bewegt er sich langsam, lässt mir Zeit, mich an ihn zu gewöhnen, bevor er schneller wird. Als ich anfange, mich mit ihm zu bewegen, schlingt er einen Arm um meine Taille, während seine andere Hand erneut auf meiner Klitoris landet, um sie mit dem perfekten Maß an Druck zu massieren. Mit jedem Wiegen der Hüften gelangt er tiefer, sein Tempo steigert sich, bis tief in meinem Innersten der erste Funken eines Orgasmus entfacht.

Sein gekonntes Massieren und seine unablässigen Stöße sorgen bald dafür, dass ich keuche und nach mehr flehe. Mein ganzer Körper bebt. Das ist ganz und gar neu – ein intensives Gefühl, das sich mit keiner anderen Erfahrung vergleichen lässt.

Und Cole weiß genau, was er tut; mehrmals stimuliert er mich, bis ich kurz vor dem Orgasmus bin, und lässt dann gerade so weit nach, dass ich nicht zergehe. Jedes Mal scheint es, als komme er tiefer in mich, und während ich mich um ihn zusammenziehe, nähere ich mich der Explosion der Lust immer weiter.

»Kommst du für mich, Delilah?«, fragt er.

»Ja. Oh ja. Ich bin ganz kurz davor.«

»Gut so.« Er wickelt mein Haar um seine Faust und nimmt meinen Kopf nach hinten, sodass sich unsere Blicke treffen. »Du siehst verdammt schön aus mit meinem Schwanz in dir.«

Bei seinen Worten dringt ein Stöhnen über meine Lippen.

Mit jedem angestrengten Atemzug spannen sich sämtliche Muskeln seines durchtrainierten Körpers. Er wird schneller, bis seine Hüften bei jeder Bewegung gegen mich stoßen und kleine Schockwellen durch meinen Körper jagen. Ich kann kaum noch klar denken.

Als Cole über meine Klitoris reibt, rast eine völlig neue Empfindung durch mich hindurch – ein Lauffeuer aus Lust und Ekstase. Dieser Höhepunkt wird anders sein als jeder zuvor, und meine Muskeln beben schon, da ich mich dem unumkehrbaren Moment nähere.

Als der Orgasmus mich trifft, spannt sich mein ganzer Körper an und ich schreie auf, während es mich durchströmt. Ich ziehe mich um Coles Schwanz zusammen, sodass er ein Fluchen ausstößt. Meine Muskeln ziehen sich zusammen, und ein erschrockener Aufschrei entweicht mir, als etwas Feuchtes meine Schenkel benässt.

Coles tiefes Stöhnen ist beinahe urtümlich. »Genau so, Kätzchen. Mach mich nass.« Er bewegt weiter die Finger, sorgt so für weitere Kontraktionen und Ausstöße. »Du bist perfekt, Delilah. So verdammt perfekt.«

Das letzte Wort kommt halb gestöhnt, halb geknurrt heraus, während er ein letztes Mal die Hüften gegen mich stößt. Dann schreit er auf und er zuckt, als er kommt.

Nachdem er fertig ist, bin ich ein schwaches, zitterndes, nasses Etwas. Meine Glieder geben unter mir nach, und ich falle aufs Bett, wobei Cole mit mir zusammensinkt und meinen Körper mit seinem bedeckt. Als er sich langsam zurückzieht, läuft mir bei der Empfindung ein Schauer über den Rücken, dann schlingt er die Arme um mich und dreht sich so mit mir, dass wir auf der Seite liegen und einander anschauen.

Das Laken unter mir ist feucht, und meine Wangen brennen vor Verlegenheit. Ihm scheint zwar gefallen zu haben, wie mein Körper reagiert hat, aber ich habe das Bett eingesaut und ihn dazu. Ich schließe die Augen und lehne die Stirn an seine Brust, damit ich ihn nicht anzusehen brauche.

Als er beruhigend über meinen Rücken streichelt, bildet sich ein harter Knoten in meiner Brust. Meine Emotionen sind ein einziges Wirrwarr – meine Gefühle für ihn, darüber, was wir eben gemacht haben, was *ich* eben gemacht habe. Es ist überwältigend.

Ich versuche, mir das Schluchzen zu verkneifen, doch es dringt aus mir hervor.

Cole hält inne. »Geht es dir gut? Hab ich dir wehgetan?«

Ich schüttele den Kopf, doch es baut sich ein weiteres Schluchzen auf, darum drehe ich den Kopf weg und vergrabe das Gesicht im Laken.

Cole richtet sich auf, und ehe ich registriere, was er macht, hat er mich mit hochgezogen und hält mich in den Armen.

Er fasst mein Kinn und neigt meinen Kopf zurück. Ein harter Zug liegt um seine Kieferpartie, doch in seinen Augen tobt ein Sturm von Gefühlen. »Hab ich dir wehgetan?«, wiederholt er langsamer.

Als ich den Kopf schüttele, entspannen sich seine Gesichtszüge, und er lässt die Schultern locker. »Was ist es dann? Ich bin mir eigentlich sicher, dass ich die Zeichen richtig interpretiert habe und du Spaß hattest.« Seine Mundwinkel gehen leicht nach oben, und ein Hauch Selbstgefälligkeit scheint durch.

Ich presse eine Hand über die Augen. »Ich habe das noch nie gemacht«, flüstere ich.

Wie schon zuvor umfasst er mein Handgelenk und zieht meine Finger weg. Seine Stirn ist gerunzelt. »Dass es dein erstes Mal anal war, ist mir klar, darum nehm ich an, du meinst, dass du noch nie einen solchen Orgasmus hattest?«

Als ich nicke, breitet sich ein Grinsen auf seinem Gesicht

aus. Er greift mir am Hinterkopf ins Haar und sieht mich eindringlich an. »Gut. Dann kann ich dieses erste Mal also auch für mich verbuchen. Bei der Vorstellung, dass du einem Mann wie Paul so was Unglaubliches schenkst, möchte ich ihn in Stücke reißen.«

Ich weiß nicht, ob ich lachen oder weinen soll. Sein Blick wird weich und sein Gesichtsausdruck beinahe zärtlich. Sofern man Cole mit dem Wort zärtlich beschreiben kann.

»Es gibt keinen Grund, sich zu schämen, Delilah. Überhaupt nicht. Du bist die sexyste Frau, die mir je begegnet ist. Was wir da gerade gemacht haben? Wie du dich mir völlig hingegeben hast – wie du mir vertraust, dass ich für dich sorge. Verflucht. Das bedeutet *alles* für mich.«

Endlich entspanne ich mich und lächle ihn an. »Es hat sich unfassbar toll angefühlt.« Mit den Fingern fahre ich über sein Stoppelkinn. »Alles, was du mit mir anstellst, fühlt sich unfassbar toll an. Auch wenn …« Ich rutsche auf seinem Schoß herum und verziehe leicht das Gesicht. »… ich hieran eventuell noch ein Weilchen erinnert werde.«

»Gut. Du sollst ganz genau in Erinnerung behalten, wie weit du dich mir hingegeben hast.« Als sein verruchtes Grinsen nachlässt, nimmt mich sein intensiver Blick völlig ein und lässt mein Herz wie wild in meiner Brust pochen. Mit dem Daumen streichelt er meine Wange, der Blick dunkel und ernst. »Delilah, ich …«

Ich halte den Atem an, während ich abwarte, was er sagen wird.

Er zieht die Brauen zusammen und schluckt. In seiner Miene liegt etwas, das ich noch nie zu sehen bekommen habe. Etwas, bei dem sich mein Brustkorb zusammenzieht. Kurz schließt er die Augen. Als er sie wieder öffnet, ist der Ausdruck weg und das Grinsen zurück. »Ich geb's zwar nicht gern zu, aber ich brauche bei den Pfannkuchen deine Hilfe. Ich glaube, allein kriege ich die nicht hin.«

Obwohl es nicht das ist, was zu hören ich gehofft hatte, lache ich.

Aber so, wie er meinen ganzen Körper begehrt hat, nach allem, was er gesagt hat, und so wie er mich selbst jetzt im Arm hält, muss ich annehmen, dass er es fühlt.

Genau wie ich.

37

Cole

Ich starre hinaus auf die vorbeifahrenden Autos, während Erschöpfung an mir zerrt. Auch wenn ich vergangene Nacht tief geschlafen habe – so gut wie wohl lange nicht mehr –, war ich wegen des Jetlags früh wach und habe jetzt einen Durchhänger.

Während Jonathan den Wagen in Richtung meines Penthouses steuert, muss ich gegen den Drang ankämpfen, ihm zu sagen, dass er umdrehen und mich wieder zu Delilahs Wohnung bringen soll. Obwohl ich fand, dass sie sich freinehmen sollte – schließlich habe ich sie letzte Nacht geweckt und heute völlig ermüdet, ehe ihr Tag überhaupt begonnen hatte –, bestand sie darauf, sich auf jeden Fall fertig zu machen und zur Arbeit zu gehen. Mein Angebot, sie mit ins Büro zu nehmen, hat sie abgelehnt und meinte, dass ich nach Hause fahren und auspacken solle.

Ich lehne den Kopf zurück und schließe die Augen, während ich noch einmal die Erinnerung durchlebe, wie sie heute Morgen unter mir war – wieder das überwältigende Begehren verspüre, jeden Teil ihres Körpers zu kennen. Da war nicht nur das Verlangen, ihr körperlich so nah wie möglich zu sein. Sondern auch das Gefühl, sie danach in den Armen zu halten. Als sie weinte, schnürte es mir so heftig die Brust zusammen, dass ich Schwierigkeiten hatte zu atmen. Und im nächsten Augenblick wummerte mein Herz dann unheimlich, als sie mich mit feuchten Augen anlächelte.

Ich bin verdammt noch mal so was von süchtig nach ihr. Stöhnend reibe ich mir die Augen. Nein, sie ist mehr als eine Sucht. Die ist nur meine Ausrede dafür, dass ich sie derart begehre.

Heute Morgen hätte ich ihr beinahe gesagt, dass ich sie liebe, aber mir sind die Worte im Hals steckengeblieben. Nie, *niemals* hätte ich gedacht, dass ich mal jemandem eine Liebeserklärung machen wollen würde. Dass ich ganz kurz davor war, sie herauszulassen, hat mich erschüttert. Ich muss mir hierüber klar werden. Ich muss herausfinden, was das weiter für uns bedeutet, denn im Moment bewege ich mich mit ihr auf unbekanntem Terrain. Ich weiß nur, dass meine Gefühle für Delilah alles übersteigen, was ich je zuvor für jemanden empfunden habe.

Als mein Handy vibriert, nehme ich es aus der Hosentasche. Es ist Roman.

> Ich brauche dich
> im Büro.

> > Ich bin gerade auf dem Weg nach
> > Hause. Worum geht's denn?

> Das muss ich mit dir
> persönlich besprechen.

> > Ich bin in zwanzig Minuten da.

Ich gebe Jonathan die neue Anweisung, zum *King Plaza* zu fahren und frage mich dabei, welche Angelegenheit nicht bis heute Nachmittag warten kann.

Als ich Romans Büro betrete, wartet er auf einem seiner Ledersofas auf mich, einen dampfenden Kaffee vor sich. Ich gieße mir auch eine Tasse ein, bevor ich mich auf das Sofa gegenüber von ihm setze, denn sein Gesichtsausdruck sagt mir, dass ich gleich meine fünf Sinne beisammenhaben muss. Nachdem ich einen Schluck getrunken habe, frage ich: »Was gibt es denn so Dringendes? Ich habe dir doch schon detailliert berichtet, wie alles gelaufen ist.«

Mit ernster Miene beugt Roman sich vor. »Damit hat es nur halb zu tun.« Er macht eine Pause, ehe er fortfährt. »Berrington hat mich gestern angerufen. Er rückte direkt damit raus, dass er ernsthaft überlege, seine Investments bei uns zurückzuziehen.«

»Was zur Hölle …?« Ich stelle die Kaffeetasse ab und reibe mir mit einer Hand übers Gesicht. »Wir halten die geplanten Deadlines ein. Unsere Zahlen sind gut. Worum geht's hier?«

Roman zuckt mit den Schultern. »Er will in *Steele Enterprises* investieren.«

»Ich vereinbare ein Meeting. Versichere ihm noch mal, dass unsere Prognosen belastbar sind.«

»Das wird nichts bringen. Er war ziemlich fest entschlossen. Er sagte, er wolle das Geld in ein Unternehmen stecken, von dem seine Familie in Zukunft etwas hat.«

Ich lehne mich auf meinem Platz zurück. »Okay, na, da können wir doch was machen.«

»Deshalb wollte ich dich sprechen«, erwidert Roman. »Berrington erwähnte deine Beziehung mit Jessica. Er meinte, wenn sich unsere Familien näherstünden, wäre er vielleicht geneigt, seine Investments zu belassen.«

Ich lege den Kopf in den Nacken und lache los, höre jedoch auf, als ich merke, dass Roman nicht mit einstimmt. Er lächelt nicht mal. »Das kann nicht dein Ernst sein.«

Roman legt die Stirn in Falten. »Doch, ich meine es verdammt ernst. Dass du dich mit Jessica verlobst, ist der schnellste und einfachste Weg, alles wieder ins Lot zu bringen. Unsere Investoren bleiben an Bord, wir schließen das Bauprojekt termingerecht und ohne Mehrkosten ab, alle vergessen das mit Dad, und wir können diesen ganzen Scheiß hinter uns lassen.«

»Jessica und ich sind kein Paar. Ich werde sie nicht heiraten.«

»Du warst vielleicht nie offiziell mit ihr zusammen, aber ihr zwei vögelt doch seit Jahren.« Roman verengt die Augen. »Meinst du nicht, Berrington hat's gefallen, euch zusammen auf Veranstaltungen zu sehen? Diese Verbindung ergibt Sinn, und sie schafft den persönlichen Bezug, den er sucht. Jessica ist Teil unserer Welt. Sie weiß, was von ihr erwartet wird. Es wird ohnehin Zeit, dass du mal dran denkst, sesshaft zu werden.«

»Gut, Jessica und ich haben gevögelt, aber ich habe null Interesse daran, mein restliches Leben mit ihr zu verbringen. Warum heiratest du sie nicht?«

Roman blickt finster drein. »Ich war schon einmal verheiratet. Ein zweites Mal wird's nicht geben. Außerdem will Jessica dich und nicht mich oder Tate.«

Als mir bewusst wird, dass er es ernst meint, denke ich sofort an Delilah – an das Gefühl, sie heute Morgen in den Armen zu halten, an ihren Geschmack auf meinen Lippen, daran, wie sie sich mir so vertrauensvoll hingibt, an den Ausdruck in ihren Augen, wenn sie mich anlächelt …

»Wo liegt das Problem?«, fragt Roman. Sein Ton ist scharf vor Ungeduld. »Jessica ist schön, ihr Vermögen und ihre Kontakte sind uns von Vorteil, und obendrein weißt du schon, dass ihr sexuell kompatibel seid. Was denn noch?«

»Das alles hat bei dir am Ende auch nicht ausgereicht, oder?«, frage ich.

»Hier geht's nicht darum, was für mich funktioniert hat oder nicht.« Er trommelt mit den Fingern auf sein Knie und mustert mich eingehend. »Bitte sag, dass es hier nicht um deine Architektin geht.«

Als ich ihn anstarre, muss ihm mein Schweigen alles sagen, was er wissen will.

Er stöhnt. »Sie hat ein hübsches Gesicht – und anscheinend pures Gold zwischen ihren Beinen. Sonst würdest du nicht derart zögern.«

Ich balle die Fäuste.

»Aber du kannst mir doch nicht ernsthaft sagen, dass du das über unser Unternehmen stellst? Es ist unser Vermächtnis. Wir sind die *King Group*.«

Ich habe allerhand für dieses Unternehmen getan, aber Jessica zu heiraten, ist zu viel verlangt. Ich stoße pustend den Atem aus. »Das kann doch nicht die einzige Lösung sein.«

»Mag sein, aber alles andere wirkt sich in Zukunft negativ auf die Gewinne aus.«

»Meinst du nicht, unsere Gewinne sind groß genug?«, knurre ich.

Er zieht die Brauen hoch. »Nein, meine ich nicht. Außerdem haben wir unseren Investoren das Versprechen gegeben, dass sich Dads Verhaftung nicht auf unsere Bilanz auswirken werde. Wenn wir das brechen, wird es ungemütlich.«

Ich starre ihn an, während ich im Kopf die Alternativen durchgehe.

Roman lehnt sich auf dem Sofa zurück und bedenkt mich mit einem eisigen Blick. »Ich fasse es nicht, dass du dir von einer Affäre derart den Kopf verdrehen lässt. Was zum Teufel denkst du dir denn?«

»Ich denke, dass es vielleicht mehr im Leben gibt als Arbeit, Geld und Sex«, schnauze ich und verstumme dann baff über meine eigenen Worte.

Roman schnaubt verächtlich. »Dann bist du ein Trottel.

Liebe ist nichts weiter als eine Illusion, der sich die Menschen gern hingeben, damit sie sich im Leben besser fühlen. Sicher, du kannst jemanden kennenlernen, zu dem du dich hingezogen fühlst. Der Sex ist gut, im Körper kommt eine chemische Reaktion in Gang und mit einem Mal machst du dir weiß, das zwischen euch wäre etwas Tiefergehendes. Und was dann? Ihr heiratet, nur um dann festzustellen, dass der chemische Höhenflug abebbt und alles bloß Einbildung war. Deine hübsche, frisch angetraute Ehefrau findet langsam mehr Spaß daran, dein Geld auszugeben, als dich zu vögeln. Das, was du für Liebe gehalten hast, wird zu Gleichgültigkeit. Am Ende steckst du in einer lieblosen Ehe wie unsere Eltern und sämtliche anderen Paare, die wir kennen. Du hast eine Affäre nach der anderen oder du trennst dich und fängst auch wieder an, wahllos irgendwelche Frauen zu vögeln. So oder so, es kommt aufs Gleiche raus.«

»Wie überaus zynisch von dir«, sage ich zwischen zusammengebissenen Zähnen, obwohl Romans Worte den Kern all meiner Zweifel getroffen haben. Schließlich dachte ich bis vor Kurzem genauso. Die Leere, die sich hinter meinen Rippen auszudehnen beginnt, sagt mir, dass ich tief drinnen vielleicht noch immer so denke.

»Realistisch«, berichtigt Roman. »Jessica ist umwerfend, du weißt, dass ihr zusammen Spaß im Bett habt, und außerdem bringt sie eigenes Geld mit, nimmt dich also nicht deswegen.«

Wut pulsiert hinter meinen Schläfen. »Delilah ist nicht bloß scharf aufs Geld«, sage ich, aber er geht darüber hinweg.

»Du bietest Jessica eine einflussreiche Verbindung, durch die sie in die höchsten Gesellschaftsränge aufsteigt. Wir haben die Garantie, dass ihr Vater sein Investment aufrechterhält, wodurch die eine Sache von Wert geschützt wird, die diese Familie vorzuweisen hat. Bitte sag mir nicht, dass du das alles für etwas absolut Austauschbares aufgeben würdest. Dies ist für uns der beste Weg, ohne die Finanzlage des Unternehmens zu belasten – wenn das nicht Motivation genug ist, dann bist du nicht der Mann, für den ich dich gehalten habe.«

Ich lehne mich zurück. Hat Roman recht?

»Lass mich dir eins sagen«, meint er, und zum ersten Mal seit Langem sehe ich etwas anderes als Unnahbarkeit oder Wut in seinen grauen Augen. Was immer er gleich sagen wird, ich habe den Eindruck, dass er es nicht oft preisgibt. »Als ich Katherine geheiratet habe, redete ich mir ein, dass ich sie liebte – und sie mich.«

Ein Schauder durchströmt mich. Mir war nicht klar, dass Roman aufrichtige Gefühle für Katherine hatte.

»Binnen weniger Monate zerbröckelte die Lüge, die ich mir selbst erzählt hatte«, fährt er fort, und sein Blick wird abwesend. »Was auch immer wir anfangs empfanden, Liebe war es nicht. Sonst wäre daraus nicht so schnell Hass geworden.«

Von alldem wusste ich nichts. Ich schüttele den Kopf. Wann sind meine Brüder und ich solche absoluten Fremden füreinander geworden?

Ich verspüre eine Enge in der Brust, wie schon sehr lange nicht mehr. Ein Gefühl von Verlust, gegen das ich mich vor vielen Jahren immun gemacht habe, als mir klar wurde, dass es vergebliche Liebesmüh ist, Menschen Zuneigung zu schenken und zu erwarten, dass sie sie umgekehrt auch mir schenken. »Hast du dich deshalb scheiden lassen? Gerade hast du mir nämlich erklärt, dass Liebe nichts bedeutet. Wieso sollte es dann von Bedeutung sein, ob man einander hasst?«

Er zögert. »Es heißt, das Gegenteil von Liebe sei nicht Hass, sondern Gleichgültigkeit. Wenn wir nichts als Gleichgültigkeit füreinander empfunden hätten, wären wir vielleicht heute noch verheiratet. Aber Hass ist anders. Abscheu in den Augen der Frau sehen, von der ich glaubte, dass sie mich besser kennt als irgendwer sonst, und zu wissen, dass sie immer, wenn sie mich anguckte, das Gleiche sah – das war nicht auszuhalten. Also lern aus meinen verdammten Fehlern. Heirate eine Frau, die dir egal ist, dann bist du nicht enttäuscht, wenn du die Wahrheit erkennst.«

All die Wärme, von der ich erfüllt gewesen bin, seit ich bei Delilah war, verschwindet mit Romans Geständnis.

Er hält meinen Blick. »Egal wie eine Ehe beginnt, das Ende ist immer gleich. Man betrachtet sie besser von vornherein als die geschäftliche Fusion, die sie ist, dann erleidet man später keine Enttäuschung.«

Ist das Bitterkeit in seiner Stimme? Gerade ist es mir nicht wichtig genug, um weiter darüber nachzudenken. Ich bin zu sehr damit beschäftigt, mir vorzustellen, wie das Strahlen in Delilahs Augen, wenn sie mich anschaut, zu kalter Leidenschaftslosigkeit verblasst, genau wie meine Eltern einander immer angesehen haben. Wie sie uns immer angesehen haben. Widerhaken krallen sich in meine Brust, und durch meinen Kopf geht ein dumpfes Hallen – der letzte Sargnagel wird eingeschlagen.

»Man muss im Leben manchmal schwere Entscheidungen treffen – solche, die schmerzhafter sind, als sie sollten.« Als sich Roman unterbricht und mein Gesicht betrachtet, weiß ich nicht recht, ob Mitgefühl oder doch etwas anderes in seinen Augen aufflackert. »Delilah wird jemanden finden, der mehr für sie empfindet, als du es je könntest, und Jessica wird nie genug für dich empfinden, um dich zu hassen.«

»Wie sieht die Vereinbarung aus?« Meine Stimme ist fest, obwohl zugleich Eis mein Herz einhüllt. Während Roman über die Bekanntgabe und die Investmentanteile spricht, kneife ich die Augen zu und lasse den Kopf gegen die Lehne sinken.

Ich versuche, nicht an Delilahs Augen zu denken, ihre Stimme, ihr Lachen.

Denn letztlich bin ich noch derselbe Mann, der ich war, bevor ich sie kennenlernte.

Und ich weiß, was ich zu tun habe.

38

Delilah

Als es an der Tür klingelt, fängt mein Herz an zu rasen – an diese Reaktion muss ich mich noch gewöhnen. Nach einem kurzen Blick in den Spiegel, um mir mit den Fingern durch die Haare zu kämmen, mache ich die Tür auf. Schmetterlinge flattern durch meinen Bauch, und ich bekomme einen trockenen Mund, als ich Cole sehe.

Es ist zwei Tage her, dass er hier war. Zwei Tage, seit wir in meiner Küche Pfannkuchen gemacht und sie gegessen haben, während ich auf seinem Schoß saß. Später am selben Tag rief er mich auf der Arbeit an, um unsere ursprünglichen Pläne fürs Wochenende abzusagen, weil es da eine Angelegenheit gebe, um die er sich kümmern müsse. Daher war ich aufgeregt, als er mir vor einer Stunde schrieb, ob er vorbeikommen könne. Es fällt mir immer schwerer, von ihm getrennt zu sein, und ich hoffe, das hier bedeutet, dass es ihm genauso geht.

Ich lächle ihn an und stelle mich dann auf die Zehenspitzen, um ihm einen Kuss auf den Mund zu drücken.

Seine Hände gehen zu meiner Taille, seine Finger schmiegen sich auf meine Haut, aber er zieht mich nicht wie erwartet an sich. Ich sinke auf die Füße und blicke ihn forschend an. Seine Kieferpartie ist angespannt, der bekannte Muskel dort zuckt. Nervosität erfasst mich, sodass ich schlucke. »Willst du reinkommen?«

Er nickt und folgt mir dann in das kleine Wohnzimmer. Ich setze mich auf die Couch, doch er bleibt stehen, also springe ich wieder auf. Genauso habe ich mich in seiner Gegenwart gefühlt, bevor alles begann. Eisige Furcht setzt sich in meiner Brust fest.

»Delilah ...« Er fährt sich mit der Hand über den Mund, spricht jedoch nicht weiter, sondern starrt mich nur mit aufeinandergepressten Lippen an.

Ich weiß, was jetzt kommt. Mein Instinkt schreit es mir so laut entgegen, dass die Angst an meinen Nerven kratzt.

»Sag es einfach.« Ich bin erleichtert, als nur ein leichtes Zittern in meiner Stimme liegt, das er hoffentlich nicht bemerkt. »Was auch immer es ist, sag es einfach.«

Er räuspert sich. »Ich weiß, das kommt jetzt plötzlich, aber es ist Zeit, dass wir das hier beenden.«

Obwohl ich damit gerechnet habe, peitscht der Schmerz durch mein Herz. Ich versuche, einen tiefen Atemzug zu machen, doch er bleibt in meiner Lunge stecken. »Warum? Ich dachte ... Ich meine, letztes Mal, als wir zusammen waren ...« Ich finde nicht die nötigen Worte.

»Jessica und ich ...«

Ruckartig mache ich mich kerzengerade. »Was ist mit Jessica?«

Während er mich anstarrt, lodern undefinierbare Gefühle in seinem Blick.

»Was ist mit Jessica?«, verlange ich zu wissen. »Wenn du im Begriff bist, etwas zu tun, von dem du weißt, dass es mich verletzen wird, dann bring es hinter dich, verdammt noch mal.«

Er schließt die Augen. »Jessica und ich verloben uns. Ich wollte es dir sagen, bevor es offiziell bekannt gegeben wird.«

Einen Augenblick lang kann ich seine Worte nicht verarbeiten, mein Verstand und Körper sind gelähmt. Einen Herzschlag später setzen Schmerz und Verrat ein und durchdringen sämtliche dünne Wälle, die ich zur Abwehr hochgezogen hatte.

»Was?« Mein Mund formt das Wort, doch mir fehlt der Atem, um einen Laut herauszubringen. Ich versuche es noch einmal. »Was soll das heißen? Du hast mir gesagt, zwischen euch wäre nichts Echtes. Und dass du nicht mehr mit ihr schläfst. Das hast du mir gesagt. Du hast es versprochen.«

Mein Hirn schreit mich an, standhaft zu bleiben, ihn nicht anzuflehen, es sich anders zu überlegen. Es sagt mir, was ich bereits weiß: Er meint es ernst, und nichts, was ich sage, wird daran etwas ändern. Es sagt mir, dass ich das Flehen bereuen werde, sobald er zur Tür hinaus ist. Ich weiß das alles. Doch mein Herz … mein Herz hämmert in einem Rhythmus, der nicht zu ignorieren ist, macht Druck, für etwas zu kämpfen, das es aus irgendeinem Grund weiter für erstrebenswert hält. Also öffne ich den Mund und flehe, während Tränen, die ich nicht zurückhalten kann, über meine Wangen laufen.

»Bitte, Cole. Bitte tu das nicht. Ich dachte, das mit uns funktioniert. Ich dachte, du empfindest genauso – «

Er schüttelt schon den Kopf, ehe ich zu Ende gesprochen habe. »Lass es, Delilah. Mach es nicht unnötig schwer. Es war immer klar, dass das hier einmal vorbei sein würde, das weißt du. Wir wussten es beide.«

Mein Herz zerspringt in tausend Teile. Ja, mein Verstand mag das gewusst haben, aber mein Herz ist schon lange der Hoffnung erlegen. Mein Herz, das ein genauso großer Lügner ist wie der Mann vor mir. Hat sich so wohl meine Mom gefühlt, als mein Vater sie verließ, weil sie – *wir* – nicht in sein Leben passten?

Der Gedanke reicht aus. Ich schlucke, wische mir schnell die Tränen von den Wangen und nicke knapp. »Du kannst jetzt gehen.«

Er strafft die Schultern, rührt sich jedoch nicht, sondern steht nur da und starrt mich an, die Hände zu Fäusten geballt. Es ist mir egal, ob ihm das schwerfällt und er mir nicht absichtlich wehtun wollte. Er hat so entschieden – sich *für sie* entschieden –, dann kann er auch mit den Konsequenzen leben.

Als ich mich umdrehe und zur Tür gehe, quellen weitere verräterische Tränen hervor. Diesmal lasse ich sie hinunterkullern. Heute Abend erlaube ich mir das letzte Mal, wegen Cole King zu weinen. Ich löse den Riegel an der Tür und halte sie auf. Er hat sich immer noch nicht gerührt.

»Delilah, ich …«, sagt er mit rauer Stimme.

»Raus hier, Cole. Ich will dich nicht mehr hier haben. Ich will dich nicht mehr in meinem Leben haben. Du willst, dass Schluss ist? Dann ist Schluss. Also sieh verdammt noch mal zu, dass du hier wegkommst.«

Etwas flammt in seinen Augen auf, doch er setzt sich in Bewegung. Ich wende den Blick ab, als er näher kommt, und umklammere die Klinke, während ich auf den Moment warte, in dem ich die Tür hinter ihm zuknallen und zusammenbrechen kann, ohne dass er es mitbekommt.

Doch nicht mal das lässt er mir. Er bleibt vor mir stehen, woraufhin ich die Augen schließe, weil ich nicht sehen will, was auch immer in seinen zu lesen ist.

Seine warme Handfläche an meinem Gesicht lässt mich zusammenzucken. Meine Lippen teilen sich, als er mit dem Daumen meine Wange streichelt und die Tränen wegwischt, die ich einfach nicht unter Kontrolle bekomme. Ich reiße den Kopf weg und starre ihn an, erschrocken darüber, dass er mich auf diese Weise zu berühren wagt. Als hätte er irgendein Recht dazu. Als hätte Zärtlichkeit hier eine Berechtigung.

»Es tut mir leid«, sagt er mit heiserer Stimme. Und dann ist er weg.

Ich schließe die Tür und sperre sie ab, als glaubte ich, er würde wieder hereingestürzt kommen und mir sagen, dass alles ein schrecklicher Fehler war. Dann stolpere ich ins Wohnzimmer, rolle mich klein auf der Couch zusammen und schluchze.

39

Delilah

Zum Glück ist die Gestaltungsphase des Projekts fast vorüber. Noch zwei Wochen, dann sind alle Detailpläne fertig und ich kann hier weg. Nicht nur weg aus diesem Gebäude, sondern aus New York. Zumindest vorübergehend. Eventuell dauerhaft.

Es ist zwei Wochen her, dass Cole mir das Herz gebrochen hat. Eine Woche, dass die Nachricht von der Verlobung öffentlich wurde. Seit er meine Wohnung verlassen hat, habe ich ihn nicht gesehen. Zu meiner großen Erleichterung hat Tate die wöchentlichen Meetings übernommen. Cole jetzt an einem Tisch gegenübersitzen zu müssen, wäre unerträglich.

An dem Morgen nach Coles Besuch habe ich mich zusammengerissen und bin zu Paul, um ihm mitzuteilen, dass ich mich freistellen lassen möchte, wenn die finalen Entwürfe bewilligt sind. So gern ich auch noch während der Bauphase bleiben würde, mein Herz ist zu wund, um zu dem Ort zurückzukehren. Die Vorstellung, Jessica über den Weg zu laufen – oder schlimmer noch: Cole und Jessica zusammen –, ist nicht auszuhalten. Stattdessen fahre ich heim, um Zeit mit Mom zu verbringen und mich vielleicht bei einigen Architekturbüros in der Gegend vorzustellen.

Nicht, dass ich New York und meine WG mit Alex nicht mögen würde, aber ich vermisse meine Mom, und jetzt, wo mir durch Paul und Cole meine schlechten Entscheidungen permanent vor Augen geführt werden, scheint mir, ich sollte vielleicht nach Hause. Cole sehe ich zwar nicht mehr, aber in diesem Gebäude ist er trotzdem überall präsent.

»Delilah«, sagt Paul, als er an meinem Schreibtisch erscheint.

Ich lege meinen Stift weg und drehe mich mit meinem Stuhl zu ihm. »Was gibt's, Paul?«

Er runzelt die Stirn über meinen knappen Ton, wie er es jetzt immer macht. Als wäre er überrascht, dass ich nicht mehr als nötig mit ihm reden will.

»Vor einer Weile hatte ich dir doch erzählt, dass die *King Group* unser Designkonzept für den *H+ Design Award* eingereicht hat?«

Ich nicke.

»Also, die gute Nachricht ist, dass wir unter den Finalisten sind und zur Preisverleihung eingeladen wurden. Sie ist an dem Wochenende, bevor deine Freistellung beginnt, aber da du Teil des Architektenteams bist, wird deine Teilnahme erwartet.«

»Ich verstehe«, sage ich. Er dreht sich zum Gehen um, doch ich halte ihn auf. »Wird …« Ich räuspere mich. »Wird C– Mr King dort sein?«

Er versteht, was ich wissen will, und überspielt seine selbstgefällige Miene nicht. »Natürlich kommen sie alle. Und bestimmt will Cole auch mit seiner reizenden Verlobten angeben.«

Ich erlaube mir keine Reaktion, denn ich weiß, darauf ist er aus. Als keine kommt, schnaubt er und geht. Ich drehe mich wieder zu meinem Computer, schließe die Augen und stoße ein Seufzen aus. Das wird ein Albtraum.

Um mich aufzumuntern, checke ich noch einmal meine Flüge nach Hause und rufe dann die E-Mail auf, die ich vor drei Tagen von einer Partnerin bei *Anderson-Bennet* bekommen habe, einem der renommiertesten Architekturbüros in Raleigh. Während ich sie überfliege, kaue ich auf meiner Lippe.

Liebe Delilah,

vielen Dank für Ihr Interesse an unserem Unternehmen. Ich habe mir Ihre Referenzen und Projekte angesehen und muss sagen, dass ich schwer beeindruckt bin. Da Sie schreiben, dass sie in einigen Wochen hier in der Gegend sein werden, würden wir mit Ihnen sehr gern ein Kennenlernen mit allen Partnerinnen und Partnern vereinbaren. Sollten Sie Interesse haben, melden Sie sich bitte bei der Assistentin der Geschäftsleitung und vereinbaren Sie einen Termin, der für Sie passt. Ich habe ihr Ihre Kontaktdaten weitergegeben, sie erwartet Ihren Anruf.

Ich schiebe den Anruf vor mir her. Nicht, weil es nicht toll wäre, für dieses Büro zu arbeiten, sondern weil es sich anfühlt, als würde ich mit eingezogenem Schwanz aus New York abhauen. Obwohl mir der Gedanke gefällt, näher bei meiner Mom zu wohnen, weiß ich, dass ein Teil meines Herzens immer hier in New York bleiben wird.

Oder vielmehr bei Cole?

So darf ich nicht denken. Cole hat mir mein Herz genommen und es mir dann vor die Füße geschleudert, um stattdessen mit einer Frau zusammen zu sein, von der er mir sagte, dass er kein Interesse an ihr habe. Entweder hat er mich damals angelogen oder ich habe mir seine Gefühle für mich nur eingebildet. Denn er könnte Jessica nie und nimmer heiraten, wenn er für mich empfindet, was ich für ihn empfinde.

Empfunden *habe*.

Der Schmerz, der mich durchfährt, verfestigt meinen Entschluss. Sobald ich heute Abend nach Hause komme, rufe ich an und vereinbare ein Vorstellungsgespräch.

* * *

»Muss ich da hin?«, stöhne ich. Es sind zwei Wochen vergangen, meine Hotelentwürfe wurden offiziell genehmigt und dem unternehmenseigenen Bauplanungsteam der *King Group* übergeben.

Als seltene Geste der Wertschätzung veranstaltet Cole heute Abend ein extravagantes Dinner, um die harte Arbeit des Teams zu würdigen, aber ich habe eine Migräne vorgeschoben und bin stattdessen nach Hause. Paul hat versucht, mich zur Teilnahme zu nötigen, doch ich weigerte mich. Schlimm genug, dass ich Cole morgen Abend bei der Preisverleihung sehen muss. Die Vorstellung, ihm heute Abend stundenlang an einem Tisch gegenüberzusitzen, ist unerträglich.

»Ja, musst du«, sagt Alex und bringt mich damit zurück auf unser aktuelles Gesprächsthema. Sie sieht mich fest an. »Lass ihn nicht gewinnen. Du wirst da hoch erhobenen Hauptes reingehen wie die tapfere, schöne, begabte Frau, die du nun mal bist.«

Ich lasse mich wieder nach hinten auf mein Bett plumpsen, während sie zu meinem Schrank marschiert und anfängt, meine Kleider durchzusehen, unter denen nicht viele dem Anlass angemessen sind. Mit einem zustimmenden Laut zieht sie eines heraus und hält es abwägend vor sich. Dann dreht sie sich um und streckt es mir hin.

»Das ziehst du an. Du wirst umwerfend aussehen. Da verschluckt er sich an seiner Zunge. Und bereut jede einzelne seiner Entscheidungen der letzten vier Wochen. Vielleicht sogar seines ganzen Lebens, verdammt noch mal.«

Ich nehme das Kleid und schaue sie an. »Was, wenn nicht? Was, wenn er erst mich ansieht, dann Jessica und sich denkt: ›Zum Glück hab ich mich richtig entschieden‹?«

Alex kommt zu mir, nimmt mir das Kleid aus den Händen und legt es behutsam aufs Bett, bevor sie mich in den Arm nimmt.

»Das ist egal, Dee. Was er denkt, ist unwichtig. Du hast noch so vieles vor dir, und dass er ein Arschloch und offensichtlich nicht der Eine für dich ist, zeigt, dass du deine große Liebe noch vor dir hast. Eines Tages begegnest du dem Mann deiner Träume, und Cole wird nur noch eine vage Erinnerung sein. Er wird mit dieser Bitch verheiratet sein und ein trostloses Dasein fristen.« Sie lächelt mich kämpferisch an. »Behalt das einfach im Hinterkopf, tu so, als wäre er dir gleichgültig, und mach dir klar, dass du das überstehen und hinterher noch stärker sein wirst.«

Meine Stimmung steigt, und ich umarme sie noch mal schnell. »Tausend Dank.«

»Jederzeit, Babe.« Sie setzt sich neben mich. »Mir ist klar, dass gerade nicht unbedingt der beste Zeitpunkt ist, aber ich habe gute Neuigkeiten.«

»Die kann ich gebrauchen, schieß los.«

Sie lächelt strahlend. »Jaxson hat heute Morgen angerufen, er und die Jungs haben beschlossen, nicht nach L. A. zu ziehen. Sie wollen ihren festen Wohnsitz in New York behalten.«

»Du meine Güte, Alex. Das ist ja super!« Diesmal bin ich diejenige, die sie in die Arme nimmt.

Ihr Lachen klingt leicht übermütig. »Er sagte, ich soll mal in die Hufe kommen und eine Wohnung raussuchen, die wir besichtigen können.«

Ich freue mich so für sie, ehrlich, und ich passe auf, mir nicht anmerken zu lassen, wie sehr es mir das Herz bricht. Obwohl mich der Schmerz in meiner Brust gerade überwältigt, ist Alex' Lächeln ein Hoffnungsschimmer, dass der eines Tages nachlässt und ich genau so ein Glück erlebe wie sie.

Hoffentlich reicht dieser leise Hoffnungsschimmer, um den morgigen Tag zu überstehen.

Mit zitternder Hand nehme ich mir ein Glas Champagner vom Tablett der Kellnerin. Der Saal ist voller elegant gekleideter Männer und Frauen, die sich über Architektur austauschen. Jederzeit sonst würde ich liebend gern Kontakte knüpfen und über die Vor- und Nachteile von nachhaltigem Design diskutieren, aber da ich darauf warte, dass Cole und Jessica auftauchen, bin ich nervös. Noch habe ich sie nicht gesehen, und die Tapferkeit, die Alex mir eingeimpft hat, lässt schon nach.

»Hallo, Delilah.«

Ich drehe mich um und runzele die Stirn. »Ich habe echt keine Lust, mich mit dir zu unterhalten, Paul.« Suchend blicke ich mich um. »Wo ist Philippa?«

Er blickt finster drein. »Wir sind nicht zusammen.«

Ich heuchele keine Anteilnahme vor. »Ach, wie schade.«

»Sei nicht so«, sagt er und streichelt dabei über meinen Unterarm. »Sie war nie du. Ich weiß nicht, was ich mir dabei gedacht habe.«

»Ich schon. Du dachtest, du kannst alles auf einmal haben. Da lagst du falsch. Jetzt lass mich bitte in Ruhe.«

»Delilah«, fängt er an, doch ehe er weitersprechen kann, schiebt sich eine große Gestalt zwischen uns.

Mein Herz macht einen Freudensprung in der Annahme, dass es sich um Cole handelt, doch ich blicke in goldbraune Augen, keine blauen.

»Die Lady hat sich klar ausgedrückt, meinst du nicht?« Tates kalte Stimme und seine große Erscheinung genügen, um Paul einzuschüchtern, dessen Blick zwischen uns hin und her schnellt.

Er stößt ein bitteres Lachen aus. »Wow, hast du mit allen drei Brüdern geschlafen oder nur mit den beiden?«

Tate rührt sich nicht, es muss wohl also seine Miene sein, die Paul einen Schritt zurückweichen lässt.

»Schön wär's«, knurrt er. »Das weißt du auch. Deshalb kommst du wieder bei ihr angekrochen. Du hattest deine Chance und hast es vermasselt. Wie man sich bettet, so liegt man – ich schlage vor, du gehst und findest dich damit ab.«

Nach einem letzten durchdringenden Blick zieht Paul ab, und Tate dreht sich mit einem Lächeln auf den Lippen zu mir.

Ich stoße den Atem aus. »Danke.«

Er schüttelt den Kopf. »Du wärst sicher auch selbst mit ihm fertiggeworden. Ich kann bloß seine Visage nicht sonderlich leiden.«

Als ich lache, legt er den Kopf schief. »Du weißt, dass du einen furchtbaren Männergeschmack hast, oder?«

Das versetzt meinem Herzen einen Stich. »Ja.« Unwillkürlich fängt meine Unterlippe an zu beben, und sein Blick fällt darauf. Er hebt die Hand und streicht mir das Haar aus dem Gesicht.

»Du verdienst was Besseres.«

Verwirrt starre ich ihn an. Flirtet er mit mir?

Grinsend beugt er sich zu mir. »Spiel einfach mit, Schöne.«

Als sein Blick über meinen Kopf hinweggeht, versteife ich mich in der Gewissheit, was sein raffiniertes Lächeln zu bedeuten hat. Cole und Jessica sind da.

»Wieso machst du das?«, flüstere ich.

Er sieht mich mit einem ernsten Ausdruck an, der seine Augen verdunkelt und ihn irgendwie noch attraktiver macht. »Weil wir tatsächlich einmal Brüder waren.«

Ich kenne zwar nicht alle Hintergründe von Coles Beziehung zu Tate und Roman, weiß jedoch genug, um zu wissen, dass Schmerz im Spiel ist. Ich lege ihm die Hand auf den Arm. »Ihr werdet immer« Brüder sein. Gebt einander nicht auf, bloß weil es schwer ist. Ihr seid alle noch hier. Ihr habt einander noch.«

Einen Moment lang blickt er mich forschend an, dann erwacht wieder das schelmische Funkeln in seinen Augen. »Mein Bruder macht echt einen Fehler.«

Als ich mit den Schultern zucke, weil ich nicht weiß, was ich erwidern soll, lacht er. Dann nimmt er mir das kaum angerührte Champagnerglas ab und leert es, bevor er es auf dem Tisch hinter sich abstellt.

»Komm«, sagt er, legt mir eine Hand auf den Rücken und führt mich an die Bar. »Ich brauche was Stärkeres als Champagner.«

Aus den Augenwinkeln erhasche ich einen flüchtigen Blick auf einen großen dunkelhaarigen Mann mit einer stattlichen Blondine an seiner Seite, schaue jedoch bewusst nicht in Coles Richtung. Er verdient meine Aufmerksamkeit nicht, und ich weigere mich, sie ihm zu schenken, auch wenn ich seinen Blick auf mir spüren kann.

»Whiskey?«, fragt mich Tate, woraufhin ich einen Flashback an den Abend habe, als ich Cole kennenlernte. Mein erster Impuls ist, Nein zu sagen, aber dann straffe ich die Schultern. Vielleicht muss ich die Erinnerung einfach bloß überschreiben. So tun, als wäre ich nie mit Cole mitgegangen.

»Ja, danke.«

Er bestellt, und nachdem wir unsere Drinks bekommen haben, dreht er sich um, sodass er mit dem Rücken zum Tresen ist.

Ich tu es ihm gleich. Ich habe nicht die Absicht, mich nach Cole umzuschauen, kann ihn jedoch nicht übersehen, denn er steht direkt in meinem Sichtfeld und starrt mich geradewegs an. Seine Brauen sind zusammengezogen, die Lippen eine schmale Linie.

Ihn zum ersten Mal seit Wochen zu sehen, sorgt dafür, dass mich ein Schmerz durchzuckt, aber ich lasse es mir nicht anmerken. So cool ich kann, starre ich zurück. Wir schauen einander in die Augen, ohne dass ich eine Ahnung habe, was in seinem Kopf vorgeht. Ich will wegsehen, bin jedoch wie in seinem Blick gefangen.

Bis Jessica seine Aufmerksamkeit auf sich zieht. Als sie sich an ihn schmiegt, sieht er zu ihr herunter und seine Hand landet wie automatisch auf ihrer Taille.

Der Schmerz verdrängt die Luft aus meiner Lunge, und Tränen nehmen mir die Sicht. Zum Teufel mit ihm. Und mit meinen dummen Gefühlen. Ehe ich wegsehen kann, landet sein Blick wieder auf mir, und ich weiß, bin mir schlichtweg sicher, dass er mir die Qual vom Gesicht ablesen kann, denn mir blieb keine Zeit, eine gelassene Miene aufzusetzen.

Ich nehme den Whiskey, kippe ihn runter und keuche und schüttle mich daraufhin. Aber das alkoholische Brennen ist genau, was ich brauche. Ich stelle das leere Glas auf den Tresen, im Begriff, mich aus Tates Gesellschaft zu entschuldigen, doch ehe ich Gelegenheit dazu habe, hält er mich auf, indem er die Hand an meine Wange legt, mit dem Daumen über meine Unterlippe streicht und ihn dann an seinen Mund hebt. Ich erstarre, als er die Zunge hervorschnellen lässt, um den Tropfen Whiskey abzulecken, der daran hängen geblieben sein muss.

Er seufzt genüsslich.

»W-Was ...«

»Geh lieber«, sagt er. »Er kommt rüber.«

Ohne zu zögern, drehe ich mich um und gehe weg. Ich habe das alles satt – die beiden Brüder und was immer zwischen ihnen abgeht. Die Spielchen, die reiche Leute mit den Gefühlen anderer spielen. Mich ständig verletzt zu fühlen.

Ich werde den Abend hinter mich bringen, und dann bin ich mit denen allen fertig.

Ich laufe weiter, als in meinem Rücken Stimmen laut werden. Wie kann Cole es wagen, sauer zu sein? Er hat kein Recht dazu. Nein, verdammt.

Ich steuere auf den großen Balkon zu, da packt eine krallenbesetzte Hand meinen Arm. Als ich stehen bleibe und mich umdrehe, begegne ich Jessicas eisigem Blick und verenge die Augen.

»Ich weiß, was du treibst«, zischt sie.

»Du weißt gar nichts.«

»Versuchst, die beiden gegeneinander auszuspielen. Diese billige Taktik wird nicht funktionieren. Cole hat sich für mich entschieden. Das war von vornherein klar. Diese Welt wird immer seine Priorität sein, und im Gegensatz zu dir bin ich Teil dieser Welt. Also find dich einfach damit ab und komm drüber weg.«

Als ich einen Blick über ihre Schulter werfe, sehe ich Cole mit wutentbranntér Miene auf uns zuhalten. Hinter ihm rückt Tate das Revers seines Jacketts zurecht, als hätte Cole ihn zuvor dort gepackt.

Ich sehe wieder Jessica an und entwinde ihr meinen Arm.

»Ich spiele mit niemandem, und wenn du glaubst, ich hätte den leisesten Wunsch, zu diesen Kreisen zu gehören, könntest du dich nicht mehr irren. Ich will nichts mit euch allen zu tun haben.« Wieder trifft mein Blick Coles, während ich weiter mit Jessica rede. »Ihr seid alle erbärmliche Leute mit erbärmlichen Leben, in denen anscheinend nur Freude aufkommt, wenn ihr mit den Gefühlen anderer spielt. Ihr verdient einander. Lieber lebe ich ein wahrhaftiges Leben mit wahrhaftigen Menschen und wahrhaftiger Liebe, als mich mit dem zu beschmutzen, was immer unter euresgleichen als Beziehung durchgeht.«

Ich mache auf dem Absatz kehrt und gehe kerzengerade und hocherhobenen Hauptes zum Balkon, während ich mich anstrenge, die Tränen zurückzuhalten, die mir in die Augen steigen.

Ich schlüpfe durch die Tür, stürze auf das Geländer zu, packe es und beuge mich vor, um tief durchzuatmen. Ehe ich Luft holen kann, spüre ich die Hitze eines sehr bekannten Mannes hinter mir.

Ich drehe mich um und sehe zu Cole auf. Mein ganzes Ich reagiert auf seine Gegenwart, meine Muskeln lockern sich und es juckt mir in den Fingern, in sein Haar zu fassen. Mein Herz rast.

Er rückt nicht ab, seine Hände landen auf meinen Hüften und seine Finger drücken sich in meine Haut, während seine Lippen meine Halsbeuge finden. Fast gebe ich mich der Berührung hin, aber einen Sekundenbruchteil später übernimmt mein Verstand wieder die Kontrolle.

»Lass mich los, Cole«, zische ich. »Drinnen ist deine Verlobte, und du hast kein Recht mehr, mich anzufassen.«

»Ich kann's nicht«, murmelt er gegen meinen Hals, sodass mir sein warmer Atem Gänsehaut bereitet. »Ich kann's nicht.«

»Was denn?« Meine Stimme zittert. »Was kannst du nicht?«

Er antwortet nicht, sondern drückt sich nur enger an mich. »Es sollte nicht so schwer sein. Ich dachte, ich kann's, aber dich da eben mit ihm zu sehen, ich kann nicht …«

Also hat es ihn bloß eifersüchtig gemacht, mich mit Tate zu sehen. Mal wieder typisch.

Ich stoße ihn mit beiden Händen weg und schaffe Abstand zwischen uns. Unsere Blicke treffen sich, doch das Lodern in seinen Augen elektrisiert mich nicht wie früher. Jetzt gerade, während ich in das absurd attraktive und von Anspannung gezeichnete Gesicht schaue, hasse ich ihn mehr, als ich je einen Menschen in meinem Leben gehasst habe. Selbst meinen Vater. Der hat wenigstens nie so getan, als würde ich ihm was bedeuten.

»Na, dann mache ich es dir leicht«, sage ich und erkenne dabei meine eigene Stimme nicht wieder. »Ich begebe mich jetzt wieder in den Saal. Ich werde der Preisverleihung zuschauen und weder mit dir noch mit Jessica oder Tate reden. Ich werde nicht mal in deine Richtung sehen. Und sobald die Zeremonie vorbei ist, gehe ich und vergesse dich, und du wirst dasselbe tun, Cole. Denn was immer ich dachte, was zwischen uns ist, war eine Lüge und ein Witz, und ich habe nicht vor, mich weiter damit zu befassen. Wenn ich endlich den Mann kennenlerne, den ich den Rest meines Lebens lieben werde, bist du nur noch eine vage Erinnerung. Jetzt geh mir aus dem Weg.«

Seine Haltung ist steif, seine Miene starr – wie in Stein gemeißelt. Während er mich ansieht, verglimmt das Lodern in seinen Augen, bis sie nur noch ausdruckslose eisblaue Tiefen sind. Als er beiseitetritt, haste ich an ihm vorbei in den Saal, wo ich genau das mache, was ich gesagt habe. Ich geselle mich zum Team von *Elite*, halte den Blick fest auf die Bühne gerichtet, applaudiere, als die Preise verliehen werden und bringe sogar ein echtes Lächeln zustande, als unser Team für die beste nachhaltige Hotelplanung ausgezeichnet wird. Das alles mache ich. Alles, außer den Teil, als ich meinte, dass ich ihn vergessen werde. Es ist allzu schwer zu vergessen, während mir von Neuem das Herz bricht, weil mir meine eigenen wahren Worte durch die Ohren hallen.

Das, von dem ich glaubte, was er für mich empfindet, war eine Lüge – eine, die ich mir selbst eingeredet habe.

40

Cole

Als ich Montagmorgen in Tates Büro stürme, sitzt er zurückgelehnt auf seinem Bürosessel, hat die Füße auf dem Tisch und
telefoniert.

Gerade sehe ich ihn zum ersten Mal nach der Preisverleihung, von der er verschwunden ist, während ich noch mein
Bestes gab, Delilah die ganze Zeit im Blick zu behalten. Dann
ist er fürs restliche Wochenende mit seinem Privatjet ins Napa
Valley geflogen und nicht ans Telefon gegangen, wenn ich ihn
anrief.

Angesichts meines jähen Hereinplatzens zieht er die Brauen
hoch. »Hier ist gerade was dazwischengekommen«, sagt er zu
wem auch immer am anderen Ende der Leitung. »Ich ruf dich
zurück.«

Während ich zu seinem Schreibtisch gehe, legt er auf und
macht mich dann stinksauer, indem er grinsend die Hände hinter dem Kopf verschränkt. »Womit habe ich denn die Ehre verdient, großer Bruder?«

Ich balle die Fäuste und stütze sie fest auf seinen Tisch, als
ich mich darüberbeuge. »Was zur Hölle spielst du für ein Spielchen?«

Er gibt sich irritiert. »Wovon redest du?«

»Du hast sie angefasst.«

Er tippt sich mit dem Zeigefinger an die Lippen. »Ich hab

schon viele Frauen angefasst. Ich meine, erst letzte Nacht, war ich –«

»Ist mir scheißegal, was du gestern Nacht getrieben hast. Ich rede von Samstagabend. Du hast. Delilah. Angefasst.«

»Ach, stimmt. Weißt du, ich versteh schon, was sie so anziehend macht. Sie ist echt der Hammer, stimmt's? Diese Kurven, und erst dieser Mund. Was ich damit alles anstellen kön–«

»Halt's Maul!«, brülle ich. »Komm ihr ja nicht zu nahe. Wenn du sie noch mal anfasst, bist du tot.«

Als er die Brauen hochzieht, merke ich, wie aufgewühlt ich klinge. In etwa so aufgewühlt, wie ich mich fühle.

Delilah derart wunderschön und leibhaftig zu sehen, während ich gezwungen war, um des Scheins willen an Jessicas Seite zu bleiben, hat mich fertiggemacht. Als Tate mit dem Daumen über ihre Unterlippe strich, hätte ich fast das Champagnerglas in meiner Hand zerdrückt.

Jessica rief mir nach, als ich großen Schrittes rüberging, aber in dem Moment war mir meine Verlobte scheißegal. Das Einzige, was wieder und wieder durch mich hindurchdröhnte, war, dass Delilah zu mir gehört.

Aber natürlich stimmt das nicht – wie sie wenige Minuten später draußen auf dem Balkon klarstellte. Ihr eisiger Blick, als sie mir sagte, sie wolle vergessen, dass ich existiere, war der Weckruf, den ich brauchte. Was immer zwischen uns war – gewesen war –, würde mit Sicherheit genauso vergehen wie bei allen anderen. Lieber jetzt diese Kälte in ihrem Blick sehen, als dass ich noch so was Dummes täte, wie einen festen Bund mit ihr einzugehen und uns zu einem Leben voller Reue zu verdammen.

Was mich aber nicht davon abhielt, stinksauer auf meinen kleinen Bruder zu sein. Er war immer schon ein Fuckboy, hatte es aber noch nie auf eine Frau abgesehen, mit der ich geschlafen habe. An dieses ungeschriebene Gesetz haben wir drei uns all die Jahre gehalten. Was er da mit Delilah abgezogen hat, war inakzeptabel.

»Was soll der Blödsinn?«, fragt er, als merkte er nicht, dass ich kurz davor bin, ihm über den Tisch hinweg an die Gurgel zu gehen. »Du heiratest bald. Was juckt dich eine der vielen Frauen, mit denen du mal geschlafen hast?«

Meine Nasenflügel beben. »Sie ist nicht –« Obwohl durch mein Verhalten offensichtlich sein muss, dass sie viel mehr als das ist, unterbreche ich mich, ehe ich noch die Wahrheit eingestehe. Mit einem Mal verpufft meine Wut, und ich lasse mich in einen der Ledersessel vor seinem Schreibtisch plumpsen.

Mit den Händen reibe ich mir übers Gesicht. »Fuck.«

Als ich Tate wieder ansehe, liegt Neugier in seiner Miene. »So habe ich dich noch nie erlebt.«

Ich stoße ein barsches Lachen aus. »Du hast zu wenig Zeit mit mir verbracht, um mich überhaupt auf irgendeine bestimmte Art erlebt zu haben.«

Er nickt. »Stimmt wohl. Aber hätte ich dich denn schon mal so erlebt, wenn wir mehr Zeit zusammen verbracht hätten?«

Als ich den Kopf schüttele, beugt er sich vor.

»Na, was ist denn an dieser Frau, dass du total eifersüchtig und besitzergreifend wirst, obwohl eine der schönsten Frauen von ganz New York deinen Ring am Finger trägt?«

Bei der Erinnerung an den Riesenklunker, den ich Jessica vor ein paar Wochen geschenkt habe, zieht sich mir der Magen zusammen. Er war teuer, aufdringlich und protzig, und Jessica war hin und weg davon. Hauptsächlich, weil sie Samson vorher eine genaue Beschreibung geschickt hatte, was für einen Ring sie will, und ich keine Lust, selbst einen auszusuchen. Tatsächlich habe ich ihn losgeschickt, ihn für mich zu besorgen.

Tate scheint ehrlich wissen zu wollen, was mir durch den

Kopf geht, nur bin ich ratlos, wie ich es ihm erklären soll. Und selbst wenn, weiß ich nicht recht, ob ich ihn in meine Gefühle einweihen möchte. Obwohl wir Brüder sind und im selben Gebäude arbeiten, sehen wir uns kaum. Jedenfalls war es bis zur Verhaftung unseres Vaters vor sechs Monaten so. Seitdem haben wir mehr Zeit zusammen verbracht als in den ganzen letzten zehn Jahren.

»Weißt du noch, wie wir immer Verstecken gespielt haben, wenn Mom und Dad nicht da waren?«, frage ich zu meinem eigenen Erstaunen.

Überrascht lehnt sich Tate auf seinem Sessel zurück. »Ja. Ihr zwei habt mich nie gefunden.«

»Weil du klein warst und dich da verstecken konntest, wo wir gar nicht hinkamen.«

Als sich seine Lippen nach oben biegen, sehe ich flüchtig den kleinen Jungen, mit dem ich früher gespielt habe. Ein dumpfer Schmerz pocht in meiner Brust. »Wann haben wir aufgehört, Freunde zu sein?« Die Frage rutscht mir heraus, ehe ich mich eines Besseren besinne.

Sein Lächeln schwindet. »Waren wir überhaupt jemals wirklich Freunde?«

Seine Antwort verblüfft mich. Erinnert er sich gar nicht? Er und ich sind vom Alter her nicht so weit auseinander wie Roman und ich, deswegen zog es uns natürlich zueinander. »Dachte ich eigentlich.«

Er nickt, doch seine Miene wird abwesend. Ich erlebe meinen jüngeren Bruder selten so nachdenklich und beuge mich unwillkürlich vor. »Weißt du noch, wie du dich einmal im Heizungsschacht versteckt hast, um die alte Mrs Jenkins zu erschrecken, wenn sie die Wäsche zusammenlegt? Sie hätte fast einen Herzinfarkt gekriegt.«

Der nachdenkliche Ausdruck verschwindet und wird von

seinem typischen Grinsen abgelöst. »Scheiße. Was ich für ein Arsch war.«

Ich lache in mich hinein. »Waren wir alle.«

Mit einem Mal geht mir etwas auf. Ich kann nicht den Finger auf eine bestimmte Ursache legen, warum wir uns als Kinder fremd wurden, aber vielleicht ist das auch gar nicht so wichtig, sondern vielmehr, heute einen Weg zu finden, die Kluft zu schließen. Wenn mich die Zeit mit Delilah etwas gelehrt hat, dann, dass das Leben nicht perfekt sein mag, aber wenn man auch nur einen Menschen hat, der für einen da ist, wenn man ihn braucht, wird alles besser.

Unsere Eltern werden das niemals sein und meine zukünftige Ehefrau auch nie und nimmer. Aber vielleicht, ganz vielleicht, können Tate und ich das füreinander sein.

»Hast du Lust, heute Abend was trinken zu gehen?«, frage ich.

Seine Augen weiten sich leicht, und er kratzt sich am Kinn. »Bin dabei. Aber nur, wenn du mir eine Frage beantwortest.«

Ich verenge die Augen, aber was habe ich schon zu verlieren? Ich nicke. »Raus damit.«

»Du hattest doch noch nie ein Problem damit, Nein zu Roman zu sagen. Wieso hast du dich auf diese arrangierte Ehe eingelassen?«

Mir liegt eine bissige Antwort auf der Zunge, doch ich bringe es nicht fertig, sie auszusprechen. Mein Verhalten zu banalisieren, fühlt sich unfair Delilah gegenüber an. Also sage ich ihm die Wahrheit. »Dieses Gequatsche von wegen ›Es ist besser, eine Liebe zu verlieren, als überhaupt nie geliebt zu haben‹ ist Bullshit. Es ist viel schlimmer, mitzuerleben, wie etwas, das man für besonders gehalten hat, verloren geht. Wenn ich schon in einer lieblosen Ehe ende, dann gehe ich lieber nicht mit der Illusion hinein, sie wäre mehr.«

Er scheint das zu verstehen. »Was man nie hatte, kann man auch nicht missen.«

»Genau.« Bloß ist mir, selbst als ich das sage, bewusst, dass es vielleicht längst zu spät für mich ist. Ich hatte Delilah, und ich weiß nicht, ob die Erinnerung an ihr zärtliches Lächeln und ihre leidenschaftlichen Berührungen jemals schwinden wird oder ob ich für den Rest meiner Tage diesen Schmerz in der Brust mit mir herumtragen werde.

»Es tut mir leid, dass ich dich am Samstag geärgert habe«, holt Tate mich aus meinen Gedanken.

»Was sollte das eigentlich?« Obwohl wir eben Frieden geschlossen haben, bin ich nicht sicher, ob ich ihm nicht eine verpasse, wenn er etwas über Delilah sagt, das mir nicht gefällt.

»Weil ich dich lieber mochte, als du mit ihr zusammen warst. Mit Jessica am Arm erinnerst du mich zu sehr an Vater.«

Ich verziehe das Gesicht. »So was wie Zurückhaltung kennst du nicht, oder?«

Er zieht die Brauen hoch. »Soll ich etwa?«

»Nein. Es ist schön, einen Menschen zu haben, der mir verlässlich die Wahrheit sagt.«

Als sich ein gemächliches Grinsen auf seinem Gesicht breitmacht, überkommt mich wie aus dem Nichts eine Woge der Zuneigung.

»Könnte sein, dass du das noch bereust«, sagt er.

Ich stehe auf. »Ja, bestimmt, sobald ich hier raus bin.«

Sein leises Lachen klingt mir nach, als ich das Büro verlasse, und während ich in meines zurückkehre, ist mir zum ersten Mal, seit ich Delilah gesagt habe, dass ich Jessica heiraten werde, ein wenig leichter um die Brust. Es ist bittersüße Ironie, denn ich weiß nicht, ob die mögliche Verbesserung meiner Beziehung zu meinem Bruder ohne Delilah möglich gewesen wäre.

Die Leichtigkeit ist nicht von Dauer. Als ich mich an meinen Schreibtisch setze, überkommt mich Bedauern. Selbst wenn sie nicht bei mir ist, macht sie mein Leben besser.

Aber ich habe ihres umgekehrt nicht besser gemacht.

Und jetzt kriege ich nie die Chance dazu.

41

Delilah

Als Mom mir eine dampfende Tasse Tee reicht, hebe ich sie an meine Lippen und atme den beruhigenden Pfefferminzduft ein, während sie sich neben mich setzt. Heute ist mein erster Abend zu Hause, und obwohl ich mich freue, Mom zu sehen, schmerzt mein Herz immer noch. Es erscheint lächerlich. Wie kann ich etwas nachtrauern, das von Anfang an nichts Ernstes war? Trotzdem ist es so. Wenn mir das schon so zusetzt, will ich gar nicht wissen, wie sich Mom gefühlt haben muss, als Dad sie verließ, zumal sie mit mir schwanger war.

Mom legt mir tröstend eine Hand auf den Rücken. »Wie geht's dir, Schatz?«

Lügen ist sinnlos. »Ich bin einfach die ganze Zeit traurig. Und auch wütend. Aber hauptsächlich traurig, und ich schäme mich.« Ich senke den Blick, als sich ein Kloß in meinem Hals bildet.

Sie streichelt mir sanft den Rücken. »Du hast jedes Recht, wütend und traurig zu sein. Das ist normal, wenn eine Beziehung endet. Aber warum schämst du dich?«

»Ich hätte es besser wissen müssen. Hab ich auch, das hat mich aber nicht abgehalten. Davon, mich mit einem reichen Mann einzulassen und in ihn zu verlieben. Alles, wovor du mich gewarnt hast.«

Seufzend streicht Mom mir eine Haarsträhne aus dem Gesicht. »Warnungen haben bei Herzensangelegenheiten noch nie was gebracht. Ich bin das beste Beispiel. Meine Eltern haben mich so oft gewarnt.« Sie lacht leise. »Sie hatten recht. Und gleichzeitig auch nicht. Denn sieh sich einer an, was ich bekommen habe.« Liebe glänzt in ihren Augen, als sie mich anlächelt.

Ich kann nicht anders, als zurückzulächeln, lehne mich dann an sie und lege den Kopf auf ihre Schulter. »Ich hab dich auch lieb.«

»Lass nicht zu, dass ein selbstsüchtiger Mann dein Herz verhärtet, Schatz. Es wird noch andere geben. Männer, die dein ganzes Wesen lieben. Und dann den einen, ganz besonderen, der dein Herz stiehlt und es nicht wieder hergibt.«

»Aber bei dir war das nicht so, Mom«, sage ich sanft.

»Na ja«, erwidert sie, »ich hatte mehr als genug Liebe durch meinen kleinen Kuschelkäfer.« Sie lächelt über den Spitznamen, den sie mir als Kind gegeben hat.

Obwohl ich weine, muss ich lachen. »Der bin ich schon eine ganze Weile nicht mehr.«

Mom streicht mir durchs Haar. »Du wirst immer mein Kuschelkäfer bleiben. Und außerdem schließe ich ja nicht aus, dass ich noch mal jemanden kennenlerne. Ich mache mir bloß keinen Druck. Es kommt, wie es kommt.«

Ich stoße den Atem aus. »Ich bin froh, dass ich nach Hause gekommen bin.«

»Ich freue mich immer, dich hierzuhaben. Das weißt du«, sagt Mom. »Aber versichere dich, dass du auch hier sein willst und dich nicht etwa aus Angst zurückziehst. Sei mutig. Lebe dein Leben, egal ob dich wer runterzuziehen versucht.«

»Das werde ich, Mom. Ich habe noch Zeit, mir klar zu werden, was ich machen möchte, außerdem ist nächste Woche der Termin bei *Anderson-Bennet*. Ich werde abwarten, wie der läuft, und danach eine Entscheidung treffen.«

»Mehr möchte ich gar nicht. Gib nicht wegen eines Manns deine Träume auf.«

»Werde ich nicht.« Ich umarme sie fest, und sie drückt mich ganz doll. Dann atme ich durch, lasse mich gegen die Sofalehne sinken und trinke noch einen Schluck Pfefferminztee. Ich denke über das nach, was ich gerade gesagt habe, und frage mich, ob sich meine Träume vielleicht geändert haben. Weiter so hart zu arbeiten und mich nie weit genug gehen zu lassen, um das Leben richtig zu genießen, klingt nicht mehr so verlockend. Schätze, wenn mir Cole eines gegeben hat, dann eine neue Perspektive. Ich möchte Mom glücklich machen, aber ich weiß, sie würde nicht wollen, dass ich es auf Kosten meines eigenen Glücks mache.

»Na komm«, sage ich. »Wir sind letztes Mal, als ich hier war, gar nicht mit unserem *Buffy*-Marathon fertig geworden. Dafür haben wir jetzt jede Menge Zeit.«

Sie macht es sich neben mir bequem, während ich die nächste Folge aufrufe. Egal was mir das Herz schwer macht, ich habe immer meine Mom.

Ich lege den Kopf wieder auf ihre Schulter, und sie nimmt meine Hand und drückt sie fest.

* * *

»Sie arbeiten derzeit also in New York.« Die elegante, dunkelhaarige Frau sieht mich über den Rand ihrer Brille hinweg an. »Verraten Sie mir, warum Sie überlegen, von dort wegzugehen?«

Ich schlage die Beine übereinander und blicke die drei Teilhaber von *Anderson-Bennet* an. »Die Arbeit für *Elite* das letzte Jahr über hat mir großen Spaß gemacht, aber mir ist klar geworden, wie sehr mir die Nähe zu meiner Familie fehlt. Ich schätze, ich habe schlicht Heimweh.«

Sie lächelt herzlich. »Das Gefühl kenne ich. Ich habe zwei Jahre in New York gearbeitet, bevor ich wieder hierher zurückgezogen bin. In dieser großen Stadt kann es sehr einsam sein.«

Ein Zwicken geht durch meine Brust. »Ja, das stimmt.«

Sie nickt und schaut wieder auf meinen Lebenslauf. »Ehrlich gesagt ist alles, was ich hier lese, perfekt. Wir wären dumm, Sie nicht zu nehmen, insbesondere nachdem Sie kürzlich für die *King Group* tätig waren. Leute mit Ihrer Qualifikation und Erfahrung rennen uns nicht gerade die Türen ein.«

»Vielen Dank.«

Sie tippt mit dem Fingernagel auf den Tisch. »Sie müssen sich nur überlegen, ob Sie wirklich damit glücklich wären, beruflich zurückzutreten. Wir haben nicht lauter milliardenschwere Unternehmen als Kunden, es könnte also sein, dass Sie sich langweilen. Nehmen Sie sich Zeit, darüber nachzudenken, so zwei Wochen vielleicht, und teilen Sie uns dann Ihre Entscheidung mit.«

Lächelnd nicke ich. »Danke, das mache ich.«

Nachdem wir uns voneinander verabschiedet haben, verlasse ich das Büro und steige in meinen Mietwagen. Falls ich wieder herziehe, muss ich mir ein Auto kaufen. Ich umfasse das Lenkrad und atme einmal tief durch. Ich bin total hin- und hergerissen. Ich liebe es, in New York zu arbeiten, doch ich vermisse Mom, und nach allem, was mit Paul und Cole war, sehnt sich mein Herz nach der Geborgenheit von zu Hause.

Nach dieser habe ich noch drei Wochen frei, zumindest bleibt mir also Zeit zum Nachdenken, bevor ich eine Entscheidung treffe. Hoffentlich hat sich mein Herz dann etwas erholt, und ich kann klarer denken.

Wobei ich die schreckliche Ahnung habe, dass es mehr als drei Wochen dauern wird, bis der Herzschmerz nachlässt.

Ich lege den Gang ein und fahre nach Hause.

42

Cole

Ich lehne mit einem Whiskey in der Hand am Balkongeländer. Genau wie an dem Abend, als Roman wegen Dads Verhaftung anrief, zieht *King Plaza* meinen Blick an, es ist von meinem Penthouse aus ebenso in der Ferne zu sehen wie vom Hotel. Und genauso wie an jenem Abend brennt in Romans Büro noch Licht. Ich kralle die Finger um das geschliffene Kristallglas, als mich das Gewicht meiner Gedanken niederdrückt.

Ist es das wert? Die Überstunden, der Erfolgszwang, das ständige Streben nach Reichtum und Macht. Gibt es wirklich nichts anderes? Meine Brüder und ich mögen das Beste von allem haben, aber macht das das Leben lebenswert?

Die Eiswürfel klirren im Glas, als ich einen Schluck Whiskey trinke, wobei ich die Augen schließe, um mich auf das sanfte Brennen zu konzentrieren, statt auf die Leere, die in meiner Brust herrscht – seit dem Tag, als ich Delilah verlassen habe.

»Cole?«, durchbricht Jessicas Stimme meine Gedankengänge, woraufhin ich die Zähne zusammenpresse. Ihr einen Schlüssel zu meinem Apartment zu geben, war ein Fehler, aber den Kompromiss musste ich eingehen, nachdem sie einen Wutanfall bekam, als ich mich weigerte, sie einziehen zu lassen. Ich hatte ihr gesagt, das könne bis nach der Hochzeit warten. Meine Mundwinkel zucken bei der Erinnerung an ihren Gesichtsausdruck, als ich behauptete, ich sei Traditionalist und hielte nichts davon, in Sünde zu leben.

Glücklich war sie nicht darüber.

Trotzdem, dass sie einen Wohnungsschlüssel hat, ist fast noch schlimmer, weil ich nie weiß, wann sie hier auftaucht.

Ich gehe nach drinnen, um mich mit ihr auseinanderzusetzen.

Sie kommt gerade den Flur entlang aus Richtung meines Schlafzimmers, offensichtlich hat sie zuerst dort nachgesehen. Als sie mich mit dem Whiskey in der Hand sieht, geht ein katzenhaftes, zufriedenes Lächeln über ihr Gesicht.

Sie verlangsamt ihre Schritte und wiegt die Hüften, während sie die Träger ihres Kleids von den Schultern streift. Ich halte den Blick auf ihr Gesicht gerichtet, an ihren Vorzügen bin ich absolut nicht interessiert. Nicht, solange ich noch die Erinnerung an Delilah im Kopf habe.

Kurz vor mir bleibt sie stehen, und ihr Lächeln verrutscht, als ich eine Augenbraue hochziehe. »Ach, komm, Cole«, sagt sie, wobei sich ein frustrierter Quengelton in ihre Stimme schleicht. »Sei nicht so. Wir hatten doch Spaß zusammen, bevor sie auf der Bildfläche erschien.«

Ihr Kleid bildet einen Ring um ihre Füße und sie schaut mit einem Schmollmund zu mir hoch, während sie sich über die Brüste streicht.

Ich beiße die Zähne zusammen und sehe über ihre Schulter zu der schwarzen Spiegelfläche meines großen, an der Wand montierten Fernsehers. Während ich den Blick fest auf den Bildschirm richte, scheint der Raum förmlich vor mir zurückzuweichen, als würden sich die Wände des Apartments wegbewegen, sodass die Fläche um mich mit jedem Atemzug immer größer und leerer wird.

Es schnürt mir so heftig den Brustkorb zu, dass die Luft

in den Lungen stecken bleibt, während mein Herz in einem schmerzhaften, wilden Rhythmus in meiner Brust hämmert. Scheiße. Wenn ich es nicht besser wüsste, würde ich denken, das ist eine verdammte Panikattacke. Vielmehr ist es die Wahrheit, die sich in mein Bewusstsein drängt. So wird es bleiben. So sieht meine Zukunft aus. Ein großes, leeres Apartment mit allem Luxus, den man sich mit Geld erkaufen kann, und darin geistern zwei leere Sexbekannte mit leeren Herzen herum.

Denn genau das sind Jessica und ich. Leere Sexbekannte. Wir sind die Definition von lebenden Toten. Wir stolzieren herum mit unserem Reichtum und unserer Macht und tun so, als würden wir leben, dabei haben wir eine tiefschwarze Leere in unserer Brust, wo unsere Herzen schlagen sollten.

Ich, meine Brüder, meine Eltern – wir sind leere Menschen, die in leeren Häusern wohnen. Jessica ohne Zweifel ebenso. Wir haben als Kinder nichts anderes kennengelernt als den Wettstreit, ganz nach oben zu kommen, und dann den Kampf, um jeden Preis an der Spitze zu bleiben. Wir gestehen uns niemals ein, dass der Lohn die Mühe nicht wert ist. Denn wenn wir das zugeben, was zur Hölle bleibt uns dann?

Will ich das? Einen Abklatsch der seelenlosen Ehe meiner Eltern und meine Kinder so großziehen, wie ich großgezogen wurde?

Ich habe selbst gesehen, was die Alternative ist – ich habe es gefühlt. Delilah war keine Illusion. Sie war echt, ich hatte sie und habe sie dann aufgegeben. Erinnerungen an ihre Berührungen, ihr Lachen, ihre Wärme fluten mein Hirn, sodass ich sie nicht länger ignorieren kann. Wenn ich mit ihr zusammen war, füllte sie sämtliche Leerstellen in mir und gab mir zum ersten Mal, seit ich denken kann, das Gefühl, vollständig zu sein. Sie hat mein Leben besser gemacht, und ich möchte der Mann sein, der ihr das zurückgibt. Ich *muss* dieser Mann sein.

Ich blicke Jessica wieder an. »Ich kann das nicht.« Dann schüttele ich den Kopf, denn das ist nicht die ganze Wahrheit. »Ich werde das nicht machen.«

Ein spröder Ausdruck huscht über ihr Gesicht. »Mach dich nicht lächerlich.«

Ich schaue ihr fest in die Augen. »Ich will das nicht. Und ich glaube, du auch nicht.«

Sie lacht verächtlich auf. »Warum sollte ich das nicht wollen? Wir zwei passen perfekt zusammen. Ich wusste, seit du mich zum ersten Mal gevögelt hast, dass wir heiraten würden. Du gehörst zu mir, Cole. Schon immer, egal mit wem du noch zusammen warst. Ich habe nur auf den richtigen Zeitpunkt gewartet, es offiziell zu machen.«

»Willst du das wirklich? Eine Scheinehe? Einen Mann, der dich nicht liebt?«

Sie wirkt ehrlich perplex. »Was hat Liebe denn damit zu tun?«

»Willst du so wirklich durchs Leben gehen, ohne dass du etwas für mich empfindest und dass ich etwas für dich empfinde?«

Sie wirft die Haare zurück und zuckt mit den Schultern. »So ist das eben. Das weißt du. Meine Eltern führen eine absolut erfolgreiche Ehe und das haben deine auch, bis dein Vater unvorsichtig wurde.«

Unvorsichtig? Du meine Güte. Ich wende mich von ihr ab. Sie wird es nicht begreifen. Genauso wie ich viel zu lange Zeit nicht. Vielleicht kann man das erst, wenn man die Alternative erlebt.

»Ach, komm, Cole«, sagt sie. »Ich mache gern alles, was du willst, sobald wir verheiratet sind.« Sie schlingt von hinten die Arme um mich, sodass ihre Brüste gegen meinen Rücken drücken. »Du weißt doch, dass du dich eh irgendwann mit ihr langweilen würdest. Du und ich, wir sind gleich. Wir wissen, was wir wollen, und was wir tun müssen, um es zu kriegen. Du schwängerst mich, schenkst meinem Vater einen Erben und zur Sicherheit noch einen zweiten, damit er glücklich ist, und dann kannst du machen, was du willst, und ich, was ich will. Du kannst vögeln, wen du willst. Verflucht noch mal, wenn ich erst schwanger bin, kannst du zu ihr und sie vögeln, bis sie dir nicht mehr durch den Kopf spukt. Sei bloß diskret, verdammt noch mal, und was immer du tust, schwängere sie nur nicht. Das Letzte, was wir wollen, ist, uns mit Gerüchten von der Existenz von unehelichen Bastarden befassen.«

Sie hat es geschafft, auf einen Schlag Delilah und meinen Bruder zu beleidigen. Ich mache mich von ihr los. »Du bist verflucht noch mal eiskalt, oder?«

Sie lacht. »Du doch auch. Sie war in dich verliebt, und du hast ihr das Herz gebrochen, weil dir dein Unternehmen und dein Geld mehr bedeuten, als sie jemals könnte. Also verurteile mich nicht.«

Ihre wahren Worte treffen mich tief, sodass ich die Kiefer zusammenpresse.

Jessica bemerkt es nicht. Sie senkt den Kopf und schaut unter den Wimpern hervor zu mir hoch. »Wir sind füreinander geschaffen, Cole. Jetzt hör auf mit dem Quatsch, komm her und mach deine zukünftige Frau glücklich.«

Ich trete näher und beuge mich vor, um ihr ins Ohr zu raunen: »Genau das habe ich vor.« Dann drehe ich mich um und gehe.

43

Cole

Ohne anzuklopfen, gehe ich in Romans Büro. Als er hochschaut, flackert kurz Überraschung in seinen Augen auf, ehe
er seine Miene verschließt und sich zurücklehnt. »Womit habe
ich denn die Ehre so früh an einem Montagmorgen verdient?«

Großen Schrittes gehe ich zu den Ledersesseln vor seinem
Schreibtisch, lasse mich auf einen fallen, strecke die Beine aus
und schlage die Füße übereinander. »Es ist vorbei.«

Eine dunkle Augenbraue wandert nach oben. »Was ist vorbei?«

»Jessica. Und ich. Ich hab genug.«

Er verengt die Augen und beugt sich vor. »Sie hat einen
Ring am Finger.«

»Den kann sie behalten oder verkaufen – wie sie will. Aber
er steht nicht länger für ein Versprechen meinerseits an sie.«

»Verflucht noch mal, Cole«, blafft Roman, und es fühlt sich
beinahe gut an, Ärger in seiner Miene zu sehen statt der eiser-
nen Gleichgültigkeit. »Wir hatten eine Vereinbarung, verdammte Scheiße. Wann hast du mit ihr gesprochen? Vielleicht
ist es noch nicht zu spät, es rückgängig zu machen.«

»Gestern Abend. Und es ist zu spät, denn eher verlasse ich
dieses Unternehmen, als dass ich sie heirate.«

Der Ausdruck auf seinem Gesicht kommt einem Schock so
nahe, wie ich es seit unserer Kindheit nicht mehr gesehen habe.

»Du willst mir doch nicht ernsthaft erzählen, du fändest Jessica derart abstoßend, dass du deine Anteile an dieser Firma aufgeben würdest, damit du sie nicht heiraten musst.«

»An Jessica liegt es nicht.«

»Woran denn dann, verdammt?«

»An Delilah.«

Roman schießt von seinem Sessel hoch, schlägt die Hände auf den Schreibtisch und beugt sich vor, um mich niederzustarren. »Nein. Du setzt dieses Unternehmen nicht für eine Frau aufs Spiel, mit der du eine Affäre hattest.«

Viel ruhiger als er gerade streiche ich meine Krawatte glatt. »Ist schon komisch«, sage ich. »Wenn etwas richtig ist, wenn man es tief drinnen weiß, ist alles andere egal. Geld. Macht. Alles.« Er starrt mich an, als wäre ich nicht mehr bei Sinnen, und ich fahre fort. »Ich erwarte nicht, dass du das verstehst. Wenn du mir das vor sechs Monaten gesagt hättest, hätte ich dich für verrückt gehalten. Aber durch Delilah hat sich das geändert. Sie hat mich verändert. Und es gibt kein Zurück, selbst wenn ich sie nicht überreden kann, mir noch eine Chance zu geben. Ich will die *King Group* nicht verlassen, denn es ist unser Unternehmen und ich möchte an seiner Zukunft teilhaben. Vielleicht gibt es sogar noch Hoffnung für unsere Familie. Aber ich bin gewillt, das alles herzugeben, wenn ich dafür mehr Zeit mir ihr bekomme.«

Tiefe Falten furchen seine Stirn. »Du bist also bereit, mit nichts dazustehen?«

»Selbst wenn ich gehe, werde ich alles andere als mittellos sein, aber wenn du meinst, dass mir kein Teil dieses Unternehmens mehr gehört, dann ja, zu diesem Opfer bin ich bereit. Allerdings wäre es schön, wenn es nicht so weit kommt. Ich glaube, wenn Tate, du und ich uns zusammensetzen, finden wir einen Weg, Berringtons Investment zu retten, der nicht von einer Heirat mit Jessica abhängt. Er ist ein kluger Mann. Er mag der Meinung sein wollen, er hätte eine persönliche Beziehung zu einem Unternehmen, er mag dafür bereitwillig seine Tochter verkuppeln, aber zuallererst ist er Geschäftsmann, und er wird sich anhören, was wir zu sagen haben.«

Roman betrachtet mich einen Moment lang mit stählernem Blick, dann setzt er sich wieder hin.

Nachdenklich trommelt er mit den Fingern auf den Tisch. Ich warte geduldig seine Antwort ab.

»Ich behaupte nicht, ich verstünde deinen Standpunkt«, sagt er schließlich, »aber ich will dich nicht verlieren. Wenn du fest entschlossen bist, dann regeln wir das.«

Ich entspanne die Schultern, während er zum Telefon greift. »Tate, kannst du mal kurz in mein Büro kommen?« Er lauscht. »Gut. Bis gleich.«

Er legt auf und nimmt dann die Fingerspitzen unter dem Kinn zusammen, während er mich eingehend betrachtet, und in seinem Blick flackert fast so etwas wie Belustigung auf. »Du hast noch Hoffnung für unsere Familie, hm?«

Meine Mundwinkel gehen nach oben, doch ich zucke lässig mit den Schultern, als die Tür aufgeht und Tate hereinkommt. »Es ist nie zu spät«, sage ich.

»Wofür?«, fragt Tate und hält dabei auf den Sessel neben mir zu.

»Zweite Chancen.« Ich mag zwar auf seine Frage antworten, doch vor mir sehe ich dabei dunkle Haare und grüne Augen.

Tate betrachtet mich neugierig, dann wendet er sich Roman zu. »Worüber wolltest du mit mir sprechen?«

Ich konzentriere mich auf meine Brüder. Wir drei werden eine Lösung finden, und dann gewinne ich Delilah zurück. Was immer dazu auch nötig ist.

44

Cole

Als der Fahrer anhält, bleibe ich einen Augenblick sitzen und betrachte das Haus, in dem Delilah aufgewachsen ist. Es ist klein, der Vorgarten aber gepflegt, in Beeten rund um die Veranda sind Blumen und Büsche gepflanzt.

Schon seltsam. Ich kann mir nicht vorstellen, wie es gewesen wäre, selbst hier aufzuwachsen, aber Delilah als Kind habe ich klar vor Augen, wie sie in der Sommerhitze durch den Rasensprenger läuft, beim Gärtnern neben ihrer Mutter kniet, ihr hilft, die Einkäufe die Eingangsstufen hochzutragen. Einfache Dinge. Solche, die sie für selbstverständlich hält. Solche, um die ich alles gäbe, sie selbst erlebt zu haben, denn dann wüsste ich vielleicht eher, wie es geht, mit ihr zusammen zu sein. Wie ich ihr geben kann, was sie braucht.

Ich bitte den Fahrer, weiter vorn in der Straße auf mich zu warten, und steige dann aus. Dass ich einen Anzug angezogen habe, war rückblickend wohl ein Fehler, aber jetzt ist es zu spät.

Auf dem Weg zur Haustür frage ich mich, ob jemand zu Hause sein wird. Ob Delilah überhaupt hier ist. Davon bin ich ausgegangen, aber sicher weiß ich es nicht. Gleich werde ich es herausfinden.

Ich klopfe an und warte. Als hinter der Tür Schritte zu hören sind, wummert mein Herz gegen meinen Brustkorb, in der Hoffnung, dass ich sie gleich zum ersten Mal nach viel zu langer Zeit wiedersehen werden. Doch als die Tür aufgeht, steht nicht sie da. Wobei ich mir Delilah genau so vorstellen würde, wenn ich raten müsste, wie sie in etwa zwanzig Jahren aussieht.

Sie ist zierlich, dunkelhaarig und hat dieselben Katzenaugen wie ihre Tochter, auch wenn ihre blau sind. Hat Delilah die grünen Augen von ihrem Vater? Dem Mann, der sie zugunsten von Reichtum und Status zurückgewiesen hat – genau wie ich.

Ich verdränge den Gedanken. Ich muss mich konzentrieren.

Die Frau vor mir schürzt die Lippen und verschränkt die Arme. Sie weiß offensichtlich ganz genau, wer ich bin, und ist nicht begeistert. »Delilah ist nicht da, also setzen Sie sich direkt wieder in den Privatjet, mit dem Sie sicherlich hier sind, und fliegen Sie zurück.«

An Delilahs Mom vorbeizukommen, wird die erste Herausforderung, aber keine, vor der ich kneifen will. »Tut mir leid, Ma'am. Das kann ich nicht.«

Sie verengt die Augen. »Und wieso nicht? Sie haben in New York doch alles, was Sie brauchen. Ihr schickes Penthouse, Ihre schicken Autos, Ihr ganzes Geld. Ihre *Verlobte*. Lassen Sie meine Tochter in Frieden, damit sie in Ruhe über Sie hinwegkommen kann.«

Eine Fremde in meine Gefühle einzuweihen, ist sonst das Letzte, was ich mache, aber jetzt ist kein Augenblick für Zurückhaltung. »Ich habe keine Verlobte und definitiv auch nicht alles, was ich brauche. Denn ich brauche Delilah. Ich brauche sie, ohne sie ist alles bedeutungslos.«

Während sie mich betrachtet, erscheint eine Falte zwischen ihren Brauen. Dann tritt sie zur Seite. »Wenn Sie nicht gehen wollen, dann kommen Sie eben rein.«

Ich lasse meinen Atem leise entweichen, und als ich eintrete, registriere ich die abgenutzten Möbel und die kleine, funktionale Küche an der Seite. Helle Zierkissen auf der Couch und

Bleistiftskizzen von Blumen verleihen dem Haus einen gemütlichen, wohnlichen Eindruck.

»Möchten Sie einen Tee oder Kaffee?«, fragt sie.

»Bloß einen Schluck Wasser, danke«, erwidere ich.

. »Ich kann nur Leitungswasser anbieten.« Sie reckt das Kinn, als dächte sie, ich würde mich anstellen, weil es nichts Edleres gibt.

Ich lächle. »Leitungswasser ist prima.«

Ihre Mundwinkel zucken leicht nach oben, was ich als Erfolg verbuche.

Sie geht in die Küche und kehrt mit einem Glas zurück, das sie auf einen Untersetzer auf den kleinen Couchtisch aus Holz stellt. In der Annahme, dass es eine Aufforderung ist, mich zu setzen, tue ich das, woraufhin sie auf dem Sessel mir gegenüber Platz nimmt.

Ich stand schon in vielen Meetings mit sehr einflussreichen Menschen extrem unter Druck, aber so geschwitzt wie jetzt, unter dem bohrenden Blick von Delilahs Mom, habe ich, glaube ich, noch nie. Es ist der Blick einer Mutter, die nichts anderes will, als ihr Kind beschützen. Den gab es in meiner Kindheit nicht, aber ich bin froh, dass es Delilah anders erging. Ich bin froh zu wissen, dass sie sich geliebt und beschützt fühlen konnte, selbst ohne ihren Vater in ihrem Leben.

Ich möchte derjenige sein, der sie heute liebt und beschützt. Bisher habe ich das nicht besonders gut hingekriegt, aber das werde ich ändern.

»Okay. Raus damit«, sagt sie. Als ich die Stirn runzele, schüttelt Delilahs Mutter den Kopf. »Was versprechen Sie sich von Ihrem Besuch hier, Mr King?«

»Nennen Sie mich doch Cole.« Sie nickt zwar, behält ihre versteinerte Miene jedoch bei und nennt mir umgekehrt nicht ihren Vornamen. Ich stoße den Atem aus. Hoffentlich hört sie mir an, dass ich es ehrlich meine. »Ich habe einen Fehler gemacht. Ich habe Delilah wehgetan, und dafür gibt es keinerlei Entschuldigung. Ich weiß nicht, ob ich es wiedergutmachen kann und ob sie sich dazu durchringen kann, mir zu verzeihen, aber versuchen werde ich es. Ich möchte ihr alles bieten, was sie sich je gewünscht hat. Was sie sich je erträumt hat. Ich möchte wissen, wie es ist, jeden Morgen neben ihr aufzuwachen und jeden Abend neben ihr einzuschlafen. Ich möchte sie ein Leben lang lieben. Wie ich ihr beweisen soll, dass ich nie wieder den Fehler machen werde, sie zu verlassen, weiß ich nicht genau, aber ich bin hier, um das herauszufinden.«

Während meiner Ansprache wird ihre Miene weicher, und als ich fertig bin, könnte ich schwören, dass da die Andeutung eines Lächelns auf ihrem Gesicht liegt. »Na, Sie sind hier, das ist schon mal ein Anfang. Was ist aus der Frau geworden, die Sie heiraten wollten? Haben Sie der auch das Herz gebrochen?«

Wenn das mal keine verfängliche Frage ist. »Ms West, bitte verstehen Sie –«

»Du kannst Beth zu mir sagen«, wirft sie ein, woraufhin meine Hoffnung steigt.

»Gern«, erwidere ich, ehe ich fortfahre. »Bitte versteh, dass es in meiner Welt beim Heiraten nicht um Liebe geht, sondern um Bündnisse. Einen Tauschhandel um Macht und Einfluss. Ich habe Jessica nie geliebt, und sie mich garantiert auch nie. Als ich Schluss machte, mag sie das verletzt haben, aber wohl eher ihr Ego und sicher nicht ihr Herz.«

»Warum hast du dich dann überhaupt erst darauf eingelassen? Du musst doch gewusst haben, dass Delilah Gefühle für dich hatte und dass deine Entscheidung sie verletzen würde.«

Eine Schweißperle läuft mir den Rücken hinunter. Ich stelle mich hier nicht gerade im besten Licht dar, doch es bleibt mir nichts anderes, als mich weiter durchzukämpfen.

»Weil ich glaubte, für Leute wie mich sei Liebe nicht von Bedeutung. Ich dachte, es wäre die eine Sache, die wir nicht haben können.«

Sie beobachtet mich aufmerksam. »Bedeutet das, du denkst jetzt anders darüber?«

Ich erinnere mich daran, wie mir Delilah in meiner kaum genutzten Küche Käsetoast gemacht hat. Wie ihr Gesicht gestrahlt hat, wenn sie über ihre Entwürfe sprach. Ich erinnere mich daran, wie sie meiner Mutter Paroli geboten hat, ohne mit der Wimper zu zucken. Ich sehe sie lächeln und höre sie lachen und erinnere ihre seidige Haut und den Klang ihres Keuchens.

Ich blicke ihrer Mutter fest in die Augen. »Inzwischen glaube ich, dass die Liebe für alle existieren kann – egal wer man ist –, wenn man nur die Augen dafür öffnet. Und wenn man das Glück hat, sie zu finden, sollte man mit beiden Händen zugreifen. Ich denke, die einzigen Menschen, die die Liebe nicht verdienen, sind diejenigen, die sich weigern, an sie zu glauben, selbst wenn sie sie direkt vor sich haben.«

Langsam breitet sich ein Lächeln auf ihrem Gesicht aus. »Nun denn«, sagt sie leise. »Delilah hat noch nie halbe Sachen gemacht.«

Ich weiß nicht genau, was sie damit meint, aber ihr Lächeln lässt mich annehmen, dass ich sie überzeugt habe, aus den richtigen Gründen hier zu sein.

»Das war natürlich der leichte Teil«, sagt sie. »Jetzt musst du sie überzeugen. Hast du dir dafür etwas zurechtgelegt? Oder willst du einfach improvisieren wie eben gerade?«

Ich verziehe das Gesicht. »Ehrlich gesagt hab ich nur daran gedacht, sie wiederzusehen, und nicht weiter.«

Als draußen ein Geräusch zu hören ist, schaut sie zur Haustür. »Na, ich glaube, du kriegst deine Chance.«

45

Delilah

Ich parke Moms klappriges altes Auto in der Einfahrt und nehme die Einkäufe vom Rücksitz, bevor ich damit zum Haus gehe. Die Tür geht auf, ehe ich den Schlüssel ins Schloss stecken kann. Ich lächle Mom an. »Ich habe alle Zutaten besorgt, die du wolltest, und noch Eis zum Dessert mitgebracht. Willst du –« Ich breche ab, als ich merke, was sie für ein ernstes Gesicht macht. »Alles in Ordnung?«

Sie nimmt mir die Tüten ab. »Cole ist hier.«

Mir bleibt fast das Herz stehen. »Was?«

»Er ist hier. Aber ob er bleiben darf, entscheidest du.«

Ich ersticke das in mir hochsteigende Gefühl von Verrat – Mom hätte ihn nicht reingelassen, wenn er ihr keinen guten Grund dazu gegeben hätte. Bloß habe ich keine Ahnung, welcher das sein sollte. Ich atme tief durch, dann noch mal, während mein Herz in meiner Brust trommelt. Mom lächelt mir beruhigend zu, nickt in Richtung des kleinen Wohnzimmers und geht dann mit den Einkäufen in die Küche.

Er steht da und beobachtet, wie ich auf ihn zukomme, während mir bei seinem Anblick das Herz bis zum Hals schlägt. Keine Ahnung, warum er hier ist und nicht in New York bei Jessica. Ich bin hin- und hergerissen dazwischen, mich an ihm sattzusehen und geradewegs an ihm vorbei in mein Zimmer zu gehen zu wollen.

Aber meine Mom hat mich nicht zur Feigheit erzogen, also bleibe ich vor ihm stehen und blicke hoch. Er ist genauso umwerfend wie in meiner Erinnerung. Woran ich mich jedoch nicht erinnere, sind dieser angespannte Gesichtsausdruck und die in seinem Blick schimmernde Verzweiflung.

»Delilah«, sagt er, und allein, dass er meinen Namen mit dieser tiefen Samtstimme ausspricht, bringt mich zum Beben.

Ich komme ohne Umschweife zur Sache. »Weiß Jessica, dass du hier bist?«

Wenn ich erwartet hatte, dass er zusammenzuckt oder ausweichend reagiert, werde ich enttäuscht. Er hält ruhig meinen Blick. »Das kümmert mich nicht. Ich habe mit ihr Schluss gemacht.«

Bei dieser Neuigkeit macht mein verräterisches Herz einen Hüpfer, bevor mir wieder einfällt, dass er mich nichtsdestoweniger gegen eine Frau aus seinen Kreisen eingetauscht hat. Dass er vor mir stand und mir verkündet hat, er habe vor, eine andere zu heiraten, was bedeutet, dass er nie so für mich empfunden hat wie ich für ihn. Ich bleibe standhaft. »Warum bist du hier, Cole? Ich habe dir doch bei der Preisverleihung alles gesagt, was ich dir zu sagen hatte.«

Sein Blick bohrt sich in mich. »Ja, hast du. Und du hattest jedes Recht dazu. Ich ...« Zum ersten Mal wirkt er unsicher, sein Blick huscht zur Seite, als er sich mit einer Hand das Kinn reibt. »Ich hab größeren Scheiß gebaut, als ich für möglich gehalten hätte. Ich habe das Unternehmen an erste Stelle gestellt. Und mich selbst. Ich habe dich verletzt, wie ich mir niemals hätte vorstellen können, jemanden zu verletzen, weil ich nie geglaubt habe, dass jemand so für mich empfinden könnte wie du.«

Meine Entschlossenheit gerät ins Wanken, doch ich darf die Abwehr nicht aufgeben. Er hat mir schon einmal wehgetan, und nichts wird ihn davon abhalten, das wieder zu tun, wenn es seine Stellung, sein Status und sein Bedürfnis, sein Reichtum und Einfluss von ihm verlangen.

»Soll das eine Entschuldigung sein?«, frage ich.

Er zieht leicht die Stirn kraus und hebt die Hände, als wollte er mich bei den Armen fassen und an sich ziehen. Glücklicherweise rührt er mich nicht an, sondern lässt sie wieder sinken. »Nein, aber ein Anfang. Es tut mir leid, Delilah. Das alles tut mir leid – jeder Funken Schmerz, den ich dir zugefügt habe. Aber ich bin hier, um es wiedergutzumachen. Ich bin hier, um dich zurückzugewinnen.«

»Mich zurückgewinnen?« Ich schüttele den Kopf. »Das geht nicht, Cole. Ich mag die drei Worte nicht ausgesprochen haben, aber ich wollte dir mein Herz schenken. Ich stand vor dir, habe dich angefleht, mich nicht zu verlassen, und du gingst und hast Jessica einen Ring an den Finger gesteckt. Tut mir leid, wenn es mit euch beiden nicht geklappt hat, das heißt aber nicht, dass du wieder bei mir ankommen kannst, um die Zeit zu überbrücken, bis die nächste Society-Prinzessin auftaucht, um deinen Thron mit dir zu teilen.«

Eisige Flammen lodern in seinen Augen auf. »So ist das nicht.«

»Wie denn dann?«

Er kommt einen Schritt auf mich zu und senkt die Stimme. »Der einzige Grund, mich mit Jessica zu verloben, war die *King Group*. In dem Moment, als mir klar wurde, was für einen Fehler ich da mache, habe ich es beendet.« Als er wieder die Hand hebt, werde ich kurz schwach und lasse zu, dass er sie an meine Wange legt. Sein sengender Blick dringt in mich. »Ich hab sie verdammt noch mal nie angerührt, Kätzchen. Das musst du wissen. Ich konnte die Vorstellung nicht ertragen.«

Ich hasse es, dass mich bei diesen Worten Erleichterung

überkommt. Es sollte mir egal sein. Es *ist* egal. Ich weiche zurück, sodass er die Hand fallen lässt.

Doch davon lässt er sich nicht beirren. »Ich möchte noch eine zweite Chance bekommen, der Mann zu sein, den du brauchst, Delilah.«

»Nein.« Tränen steigen mir in die Augen, und ich schüttele den Kopf. »Die hattest du schon. Ich habe es satt, allen noch eine zweite Chance zu geben. Mein Vater hatte alle Chancen der Welt, Teil meines Lebens zu sein. Paul habe ich auch eine zweite Chance gegeben, und sieh sich einer an, was mir das gebracht hat. Ich sollte allen nicht mehr als eine Chance geben müssen, mich zu lieben.«

»Delilah …«

»Ich will, dass du gehst.« Das Zittern in meiner Stimme ignoriere ich.

»Nein, Delilah. Lass mich doch nur …«

Ich wende ihm den Rücken zu, gehe zur Haustür, mache sie auf und warte ab, dass er geht. Kurz denke ich, das wird er nicht. Dass er mich zwingt, ihm wieder ins Gesicht zu schauen. Mir seine Worte anzuhören, an die sich mein Herz allzu begierig klammern wollen wird. Denn ich möchte ihm glauben. So sehr, dass mich der Wunsch zu ersticken droht. Doch ich darf nicht. Ich darf ihm nicht glauben.

Dann ist sein Körper hinter mir. »Du hast recht. Du solltest mir keine zweite Chance geben müssen, mir hätte nämlich klar sein sollen, was ich an dir habe, bevor ich dich verlor. Aber ich mache es wieder gut. Ich mache das mit uns wieder gut.«

»Es gibt kein Uns, Cole.« Erschöpfung sickert durch meine Adern, er soll endlich gehen.

Er neigt den Kopf, um mir fest in die Augen zu schauen. »In meinem Herzen wird es immer ein Uns geben, Delilah. Selbst wenn es für dich nicht mehr so ist. Ich gehe hier nicht weg, ehe ich alles in meiner Macht Stehende getan habe, um dich zu überzeugen, dass du nie wieder irgendwem eine zweite Chance wirst geben müssen. Ich werde die letzte Chance sein, die du jemals zu ergreifen brauchst.«

Er dreht sich um und durchquert den Vorgarten, ohne noch einmal zurückzuschauen, wenngleich er im Vorbeigehen zu Moms rostigem Auto rübersieht. Zum Glück dreht er sich nicht um, sonst hätte er womöglich gesehen, wie ich bei seinen Worten weiche Knie bekam. Und dass mir Tränen in die Augen schossen von dem beinahe überwältigenden Bedürfnis, ihn zu berühren. Das Gesicht an seine Brust zu schmiegen und ihm zu glauben.

Aber ich bin zu verletzt, und mein Herz ist zu mitgenommen, um mich ihm wieder so einfach zu öffnen.

Er sagt, er werde bleiben, bis er mich überzeugt hat, dass es noch immer ein Uns gibt, aber jede Wette, dass er abhaut, sobald er in New York gebraucht wird.

Und dann werde ich Bescheid wissen.

Ich werde genau wissen, was ich Cole King bedeute.

* * *

Als ich am nächsten Abend von meiner Joggingrunde heimkomme, bleibe ich stockend stehen und nehme meine Earphones heraus.

Was zum Teufel …?

Zuerst denke ich, dass Cole zurück ist und diesmal selbst hergefahren ist, aber ich weiß, dass es nicht stimmt. Das glänzend rote Auto ist brandneu. Es sieht nicht mal aus, als wäre es hergefahren worden, sondern als hätte es jemand von einem Parkplatz abgeholt und vor Moms Garage abgestellt, wo sonst ihr Wagen steht.

Als ich zum Haus gehe und aufschließe, fällt mein Blick direkt auf seinen dunklen Schopf. Er sitzt auf der Couch, auf demselben Platz wie gestern, während ihm gegenüber Mom gelassen an einer Tasse Tee nippt.

Ich atme tief durch, bevor ich die Schlüssel auf der Kommode ablege. »Bitte sag mir, dass das Auto da draußen deins ist.« Die Bemerkung ist an Cole gerichtet.

Sofort steht er auf, und sein blauäugiger Blick streift auf eine Art über mich hinweg, die es immer noch schafft, mir Herzflattern zu bereiten. Er schaut von mir zu meiner Mom, die sich zurücklehnt und mich mit einem leisen Lächeln ansieht, das ich nicht verstehe. Sie sollte die Allerletzte sein, die Cole ermutigt. Sie weiß genau, wie rücksichtslos Männer wie er mit den Herzen umgehen, die man ihnen schenkt.

»Es gehört deiner Mutter«, sagt Cole.

»Du hast es ihr gekauft.« Es ist eine Feststellung und keine Frage, denn klar hat er das.

»Das andere sah aus, als würde es bald den Geist aufgeben.«

Mein Blick geht zu Mom. »Ich nehme an, du hast es nicht angenommen.«

Sie lacht. »Natürlich nicht. Ich habe mich bei Cole bedankt, ihm aber gesagt, dass ich mir von Fremden keine Autos schenken lasse, egal wie reich sie sein mögen. Wir warten bloß darauf, dass es der Autohändler wieder abholt.«

Ich funkele Cole wütend an. »Ich fasse es nicht, dass du ein Auto gekauft hast.«

»Er hat auch noch ein Grundstück gekauft«, sagt Mom ruhig.

Mein Blick geht zwischen ihr und Cole hin und her. »Was?«

»Für mein Traumhaus, das du anscheinend für mich entwirfst.« Sie lächelt zärtlich. »Die Pläne würde ich gern mal sehen.«

»Ich … Natürlich kannst du sie sehen. Ich wollte nur warten, bis ich es mir halbwegs leisten kann, bevor ich dir davon erzähle. So weit bin ich aber noch nicht, und ganz sicher brauchen wir noch kein Grundstück.« Ich fixiere Cole mit einem Blick, ohne recht zu wissen, worüber ich wütender bin: dass er das Grundstück gekauft hat oder mein Geheimnis verraten.

»Es ist gut«, sagt er. »Direkt am Fluss. Ich dachte mir, man könnte einen Bootssteg anlegen …«

Ich stoße ein leicht hysterisches Lachen aus. »Einen Bootssteg? Cole, Mom ist nicht reich. Ich bin es auch nicht. Wir werden die Wochenenden nicht Champagner schlürfend auf einem Boot verbringen. So läuft dein Leben, nicht unseres. Und wenn Mom kein Auto von dir will, garantiere ich dir, dass sie auch kein teures Grundstück will.«

Mom steht auf und streicht ihren Rock glatt. »Ich lasse euch zwei wohl besser mal einen Moment allein.«

»Nein, keine Sorge, Mom«, sage ich. »Cole will gerade gehen.«

Ich starre ihn an, bis sein Kiefer mahlt, er nickt und sich Mom zuwendet. »Danke für den Tee, Beth.«

Jetzt erst bemerke ich die leere Teetasse vor ihm auf dem Couchtisch, und bei der Vorstellung, wie Cole und Mom zusammen Tee trinken und sich unterhalten, erwacht etwas Warmes flatternd in meinem Bauch. Diesem Gefühl gehe ich jetzt besser nicht genauer nach.

»War mir eine Freude, Cole. Und vielen Dank für die aufmerksamen Geschenke. Ich hoffe, du verstehst, warum ich sie nicht annehmen kann.«

Ein Lächeln zupft an seinen Mundwinkeln. »Ja, durchaus.« Er nickt ihr zu. »Bis bald.«

»Bis bald?«, frage ich, aber Mom lächelt nur wohlwollend, während Cole auf mich zukommt.

»Wir müssen uns draußen unterhalten«, sage ich.

Er folgt mir auf die Veranda, und ich schließe die Tür hinter uns, bevor ich zu ihm herumwirbele. »Ich fasse es nicht, dass du dachtest, du könntest dir einen Platz in meinem Leben erkaufen. Und dafür auch noch meine Mutter benutzt. Du solltest wissen, dass ich dein Geld nicht will, Cole. Hör auf, damit um dich zu werfen und zu denken, damit ließe sich etwas wiedergutmachen.«

»Ich werfe nicht damit um mich«, sagt er mit tiefer Stimme. »Ich versuche nicht, mir dein Herz zu erkaufen. Es ist viel mehr wert, als ich besitze.«

Leise Wärme breitet sich in mir aus. Wieso sagt er die ganze Zeit so liebe Sachen? »Warum dachtest du dann, wenn du hier mit einem neuen Auto und einem Grundstück auftauchst, gewinnst du jemandes Gunst?«

Sein Blick verdunkelt sich. »Weil es das Einzige ist, was ich dir bieten kann – das Einzige, was du brauchst und ich dir geben kann.«

Ich starre ihn an und schüttele dann den Kopf, während Traurigkeit in mir hochsteigt. »Nein. Ist es nicht, Cole. Ich brauche weder dein Geld noch die Dinge, die man damit kaufen kann. Eine Beziehung sollte kein solches Tauschgeschäft sein. Es geht darum, mit jemandem zusammen zu sein, weil man sich nicht vorstellen kann, ohne diesen Menschen zu sein. Es geht darum, sich mit Herz und Seele auf jemanden einzulassen und zu wissen, dass einen dieser Mensch so sieht, wie man wirklich ist – und einen versteht wie niemand sonst.«

Mit einem angespannten Zug um die Kieferpartie betrachtet er mich. »Okay«, sagt er schließlich.

Damit hatte ich nicht gerechnet. »Okay?«

Er nickt, kommt näher und streicht mir eine Haarsträhne aus dem Gesicht. »Nächstes Mal mache ich es besser.«

»Nächstes Mal?«, erwidere ich schwach. »Ich dachte, du musst bald wieder zurück nach New York.«

»New York brauche ich nicht. Ich brauche dich.«

Er sagt es so arglos, dass mein Herz beinahe aus dem Käfig ausreißt, in den ich es gesperrt habe, doch ich schaffe es, standhaft zu bleiben. Ich möchte es glauben. So gern, dass ich förmlich bebe vor lauter Verlangen, mich in seine Arme zu werfen. Aber Worte sind Schall und Rauch, ich weiß nicht, ob ich seinen trauen kann.

Er erkennt meine Unentschlossenheit und tritt einen Schritt zurück. »Der Autotransporter, der den Wagen abholt, kommt gleich.«

»Okay«, flüstere ich.

Seine Mundwinkel biegen sich leicht nach oben. »Ich gebe nicht auf, Delilah.« Mehr sagt er nicht, bevor er sich umdreht und zu dem Wagen geht, in dem ein Fahrer auf ihn wartet. Ich bleibe nicht stehen, um zuzusehen, wie er einsteigt und wegfährt, die Angst ist zu groß, dass ich mit einem Mal einknicke und ihm nachlaufe.

Als ich wieder ins Haus komme, finde ich Mom in der Küche vor, wo sie gerade die Teetassen abwäscht. Ich lehne mich gegen die Arbeitsplatte, sacke dort zusammen und vergrabe das Gesicht in den Händen, während Tränen hervorzuquellen drohen. »Was soll ich nur machen, Mom? Er denkt, mit Geld kann er beweisen, dass er sich für andere interessiert, aber das zeigt mir nur, dass er mich überhaupt nicht kennt.« Ich unterbreche mich, weil meine Stimme zittert. »Wenn er so etwas Grundlegendes über mich nicht versteht, wie kann er dann überhaupt so empfinden, wie er sagt?«

Mom trocknet sich die Hände an einem Geschirrtuch ab und streichelt mir dann über den Rücken. »Ich glaube, du solltest das vielleicht anders betrachten.«

»Wie meinst du das?«

»Er hat sein Geld benutzt, das stimmt schon, und auf die Art sollte er nicht versuchen, dich zurückzugewinnen. Aber du musst bedenken, dass er es nicht anders kennt. So lebt er schon sein Leben lang, und es ist nicht immer leicht, was an dieser Denkweise zu ändern. Außerdem …« Mom macht eine kurze Pause, und ihre Miene wird weich. »Er kennt dich, Delilah. Auf den ersten Blick mag es nicht so wirken, aber er kennt dich.«

Dass Mom Cole verteidigt, sollte mich überraschen, doch irgendwie tut es das nicht. »Wie meinst du das?«

Sie streichelt meine Hand. »Was ist dir wichtig?«

Perplex schüttele ich den Kopf.

»Du warst dein Leben lang extrem ehrgeizig – ob es nun gut oder schlecht ist. Aber warum ist das so?«

Ich schlucke gegen den Kloß in meinem Hals an. »Weil ich dir ein besseres Leben ermöglichen will«, gestehe ich und spreche es damit zum ersten Mal ihr gegenüber aus. »Das, was dir genommen wurde, als du mit mir schwanger wurdest. Du sollst glücklich sein und schöne Dinge besitzen –« Ich ziehe scharf die Luft ein.

Mom nickt, und ihre Liebe zu mir schimmert in ihren Augen, als sie mir eine Haarsträhne von der tränenfeuchten Wange streicht. »Wenn er nur mit seinem Geld um sich werfen würde, hätte er dir davon Schmuck oder schicke Klamotten gekauft, die du gar nicht willst. Er hätte *dir* ein Auto gekauft. Er wollte dich nicht mit seinem Geld beeindrucken, sondern es nutzen, um dir etwas zu schenken, was dir enorm viel bedeutet.«

Bei ihren wahren Worten nehmen mir Tränen die Sicht.

»Ich finde, du solltest ihm eine Chance geben, Delilah. Wenn ich nicht glauben würde, dass es ihm ehrlich leidtut und dass du ihm etwas bedeutest, würde ich es niemals sagen. Aber du bedeutest ihm etwas. Sehr viel sogar. Er hat nur noch nicht so ganz rausgefunden, wie er dir das am besten zeigen kann.«

»Mom«, flüstere ich, während sich Hoffnung und Schmerz in meiner Brust bekriegen. »Er hat mir so wehgetan.«

Sie nimmt mich in die Arme. »Ich weiß, Schatz. Ich weiß. Und ich weiß, dass ich dir dein Leben lang erzähle, dass du vorsichtig bei Männern sein sollst – wenn du ihnen deinen Körper und dein Herz schenkst. Denn ich wollte nicht, dass du denselben Schmerz durchleidest wie ich bei deinem Dad. Das heißt aber nicht, dass ich nicht möchte, dass du die große Liebe erlebst – und wenn du das Risiko nicht eingehst, wirst du nie wissen, ob Cole das gewesen wäre. Nach allem, was du mir erzählt hast, ist er nicht mit sonderlich viel Liebe erzogen worden. Vielleicht weiß er nicht, wie er diesem Teil von sich Ausdruck verleihen soll. Aber er versucht es, Delilah. Vielleicht braucht er noch etwas Übung, und vielleicht musst du ihm auch vormachen, wie es geht, aber ich wüsste niemand Besseres als dich, um ihm zu zeigen, wie man von ganzem Herzen liebt.«

Ich lege den Kopf auf ihre Schulter und erlaube mir, leise ein paar Minuten zu weinen, dann reiße ich mich zusammen und wische mir über die Augen. »Ich weiß nicht mal, wo er übernachtet. Ich habe nicht danach gefragt. Was, wenn er nicht wieder herkommt?«

Sie wischt eine Träne weg, die noch übrig geblieben ist. »Wenn nicht, dann beweist es nur, dass du recht hattest und er nicht mit dem Herzen dabei ist. Aber ich glaube, darüber brauchst du dir keine Sorgen zu machen. Bestimmt siehst du ihn schneller wieder, als du denkst.« Sie drückt meine Hand. »Okay?«

»Okay.«

Und an diese Hoffnung klammere ich mich, als ich am Abend im Bett liege und einzuschlafen versuche. Vielleicht, ganz vielleicht, besteht doch noch eine Chance für Cole und mich.

46

Cole

Ich halte vor dem Haus von Delilahs Mutter und stelle die Automatikschaltung auf Parken. Da ich vorhabe, in absehbarer Zukunft hier zu bleiben, war es sinnvoller, ein Auto zu mieten, als ständig auf einen Fahrer angewiesen zu sein.

Die warmen Strahlen der untergehenden Sonne fallen durch die Windschutzscheibe, während ich dasitze und mir meine nächsten Schritte überlege. Ich brauche eine Neuausrichtung. Delilahs Mom Geschenke zu machen, war ein Fehler. Sie braucht mein Geld nicht. Wenn man Delilah noch ein paar Jahre Zeit gibt, wird sie selbst in der Lage sein, ihrer Mom das alles zu kaufen.

Leider ist mir noch kein neuer Plan gekommen. Alles, was mir einfällt, hat irgendwie mit Geld zu tun. Also werde ich fürs Erste einfach nur immer wieder vorbeischauen. Auch wenn sie mir nicht vergeben hat, ist es viel besser, in Delilahs Nähe zu sein, als stundenlang allein im Hotelzimmer zu hocken. Und vielleicht kommt mir eine Idee, wenn ich sie sehe.

Ich verriegele den Wagen und gehe den Weg zum Haus, der mir inzwischen schon vertraut ist. Als ich an die Tür klopfe, macht niemand auf, obwohl Beths klappriges altes Auto in der Einfahrt steht. Ich luge über den Zaun. »Hallo?«

Delilahs Mom streckt den Kopf um die Ecke. »Ach, Cole. Ich bin hier hinten, mein Schatz.«

Das Kosewort lässt mich stocken. Sicher, mich haben schon andere Frauen so genannt, wenn sie süß oder verführerisch sein wollten, aber bei mir hat das nie irgendwas ausgelöst. Aber als ich es von Delilahs Mom höre, mit einem Unterton echter Zuneigung, zieht sich mir die Brust zusammen.

Ich öffne das Tor und gehe in den Garten hinter dem Haus, wo Beth vor einem kleinen Gemüsebeet kniet. Plötzlich überkommt mich eine Vision: Delilah im Garten eines Hauses, das sie nur für uns entworfen hat, wie sie Karotten erntet, die sie selbst angebaut hat, vielleicht hilft ihr eine kleine Doppelgängerin von sich dabei, so wie sie sicher ihrer Mom geholfen haben dürfte. Schmerz bohrt sich in meine Brust. Früher hätte ich mir nie vorstellen können, dass ich mir das einmal wünsche, doch jetzt fühlt sich der Gedanke, es nicht haben zu können, nach einem unerträglichen Verlust an.

»Delilah kommt in einer halben Stunde wieder«, sagt Beth und schirmt die Augen gegen die Sonne ab, als sie zu mir hochschaut. »Sie ist los, um alles fürs Abendessen zu besorgen.«

»Ganz schön schwer, sie zu erwischen«, sage ich.

»Ihr geht's immer besser, wenn sie was zu tun hat.«

Ich weise mit dem Kinn zum Beet. »Was baust du da an?«

»Grüne Bohnen, Kürbis, Karotten, Zucchini und Gurken«, zählt sie auf und zeigt jeweils auf ein anderes Stück Erde.

»Ziemlich beeindruckend.«

Schulterzuckend gräbt sie in der Erde. »Ist eine gute Möglichkeit, ein bisschen Geld für Lebensmittel einzusparen.«

Innerlich zucke ich zusammen. Darüber brauchte ich mir nie Gedanken zu machen. Mit einem Mal schäme ich mich, hier in meinen Designerklamotten über ihr zu stehen. »Kann ich helfen?«

Ein Auge zugekniffen, blinzelt sie zu mir hoch. »Du wirst dich dreckig machen.«

»Schon okay.« Ist ja nicht so, als ob ich mir keinen neuen Anzug leisten könnte.

Ein Grinsen breitet sich auf ihrem Gesicht aus. »Na gut. Knie dich mit her, ich geb dir was zu tun.«

Als ich das tue, gibt sie mir einen kleinen Spaten.

»Grab Löcher, die ein paar Zentimeter tief und ungefähr so weit auseinander sind« –, sie zeigt auf die, die sie bereits gemacht hat, »dann kann ich die Saat einsäen.«

Ich fange an, in die weiche Erde zu stechen. »Was säen wir denn?«

»Rote Bete.«

»Rote Bete, hm? Nicht unbedingt mein Lieblingsgemüse.«

»Vielleicht musst du sie nur mal richtig lecker zubereitet kosten.«

Ich lache leise. »Ja, vielleicht.«

Wir unterhalten uns eine Weile, dann höre ich, wie die Hintertür aufgeht, und schaue gerade rechtzeitig hoch, um Delilah herauskommen zu sehen. Sie bleibt stehen, als sie mich sieht. Welche Gedanken wohl hinter diesen schönen grünen Augen vorgehen, während sie mich anschaut?

»Hallo«, sagt sie leise. »Du bist wiedergekommen.«

»Na klar.« Hat sie mir etwa nicht geglaubt, als ich meinte, dass ich bleibe?

»Und du hilfst Mom, Rote Bete zu pflanzen?«

Ich blicke hinunter auf den Spaten in meiner Hand. »Scheint so.«

Als sie die Treppe zu uns herunterkommt, ist sie so umwerfend, dass ich mit einem Mal Schwierigkeiten habe zu atmen.

»Delilah, wärst du so lieb, das hier fertig zu machen, während ich mit dem Abendessen anfange?«, fragt Beth, und als ich ihr einen Blick zuwerfe, zwinkert sie mir unauffällig zu.

Zur Antwort deute ich ein Lächeln an, dann steht sie auf, klopft sich den Schmutz von den Knien und gibt Delilah ihre Pflanzschaufel, die sich daraufhin neben mich hockt.

Der Duft von Sonnenschein und Wildblumen dringt an meine Sinne. Ich möchte sie nur an mich ziehen und küssen, aber damit wäre sie wohl nicht einverstanden.

»Ich hätte nie gedacht, dass ich das mal zu sehen bekomme«, sagt sie, und als ich ihr Profil betrachte, ist ihr Mundwinkel zu einem Lächeln verzogen.

»Ich auch nicht. Du musst ein Foto machen und es meinen Brüdern schicken.«

Sie schweigt kurz, während sie Samen in die Löcher streut, die ich grabe. »Wissen sie, wo du bist?«

»Ich habe ihnen gesagt, dass ich zu dir fahre, um zu versuchen, dich zurückzugewinnen, als ich ihnen mitteilte, dass ich Jessica nicht heirate.«

»War das okay für sie?«

Ich lache. »Ich habe ihnen im Grunde keine Wahl gelassen. Wir mussten eben einen Weg finden, Berringtons Investment zu sichern, der nichts mit seiner Tochter zu tun hat.«

»Und der wäre?«

»Wir haben ihm ein Vorkaufsrecht auf alle Geschäftsgebäude eingeräumt, die wir in den nächsten zehn Jahren im Ausland bauen.«

Ich spüre mehr, als dass ich sehe, wie sie den Kopf zu mir dreht. »Scheint mir ein guter Deal für Berrington zu sein.«

»Ist es auch. Normalerweise würden wir nicht in Betracht ziehen, so was jemandem anzubieten.«

»Und deine Brüder hatten kein Problem damit?«

Da schaue ich sie an. »Es gab eine heftige Diskussion, aber als sie merkten, wie ernst es mir ist, waren sie einverstanden.«

Ihre Augen leuchten auf. »Sie haben zu dir gehalten.«

Ich nicke. »Vielleicht gibt es doch noch Hoffnung für uns drei.«

»Das freut mich für dich, Cole.«

In ihren Worten schwingt eine solche Aufrichtigkeit mit, dass ich dem Drang, sie zu berühren, nicht länger widerstehen kann. Ich umschließe fest ihre Hand, ziehe sie hoch und streichle dann sanft mit dem Daumen ihre Wange.

»Ich genieße es, mich so mit dir zu unterhalten, Delilah«, sage ich sanft. »Ich bin gern in dem Haus, in dem du aufgewachsen bist. Aber ich möchte klarstellen, warum ich hier bin: deinetwegen. Ich wünsche mir eine Zukunft mit dir. Ich bin nicht nur auf eine lockere Affäre oder Freundschaft mit dir aus. Ich möchte dich ganz und gar, mit Herz, Körper und Seele. Die einzige Zukunft, die ich mir noch vorstellen kann, ist eine mit dir an meiner Seite. Ich weiß, das mit dem Auto und dem Grundstück war schei–«

Als sie den Kopf schüttelt, unterbreche ich mich.

»Nein, war es nicht, Cole«, sagt sie mit leiser, emotionsgeladener Stimme. »Das waren zwar keine Geschenke, die Mom und ich annehmen können, aber die Tatsache, dass du für sie sorgen wolltest ...« Als sie schluckt, ist er da, schimmert in ihren Augen – dieser Ausdruck, durch den ich mich so lebendig fühle wie niemals sonst. Ein Lächeln zittert auf ihren Lippen. »Ich habe zwar eine Weile gebraucht, um das zu erkennen, aber es bedeutet mir mehr als irgendwas sonst. Es hat mir gezeigt, dass du mein Herz kennst. Und es hat mir deines gezeigt.« Sie legt die Hand auf meine Brust, direkt über mein wie wild schlagendes Organ. »Und was ich da sehe, gefällt mir unheimlich.«

Erleichterung durchflutet mich, und ohne nachzudenken, trete ich vor, schiebe die Finger einer Hand in ihr weiches Haar und umfasse ihren Nacken, um sie an mich zu ziehen. »Mir gefällt auch, was ich sehe«, murmele ich.

»Ist das so?« Ihre Stimme ist kaum mehr als ein Flüstern.

»Ja. Genau genommen gefällt mir nicht nur, was ich sehe. Ich liebe es.«

Sie befeuchtet ihre Lippen, während sie mir fest in die Augen sieht. »Ach ja?«

»Ich liebe es«, sage ich in der Hoffnung, dass sie meiner Stimme die Aufrichtigkeit anhören kann. »Ich liebe, was ich sehe, so sehr, dass ich glaube, ich kann nicht mehr ohne leben.« Ich lasse den Blick über ihr Gesicht wandern und nehme jedes Detail in mich auf.

Ihre Atmung wird ungleichmäßig. »Ich hatte den Eindruck, du glaubst nicht an Liebe.«

»Ich habe an so ziemlich gar nichts geglaubt, bis ich dich kennenlernte«, gestehe ich. »Du hast mir gezeigt, wie Liebe aussieht und sich anfühlt. Jetzt gibt es kein Zurück mehr.«

»Habe ich dir auch gezeigt, wie man an ihr festhält?« Ihre Frage schwebt in der Luft, Unsicherheit klingt darin durch.

Ich weiß, wonach sie fragt, und fahre mit dem Daumen ihre Unterlippe nach. »Delilah, ich werde dich nie wieder loslassen. Das kommt gar nicht infrage. Vor dir war mein Leben leer – ich war leer und wusste es nicht einmal. Dahin kann ich nicht wieder zurück. Das lasse ich auch nicht zu. Und ich sage das nicht bloß, weil du mir verzeihen und mich wieder lieben sollst. Ich meine es ernst. Ich werde es *immer* ernst meinen. Ich lasse nichts zwischen uns kommen. Weder Geld noch das Unternehmen, gar nichts. Du bist das Allerwichtigste für mich. Du hast alles verändert, und ich kann mir nicht vorstellen, wieder zu dem zu werden, der ich davor war und der dachte, Geld und Macht allein würden mich glücklich machen. Du bist es, Delilah. Du machst mich glücklich.«

Ihre Augen glänzen, während sich ihre Mundwinkel zu einem derartig freudigen Lächeln biegen, dass ich schwören könnte, mein einst für kalt und tot gehaltenes Herz springt mir gleich aus der Brust. Sie legt den Kopf schief, sodass ihr das lange dunkle Haar über die Schulter fällt. »Ich wusste gar nicht, dass du so ein Poet bist.«

»Was soll ich sagen? Du bringst eben das Beste in mir zum Vorschein.«

Ihre Lippen teilen sich, und sie geht auf die Zehenspitzen. Ich spüre ihre Absicht und drehe die Hand in ihrem Haar, um sie davon abzuhalten, den Abstand zwischen unseren Lippen zu schließen. Denn sie muss es ohne jeden Zweifel wissen. Ich schaue ihr fest in die Augen.

»Ich liebe dich, Delilah. Ich habe zu lange gebraucht, es mir selbst einzugestehen, und das nicht etwa, weil ich es nicht fühlte – verdammt, es lag daran, dass ich zu viel von allem fühlte, was ich noch nie zuvor empfunden hatte. Aber jetzt, wo ich es einmal ausgesprochen habe, werde ich nicht mehr damit aufhören. Wenn du mir vergibst, wirst du es mir eines Tages vielleicht auch sagen kö–«

Sie lässt mich nicht ausreden, sondern legt die Hände an meine Wangen. »Ich liebe dich, Cole. Ich habe nie aufgehört, dich zu lieben, so sehr ich es auch wollte. Und ich werde dich nicht darauf warten lassen, dass ich es sage, denn ich habe dir schon verziehen.« Und dort, im Garten ihrer Mutter, während die Sonne ihr Haar in goldenes Licht taucht, küsst sie mich.

Für einige Augenblicke überlasse ich ihr die Führung und genieße den Moment, sie wieder schmecken zu können. Dann halte ich mich nicht mehr zurück und nehme ihren Mund ein, wie ich vorhabe, später auch ihren Körper einzunehmen. Die Hände lasse ich über ihre Kurven zu ihrem Po wandern, um sie eng an mich zu drücken. Sie stöhnt in meinen Mund und krallt die Hände in mein Hemd, als wollte sie mich nie wieder loslassen. Und ich werde dafür sorgen, dass sie es auch nicht tut.

Denn ich werde nicht loslassen. Ich weiche ihr nie wieder von der Seite. Als Kind hatte ich alles, was ich wollte, nur nicht das, was ich am meisten brauchte. Jetzt, wo ich es habe, werde ich es wertschätzen, als wäre es das Kostbarste auf der ganzen Welt. Denn das ist es.

Sie ist es.

Und von jetzt an werde ich jeden verdammten Tag damit zubringen, es ihr zu beweisen.

Epilog

Delilah

Mom fasst über den Tisch und drückt meine Hand. »Daran könnte ich mich gewöhnen.«

Ich sehe mich in dem Restaurant um, in dem wir heute Abend essen. Selbst für Coles Verhältnisse ist es edel, und wenngleich er und ich ziemlich häufig in schicke Restaurants gehen, kochen wir jetzt auch oft zu Hause. Cole hat sich als ziemlich vielversprechender Hobbykoch erwiesen. Käsetoasts in der Nacht sind immer noch unser Lieblingsessen, und wir brauchen viel davon, um bei Kräften zu bleiben.

Aber heute ist ein besonderer Anlass – Moms Geburtstag. Cole hat sie für das Wochenende in seinem Privatjet nach New York einfliegen lassen. Wir haben sie in einer Suite in Coles Hotel untergebracht und kommen für sämtliche Kosten auf. Ich denke, ein wenig Privatsphäre während ihres Aufenthalts finden wir alle gut. Cole besteht darauf, mir jede Nacht multiple Orgasmen zu bescheren, und es gefällt ihm nicht, wenn ich dabei leise bin. Ich glaube aber, keiner von uns möchte die traumatische Erfahrung machen, wenn Mom das mit anhört.

Apropos Cole, ich sehe mich nach ihm um. Vor ein paar Minuten hat er sich entschuldigt, er müsse einen Anruf tätigen, und ging nach draußen. Ich war überrascht, dass er während Moms Geburtstagsessen wegen der Arbeit aufstand, weiß aber, dass er das nicht machen würde, wenn es nicht wichtig wäre.

Mom, die mir gegenübersitzt, starrt über meine Schulter hinweg auf etwas und ihr Lächeln friert ein. Als ich mich umdrehe, um zu sehen, was ihre Aufmerksamkeit erregt hat, wird mir das Herz schwer.

Das ist doch wohl ein Scherz.

Es ist Jahre her, dass ich meinen Vater zuletzt gesehen habe. Soweit ich weiß, verbringt er den Großteil seiner Zeit mit seiner Familie in Europa. Wie kann es also sein, dass er hier auftaucht?

Ich drehe mich wieder zu Mom. »Ich fasse es nicht. Geht's dir gut? Möchtest du gehen?«

Sie sieht mich wieder an und schüttelt den Kopf. »Ignorier ihn einfach. Mehr hat er nicht verdient.«

Sie hat recht. Als ich ihr ein Lächeln schenke, erwidert sie es. Sie sieht heute Abend bezaubernd aus. Ich hoffe, wenn ich so alt bin wie sie, also in neunzehn Jahren, sehe ich auch so elegant und schön aus.

»Wenn wir nachher nach Hause kommen, habe ich noch was für dich«, sage ich. »Noch ein Geschenk.«

Ihre Brauen gehen nach oben. »Aber du hast mir doch schon so viel geschenkt.«

Cole und ich haben sie verwöhnt, weil wir es uns eben leisten können. Manchmal ist mit Geld um sich werfen genauso befriedigend, wie man es sich vorstellt, und Moms Gesicht bei jedem Geschenk erstrahlen zu sehen, hat mir solche Freude bereitet.

Dass sich ihre Miene plötzlich strafft, ist meine einzige Warnung, bevor *er* an unseren Tisch tritt. Ich blicke hoch zu meinem Vater und dann zu Mom, die entschieden einen Löffel ihres Desserts isst.

»Beth, gut siehst du aus«, sagt er, dann räuspert er sich. »Delilah, du siehst bezaubernd aus.«

Ich mache große Augen. Diese Unverfrorenheit von ihm. Er kann doch nicht im Ernst glauben, dies sei der passende Ort und Zeitpunkt, um auf die Frau zuzugehen, die er sitzen ließ, und das Kind, das er nie anerkannt hat.

»Danke, Ted«, erwidert Mom, als sie sich schließlich dazu herablässt, ihn anzusehen. »Bist du aus einem bestimmten Grund rübergekommen?« Ihre Selbstbeherrschung macht mich so stolz.

Kurz wirkt er, als sei ihm unbehaglich. Doch nur kurz. »Ich habe gesehen, dass ihr mit Cole King zu Abend esst«, sagt er, und damit wird alles klar.

»Ja.« Ich warte darauf, dass er sich mir zuwendet. »Cole ist mein Partner. Aber sicher weißt du das bereits.«

Er wirkt nicht einmal peinlich berührt. Ich glaube, Männer wie er wissen gar nicht, wie sich Scham anfühlt. Wenn ich einmal geglaubt habe, Cole sei arrogant und anmaßend, lag ich falsch. Der Inbegriff von beidem steht hier direkt vor mir.

»Ist mir zu Ohren gekommen. Glückwunsch. Ein ziemlicher Fang«, sagt mein Vater – nein, *Ted*.

Ich schüttele den Kopf. Wie reagiert man auf so eine Bemerkung?

Mom legt klirrend ihren Löffel ab. »Wolltest du etwas Bestimmtes?«

»Ich weiß, wir hatten nicht immer die beste Beziehung, Beth, und dafür möchte ich mich entschuldigen. Ich stand damals gehörig unter Druck, als … das alles passierte. Meine Eltern hätten sich von mir losgesagt, weil ich ein Mädchen geschwängert hatte.« Wieder sieht er mich an. »Das war nicht fair dir gegenüber, Delilah. Und ich würde das gern wiedergutmachen, wenn ich darf.«

»Was wiedergutmachen?«, ertönt Coles Stimme hinter mir, und ich drehe mich auf meinem Stuhl zu ihm um. Doch er sieht meinen Vater an. Obwohl er komplett gelassen wirkt, kann ich die kalte Wut spüren, die von ihm ausgeht.

Ohne das wahrzunehmen, streckt Ted breit lächelnd die Hand aus. »Cole. Ted Barrett. CEO von *Apex Industries*.«

»Ich weiß, wer Sie sind.« Cole ergreift seine Hand nicht.

Nachdem er sie ein paar Sekunden in der Luft gelassen hat, lässt mein Vater sie sinken. Unbeirrt fährt er fort. »Ich wollte Sie schon länger kennenlernen. Ich wüsste da einige fantastische Investitionsmöglichkeiten, die Sie bestimmt intere–«

»Nein«, sagt Cole.

Mein Vater verstummt sichtlich verwirrt. »Bitte?«

»Sie wissen keine fantastischen Investitionsmöglichkeiten, die mich interessieren, denn Sie besitzen nicht länger die Mehrheitsanteile an Ihrem Unternehmen. Die gehören jetzt der *King Group*.«

Meinem Vater weicht sämtliche Farbe aus dem Gesicht. »Was?«

»Ihr Unternehmen steckte schon eine ganze Weile in Schwierigkeiten – anscheinend wegen Missmanagement. Die Aktien stehen so niedrig wie seit zehn Jahren nicht mehr. Als ich Sie hereinkommen sah, fasste ich den Entschluss, dass jetzt der richtige Zeitpunkt für einen Anruf ist. Also nein, Sie haben keine Investitionsmöglichkeiten für mich. Und leider sind Sie seit«, Cole sieht auf seine Uhr, »zehn Minuten nicht mehr der CEO von *Apex Industries*. Gleich morgen früh benennen meine Brüder und ich einen unserer Leute.«

Mein Vater starrt Cole mit einem Gesichtsausdruck an, den ich, so glaube ich, noch nie bei jemandem gesehen habe. »D–Das kann doch nicht Ihr Ernst sein. Das … Das ist absurd!«

Cole dreht ihm den Rücken zu. »Sind wir hier fertig, Ladys?«

Mom erhebt sich mit einer eleganten Bewegung, und ich tue es ihr nach. »Ja, danke, Cole«, sagt sie. »Das Essen war vorzüglich.«

Er schenkt ihr das Lächeln, das ich so gern sehe: eines mit jener ungezwungenen Zuneigung, die in den letzten acht Monaten, seit Cole und ich offiziell ein Paar sind, zwischen ihnen entstanden ist. Es wärmt mir das Herz, zu erleben, dass er die Art mütterliche Fürsorge bekommt, die ihm als Kind gefehlt hat. Um es kurz zu machen: Sie bemuttert ihn, und der große, böse Milliardär, der er ist, genießt es in vollen Zügen.

Wir gehen an Ted vorbei, der sein Handy aus der Tasche holt und hektisch auf dem Display herumtippt. Er wird noch früh genug merken, dass Cole nicht bloß blufft. Als mein Freund meine Hand nimmt, ich daraufhin zu ihm hochschaue und seinem liebevollen Blick begegne, forme ich hinter dem Rücken meiner Mutter ein *Danke*.

Er beugt sich herunter und gibt mir einen Kuss. »Manchmal ist es gut, Geld und Einfluss zu haben.«

Lächelnd streichle ich über die Bartstoppeln auf seiner Wange. Er kann einfach nicht anders. Auch wenn er es nie zugeben würde, glaube ich immer noch, dass er dafür verantwortlich war, dass Philippa und Paul die Stadt verlassen hatten, als ich vor acht Monaten von meiner Auszeit zurückkam. Offenbar hatte sich Philippa urplötzlich entschieden, nach Großbritannien zurückzukehren, und Paul schickten sie für drei Jahre in das Hongkonger Büro. Das mag nicht unbedingt nach einer Strafe klingen, aber alle bei uns wissen, dass er so gut wie keine Chance hat, zum Partner ernannt zu werden, solange er nicht in New York ist.

Egal warum sie weg sind, ich kann nicht behaupten, dass ich enttäuscht gewesen wäre, keinen von beiden mehr sehen zu müssen.

Wir begeben uns aus dem Restaurant und in das bereits auf uns wartende Auto. Während Jonathan den Wagen in den Verkehr einfädelt und in Richtung Penthouse fährt, beobachte ich Cole und meine Mom, wie sie sich locker unterhalten. *Womit habe ich solches Glück verdient?*

Als wir ankommen, sorge ich dafür, dass Mom es sich mit einem Glas Rotwein auf der Couch gemütlich macht, und eile dann ins Schlafzimmer, um ihr letztes Geschenk zu holen. Cole folgt mir, und ehe ich den aufgerollten Bogen Papier nehmen kann, den ich auf dem Bett liegen gelassen habe, schlingt er von hinten die Arme um mich und zieht mich an sich.

»Habe ich dir schon gesagt, wie verdammt sexy du heute Abend aussiehst?«, flüstert er mit heißem Atem in mein Ohr.

Ich lache leise. »Nur ein- oder zweimal.«

»Noch ungefähr ein halbes Dutzend Mal, dann reicht es annähernd.« Er streift meine Kieferpartie mit den Lippen.

»Wer hätte gedacht, dass aus dir mal so ein Charmeur wird?«

Er lässt die Hand an meinem Oberschenkel hinab- und wieder hinaufgleiten, wobei er den Saum meines Kleids mit hochzieht. »Vielleicht will ich dir bloß an die Wäsche.«

Ich neige den Kopf nach vorn, damit sein Mund an meinen Nacken herankommt. »Oh ja, das willst du definitiv.«

»Ich schaff's, dass du binnen zwei Minuten kommst.« Seine Stimme ist heiser vor Verlangen.

»Cole«, keuche ich. Ich spüre, wie seine Erektion warm und hart gegen meinen Rücken drückt, und es fällt mir schwer, seine wandernde Hand aufzuhalten, aber selbst mit ihm kenne ich Grenzen. Einander das Hirn rauszuvögeln, während meine Mutter im Wohnzimmer auf uns wartet, ist eine, die ich nicht überschreiten werde.

Ich drehe mich in seinen Armen um. »Es geht nicht. Aber ich verspreche, das holen wir später nach.«

»Abgemacht.« Bei seiner rauen Stimme baut sich Hitze tief in meinem Innersten auf. »Sobald deine Mom gegangen ist, kommen aus deinem Mund nur noch die Worte: *Ja, Cole.* Üb es schon mal.«

Seine Hand wandert tiefer, und er reibt die Finger über mich, dass ich aufstöhne. Ich gebe ihm, was er will: »Ja, Cole.«

Er brummt zufrieden und lässt mich los. Ich atme einmal tief durch, um mich zu sammeln, bevor ich das Geschenk nehme und ihm aus dem Zimmer folge.

Als ich meiner Mom die Pläne für ihr Haus gebe, weint sie vor Freude. Ich sage ihr, dass ich jede Änderung vornehmen kann, die sie möchte, aber sie sagt, sie liebe den Entwurf und dass er perfekt sei. Nicht zu groß und nicht zu klein. Das Haus hat alles, was sie meiner Erinnerung nach je erwähnt hat. Eine kleine Bibliothek für sie, eine wunderbar ausgestattete Küche, einen Windfang, einen Wintergarten und eine überdachte Terrasse, auf der sie sitzen und ihren Gemüsegarten überblicken kann. Außerdem zwei Gästezimmer für Besucher.

Nach einem letzten Glas Wein zur Feier des Tages ruft Cole Jonathan, damit Mom sicher ins Hotel kommt. Wir verabreden uns morgen zum Frühstück und sagen einander Gute Nacht. Ich bringe Mom nach unten zum Auto, während Cole oben bleibt, um aufzuräumen.

Er muss auf mich gewartet haben, denn sobald ich wieder zur Tür hereinkomme, packt er mich und dreht mich herum, sodass ich mit der Brust an die Wand gedrückt stehe. Seinen großen Körper an meinem zu spüren, bringt mein Herz wie immer zum Rasen, und ich stoße ein ermutigendes Stöhnen aus.

»Weißt du noch, was du mir versprochen hast?«, fragt er, woraufhin ich einen Moment brauche, bis ich es kapiere.

Lächelnd schließe ich die Augen. »Ja, Cole.«

»Gut. Was anderes will ich nicht von dir hören, bis ich dir Bescheid sage. Okay?«

»Ja, Cole.«

»Gut so.« Seine Stimme ist so tief, dass ich in freudiger Erwartung erschauere.

Er lässt die Hände unter mein Kleid und in meinen Slip gleiten, wo er direkt meine feuchte Haut findet. Ich habe das Gefühl, er ist zu ungeduldig, um es langsam angehen zu lassen. Er wird mich schnell und heftig zum Orgasmus bringen, damit er den nächsten dann hinauszögern kann, bis ich seinen Namen schreie.

Indem er mich mit den Fingern der einen Hand stimuliert, während er mit der anderen meine Brust umfasst und in meine Brustwarze zwickt, befördert er mich in Rekordzeit zum Gipfelpunkt.

»Ich will dich hören«, verlangt er, und ich gebe ihm, was er will.

»Ja, Cole. Ja, ja, *ja*.«

Mein Körper explodiert, ich drücke den Po gegen seine harte Erektion, während ich mich unter seiner Hand winde. Als ich schließlich fertig bin und gegen die Wand sacke, liebkost Cole meinen Hals.

»Bleib, wo du bist, rühr dich kein Stück, und denk dran, was du mir versprochen hast.«

Als ich nicke, weicht er zurück, sodass die kalte Luft an meinen schweißfeuchten Rücken dringt. Ich lasse Hände und Stirn an der Wand, wie er es wollte, und warte ab, was er als Nächstes ansagt.

Kurz streifen seine Fingerknöchel meine Wirbelsäule. »Dreh dich um.«

Ich beiße mir in Erwartung dessen, was gleich kommt, auf die Unterlippe und drehe mich um, nur um nach Luft zu schnappen, als ich runterschaue und sehe, dass er auf ein Knie gegangen ist. Er streckt mir eine türkisfarbene Ringschachtel hin, in der der wunderschönste diamantene Verlobungsring auf dem Satinbett glänzt.

»Delilah«, sagt er, während sich mein Herz gegen meinen Brustkorb wirft. »Ich liebe dich, wie ich es überhaupt nie für möglich gehalten hätte. Seit dem Moment, als du dich in der Bar neben mich gesetzt hast, hast du Gefühle in mir geweckt, die ich nicht kannte. Jedes Mal, wenn ich denke, ich könnte dich nicht noch mehr lieben, beweist du mir das Gegenteil. Durch dich möchte ich ein besserer Mann sein. Die Art Mann, die ein guter Ehemann sein kann und«, er atmet tief durch, wobei er die Ringschachtel fester umfasst, »ein guter Vater.«

Bei der aufblitzenden Verletzlichkeit in seinen Augen zieht sich mein Herz zusammen. Dass ein Mann, der keine guten elterlichen Vorbilder hatte, es bei seinen eigenen Kindern – denen, die *wir* vielleicht eines Tages haben werden – besser machen will, erfüllt meine Brust mit unbeschreiblicher Wärme.

»Ich möchte dir mein ganzes restliches Leben lang zeigen, wie sehr ich dich liebe.« Coles Stimme wird tiefer, rauer. »Ich muss wissen, dass ich jeden deiner Tage mit Glück erfüllen kann. Darum bitte, Kätzchen, heirate mich. Werd meine Frau und lass mich dir zeigen, wie unfassbar gut unser gemeinsames Leben sein kann.« Er zieht die Brauen zusammen, und seine Augen funkeln vor Intensität. »Und vergiss nicht, was du mir versprochen hast.«

Ich kann nicht anders, ich muss lachen. Denn natürlich hat er sich vorher einen Vorteil verschafft. Er hat es perfekt geplant, und oh Mann, ich liebe ihn. Ich liebe ihn so sehr, dass es wehtut.

Ich sinke vor ihm auf die Knie, schiebe sanft die Hand weg, in der er die Ringschachtel hält, und gleite in seine Arme. Er schlingt sie um mich, obwohl er die Stirn runzelt und sich offensichtlich fragt, wieso ich ihm noch keine Antwort gegeben habe. Aber jetzt in diesem Augenblick – einen, den ich mir noch vor einem Jahr nie hätte träumen lassen, und von dem ich mir jetzt nicht mehr vorstellen kann, dass er nicht passiert – möchte ich ihm einfach nur so nah wie irgend möglich sein.

Ich streife seine Lippen mit meinen und hauche die Worte. »Ja, Cole.«

Ende

Danksagung

Meinen Leser:innen danke ich, dass ihr Bücher und Lesen und Romance und Smut so liebt. Eure Leidenschaft befeuert meine!

Über die Autorin

L.M. Dalgleish liebt Bücher über alles, ihre Leidenschaft für Romance nahm in den langen, schlaflosen Nächten nach der Geburt ihres ersten Babys ihren Anfang. Zwei weitere Babys später ist sie immer noch verliebt in starke Heldinnen und Helden und deren Liebe zueinander.

Sie lebt im australischen Canberra mit ihrem Mann, drei Kindern, einer flauschigen schwarzen Katze und einem flauschigen weißen Hund. Ihre Freizeit verbringt sie gern mit ihrer Familie, mit Lesen, zu viel Pasta essen und Horrorfilmegucken.

Triggerwarnung

Cold King enthält potenziell triggernde Inhalte.

Diese sind:
*ungleiches Machtverhältnis (Beziehung zwischen
einer Mitarbeitenden und ihrem Vorgesetzten),
Betrug (Fremdgehen), traumatisches Erlebnis in der Kindheit
(Protagonist erwischt den eigenen Vater bei sexuellen
Handlungen und wird zum Zuschauen genötigt)*